Yanne Schillberg

Sinnesrauschen

novum pro

Dieses **Buch ist** auch als
e-book
erhältlich.

www.novumverlag.com

Bibliografische Information
der Deutschen Nationalbibliothek:

Die Deutsche Nationalbibliothek
verzeichnet diese Publikation in
der Deutschen Nationalbibliografie.
Detaillierte bibliografische Daten
sind im Internet über
http://www.d-nb.de abrufbar.

Alle Rechte der Verbreitung,
auch durch Film, Funk und Fernsehen,
fotomechanische Wiedergabe,
Tonträger, elektronische Datenträger
und auszugsweisen Nachdruck,
sind vorbehalten

Gedruckt in der Europäischen Union
auf umweltfreundlichem, chlor- und
säurefrei gebleichtem Papier.

© 2022 novum Verlag

ISBN 978-3-99131-518-6
Lektorat: Volker Wieckhorst
Umschlagfotos: Isselee,
Konradbak | Dreamstime.com
Umschlaggestaltung, Layout & Satz:
novum Verlag

www.novumverlag.com

Inhaltsverzeichnis

Vorgeschichte – als einem die Welt noch erklärt wurde . . .   7

1. Kapitel
Ministranten   20

2. Kapitel
Blues Tanzen   25

3. Kapitel
Freibad   32

4. Kapitel
Nacht   41

5. Kapitel
Entscheidung   52

6. Kapitel
Familienbande   56

7. Kapitel
Eisdiele   60

8. Kapitel
Ankunft   73

9. Kapitel
Waffenruhe   85

10. Kapitel
Wald   91

11. Kapitel
Im Inneren 100

12. Kapitel
Von Jägern und Sammlern 110

13. Kapitel
Ein neuer Tag 127

14. Kapitel
Hallenbad 137

15. Kapitel
Moorleiche 147

16. Kapitel
„Chez Iris" 168

17. Kapitel
Unentschieden 193

18. Kapitel
Vor Anbruch der Dunkelheit 202

19. Kapitel
Einschneidende Nacht 216

20. Kapitel
Ein letzter Tag 234

21. Kapitel
Totem 245

Nachschlag – Epilog 249

Vorgeschichte
Als einem die Welt noch erklärt wurde

Es war ein Sonntag und noch früh. Erst wenige Stunden zuvor war ihr Mann zuerst neben sie ins Bett gefallen und eine kurze Weile später in komatösen Schlaf, der nach wie vor unbehelligt anhielt. Einzig seine Morgenlatte stand pünktlich um acht Uhr stramm. Erfrischt von ihrem Acht-Stunden-Gesundheitsschlaf, schnappte Marlis sich das zum Bersten geladene Glied, behutsam, damit es nicht zu früh kam, schob es, ihrem ersten Trieb folgend, in ihre Vagina und ritt dem Tag entgegen. Lonely Ranger. Der Sonne entgegen, die Hüfte schwingend, den zweiten Trieb, ihre Morgentoilette verrichten zu müssen, unterdrückt. Weder allzu stark noch allzu lange musste sie anhalten, der Akt minderte den Drang und war nach wenigen Stößen vorbei. Kurz, aber heftig. Die Eruption mächtig, die Ejakulation entsprechend. Klatschnass stieg Marlis ab, hinunter vom Bett in direkter Ziellinie zum Klo. Spermadurchtränkt strudelte ihr Morgenurin in die ewige Kanalisation. Sie zog ab, stand auf und verzichtete darauf, sich einen Slip anzuziehen. Sie schlüpfte in ihr blaues Sonntagskleid, nahm einen Kaffee mit Kondensmilch zu sich und besuchte die Sonntagsmesse. Ein Bruchteil des Spermas floss an ihren Beinen hinunter und verklebte, andere Spermien fanden erfolgreich ihren Weg nach oben.

9 ½ Monate später, an einem heißen Sommertag, schob sich Marlis mühsam zwischen Rüben- und Weizenfelder umher. Sie keuchte schwer. Der Weizen stand schon in voller Ähre, strohblond sog er die Mittagshitze in sich auf, die flirrend über windstille Felder glitt. Marlis hatte einen Strauß Lupinen und Klatschmohn gepflückt, wohl wissend, dass die Blumen am späten Abend in ihrer Vase vertrocknen würden. Dennoch, sie zog die schweißtreibende

Aufgabe, an den Wegesrändern staubiger Feldwege Blumen zu pflücken, einem weiteren zähen Tag auf dem Sofa vor. Sie hatte das stundenlange Dösen mit der Ungewissheit einer längst überfälligen Mutter nicht mehr ertragen können. Es konnte jederzeit soweit sein, und Marlis hoffte inbrünstig, dass mit Verblühen dieses Straußes ihr Kind nun endlich das derzeit durchaus sonnige Licht der Welt erblicken würde.

Die Sträuße verblühten. Wieder und wieder. Es wurde schwül, der angedachte Regen blieb aus. Marlis spürte, dass ab und zu das Leben in ihrem stetig wachsenden Bauch tobte, die Wehen allerdings blieben ihr verwehrt. So begann sie, ihren Zustand froher Hoffnung als Dauerzustand zu akzeptieren und ließ von da an ihre erste Tochter, die sich offensichtlich dort, wo sie war, sehr wohl fühlte, vollends am irdischen Leben teilnehmen. Marlis räumte dem Baby in ihrem Bauch ein Bleiberecht ein. Sie entspannte sich.

Eine Taufzeremonie! Das war Marlis erster Gedanke, als sie am nächsten Morgen voller Vorfreude auf einen neuen, gemeinsamen Tag mit ihrem Kind erwachte. So konnte es nicht weitergehen, die Kleine brauchte einen Namen, sagte sich Marlis und ließ ein wohltemperiertes Schaumbad mit Zusätzen von frischem Thymian, Rosmarin und Meersalz ein. Das ganze Badezimmer duftete bereits nach mediterranem Sommer, als Marlis ihren schweren Körper eintauchte. Die Wanne schwappte über, und Rinnsale von salzigem Meerwasser ergossen sich über den gelb gefliesten Boden. Marlis kam sich vor wie ein Wal in den Gewässern des weiten Ozeans, als sie ihren riesengroßen Bauch immer wieder und wieder mit Wasser benetzte und sprach: „Meine liebe kleine Tochter, hiermit taufe ich dich auf den Namen Julia Cäcilia Helene. Julia, weil du göttlich sein wirst, und Cäcilia und Helene, damit du deine Großmütter niemals vergisst." Sprach' s, stieg aus der Wanne und rutschte mit einem einzigen Schwung über die salzigen Bächlein quer durch das feuchte Badezimmer.

Julia war zwar nicht draußen, aber da! Ein mächtiges Ruckeln schleuderte sie von einer Wand zur anderen, weich prallte sie ab, als sie ihre Mutter beruhigend auf sie einreden hörte: „Mein Liebelein, keine Bange, es ist noch immer alles gut gegangen, jetzt brauchen wir erst einmal ein gutes Frühstück auf diesen Schreck!" Julia verkroch sich daraufhin in eine obere Bauchfalte mit der Intention, dort noch so lange wie nur möglich zu verweilen und dem eigentümlichen Drang nach unten zu widerstehen. Sie leistete Widerstand, und das schon eine ganze Weile. Heute war ein neuer Tag, es war ein guter Tag, der Tag drehte sich um sie: Zum Frühstück gab es einen Extra-Schuss Milch in den Kaffee, und sie machte ihre erste Erfahrung mit der Polizei, als ihr die Kinderbeilage des Stadtanzeigers vorgelesen wurde: „Oskar, der freundliche Polizist." Und nachdem Marlis mit ihrer restlichen Tageszeitung fertig war, versicherte sie, Julia sei ein braves Kind, das ihr Ruhe zum Lesen ließ, und als Belohnung würde sie ihr nun bei einem Verdauungsspaziergang ein paar schöne Geschichten aus der Zeitung erzählen. So berichtete Marlis zwischen Strommasten und Generatoren, Pusteblumen und Klatschmohn von einem fernen Land, wo die Kinder immer schwarze Haare und Schlitzaugen haben und es viel mehr Wasser und Grün gäbe als hier auf dem staubigen Trampelpfad. Eines der Kinder, ein kleines Mädchen, schmückte bunte Ansichtskarten mit ihren strahlend weißen Augäpfeln und Zähnen. Auf der Karte stünde „UNICEF", weil die Kinder in Vietnam lebten, wo sie im azurblauen Ozean plantschen konnten. Julia plantschte mit. Währenddessen brütete die Mittagshitze ihre Ähren aus. Während Julia altersgerecht über weltliches Geschehen aufgeklärt wurde, spazierten sie noch eine Weile vorbei an einem Zuckerrübenfeld, bis hin zu den Sonnenblumen, von denen eine sie nach Hause begleiten sollte. Sie machten kehrt und ließen mit Eintritt zur Neubausiedlung die Abgeschiedenheit ländlicher Weite hinter sich. Als sie an einer Litfasssäule vorbeikamen, zeigte Marlis auf viele Gesichter, die auf einem Plakat rot eingerahmt die Säule verzierten. Eines davon war fast vollständig unter einem zotteligen Tuch versteckt, ein Rauschebart blitzte hervor. Julia erfuhr, dass es dort, wo sich dieser Mann gerade aufhielte, noch heißer und mindestens genauso staubig wie hier sei. Er wäre in der Gegend, wo Jesus herkam. Von Jesus hatte Julia schon gehört, er war so ähnlich wie Oskar, der freundliche Polizist, und half, damals zumindest, den Menschen, die brav waren, aus der Patsche. Jesus trug auch ein solches Tuch um den Kopf, wie der Mann auf dem Plakat, der gerade in Palästina lernte, wie man teilte. So wie Jesus das Brot und den Fisch und der heilige St. Martin auf seinem weißen Pferd seinen Mantel. Bei diesen Neuigkeiten fragte sich Julia, wieso die Gesichter der schwarz-weißen Menschen so grimmig dreinschauten, aber das würde sie schon irgendwann erzählt bekommen. Bestimmt, weil sie die Hitze satthatten.

Auch der nächste Tag brachte weder den ersehnten Wolkenbruch noch Julia auf die Welt. Es schien an der Zeit, dass Julia ihrem Vater nähergebracht werden sollte. Nicht, dass sie ihn noch nicht kennengelernt hatte: Immer wenn er nach Hause kam, und das war nicht allzu oft, schwieg er, wenn er nicht gerade sang. Sein Gesang war laut und tönte durch das ganze Haus, und wenn er ihr nah war, konnte Julia die Schwingungen der Töne, die sein eindringlicher Tenor erzeugte, spüren. Ob sie wollte oder nicht, den Liedern ihres Vaters konnte Julia nicht ausweichen! Es waren Lieder, die sie nicht verstand. Sie nahm sich vor, ihren Vater als Erstes, sobald sie die Möglichkeit dazu hätte, nach seinen Liedern zu fragen. Sie verstand nur so viel, dass es um Männer ging, die als Moorsoldaten mit dem Spaten durchs Moor ziehen, um Männer, denen das Bier in ihrer Kneipe nicht mehr schmeckt, die heute hier, morgen dort sind und kaum da, fort sind oder sich im Wald verstecken, weil sie den Hund des Tankerkönigs auf dem Gewissen haben.

„Heute besuchen wir deinen Vater, dann können wir ihn bewundern und anfeuern!" Marlis packte das nötige Kleingeld sowie ein paar Kekse und Saft ein. Würde Julia ihren Vater heute zu einem Gesangsauftritt treffen? Der Weg führte sie vorbei an weitläufigen Feldern auf dem heißen Asphalt, eine leichte Brise kam nur durch den Fahrtwind auf, da Marlis sich für ihr Fahrrad entschieden hatte. Mühsam kamen sie voran, wobei der gigantische Bauch beinahe ans Lenkrad stieß. Es machte es nicht leichter, dass heute Piloten in ihren Starfightern im nahen Himmel Tieffliegen übten. Die Erschütterung erhöhter Dezibel drang vom Kopf bis in den Bauch. So mussten aufklärende Geschichtenerzählungen leider ausfallen, man war froh, das Ziel überhaupt zu erreichen.

In einer seichten Bucht hinter wenigen Pappeln tat sich ein grünes Feld auf, vereinzelt standen Gruppen von Menschen um das Feld herum. Gesungen wurde auch, allerdings wenig melodisch, es war eher ein rhythmisches Grölen, das den Hügel hinaufschallte. „Rudi vor, noch ein Tor! Rudi vor, noch ein Tor!" Als sie den Rand des Spielfelds erreichten, wurden sie überschwänglich von einem athletischen Kerl begrüßt, der so nah kam, dass er an den Bauch stieß: „Na, wie geht es dir und der Kleinen? Dein Rudi macht seinem Ruf als Torschützenkönig wieder mal alle Ehre. In der ersten Halbzeit hat er einen seiner berühmt berüchtigten Kopfbälle geschossen, der hat gesessen. Aber noch haben wir nicht gewonnen, schön, dass du jetzt da bist, kannst das Maskottchen spielen!" „Ich *bin* das Maskottchen und bringe mit meinem kleinen Maskottinchen im Bauch gleich doppeltes Glück!" „Na, dann schauen wir mal, will's dir gerne glauben!" Grinsend widmete der Mann sich wieder ganz dem laufenden Spiel. Trotz oder gerade wegen des etwas ruppigen Klangs seiner Worte empfand Julia ein wohlig entspanntes Gefühl, ihr kam die sonore Stimme vertraut vor, als ihre Mutter sie aufklärte: „Das, mein Schatz, ist Jupp. Er ist unser Nachbar und der Mitspieler deines Vaters, mit dem er am besten lachen und Bier trinken kann. Jupp hat sich beim letzten Spiel einen Bänderriss zugezogen und kann deshalb heute nicht mitspielen. Aber wir sind hier, damit du deinen Vater in Aktion erlebst und um ihn anzufeuern!" Sprach' s und machte erst einmal kehrt in Richtung Suppenkanone. Es gab zwei Eintöpfe zur Auswahl, Erbsensuppe oder Erbsensuppe mit Einlage. Marlis entschied sich für Erbsensuppe mit Einlage. Gerade als die klebrige grüne Masse sich im Plastiknapf verteilte, ging ein Raunen durch die Zuschauer, und dann zerschnitten Pfiffe die Luft. Neugierig wand sich

Marlis mit einem Ruck Richtung Feld, wobei ein üppiger Teil der Mahlzeit auf dem Bauch landete. Ein grüner Teich breitete sich auf ihrem weißen Blümchensommerkleid aus, auf dem auch die Einlage kleben blieb und langsam am säumenden Ufer des Teiches entlangrutschte. Julia wurde es warm, fast unangenehm heiß, und zu gerne wäre sie selber auf der Einlage gerutscht, hinabgesaust, um am Ende ein Stückchen abzubeißen. Vertieft in die Vorstellung eines rutschigen Ritts auf der Riesenbockwurst, bemerkte sie gar nicht, dass sie ihrem Ziel Stück für Stück näherkam und in Richtung Ausgang strampelte, bis sie von einem Sog erfasst wurde, aber da war es schon zu spät für eine Umkehr. Julia wehrte sich mit Händen und Füßen, gleichzeitig verspürte sie jedoch Vergnügen bei ihrer Rutschpartie, gegen die jegliche Abwehr erfolglos erschien. Also ließ sie sich treiben, bis es auf einmal ungemütlich eng wurde. Da wünschte sie sich nichts sehnlicher, als zurück. Sie glaubte, ihr Kopf müsse in tausend Teile zerspringen, Luft bekam sie auch nicht mehr. Mit einmal war alles vorbei. Innerhalb von Bruchteilen einer Sekunde merkte sie gar nichts mehr, bis sie von ihrem eigenen Schrei erschrak und erwachte. Der Schreck ließ ihre Augen aufgehen. Aber nur kurz, denn es war unerträglich hell, und mit einem Blinzeln erhaschte sie einen Blick auf die Bockwurst, unter grünem Brei begraben. Vorerst hatte sie genug gesehen, und durch die ganze Aufregung war ihr der Appetit gründlich vergangen. Sie wollte wieder weg, zurück, ob einschlafen half? Sie versuchte es, doch es gelang ihr nicht: „Tor, Tor, Tor!", dröhnte es über den Platz. Und dann bekam sich auch noch einen ordentlichen Klaps auf den Hintern.

Die kräftige Suppenverkäuferin entpuppte sich als erfahrene Landwirtin und Hebamme. Einerseits machte es für sie keinen Unterschied, ob sie ein kleines Mädchen, ein Ferkel oder ein Kalb in die Welt holte, andererseits empfand sie schon eine gewisse Freude darüber, dass jenes kleine frische Lebewesen nicht im Laufe seines Lebens als Einlage ihrer zünftigen Eintöpfe enden würde. Die ganze Angelegenheit ging ruck, zuck, kaum, dass die Wehen eingesetzt hatten, war das Kind auch schon zur Welt gebracht. Die resolute Bauersfrau griff nach ihrem Messer, mit dem sie ansonsten die Würstchen zerteilte, schnitt souverän die Nabelschnur durch und versetzte dem Winzling einen ordentlichen Klaps. Sie legte die Kleine sanft in die Arme ihrer Mutter, der sie zuvor ein Bett zur raschen Niederkunft aus ihrer wuchtigen Jacke und einer Plane, die für gewöhnlich zum Abdecken ihrer Suppenkanone diente, hergerichtet hatte. Friedlich lagen Mutter und Tochter im Schatten rauschender Pappeln. Erhobenen Hauptes machte sie sich auf den Weg in Richtung Spielfeld, um die frohe Botschaft zu verkünden. Sie beobachtete Rudi, der Blicke in Richtung seines Kameraden Jupps zum Spielfeldrand warf, so, als würde es ihn irritieren, dass seine Frau nicht wieder aufgetaucht war, um ihrer Funktion als persönliches Maskottchen nachzukommen. Dennoch: Er hatte durch einen geschickten Fallrückzieher seiner Mannschaft zum nahen Sieg verholfen. Die Mannschaft führte inzwischen 2:0 und hatte nur noch wenige Minuten zu spielen. Abpfiff! Endlich konnte die Bauersfrau ihre Mission zu Ende bringen und die Familienzusammenführung vollziehen.

Zwar hatte Julia sich noch nicht von ihrem Schrecken erholt, doch döste sie, von der Anstrengung noch ganz mitgenommen, in den Armen ihrer Mutter, was die Situation für sie erträglicher gestaltete. Eigentlich wünschte sie sich zurück dahin, woher sie gekommen war. Das ließ sich nicht einrichten, und so musste sie sich mit dem Leben arrangieren. Auf einmal spürte sie, dass ihr jemand über den Handrücken strich und sie willkommen hieß. Sie erkannte die Stimme ihres Vaters, und ihre Neugier siegte. Sie zwang sich, kurz ihre Augen zu öffnen, um einen Blick auf ihren Erzeuger zu haschen. Ziemlich groß erschien er ihr, doch das vermochte sie noch nicht zu beurteilen, denn alles um sie herum war einfach riesig. Eigentlich ein Grund mehr, gar nicht erst hinzuschauen. Sein markantes Gesicht wurde von dunklen dichten Haaren umsäumt, aus dem funkelnde braune Augen blickten. Seine Nase stach hervor und warf einen kleinen Schatten auf seine schmale Oberlippe, die einen ebenso schmalen Schnauzbart trug. Er schien sich zu freuen, denn seine Gesichtszüge waren zu einem Dauerlächeln entgleist. So viel stand fest, ob es nun an ihr oder dem gewonnenen Spiel lag, konnte Julia nicht beurteilen. Das Gesicht ihrer Mutter glich einer wellenförmigen Hügellandschaft, weich umhüllte sie eine Aura erschöpfter Glückseligkeit. Alle Formen waren geschwungen, rund und gebogen: ihre großen grünen Augen mit den sich Richtung Himmel biegenden, dichten schwarzen Wimpern, die beim Aufschlag an halbmondförmige Brauen stießen, ihre von wenigen Sommersprossen getupfte Stupsnase zwischen gewölbten Wangenknochen und ihre vollen, flügelförmigen Lippen, die beim Lächeln kleine Grübchen in ihre Wangen formten.

Behutsam wurde Julia nach Hause gebracht. Es war zwar nicht das, was sie sich unter einem Zuhause vorstellte, denn da kam sie gerade her, und dorthin gab es kein Zurück, jedoch, übel war es nicht. Sie erwachte in einem kleinen Bett, und kaum, dass sie einen Laut von sich gab, war ihre Mutter zur Stelle. So ließ es sich aushalten. Einzig die Bewegungsunfähigkeit machte ihr zu schaffen. Während sie in ihrem Ursprungs-Zuhause herangewachsen war, wurde es dort zwar täglich enger, bis sie sich zum Schluss nicht einmal mehr hatte umdrehen können, doch ständig war sie in Bewegung. Es ging von einem Ort zum anderen, was ihr Wohlbehagen verursacht hatte. Nun fühlte sie sich wie abgelegt und konnte an ihrem Zustand nichts ändern. Natürlich wurde sie hin und wieder per Kinderwagen chauffiert, doch ohne ständigen Mutterkontakt fehlte ihr der bisherige Tagesablauf, in Bewegung zu sein. Als sie wieder einmal nicht einschlafen konnte, brüllte sie und wurde überraschenderweise nachhaltig verstanden: Mal wurde sie auf dem Arm hin- und hergetragen, mal einfach ins Auto verfrachtet und gab Ruhe.

Sie lernte immer mehr Menschen kennen, die ihr meist wohlgesonnen waren. Nach ihrem Mittagsschlaf empfing sie Besucher, die sich neugierig um ihr Bett versammelten, manchmal lächelte sie versonnen, was dazu führte, dass sie als Wonneproppen bezeichnet wurde. Fußballkumpel Jupp kannte sie bereits, er hatte seine Frau Hilde im Schlepptau. Hildes erste Worte irritierten sie: „Huch, was ist das denn für ein Riesenbaby?" Jupp lenkte gleich ein. „Aber deshalb nicht so zerknautscht, und schau dir lieber ihre langen Haare an!" Egal, was er auch sagte, der singende Tenor seiner Worte beruhigte Julia augenblicklich, als ihre Mutter erklärte: „In den drei Wochen, die sie länger als erwartet in meinem Bauch war, hat sie vermutlich einen Entwicklungssprung gemacht und ist dann zügig als fertiges, glattes Baby auf die Welt gekommen. Es hätte mich zwar fast zerrissen, aber es war allein ihre Entscheidung." Bei den Worten „fast zerrissen" zuckte Julia zusammen, aber schon lag sie auf Jupps Brust, und alles war wieder friedlich. Ein ewiges Hin und Her, so kam es ihr vor. Es war fraglich, ob sie sich daran je gewöhnen würde. So war es auch mit ihren Omas, die regelmäßig und leider oft gemeinsam um ihr Bett standen. Zwar feindeten sie sich nicht offen an, allerdings war das auch nicht nötig, um zu bemerken, wie unterschiedlich die beiden waren, was häufig zu Spannungen führte. Cäcilie, Zilli genannt, war die Mutter ihres Vaters. Zäh und markant war nicht nur ihr Erscheinungsbild, sondern auch ihre Art, mit Menschen umzugehen. Sie hatte es nicht anders gelernt und eine wilhelminische Erziehung in die Wiege gelegt bekommen, nach dem Krieg ihr Hab und Gut verloren und ihre zwei Söhne alleine großgezogen. Sie war ruppig im Umgang, hatte Haare auf den Zähnen und überlegte nicht übermäßig, bevor sie sprach. Über ein Thema wurde grundsätzlich nicht gesprochen: Gefühle jedweder Art. Dafür konnte sie ihrem Lachen umso mehr freien Lauf lassen, was sie gerne und oft herzhaft tat. Dann schüttelte sie ihre rote Mähne in den Nacken, ihre braunen Augen wurden zu Schlitzen, und ihre Nase nahm das ganze Gesicht ein, das von starken Wangenknochen und einem kräftigen Kinn zusammengehalten wurde.

Ihre zweite Großmutter Helene hatte ihre runden, weichen Züge an Marlis weitergegeben. Zwar lachte sie auch gerne, wobei oftmals kleine Tränen die Wangen herunterkullerten, aber sie ließ auch anderen Gefühlen freien Lauf. Wenn sie schlecht gelaunt war, zogen sich ihre Mundwinkel nach unten, und sie hatte nicht die Absicht, in kürzerer Zeit etwas daran zu ändern. Gefühlvoll war sie nicht nur sich selbst, sondern auch anderen Menschen gegenüber, sie empfand tiefes Mitgefühl und strahlte die klassische Wärme einer gesunden Großmutter aus, mit rosigen Wangen und weißem Haar, das sie wöchentlich legen ließ. Beide meinten es gut mit Julia, wenn sie mit strahlend stolzen Augen um ihr Bett standen. „Mein Herzchen, hast du schöne lange schwarze Haare! Hier habe ich dir ein rosa Schleifchen mitgebracht, dann bist du noch schöner", sagte Helene, meinte allerdings: „Dann sieht man, dass du ein Mädchen bist" – was Zilli natürlich gleich durchschaute. „Klar, und in ein paar Wochen fangen wir an, ihre Haare legen zu lassen", sagte sie und schmunzelte breit. Was Helene allerdings gar nicht komisch fand, und automatisch zogen sich ihre Mundwinkel nach unten, sie konnte gar nichts dagegen tun. „Immerhin habe ich ihr etwas mitgebracht, was man von dir nicht erwarten dürfte." „Aber sicher", sprach Zilli und packte einen Möhrenbrei aus. „Selbst gemacht, damit die Kleine gesund groß wird." Helene entgegnete: „Dass du die Möhre nicht am Stück mitgebracht hast, ist ja schon ein Fortschritt. Und in ein paar Wochen fangen wir an, das Kind an deinen selbst gemachten Heringssalat zu gewöhnen. Mit viel Glück wird sie ihn dann in einigen Jahren freiwillig essen und hat so dem Rest der Verwandtschaft einiges voraus!", stichelte sie weiter, und ihre Mundwinkel richteten sich wieder nach oben auf, wenn auch ein wenig verkniffen. Das änderte sich, sobald sie Julia aus ihrer Wiege gehoben hatte und an ihre Brust gedrückt hielt. Ihre Züge wurden sanft, und sie nahm die Gestalt einer rosigen Putte an. Die Küsschen kamen später, noch reichte es, der Kleinen sanft über den Rücken zu streicheln und dabei leicht zu schunkeln. Allzu lange konnte die Ruhe nicht währen. „Wenn du so weitermachst, wird ihr schwindelig und schlecht, gib sie mir lieber mal rüber", forderte Zilli ungeduldig. „Klar, damit ihr von deinem Kölnisch Wasser übel wird." Widerwillig legte Helene ihrer Mitstreiterin die geliebte Enkelin in deren Arme.

Julia blieb ruhig, für sie spielte es keine Rolle, in welchen Armen sie sich gerade befand. Zumindest wenn es um ihre Großmütter ging, da machte sie keinen Unterschied, zumal beide den unwiderruflichen Geruch des Alters ausdünsteten. Die eine versuchte ihren Eigenduft mit Kölnisch Wasser zu übertünchen, die andere mit Maiglöckchen-Spray und Deodorant, das wechselte, je nach Sonderangeboten. Das jeweilige Ergebnis war nahezu identisch, denn der Altersgeruch war über jede Unterdrückung erhaben. Julia war geruchsneutral, noch war sie unantastbar und gefeit, gelegentlich meinte sie, ihre Haut rieche nach Milch und je nach dem auch nach frischen Möhren, besonders nach der Mittagszeit. Als es ihr langsam auf Großmutter Zillis Armen zu ungemütlich wurde, zog ihr der Duft von frisch gemahlenem Kaffee in die Nase. Den kannte sie bereits, und zwar mit einem Extra-Schuss Kondensmilch zum Frühstück. Jetzt lockte der Geruch ihre beiden Großmütter zum Nachmittagskaffee fort ins Wohnzimmer. Da waren sich beide ausnahmsweise einig: Es gab nichts über frisch gebrühten Kaffee mit Kuchen, vorzugsweise Apfelriemchentorte und je nach Saison Erdbeer- oder Pflaumenkuchen, mit einem ordentlichen Klacks Schlagsahne, die es immer häufiger aus einer fertigen Sprühflasche gab, wodurch sie ein wenig nach Chrom schmeckte. Julia war wieder alleine und konnte sich ausführlich mit ihrer neuen Schleife beschäftigen. Zum Einschlummern stellte sie sich einfach vor, sie läge auf der breiten Brust von Nachbar Jupp, der sie mit seinem gleichmäßigen Atem in die Traumwelt führte. Dort angekommen, plantschte Julia im Fruchtwasser der Gezeiten, ohne den Unterschied zur Welt im Wachzustand zu kennen.

Die Zeit verging, die Siebzigerjahre hatten sich langsam eingespielt, Julia hatte laufen und sprechen gelernt, und wenn sie nicht gut einschlafen konnte, weil ihre Eltern gerade nicht zu Hause waren, ging sie einfach nach gegenüber, wo Jupp und Hilde wohnten. Dort war immer ein warmes Plätzchen im Ehebett der beiden für Julia frei, wo sie wohlig zu dritt in Löffelchen-Stellung in friedlichen Schlaf sanken. Marlis erzog, oder besser, zog ihre

Tochter im Geiste der Zeit groß. A. S. Neills Kinderbuch „Die grüne Wolke" war das erste Buch, das Julia vorgelesen bekam. In diesem Buch durften die Kinder alles, es gab keine Regeln und keine Verbote. Vollends sich dem antiautoritären Prinzip zu unterwerfen, hielt Marlis allerdings für keine gute Idee. Sie bevorzugte das abgeschwächte Prinzip des Laissez-faire. Sprich: Zwar durfte Julia tun und lassen, was sie wollte, wenn es allerdings zu brenzlig wurde und sie kurz davor war, beim wilden Schaukeln von der Wippe zu fallen, sorgte Marlis wenn möglich dafür, dass es nicht so weit kam. Denn „Aus Schaden wird man klug" oder „Lerne fürs Leben" und ähnlichen allgemeingültigen Weisheiten schenkte sie keine Bedeutung, zumal es letztendlich an ihr hängen blieb, ihr Kind zu verarzten, was sie sich ersparen wollte. Obwohl Julia etwas gegen Vitamine zu haben schien, wurde sie selten krank. Julia mochte weder Fleisch noch Gemüse oder frisches Obst essen, was die Auswahl an Speisen reduzierte. So gab es Nudeln mit Tomatensoße, Tomatensoße mit Spaghetti, bevorzugt „Mirácoli", Eierravioli aus der Dose, Pfannkuchen, Apfelpfannkuchen, in Maßen Bratkartoffeln, Pommes frites, Fischstäbchen, Chips, Kartoffelpüree, falsches Schnitzel, also die übrig gebliebene Schnitzelpanade mit einem extra Ei ausgebacken und mit der Erfindung von Tiefkühlpizza gerne auch als besondere Delikatesse Pizza Margherita oder Tonno.

Julia durfte essen, was und wie viel sie wollte, und da sie außerdem weder Süßigkeiten noch Kuchen mochte, brauchte Marlis sich weder um Julias Leibesfülle noch um ihren Geldbeutel zu sorgen. Sie sorgte sich in der Regel sowieso nicht sonderlich, die Dinge kamen schon immer wieder ins Lot. Ein klein wenig sorgte sie sich über die Ruhe, mit der sich Julia stundenlang allein beschäftigen konnte, und damit aus ihrer Tochter kein Sozialkrüppel wurde, schlug sie Rudi vor, ein Geschwisterchen für Julia in Erwägung zu ziehen. Als das vom Familienvorstand abgelehnt wurde mit der Begründung, dass ein Kind reichen würde, holte Marlis ständig Ersatzkinder ins Haus. Sie lud Kinder aus der Nachbarschaft zum Essen und Spielen ein, und die, mit denen Julia Freundschaft schloss, durften über Nacht bleiben. Das konnte auch Rudi nicht stören, da sein Rhythmus konträr zum Familienleben stand.

Rudi lebte in seiner eigenen Welt, die eine kleine Schnittmenge mit der seines Familienlebens aufwies, was sich an gelegentlichen Waldspaziergängen und seltenen geselligen Abenden an der Seite seiner Lieben festmachen ließ. Neben seiner gelegentlichen Arbeit als städtischer Angestellter, für die er sich nicht sonderlich interessierte, verbrachte er seine restliche Zeit auf dem Fußballfeld. Am Wochenende fanden seine Spiele bei der Landesliga statt und abends nach der Arbeit das Training. Und wenn er selber nicht trainierte, dann trainierte er die Jugend oder schmiss sich in seine schwarze Schiedsrichterkluft und verdiente sich so hier und da noch einen Groschen dazu, den er noch am selben Abend mit seinen Sportsfreunden wieder an der Theke bei einem oder auch zehn kühlen Bieren vertrank. In solchen Fällen wusste die Nachbarschaft am nächsten Morgen Bescheid, denn Jupp und er mutierten auf ihrem nächtlichen Heimweg zu munteren Straßenmusikanten und trällerten lauthals Duette, mehr oder weniger melodisch. Wenn in Ausnahmefällen kein Fußball gespielt wurde, schwang sich Rudi auf sein Rad oder zog seine Bahnen im Schwimmbad mit anschließendem ausgiebigem Saunabesuch. Da blieb wenig Zeit für seine Familie, was diese ihm nicht übel nahm, denn sie konnte sich sehr gut ohne ihn beschäftigen. Dazu kam: Wenn er ausnahmsweise einmal länger als eine Stunde am Stück zu Hause war, sprach er kaum ein Wort und versteckte sich hinter seiner Zeitung. So störte er niemanden, und niemand störte ihn.

1. Kapitel
Ministranten

Es hätte ewig so weitergehen können, aber natürlich konnte dem Fluss der Zeit nicht Einhalt geboten werden. Zwar schmückten weiterhin Plakate mit finster blickenden Gestalten in roten Rahmen die Litfasssäulen, doch inzwischen waren Palästinensertücher in Mode gekommen und verloren an politischer Bedeutung. Als auch der letzte Familiengoldfisch aus seinem runden Glashaus ohne Sauerstoff gesprungen war, ein Teil des staubigen Feldwegs asphaltiert, Pfützen mit Kaulquappen selten geworden waren und der Fluss offiziell nicht mehr zum Baden einlud, da es erste Messungen über PH-Werte gab, fasste Marlis den Entschluss, ihre rosarote Brille abzulegen und arbeiten zu gehen, um mit beiden Beinen mitten im Leben zu stehen. Die traute Zweisamkeit mit ihrer Tochter wurde Schritt für Schritt aufgelöst, denn auch die Kleine sollte ihre Weltfremdheit verlieren, mit der sie bisher liebevoll großgezogen worden war – in kleinen Schritten, damit der Aufprall nicht zu hart werden würde. Was war da naheliegender, als sie dem Schutz der katholischen Kirche anzuvertrauen? Dieser Schutz sollte ihre Tochter behüten, während sie ihren eigenen Interessen nachgehen konnte. So kam es, dass Julia zuerst zur Schola und dann zur Ministranten- und Vorbetergruppe angemeldet wurde. Schola bedeutete, dass Julia zusammen mit einer Gruppe von Kindern die Kirchenbänke füllte und gemeinsam Kirchenlieder lauthals geträllert wurden, die man zuvor geprobt hatte. Das fiel Julia leicht, denn sie hatte schon immer gerne gesungen. Weniger leicht fiel ihr das wöchentliche Ministranten-Treffen, und sie war die Einzige ihrer Gruppe, die sich nicht zum Messdiener ausbilden ließ, trotz der Fortschrittlichkeit, dass man sie als Mädchen überhaupt danach fragte. Umso schlimmer schien ihre Absage, denn Mädchen hatten zu gehorchen, und ihr Wille sollte gebrochen werden. Es existierte nur ein Wille, und zwar der Wille der Gruppe, der wiederum der Wille des Pfarrers, seiner Kirche, und somit Gottes Wille war.

Im Kreise der Gruppe schaute Pfarrer Simmrath mit seinem ihm eigenen süffisanten Lächeln in die Runde, bis sein stechender Blick auf Julia haften blieb. „In unserem kleinen Kreis gibt es ein Mitglied, das unserem Herrgott nicht dienen möchte." Schweigen. Julias Vorliebe für das Vorbeten und Abneigung gegen Messdienerkutten und Gebräuche waren niemandem verborgen geblieben. Alle starrten sie an, neugierig auf das, was passieren würde. Julia schaffte es, nicht rot zu werden, auch wenn ihre Brust vor Aufregung pochte. Dann hob sie den Kopf und schaute dem Pfarrer direkt in die Augen. Seine Pupillen flackerten und hatten sich auf Stecknadelgröße zusammengezogen, in seinem Schoß hütete er die Bibel. Julia sprach kein Wort und wartete ab, was folgen würde. Sie wollte das Schweigen nicht brechen, um es bis ins Unerträgliche in die Länge zu ziehen. Deutlich vernahm sie im Hintergrund das monotone Surren eines Staubsaugers. Unermüdlich wieselte des Pfarrers Vorstehdame Frau Ackermann in der Nähe des von Gott Gesandten umher, um bloß nicht den Radius der Rufweite verlassen zu müssen. Der Pfarrer brach das tickende Schweigen. Eins zu null.

„Julia, du bist die Einzige in unserem Kreis, die sich nicht zum Messdiener ausbilden lässt. Wieso möchtest du dich von unserer Gruppe distanzieren?"

Julia überlegte einen Moment, bevor sie antwortete und unterdrückte ihren Impuls, den Raum einfach zu verlassen. „Ich distanziere mich nicht von der Gruppe, wenn die Gruppe sich nicht von mir distanziert", stellte sie fest.

„Du grenzt dich ab, wenn du nicht die gemeinsamen Vorbereitungen der Eucharistie mitgestaltest, nicht nur von der Gruppe, sondern auch von Gott."

„Gott kann mich nicht ausgrenzen, denn er ist in mir. Und Sie haben einen vergessen, der mich ausgrenzt, und zwar gerade jetzt in diesem Moment, und das sind Sie selbst mit Ihrer Ansprache hier vor der Gruppe." Ihre Stimme war zittrig, sie hatte ihren ganzen Mut zusammengenommen, um sich gegen den Mann zu erheben. Den Mann Gottes.

„Ich muss mich außer vor Gott vor niemandem rechtfertigen, von daher werde ich nicht auf deine Anschuldigung eingehen. Und wenn du ein Gespräch unter vier Augen vorziehst, so komme in den Beichtstuhl, denn da bist du richtig aufgehoben." Julia nutze das kurze Schweigen seiner Rede aus: „Ich bin nicht diejenige, die das Gespräch sucht."

„Das solltest du aber, es täte dir sicher gut", warf der Pfarrer ein. Schnell erwiderte Julia: „Mag sein, aber dann freiwillig, wenn ich es mir aussuche und mit wem ich möchte."

„Willst du damit sagen, du möchtest nicht mit mir hier in unserer Gruppe sprechen?"

„Das habe ich nicht gesagt, es kommt in diesem Fall ganz auf das Thema des Gesprächs an."

Der Pfarrer verdrehte die Augen gen Himmel, als hoffte er auf Hilfe von oben. Aber die kam nicht, jedenfalls nicht sofort und nicht für ihn.

„Du bist hier das Thema des Gesprächs und ich derjenige, der das so möchte. Also, Julia, wieso möchtest du keine Messdienerin werden?" Julia ließ einige Sekunden verstreichen und im Geist das vorausgegangene Gespräch Revue passieren.

„Diese Frage kann ich besser beantworten als die Frage, wieso ich mich vermeintlich von der Gruppe distanziere. Im Übrigen mag es sogar sein, dass ich mich von der Gruppe distanziere, und auf das ‚Wieso' kenne ich keine Antwort. Vermutlich bin ich nicht besonders sozial." Dabei huschte ein Schmunzeln über ihr Gesicht, das sie nicht verbergen konnte. „Nun gut, das war nicht die Frage. Wieso ich keine Ministrantin werde, ist ganz einfach: Ich bevorzuge den Dienst als Vorbeterin und Sängerin während des Gottesdienstes, da mir diese beiden Tätigkeiten liegen und ich so lieber Gott diene."

„Und so wirst du nie erfahren, ob dir der Dienst als Messdiener ebenfalls läge", vollendete der Pfarrer Julias Antwort.

„Was ich allerdings weiß", entgegnete Julia, „ist, dass mir weder langes Stehen noch der Geruch von Weihrauch gut tut." Bei der bloßen Erinnerung an ihre eigene Übelkeit während einer Messe, als vorne am Altar plötzlich und völlig unerwartet Messdiener Gregor kreidebleich auf die Erde fiel, wurde es Julia beinahe wieder mulmig zumute. Doch es war nicht an der Zeit, sich diesem unangenehmen Gefühl hinzugeben. Ein stärkeres Ärgernis überkam Julia, als ihr bewusst wurde, dass sie soeben ihre eigene Schwäche ausgeplaudert hatte. Was ging es den Pfarrer schon an, dass sie ein Problem mit Stehen und Weihrauch hatte? Zumal er dies nun als Makel abtun, sich darauf stürzen, ihre Schwäche thematisieren und sezieren konnte. In dieser Hinsicht erwartete Julia nicht mehr von Pfarrer Simmrath als von den meisten anderen Erwachsenen, von denen sie es gewohnt war, auf wenig Verständnis zu stoßen. Erwachsene wollten einen „formen", hieß es dann. Das war nichts anderes, als ihren eigenen Willen den Jungen aufzudrücken, was ihnen auch meistens gelang, allein schon wegen ihres Erwachsenenstatus.

Wie aufs Stichwort ging Pfarrer Simmrath darauf ein: „Alles eine Frage der Übung. Du bist noch jung, Julia. Nimm die älteren Herrschaften als Vorbild, die trotz Gelenkschmerzen tapfer auf den Bänken knien. So zeugen sie Gott den verdienten Respekt. Und du schaffst es noch nicht einmal, in jungen Jahren länger zu stehen? Was soll Gott von dir denken?"

So langsam wurde es albern. In diesem Zusammenhang zu fragen, was Gott dachte. Wer konnte das schon wissen? Dem Pfarrer jedenfalls konnte sie es sowieso nicht recht machen und hatte auch gar keine Lust dazu. Die Aufregung vor dem Gespräch war Langeweile gewichen. Es war müßig, weiter mit dem Pfarrer zu diskutieren. Klein beigeben, ohne ihm noch einen Stich zu versetzen, dazu konnte Julia sich allerdings bei aller christlichen Nächstenliebe dann doch nicht überwinden: „Dafür schaffe ich andere Sachen, die nur Gott kennt, und nur Gott weiß, was ich denke, und das ist niemals schlecht. Deshalb wird Gott nicht schlecht von mir denken können. Sie werden hingegen niemals wissen, was ich denke, und wie oder was Sie über mich denken, das ist nicht Gottes

Angelegenheit, sondern Ihre persönliche." Er fiel ihr ins Wort: „Möchtest du wissen, was ich über dich denke?" „Nein." „Aha, dir fehlt wohl der Mut zur offenen Konfrontation!" Dass Erwachsene immer irgendwelche Schlüsse ziehen mussten! Sollten sie nur, es war ihr egal, es sollte einfach nur aufhören! Das Gespräch würde nur unnötig in die Länge gezogen, ein schlüssiges Ende für beide Seiten war nicht in Sicht. Der Pfarrer würde ihren Entschluss, kein Messdiener zu werden, nie akzeptieren, musste ihn allerdings hinnehmen. Ein Bruch mit ihm war also vorprogrammiert, und sie würde es in Zukunft nicht leicht haben. Sie antwortete: „Ja." Pfarrer Simmrath widmete sich mit dem schmalen Lächeln eines billigen Sieges nach kurzen abschließenden Worten seinen anderen Schäfchen.

Eines davon hatte besonders blaue, besonders kullernde Augen und natürlich blonde Locken. Sie konnte es leicht haben. Es sei denn, sie würde es sich selbst schwermachen. Bettina war das am weitesten entwickelte Mädchen der Gruppe, zumindest körperlich betrachtet. Geistig sah das anders aus: Ihr fiel der Schulunterricht schwer. Um etwas zu begreifen, brauchte sie viel Zeit, manchmal half auch das nicht. Zwar schaffte sie ihre Abschlüsse, allerdings musste sie auch einiges dafür tun, und insbesondere dann, wenn es sich um weibliche Lehrkörper handelte, halfen nur noch Nachhilfestunden. Im Kreise der katholischen Kirche war das nicht nötig, und Bettinas Radius fing bei Pfarrer Simmrath an und hörte eben dort auf. Ihr Interesse schloss nicht nur Pfarrer Simmrath ein, sondern außerhalb der Gruppe auch Lehrer Meier Ludwig, Mitschüler Thomas oder Jan oder Nachbarssohn Jörg oder Thilo oder Nachhilfelehrer Dietmar oder Chris de Burgh oder nicht zuletzt ihren Vater wegen seiner Ähnlichkeit mit Chris de Burgh – oder war es Chris de Burgh wegen der Ähnlichkeit zu ihrem Vater? Jedenfalls hatte jedes Mädchen sein Hobby. Die einen verbrachten ihre Zeit im Reitstall, die anderen mit Musikhören und lesen und wieder andere mit Jungs. Bettina gehörte eindeutig zu Letzteren, alles drehte sich bei ihr um Jungs, auf andere Ideen kam sie erst gar nicht. Das machte es so einfach.

2. KAPITEL

BLUES TANZEN

Ideenreichtum gehörte nicht zu den Stärken der Kinder, mit denen Julia als kleines Mädchen Umgang pflegte. In Julias Erinnerung tauchte Bettina als eines dieser ziemlich langweiligen Kinder aus der Nachbarschaft auf, die in ihrer frühen Kindheit dazu dienten, das Zuhause zu beleben und Julias soziale Kompetenz zu prägen. So viel zu Marlis Intention, wenn sie ihrer Tochter die Kinder anderer Mütter vorstellte oder Julias frisch gebackene Freundin beim ersten Besuch zu Hause so empfing, als wäre es ihr eigenes zweites Kind, das sie nie bekommen hatte. Jedes Mal aufs Neue. Julia überlegte, welche dieser zahlreichen Gefährtinnen Bettina gewesen sein mochte. Ist sie diejenige gewesen, deren Gesichtszüge von einer auf die andere Minute aus unerfindlichen Gründen entglitten und die eben noch ausdruckslosen Züge in eine Fratze aus Wut verwandelten, deren Ursprung nicht zu ergründen war? Der Grund schien nie wichtig genug, um ernsthaft zu versuchen, ihn zu finden, selbst dann nicht, wenn das Mädchen sich zu guter Letzt mit tosendem Gebrüll auf die Kacheln schmiss. Oder ist Bettina das Mädchen gewesen, das einen besonderen Gefallen daran fand, ihren chronisch dünnflüssigen Nasenschleim mit den Fingern über die Oberlippe in den Mund zu schieben, bis sich eine regelrechte Hasenscharte bildete? Oder war es Bettina, die immer davon sprach, dass ihr „Herz blute", sobald eine Auseinandersetzung drohte, womit diese sofort im Keim erstickt wurde? Schuld an einem vor Blut triefenden Herzen zu haben wollte niemand, sodass dieses Mädchen letztendlich immer seinen Willen bekam. Eines hatten die zahlreichen Spielgefährtinnen gemeinsam: keine Vorstellung davon, was sie spielen wollten. So blieb es an Julia, sich Spiele auszudenken und vorzuschlagen. Ihre Vorschläge wurden meist ohne

Gegenvorschlag mit der Begründung, keine Lust zu haben und etwas anderes spielen zu wollen, abgelehnt. Daraufhin gehörten zu Julias ersten Wörtern, die sie schreiben lernte, fünf Spielmöglichkeiten, unter denen ihre jeweilige Spielpartnerin eine ankreuzen konnte. Der Vormittag war gerettet, meistens damit, in der Küche alles leidlich Appetitliche, das der Kühlschrank bot, mit Chips zusammenzumatschen, sodass es essbar war. Man probierte sich als Köchin aus, Graus aller anderen Mütter, deren Küche heilig war. Nicht so Marlis: Sie freute sich über Julias Selbstständigkeit und darüber, dass sie zu Mittag nur noch die übrig gebliebenen Reste zu verwerten brauchte.

Welches Kind Bettina war, spielte letztendlich keine Rolle mehr. Eines unter vielen, das nun wieder in Julias Leben aufgetaucht war. „Julia, heute habe ich meine neue Freundin Britta eingeladen und ihre Tochter Bettina gleich mit. Als ihr noch klein ward, habt ihr eine Weile miteinander gespielt." Sagte Marlis. „Dein Vater und ich treffen Bettinas Eltern Britta und Adi bei unseren Kegelabenden, und da dachten wir, ihr beide solltet euch auch näher kennenlernen." Marlis lächelte. „Wir kennen uns bereits aus der Ministranten-Gruppe", erläuterte Julia. „Na ja, ‚kennen' ist da wohl nicht ganz richtig, du hast Bettina noch nicht nach Hause eingeladen oder von ihr erzählt. Das Kennenlernen holen wir heute gleich nach. Kommt alle mit ins Wohnzimmer, Kaffee und Kuchen stehen bereit!", rief Marlis energisch aus. Britta stelle sich während des Kaffeekränzchens als unglaubliche Quasselstrippe heraus, und wenn es aus ihr gerade nicht heraussprudelte, so aus Marlis, die jede freie Sekunde nutzte, ihren Sermon hinzuzufügen. Julia hörte nur so lange zu, bis sie sicher war, dass es bei den Kennenlern-Geschichten weder um sie noch um Bettina ging. Bei Bettina ging es nur um Jungs, und bei ihrer Mutter drehte sich alles um sie selbst. „Julia?", drang Bettinas Stimme zu ihr durch. „Kommst du am Samstag auch zur KJG-Party?" Die Katholische Jugend Gemeinschaft vereinte alle ortsansässigen Jugendlichen, abgesehen von den drei evangelischen Seelen, die bereits bei allen Kommunionsfestivitäten ausgeschlossen wurden. Die KJG vereinte alle unter dem Dach der Kirche, auch die älteren Jungs, von denen erstaunlich attraktive dabei waren. Es sollten also Ausreichende am Start sein, damit Bettina sich in ihrem Element fühlen und Julia Party machen konnte. „Klar! Dann sehen wir uns am Samstag dort." Der Tisch versank erneut in Wasserfällen voller Redefluss.

Für Julia war die Begegnung mit Jungs noch unverfänglich, und lediglich ein vages Prickeln ließ sie erahnen, was noch auf sie zukommen würde. Dieses Prickeln, eine leichte Aufregung, kam immer, wenn sie Michael auf der Straße traf. Inzwischen lächelte er sie an, manchmal grüßten sie sich auch. Michael war schon älter, was die Tatsache, dass er Julia überhaupt wahrnahm, umso erstaunlicher machte. Julia empfand die leichte Aufregung als angenehm und unangenehm zugleich. Der Magen kräuselte sich, Unsicherheit machte sich breit, gleichzeitig eine gewisse Erregung, die Vorbote etwas Verbotenen sein konnte. Bisher kannte sie Freude und Aufregung, die sich auch in Ärger wandeln konnte. Konnte sich dieselbe Aufregung letztendlich in Wut oder Trauer ausdrücken?

So genau wollte Julia es dann doch nicht wissen, als sie Michael wenige Tage später auf der KJG-Party erspähte. Er stand ein wenig abseits und nippte versunken an seinem Bier. Sein angewinkelter Unterarm wurde in rotes Partylicht getränkt und stellte markante Adern zur Schau. Der Anblick von Michaels drahtigen Unterarmen versetzte Julia ein schummriges Gefühl im Bauch, jetzt hatte sie sich endgültig verknallt! Doch sein Blick verlief im Leeren, sie versuchte, ihn zu fangen, als sie von Bettina gestört wurde. Wenn Bettina sich auskannte, dann mit Jungs: „Der Micha scheint ja langsam bierselig zu werden. Wenn du dich für ihn interessierst, solltest du die Lage ausnutzen! Komm mit!", forderte sie. Julia fühlte sich ertappt. Es war fast unerträglich schwül, flimmernde Pünktchen vor Augen mahnten Julia, dass ihr Blutdruck den Bach runterging. Bettina packte sie am Arm, boxte den Weg frei, über die Tanzfläche vorbei an Luftgitarren rockenden langhaarigen Jungs, die den ganzen Nachmittag ihrem Auftritt zu AC/DCs „Hells Bells" entgegengefiebert hatten. Der nass geschwitzte Oberkörper eines stadtbekannten, verhaltensauffälligen Herbie kam Julia mit unaufhaltsamer Wucht entgegen. Als sie sich an ihm vorbeizwängen wollte, schob Herbie sich ruckartig an ihre Seite, wobei sein Achselschweiß ihre Wange benetzte und sein überbordender Pubertätsspeck feuchte Flecken auf Julias neuem Fruit-of-the-Loom-T-Shirt hinterließ.

Natürlich schien Herbie von all dem rein gar nichts mitzubekommen, ebenso wenig wie Bettina, die sich gerade darüber ereiferte, dass ihr Dekolleté ein paar Spritzer Apfelsaftschorle abbekommen hatte. Sie zupfte ihren ausladenden Ausschnitt zurecht, der durch die perlende Apfelnote noch mehr zur Geltung kam. Dann plusterte Bettina sich vor Michael auf, Julia hinter sich im Schlepptau: „Na, Micha, bist du morgen im Schwimmbad dabei, wenn Pfarrer Simmrath zum Wasserball einlädt?", fragte sie ihn auffordernd. Julia bemühte sich derweil, ihre schweißdurchtränkte Seite hinter Bettina zu verstecken und hoffte, dass der strenge, ranzige Geruch nach Testosteron, den ihr T-Shirt angenommen hatte, durch Bettinas Apfelduft übertüncht wurde. Sie lächelte verkrampft, und die latente Verzweiflung ließ ihr Lächeln, das so lieblich wie möglich erstrahlen sollte, aufgemalt erscheinen. Julia kam sich wie Barbie vor und hoffte inständig, dass keine unbemerkten Essensreste zwischen ihren Zähnen hervorblinkten. Doch selbst wenn, so wäre es Ken kaum aufgefallen, allzu sehr hatte Bettina sich im Vordergrund positioniert. Julia stand im Abseits, von wo aus sie Michael untersuchte und feststellte, dass dessen Blick nicht nur ganz glasig war, sondern auch bedächtig an Bettinas Busen hängenblieb. Sein Zustand schien von dumpfer Partylaune in dumpfe Geilheit zu gleiten. „Was haste noch mal gefragt?" Er hatte seine Zunge nicht mehr gänzlich unter Kontrolle. „Ob du morgen auch zum Wasserball kommst!" „Ja, klar doch!" Die Worte tröpfelten aus seinem Mund, wie die kleinen Schweißperlen aus seiner Schläfenhaut. „Klasse, dann sehen wir uns morgen schon wieder", flötete Bettina. Es folgte ein Moment der Stille, der durch eine Unterbrechung der Musik betont wurde. Scheinbar irritiert von unerwarteter Ruhe, schielte Michael benebelt über Bettina hinweg und schien Julia überhaupt erst wahrzunehmen. Er versuchte zum Gruß zu lächeln, doch heraus kam ein breites Grinsen, das Julia so ausdeutete, als amüsiere er sich über ihre angestrengte, auffallend nach Herbie müffelnde Erscheinung. Viel Zeit zum Nachdenken blieb nicht, denn nach der Stille entschied der Diskjockey, die Zeit sei nun reif für einen Blues. Mit dahin gehauchtem „Bada dada, bada dada" setzte Flying Pickets „Only you" ein, und Unruhe machte sich breit. Man tat so, als wolle man sich unsichtbar machen, und so trafen schelmische Blicke in der vorgegaukelten Leere aufeinander.

Es gab keinen Ausweg, der Blues musste getanzt werden, und jedem noch so unmusikalischen Tänzer gelang es, mehr oder weniger eng umschlungen mit seiner Partnerin hin und her zu wippen, wobei das Taktgefühl weniger eine Rolle spielte als die Nähe zum Partner. Die ganz Verliebten und Mutigen umarmten sich so, dass das Mädchen seinen Kopf auf die Brust seines Partners legte und seine Arme um dessen Nacken schlang, während der Junge seine Hände auf der Taille oder gar tiefer posierte. Besonders verwegene Jungs steckten ihre Hände tief ins Hosenbund ihrer Partnerin, manche funktionierten den Po als Trommel um und klopften mit den Fingern im Takt auf den Pobacken auf und nieder. Weniger resolute Anwärter wahrten mit angespannten Unterarmen Distanz, die Hände prüfend auf den Hüften ihrer Partnerin geparkt. Julia rechnete sich zwar schlechte Karten aus, aber hoffte dennoch, dass Michael mit ihr tanzen wollte. Sie nahm ihren Mut zusammen und schaute in seine Richtung. Bettina hatte bereits ihre Arme um Michaels Taille geschwungen. Das mit dem Nackenumschlingen konnte ja noch werden, und später würde Bettina ihr glaubhaft versichern, dass sie Julia lediglich demonstrieren wollte, wie man die Lage von Bierseligkeit nun konkret ausnutzen konnte. Dass Michaels Hände zum Ende hin immer tiefer rutschten, dafür konnte sie schließlich nichts. So war das. Und Julia hatte ja auch nur das Ende auf der Tanzfläche mitbekommen können, weil sie selber ganz innig den Blues getanzt hatte. So könne sie sich jetzt nicht beschweren.

Den Blues getanzt hatte sie wohl, allerdings zwangsläufig und gezwungenermaßen mit Herbie. Noch ganz benebelt von seinem Auftritt mit der Luftgitarre, fiel er Julia regelrecht um den Hals, um geschickt seinen Schwindel zu kaschieren. An Julia konnte er sich festhalten, und so eierte er triefend mit ihr zwischen den anderen Paaren vorbei, wobei er an jedem seine Duftmarken hinterließ. Takt für Takt hatte er Julia im Griff und speiste dabei die eingetrockneten Flecken auf Julias T-Shirt mit frischem, hormongetränktem Schweiß. Schweiß war normal, als prüde und zimperlich galt, wer sich davon beirren ließ. Julia hielt durch, einen unangenehmen Abgang wollte sie sich ersparen, zumal sie gar nicht sicher sein konnte, dass ihr bei diesem festen Griff eine Flucht überhaupt möglich war. Herbies Hände griffen immer fester zu und schoben ihre Taille in seine Richtung, während sich sein Becken beharrlich mit kräftigen kleinen Kreisen nach vorne schob, immer ein Stückchen näher im Anmarsch, bis Julia seinen Schwanz beim Aufprall an ihren Hüftknochen fühlte. Es musste der Schwanz sein, es fühlte sich hart, aber nicht knochig an. Da Julia bisher noch keinen Kontakt mit einem Schwanz gehabt hatte, konnte sie nur vermuten, dass es sich bei der Erhebung um einen erigierten Penis handeln musste. Sie fühlte sich mulmig und war froh, als die Flying Pickets endlich Ruhe gaben. Mit einem harten Break schmiss der Discjockey „We will rock you" ein, und Herbie konnte sich schlagartig auf den Boden knien und luft-trommeln, wie die Mehrzahl der Jungs, die einen Ständer hatten. Der DJ verstand sein Handwerk. „Wie peinlich!", wurde Julia von Bettina begrüßt. „Peinlich", das war Bettinas bevorzugte Bezeichnung für geradezu alles und jeden. Ihr war zwar nie wirklich selber etwas peinlich, aber umso schicker fand sie es, etwas peinlich zu finden. Darauf hatte Julia jetzt keine Nerven. Sie überhörte Bettinas künstlich aufgebaute Spannung, nach dem „Was?" zu fragen und schlug stattdessen vor, eine Cola zu trinken und sich dann gemeinsam auf den Heimweg zu machen. Sie waren mit dem Fahrrad hergekommen, und es begann zu dämmern. Bettina setzte dazu an, eine mürrische Abwehrhaltung einzunehmen, doch dann überlegte sie es sich anders und stimmte Julia zu. „Na, wie fühlte es sich an, mit Michael Blues zu tanzen?", fragte Julia, zwei kleine Cola-Flaschen in der Hand, wovon sie eine Bettina reichte. „Wie sollte es sich schon anfühlen. Er hatte feuchte Handflächen und eine Bierfahne. Ein wenig gewankt hat er auch beim Tanzen." „Was anderes fällt dir nicht ein?", stocherte Julia weiter. „Es hat dir doch gefallen, das konnte man sehen! Ich hatte schließlich nichts anderes zu tun, als ich in Herbies Armen gefangen war." „*Ihm* hat es gefallen! Und damit meine ich, Michael komplett, in seiner ganzen Größe, so viel steht fest!", antwortete Bettina mit brutaler Ehrlichkeit. Julia spürte augenblicklich einen Kloß im Hals. Sie nippte lustlos an ihrer Cola und sah dabei Michael weit entfernt an eine Fensterbank gelehnt. Die Fenster waren von dichten Vorhängen verdeckt, sodass keine Helligkeit in den Tanzraum eindrang, um den Gästen zu vermitteln, es wäre mitten in der Nacht und sie erwachsen. Sie konnte ihn sich nicht madig machen, ihn nicht hässlich reden, wie er da stand mit seinem leicht gekrümmten Kreuz und seinem schokobraunen Haar, das etwas spröde ins Gesicht fiel. Langsam reichte es ihr hier! Zu guter Letzt gurgelte auch noch Feargal Sharkeys Kehle unerträglich knödelnd durch den Raum, dieser Freak konnte nur einen noch größeren Kloß im Hals haben als sie! Das musste sie sich jetzt echt nicht geben. Bettina machte auch keine weiteren Anstalten, einen sofortigen Abgang zu machen. Vielleicht hatte sie ja tatsächlich so etwas wie ein schlechtes Gewissen ihr gegenüber, immerhin hatte sie es drauf angelegt, selbst mit Michael zu tanzen. Julia konnte sich des Eindrucks nicht erwehren, als hätte sie Bettina Michael erst schmackhaft gemacht. Schweigend radelten sie der untergehenden Sonne entgegen.

3. Kapitel

Freibad

Ein Besuch im Freibad hatte den großen Vorteil, dass sich dort Jungs einfanden, die Julia weder im Gymnasium traf noch im Kreis der Pfarrei. Es waren körperbetonte, braun gebrannte Kerle, die selbstbewusst ihr Können auf dem Springturm demonstrierten. Um sich ein Bild über die männliche Anatomie zu verschaffen, setzte Julia sich gerne an den Beckenrand auf eine Bank und musterte mit betonter Zurückhaltung die von der Sonne bestrahlten Springer, die mit gleich betonter Zurückhaltung ihre Zuschauer am Beckenrand ignorierten. Durch diese stille Vereinbarung konnte die Unverfänglichkeit aufrechterhalten bleiben, sich anschließend keines Blickes zu würdigen und sich entweder als Spanner oder Exhibitionist zu outen. Standen die Springer eben noch im Rampenlicht, so lagen sie später etwas abseits auf ihren von Pappelpollen zu Flokatis mutierten Decken, ihre Musikanlagen aufgedreht, und Joints machten die Runde, was coole Mädchen in knappen Bikinis und Stipptitten anlockte. Nach den Joints zog man sich bekifft in die oben und unten weit offenen Umkleidekabinen zum Fummeln zurück. Der Sportwart hatte hier und da noch einige Extra-Löcher in die Kabinenwände gebohrt, damit er das verbotene Treiben unter Kontrolle hatte und großzügig tolerieren konnte.

Vermutlich war es nur eine Frage der Zeit, bis Julia sich dieser Runde anschloss, doch bislang galt ihr Interesse noch der Eiscreme, die sie sich am heillos überlaufenen Kiosk erhoffte. Hatte man den Anfang der Schlange erreicht, konnten die Favoriten Capri, Split Eis oder Brauner Bär längst vergriffen sein, dann gab es mit viel Glück noch Nogger oder Minimilk zur Auswahl. Der Kartoffelsalat gerann in der Auslage neben Esspapier und

Amerikanern, die tapfer der Invasion von Wespen standhielten, bereits zerstörte Bockwürstchen fanden sich unter dem Tresen wieder. Während Julia gedankenversunken in der Schlange stand, die kein Ende zu nehmen schien, nicht zuletzt, weil es immer wieder jemand schaffte, sich vorzudrängeln, fühlte sie, wie sich ein klebriger Klumpen zwischen ihre Zehen schob. Die schwarze geschmolzene Lakritze erinnerte Julia an den letzten Urlaub mit ihren Eltern an der Nordsee, wo sie nach den langen Strandtagen zurück in ihrem Ferienhaus als Erstes gemeinschaftlich versuchten, die Teerflecken von ihren Füßen zu kratzen. Es gelang meist zur Hälfte, das kontaminierte Meeresgewässer tat den Rest. Im letzten Urlaub hatte Julia sich das erste Mal geschämt, oben ohne am Strand zu liegen, weil ihre Brustwarzen sich verändert hatten und rund und prall der Sonne entgegensprossen. Von ihrer Mutter gab es wenig Verständnis, präsentierte sie doch nur allzu gerne ihre straffen runden Brüste und belächelte Julia wegen ihrer Scham.

Glücklicherweise kam dieses Thema im Freibad nicht auf, wo Bikinioberteile zwar knapp bemessen, aber noch nicht abhandengekommen waren. Vor einigen Jahren hatte Julia sich einen Spaß daraus gemacht, die Oberteile gekonnt beim Tauchen von hinten zu öffnen oder provozierende Tangas mit einem Griff nach unten zu ziehen. So schnell, wie sie im Tumult eines mit Leibern gefüllten Schwimmbeckens wieder verschwunden war, wurde sie von niemandem erwischt, und ihre Mutprobe war stets ein voller Erfolg. Zunächst hatte Julia ihre Zweifel gehabt, angesichts des territorialen Bademeisters, dessen braun gebrannten Oberkörper eine im Sonnenlicht funkelnde Goldkette schmückte. Schnell merkte sie, dass sie die Funktion des Bademeisters überschätzt hatte und er sich in seiner knappen roten Badehose als Rettungsschwimmer nach Hawaii an den Strand träumte.

Gedankenversunken erreichte Julia gefühlte zwei Stunden später den Tresen, den sie sich mit einer Horde schreiender Kinder teilen musste. Als sie endlich an der Reihe war, hatten sich die Mühen ihrer schweißtreibenden Warterei gelohnt, und ihr

Lieblingseis Split war noch erhältlich. Sie bezahlte 80 Pfennig, nahm die Ware entgehen und stellte fest, dass die Chancen gut standen, das Eis nicht während der Dauerdrängelei wieder zu verlieren, weil die Kinder in ihrem direkten Umfeld ihr gerade mal bis zum Bauchnabel reichten. Das klebrige Eispapier landete neben einem überfüllten Papierkorb, und Julia machte sich glücklich auf den Weg Richtung Schwimmbecken. Ihr Glück war noch nicht vollkommen, denn um an den Beckenrand zu gelangen, musste sie sich der Auflage, durch eines der Duschbecken zu waten, beugen. Der Versuch einer verbotenen Unter- bzw. Umwanderung durch angrenzende dornige Rosenbeete war zwecklos, das wusste Julia aus eigener Erfahrung. Es kostete sie große Überwindung, durch das niedrige, von Pisse durchtränkte, stehende Gewässer zu gelangen. Sie wusste nur allzu gut um die Inhalte der warmen Brühe an ihren Füßen, hatte sie doch selber schon den Weg zur Toilette gemieden und sich stattdessen einfach unter die Dusche gestellt, so wie viele es taten. Sie stakste auf Zehenspitzen zwischen abgelutschten Eisstäbchen, Papierfetzen und Pappelpollen, bemüht, nicht auszurutschen, immer ihr Ziel, Michael, vor Augen.

Michael gehörte nicht zu den Jungs, die sich in die Reihe der Turmspringer einreihten. Zwar war er sportlich, aber nicht athletisch. Er war schlank, sein Rücken etwas schief geraten, doch Muskeln zeichneten sich nicht auffallend ausgeprägt unter seiner sonnengebräunten Haut ab. Er mochte einen Meter achtundsiebzig groß sein und fiel nicht weiter auf, wie er so da im Nichtschwimmer-Becken stand, wo Pfarrer Simmrath eine Wasserballmannschaft zusammengestellt hatte. Da Julia keine Lust auf Erklärungen hatte, wieso sie nicht mitspielen wollte, verpasste sie einfach die Auswahl der Spieler, war zu spät gekommen und konnte nun als Ersatzspieler zur Verfügung stehen. Den Posten des Schiedsrichters besetzte Pfarrer Simmrath grundsätzlich nicht, denn wer, außer ihm selbst, hätte diesen übernehmen können? Und er wollte es schließlich nicht missen, sich unter die Spieler und vornehmlich unter die Spielerinnen zu mischen. Nach ihrer letzten Diskussion mit dem Pfarrer fehlte Julia heute der Elan, sich über die Gründe auseinanderzusetzen, weshalb sie nicht mitspielen wollte. Dabei war es so einfach, sie empfand es als unangenehm, wenn ihr Kopf plötzlich voller Wasser gespritzt wurde und sie sich im Nichtschwimmerbecken mit einer Horde Teenager, Kinder und dem Pfarrer rangeln sollte. Zudem verhielt es sich so, dass ihr eigentliches Ziel, Michael, unantastbar war, er bezog seine Stellung im Tor. Als Julia am Spielrand ankam, war der Anpfiff bereits erfolgt. Lässig nahm sie auf einer Bank Platz und verfolgte den Spielverlauf. Da es keine Anzeigetafel gab, konnte sie den Stand der Tore nicht direkt herausfinden, ebenso wenig wie die genaue Aufstellung der Mannschaften, da es keine Kennzeichnung der Spieler gab, was zu heftigem Gerangel und Diskussionen untereinander bis hin zu Eigentoren führte, da niemand so genau zu wissen schien, gegen wen er spielte. Nach einer Weile allerdings waren die Spieler so erschöpft, dass sie ihre letzte Kraft vorzugsweise dem Spiel statt ihrer Raufereien widmeten. Der Pfarrer spornte seine zunehmend lustlose Horde mit aufmunternden Worten an: „Es geht ums Spiel, nicht darum, wer gewinnt oder verliert", und noch während die Teams seinen Worten lauschten, machte er eine abrupte Kehrtwende und schmiss den Ball in Richtung Tor. Er traf direkt auf Michaels Stirn. Julia erhob sich vor Schreck aus ihrem Beobachtungsposten, instinktiv hechtete sie Michael entgegen. Bettina war schneller, mit delphingleicher Anmut hatte sie in drei Schwimmzügen Michaels Tor erreicht. Der harte Aufprall des Balls hatte Michael nach hinten taumeln lassen, sodass sein Hinterkopf auf den Beckenrand geprallt war. Er war zu benommen, um festzustellen, welcher Schmerz größer war, die gerötete Stelle auf seiner Stirn oder die Beule auf seinem Hinterkopf, die wie auf Knopfdruck aus seinem Schädel schnellte, so als hätte sie auf der Lauer gelegen und nur auf den richtigen Zeitpunkt ihres Einsatzes gewartet. Es hätte keinen besseren Zeitpunkt geben können. Bettina bettete Michaels Kopf fürsorglich auf ihren Busen, gerade so, dass die Beule hinten frei schweben konnte und der Rest des Kopfes unterhalb auf ihren großen Brüsten Platz fand. Währenddessen benetzte sie seine Stirn sanft mit kühlendem Wasser und flüsterte ihm tröstende Worte ins Ohr. Das Einzige, was Julia bei ihrer Ankunft blieb, waren Michaels benommene, selige Blicke, als sie in sein Blickfeld trat. Sie schaute über Michal hinweg, direkt in Bettinas Augen. Sie erwartete, dort Zuneigung zu finden, doch in Bettinas Blick hatte sich der Triumph einer geschlechtsreifen Rivalin eingenistet. Er ließ sich nicht durch ihre Worte bändigen, die mild und süß klangen, als sie Julia in ihre kleine Ansprache einbezog: „Siehst du, mein armer Held, jetzt bekommen wir Hilfe, alle wollen sich gerne um dich kümmern, damit es dir ganz schnell wieder besser geht, stimmt' s, Julia? Du bist so tapfer, dass gleich zwei Mädchen dir zur Seite stehen, um dich deine Schmerzen vergessen zu lassen." Dabei tätschelte Bettina seine Schläfe, hob seinen Kopf behutsam an und zupfte dabei beiläufig an ihrem Bikinioberteil, wobei eine fröstelnde Brustwarze seitlich herausfiel und Michaels Ohr streifte, neben dem sie sichtbar für ihr Publikum liegen blieb. Michael verharrte wie angewurzelt in seiner Position. Die statuenhafte Pose, die er und seine Verehrerin eingenommen hatten, zog Mitspieler beider Mannschaften an. Der Halbkreis um sie herum verdichtete sich, was ein Durchkommen für Pfarrer Simmrath erschwerte. Zusätzlich verhinderte das Wasser sein autoritäres Schreiten, sodass er von seinen Zöglingen nicht automatisch durchgelassen wurde. Als er sich mittels massiven Körperkontakts durch den Halbkreis geschoben hatte, fiel sein Blick sofort auf Julias freie, voluminöse Brust. Sei Blick hatte sich in die seiner Ministranten eingereiht. Alle schwelgten im Anblick der herrlichen Titte! Nach einer Weile spielte die Zeit gegen den Pfarrer, es gab keine Ausreden mehr, er musste etwas unternehmen. Langsam ging er auf Bettina und Michael zu. Er platzierte sich nah an dem jungen Paar, sodass er den jungen Kirchgängern hinter ihm die Sicht nahm. Dann hob er mit einer Hand Michaels Kopf an, die andere Hand landete mit beherztem Griff zunächst zielgetreu auf Julias Busen, bevor er mit einem zweiten das Bikinikörbchen über die Brustwarze stülpte. Michael war zu betäubt, um die Handlung des Pfarrers zu registrieren, Bettina selber lächelte den Pfarrer offenherzig an, und erst, als Pfarrer Simmrath Bettinas Busen nicht mehr vor Augen hatte, entdeckte er Julia. Julia starrte ihn an. Er reagierte sofort: „Julia, gut, dass du in der Nähe bist. Du kannst gleich hierbleiben, während ich Michael aus dem Wasser helfe. Du wirst jetzt das Tor übernehmen. Und sobald ich zurück bin, geht's in die zweite Runde! Nur nicht nachlässig werden!" Seine Stimme war lauter geworden, und er hatte sich der Gruppe zugewandt. Ein unterdrücktes Murren raunte durch den Halbkreis. Julia fiel keine Ausrede ein, sie wünschte sich nichts sehnlicher, als raus aus dem Tor, wo sie den Wurfgeschossen des Pfarrers ausgesetzt war.

Durch die ungeplante Pause hatten die Teams sich gut erholt. Michael war verarztet, und Bettina tummelte sich wieder im Spielfeld. Es konnte weitergehen. Nahezu jeder männliche Mitspieler wollte in ihrer Nähe sein und raufen, mit etwas Glück sprang vielleicht eine Titte dabei heraus. Und Bettinas Titten hüpften munter auf und ab, da sie jetzt ständig den Ball zugespielt bekam. Julia versuchte, den Ball nicht aus ihrem Blickfeld zu lassen, was bei dem ganzen Tumult nicht so einfach war. Plötzlich schoss der Ball auf sie zu, wer ihn abgefeuert hatte, war nicht klar, aber er war mit einer ungeheuren Wucht auf seine Laufbahn gebracht worden. Julia reagierte mit schützenden Händen und konnte so unverhofft den salvenartigen Ball abwehren. Das machte sie zwar mutiger, dennoch schickte sie im gleichen Moment ein Stoßgebet auf den Weg, das Spiel möge ein frühzeitiges Ende finden. Dabei blieb ihr Blick auf einem kreidebleichen, fleischigen Mann hängen, der behäbig am Beckenrand entlang in ihre Richtung streifte. Er hatte fast so füllige, haarlose Brüste wie Bettina, und die Sonne knallte mit all ihrer Wucht auf seine glänzende Glatze, aus der funkelnde Schweißperlen rannen. Julia musste sich wieder auf das Spiel konzentrieren, bis sie nach wenigen Minuten Zeit fand und sich nach dem Mann umschaute. Er war so nah an sie herangekommen, dass sie sah, wie sich seine Nase blau färbte und ebenfalls seine verformten Lippen, die etwas Schwammiges herauspressten. Zuerst hörte Julia undeutliches Gurgeln, dann sah sie Blut. Den Bruchteil einer Sekunde starrte das inzwischen vollständig blau angelaufene Gesicht Julia mit blutunterlaufenen Augen an. Dann sank der massige Mann zunächst auf die Knie, um anschließend kerzengerade nach vorne über den Beckenrand zu kippen. Sein schwerer Körper machte einen Bauchplatscher. Zuerst schäumte das Wasser um ihn auf, dann verfärbte es sich blutrot. Der Mann bewegte sich nicht mehr. Nachdem er Julia mit all seinem Gewicht vollgespritzt hatte, trieb sein Körper neben ihr im Wasser, wobei die linke Hand an Julias Arm schwappte. Geistesgegenwärtig pfiff Julia auf zwei Fingern. Als alle Aufmerksamkeit auf sie gerichtet war, brauchte sie nur noch in Richtung des Mannes zu zeigen, und die Aktivitäten nahmen ihren Lauf. Dass das Spiel abgebrochen wurde, verstand sich von selbst. Damit der Pfarrer sich nicht vor der Aufgabe der Wiederbelebungsmaßnahme drücken konnte, schließlich gehörte diese Tätigkeit mehr oder weniger direkt zu seinem Jobprofil, wandte Julia sich gezielt lauthals rufend in seine Richtung. Weil Pfarrer Simmrath den Mann nicht aus eigener Kraft aus dem Wasserbecken hieven konnte, drehte er ihn vorsichtig um und hielt den Oberkörper des Mannes über Wasser. Dicke behaarte Männerbrüste gingen in speckige Schultern über, ein Hals konnte nicht ausgemacht werden, nur das tief sitzende Doppelkinn bewegte sich noch, der Rest versteift, der Mann atmete nicht mehr, seine Augen quollen starr aus den Höhlen hervor. Unfähig, in dieser Position eine Herzmassage ausüben zu können, leistete der Pfarrer notdürftig Erste Hilfe, indem er den blutüberströmten Mund reinigte und umständlich Anstalten machte, mit der Mund-zu-Mund-Beatmung zu beginnen. So oder so, der Mann wachte nicht auf, auch nicht, als der Rettungshubschrauber eingetroffen war. Der Körper des Mannes wurde von zwei kräftigen Sanitätern zügig aus dem Wasser gehoben, auf eine Trage geschnallt, mit einer Alufolie umwickelt und per Hubschrauber abtransportiert. So wurde die Illusion erhalten, er könne in der Luft zu neuem Leben erweckt werden. Die Gaffer kehrten beruhigt um, widmeten sich ihren Sonnenbädern und konnten am Abend ihren Familien und Freunden von den aufregenden Ereignissen berichten, wenn sie es bis dahin nicht vergessen hatten. Für Julia sollte der Vorfall noch nicht beendet sein, wie sich mitten in der Nacht herausstellen würde.

Alle Ministranten schwiegen verstört, als sie das Schwimmbad gemeinsam verließen. Pfarrer Simmrath gab seinen Zöglingen den Rat mit auf den Weg, für die Seele des Opfers zu beten. Dabei ließ er offen, ob die Seele des Mannes bereits auf den Weg ins Jenseits aufgebrochen war oder noch in einer Zwischenwelt taumelte, durch die Geschwindigkeit der Ereignisse orientierungslos, überfordert durch die Situation des Ablebens. Möglicherweise war die Seele bei der Mund-zu-Mund-Beatmung aus dem Körper gesaugt worden, ihr Reiseverlauf unterbrochen, weil sie noch im Hals steckte oder im Hubschrauber – oder sie zog bereits ihre Kreise über dem Schwimmbecken, den Straßenzügen und eingezäunten Pferdekoppeln, unweit des Freibads. Oder vielleicht waren ihr diese Möglichkeiten noch verschlossen, sie wusste noch gar nicht, dass sie sich erheben konnte und machte sich mühsam zu Fuß auf den Weg. Während Julia selber ermattet auf ihrem Heimweg war, konnte es immerhin möglich sein, dass sie gerade unbemerkt begleitet wurde. Grübelnd trottete sie entlang eines Seitenarms ihres Heimatflusses, während über ihr Blätter der Bäume aneinanderstießen und ein Dach formten, das nur vereinzelte Sonnenstrahlen durchließ. Die Spots setzen einen Flickenteppich auf den lehmigen Pfad, wie durch Gitterstäbe trödelte Julia nach Hause. Es roch nach Erde, Feuchtigkeit und Fäulnis. Hier und da knackte es im Unterholz, platschte es am Uferrand, wogten sich die Baumwipfel vor und zurück, als hätten sie Höhenangst und wollten bis zur Erde hinab. Eine einsame Bisamratte flitzte verhuscht über den Weg in Richtung des Flusses, wo sie sich in Sicherheit wähnte. Nahezu geräuschlos ließ sie sich ins Wasser gleiten. Woher kamen die Platscher aus dem Unterholz? Julia versuchte, die Ursache zu ergründen. Sie machte Rast auf einer vermoderten Bank am Ufer des Bachs und starrte auf die Oberfläche, die still vorbeizog. Hinter ihr raschelte es laut, sie erhob sich, drehte sich um, konnte aber nichts Außergewöhnliches entdecken, als es erneut im Bach platsche. Sofort drehte sie sich wieder um, stellte sich ans Ufer und sah auf der Wasseroberfläche mehrere Kreise hintereinander auftauchen, ganz so, als hätte jemand einen Kieselstein über die Wasseroberfläche hüpfen lassen. Als sie anfing, sich darüber zu ärgern, dass sie ihre Beobachtungen hinter der Bank eingestellt hatte, raschelte es erneut aus dem Unterholz hinter ihr. Noch während ihrer Rückwärtsdrehung hielt sie inne und beherrschte sich, auch wenn es ihr schwerfiel, nicht zu wissen, was hinter ihrem Rücken vor sich ging. Sie blieb stur stehen. Sie atmete tief aus und konzentrierte sich weiter auf den Verlauf des Baches, irgendwo musste die Ursache für die Platscher zu finden sein. Ein kalter Wind strömte ihr unvermittelt über die Schultern und ließ ihr den Nackenflaum zu Berge stehen. Sie blieb wie angewurzelt stehen, als aus den Baumwipfeln ein abgestorbener Ast vor ihrer Nasenspitze ins Wasser fiel. Platsch. Die Kreise sahen aus, als würden sie in die Tiefe gezogen. Ein Sog, der stärker war als der Abwärtsstrom des Baches, zog den Ast auf den Grund des Baches. Julia wartete noch eine Weile ab, denn sie vermutete, dass der Ast wieder auftauchen und über das Wasser forttreiben würde. Nichts geschah. Als dann auch noch ein Paar Elstern über ihrem Kopf eilig ihr Nest verließen, merkte Julia, dass es Zeit war, nach Hause zu gehen. Es begann zu dämmern.

4. KAPITEL
NACHT

Als Julia zu Hause ankam, stand die Sonne tief am Himmel. Der Dunstfilm einer Zuckerraffinerie teilte die Sonne horizontal in zwei Hälften und tunkte sie in streng riechende Schwaden, die der nahe gelegenen Fabrik entkommen waren. Vom rosa Licht verklärt, verschwammen die Konturen der Landschaft und beschworen eine unwirkliche Romantik. Julia konnte hinter den Glasscheiben des Wohnzimmers das Profil ihres Vaters im Garten erkennen, wo er damit beschäftigt war, seinen verschwitzten Trainingsanzug zum Trocknen umständlich über zwei Rücklehnen ausgemusterter Gartenstühle aus Plastik zu drapieren. Dort würden sie so lange geduldet sein, bis ihre Mutter den Anblick nicht mehr ertrug. Ihre Mutter stand in der Küche vor dem Herd und brutzelte ein schmackhaftes Resteessen zusammen. Dabei paarte sie die übrig gebliebenen Kartoffeln vom Mittagessen mit gekochtem Schinken. Dazu gab es frisches, nach Ofen duftendes Graubrot und herzhaftes rheinisches Schwarzbrot, ein paar Tomaten und Zwiebeln in mundgerechte Scheiben geschnitten. Es roch nach Bratkartoffeln, im Fernseher lief die Sportschau, und Julia fühlte sich schwer und benommen. Sie merkte, wie der Tag von ihr abfiel. Kaum, dass sie es sich im Sessel gemütlich gemacht hatte, rief ihre Mutter aus der Küche: „Kann mal jemand den Tisch decken und Wasser und Wein aus dem Keller holen?" Julia würde sich nie damit abfinden können, dass ihr Vater, immer wenn es um kleinere Tätigkeiten im Haushalt ging, mit Abwesenheit oder schlicht Taubheit gesegnet war. Die Erfahrung hatte sie gelehrt, dass es im Streit endete, wenn sie Rudi darauf ansprach. Mit brüskem Tonfall raunzte er sie an, sie solle nicht immer so faul sein. Und faul, das war sie gerade tatsächlich, ermattet von der Sonne, dem Freibad, dem Heimweg, der

Bekanntschaft mit einem aufgedunsenen Notfallopfer. Sie wog ab, dass es anstrengender wäre, sich auf einen Streit mit Rudi einzulassen, als selber in den Keller zu gehen. „Ich geh schon!", rief sie Marlis zu. Die Treppe in den Keller war steil und die Stufen so schmal, dass Julia ihre Füße leicht schräg stellen musste, um hinunter zu gelangen. Dabei verfluchte sie leise ihren Vater. Unten angekommen, wurde sie mit der angenehmen Kühle des Kellerraumes belohnt. Der Keller war gut belüftet, auch wenn der leicht modrige Geruch nicht ganz aus dem alten Gemäuer durch die Fensterschlitze entweichen konnte. Schmale Strahlen der untergehenden Sonne fanden ihren Weg von draußen und machten unendlich viele Staubkörner in der Luft sichtbar. Julia stellte sich vor, sie sähe nicht die Staubkörner, sondern deren unsichtbare Zwischenräume als Teilchen vor sich. Möglich war alles. Sie starrte geradeaus, so lange, bis sie eine leichte Vorwärtsbewegung im Raum zu erkennen glaubte. „Juliaaaa, wo bleibst du? Das Essen ist fertig!" Aufgeschreckt drehte Julia sich zurück in Richtung Treppe „Ja, Mama, gleich. Wo finde ich denn den Kasten mit Sprudel?", lenkte sie ab. „Hast du Tomaten auf den Augen? Wie immer steht er links neben der Treppe, und jetzt hurtig!" Neben der Treppe fand sie auch in einer Holztruhe, wo im Winter Kartoffeln und Äpfel gelagert wurden, einen Weinkarton. Als sie sich zum Kasten mit den Wasserflaschen hinunterbeugte und eine Flasche Sprudelwasser hochzog, wirbelte hinter ihr im Raum bis hoch unter die Decke Staub auf. Julia erschrak und zuckte, gerade so viel, dass der Sprudel in der Flasche noch mehr sprudelte, ohne klirrend zu Boden zu fallen. Sie drehte sich nicht um, stattdessen griff sie hastig seitlich aus der Truhe eine Flasche Weißwein und hastete aus dem Keller. Ihre Mutter hatte bereits in der Küche drei Teller aufgetischt, noch dampfte das Essen heiß. Marlis hantierte hektisch am Besteckkasten: „Wenn man nicht alles selber macht!" Julia fühlte sich nicht angesprochen, schließlich hatte sie sich im Keller herumschlagen müssen. Wieso sich Rudi nicht angesprochen fühlte, war nicht ersichtlich. Er war inzwischen an der Terrassentür erschienen, wo er sich bedächtig die Schuhsohlen auf der Fußmatte abstrich.

Marlis schlug ihm vor, die Schuhe doch besser einfach draußen auszuziehen und dort stehen zu lassen, um sie später zu reinigen. Mit einem außerordentlichen Seufzer ließ Rudi sich auf ihren Vorschlag ein, und als der Tisch fertig gedeckt war, nahm er Platz. Heute fand er an der Mahlzeit nichts auszusetzen und lobte die Vorzüge von Zwiebeln und Bratkartoffeln. Er kaute jeden Bissen zweimal und brauchte für gewöhnlich zur Einnahme seines Essens mindestens doppelt so lange wie Marlis, die, ohne dabei zwischendurch etwas zu trinken, in Windeseile ihren Teller leer fegte. Im Hintergrund dudelten sanft klassische Töne aus dem Radio, als Rudi von seinem Teller aufschaute und Julia ansah. Sie erwartete, dass man sich über die Ereignisse des Tages austauschte. Doch völlig überraschend blaffte ihr Vater sie an: „Mach nicht immer so einen Buckel beim Sitzen. Du hast doch vorne noch gar nix, was sich zum Verbergen lohnen tät!" Sie schlug die Augen nieder, damit ihr Vater nicht sehen konnte, dass ihr Tränen in die Augen schossen. Obwohl sie erschöpft war, schaffte Julia es, nicht loszuheulen. Ihr Vater war wirklich der Letzte, mit dem sie das Thema ihrer kleinen Brüste erörtern wollte. Sie war verunsichert und fragte sich selber des Öfteren, ob ihr Volumen noch von einem knappen A-Körbchen in ein B hineinwachsen würde. Ihre Stimme war brüchig, als sie antworten konnte: „Von wem habe ich das mit dem krummen Rücken wohl?", fragte sie provokativ. Von wem sie ihre kleinen Brüste hatte, wollte sie wirklich nicht beim Abendbrot diskutieren, zumal Marlis ganz offensichtlich weibliche Rundungen vorzuweisen hatte. Das war auch der Grund, weshalb Julia die Hoffnung noch nicht aufgegeben hatte, es wäre lediglich eine Frage der Zeit, bis sie sich selber eines recht üppigen Vorbaus würde rühmen können. „Jetzt werde bloß nicht frech! Dumme Göre!", schnaubte Rudi und schaute ihr mit zornigem Blick in die Augen. Wenn ihre Mutter sie rügte, ging dies immer mit Emotionen wie Enttäuschung oder Trauer einher. Bei ihrem Vater war das anders, aus ihm sprangen Zorn und Ignoranz, denn er nahm für sich in Anspruch, überhaupt nicht auf das Gegenüber einzugehen. Er ignorierte einfach Argumente oder Einwände und tötete diese mit einem bissigen Kommentar, der wie eine kalte Decke von oben auf den vermeintlichen Gegner fiel. Julia fühlte, wie ihr Herz schwer wurde. Aus Erfahrung wusste sie, dass Tränen es nur schlimmer machten, weil sie Schwäche zeigten und Schwäche gnadenlos ausgenutzt wurde. Ihr Vater würde weiter auf ihr herumhacken, so wie er es auch tat, wenn ihre Mutter wieder und wieder während Streitereien mit ihm unter Tränen hyperventilierte. Julia war gut in Übung, und es gelang ihr, die Tränen zu unterdrücken, und so sollte es auch bleiben, weshalb sie nicht weiter auf ihren Vater einging. Devot senkte sie die Augen. Sie stocherte in ihrem Essen herum, im Hintergrund hatte das Radioprogramm gewechselt, und statt Operngesang wurde belanglose Fahrstuhlmusik oder solche, die zur Beruhigung vor einem Start im Flugzeug eingesetzt wird, gesendet. Julia lauschte angestrengt der Musik, von der sie sich Linderung erhoffte. Ihre Mutter war mit der angespannten Situation leicht überfordert und war sich nicht sicher, ob sie die anfängliche Auseinandersetzung thematisieren, ignorieren oder überspielen sollte. Sie entschied sich für einen Versuch, die kühle Atmosphäre zu entschärfen: „Rudi, habt ihr heute verloren? Entspann dich, soll ich dir ein kühles Bier aus dem Kühlschrank holen?" Ihr Versuch ging nach hinten los. „Jetzt fang du auch noch an. Seit wann interessiert's dich, wie wir gespielt haben? Willst du mich mit Bier ruhigstellen, oder was? Ich für meinen Teil bin jedenfalls völlig entspannt!" Es hatte Seltenheitswert, dass er überhaupt leidlich auf eine Fragestellung eingegangen war, weniger erstaunlich war indessen, dass er mit rhetorischen Fragen um sich warf, auf die er keine Antwort erwartete. Er verbat sich jegliche Antwort, unterstrich dies, indem er aufstand, seine Tageszeitung holte und neben seinem Teller platzierte. Augenblicklich vertiefte er sich darin. Er ließ seine Familie allein und nippte penibel an seinem halb leeren Weinglas. Julia hatte von ihrem Tag erzählen wollen, doch nun schien es niemanden zu interessieren. Ein ungemütliches Schweigen breitete sich aus und lähmte ihre Zunge. Selbst von ihrer Mutter konnte sie keine aufmunternden Worte erwarten, Marlis hatte ihr Essen wie üblich vor allen anderen beendet, ihren Teller schon einmal abgeräumt und sich als Nachtisch einen kleinen Cognac serviert. Ihr fiel es sichtlich schwer, Rudi heute nicht zu fragen, ob er sich auch einen genehmigen möchte oder doch lieber ein Eis zum Nachtisch oder beides. Sie schwieg stattdessen, und das ungemütliche Schweigen weitete sich aus. Als es beinahe unerträglich anschwoll, wurde es vom Klingeln des Telefons unterbrochen. Und von Rudi, der missmutig kommentierte: „Wer stört während der Essenszeit?" Und der ebenso missmutig den Hörer abnahm. Damit auch alle gleich mitbekommen sollten, wer der Störenfried war, hatte Rudi die Hörsprechanlage auf Laut eingeschaltet: „Ja, bitte!" „Tach Rudi, hier ist Adi." Julia musste kurz überlegen, bevor ihr einfiel, dass es sich um Bettinas Vater handelte. „Uh, da haste mich kalt erwischt, Adi. Ich habe jetzt mit irgendeiner Klassenkameradin von Julia gerechnet. Was gibt's?" „Britta und ich haben uns überlegt, im Sommer unseren Hochzeitstag mit einem Urlaub auf Sri Lanka zu verbinden. Dabei schlug Bettina vor, euch zu fragen, ob sie so lange bei euch wohnen kann", tönte es deutlich wie aus einer Gegensprechanlage. „Adi, ich werde meine Frau fragen, die schmeißt den Haushalt und den Terminkalender. Und schönen Abend noch, mein Essen wird kalt. Marlis wird dich heute oder morgen zurückrufen." Marlis winkte. „Grüß mir die Britta." Wortlos nahm Rudi wieder am Esstisch Platz und schob sich demonstrativ die letzten drei Gabeln mit kalten Kartoffelkrümeln in den Mund. Julias Teller war inzwischen auch leer, dennoch blieb sie sitzen und wartete, bis ihr Vater aufgegessen hatte. Dann erwähnte er beiläufig: „Ihr habt' s ja gehört. Was haltet ihr davon?" Er schien sich wieder beruhigt zu haben, sonst hätte nur seine eigene Meinung gezählt, er hätte sich nicht weiter mit dem Thema beschäftigt und letztendlich Marlis aufgetragen, Adi und Britta eine Absage zu erteilen. Er konnte in einem Moment ein Diktator, im nächsten ein Verfechter demokratischer Abstimmungen sein. Es fiel ihm lediglich schwer, sich damit abzufinden, wenn seine Meinung überstimmt wurde. Dann hörte er je nach Stimmung entweder auf seinen Verstand, der ihm sagte, die andere

Meinung zu akzeptieren, oder er lenkte ein, um sein Gegenüber vor vollendete Tatsachen zu stellen, ohne auf die Widersprüchlichkeit seines Tuns einzugehen. Man konnte nie wissen, mit welchem Rudi man es gerade zu tun hatte, dem Tyrannen oder dem gewillten Demokraten, was einen reibungslosen Umgang erschwerte. Noch schwieriger wurde es, wenn man etwas Bedenkzeit brauchte, denn diese stand einem im Anschluss an die gestellte Frage mangels Geduld nicht zu.

So erging es Julia, denn sie war sich aufgrund von Bettinas Verhalten ihr gegenüber bezüglich Michael unsicher, ob sie Bettina tatsächlich rund um die Uhr in ihrer Nähe haben wollte. Ihrem Vater mangelte es nicht nur an Geduld, sich mit ihren Zweifeln auseinanderzusetzen, sondern auch an Interesse. Kinderkram. Selbst wenn sie ihm anvertrauen würde, dass Bettina möglicherweise nicht vertrauenswürdig war, weil sie sich an ihren Schwarm herangemacht hatte, so würde er eine Auseinandersetzung mit dem Thema wegwischen, indem er es womöglich noch auf ihre mangelnde Oberweite schieben würde, dass sich Michael für Bettina statt für sie entschieden hatte.

Entgegen allem Zweifel begann sie behutsam zu antworten: „Ehrlich gesagt, ich weiß noch nicht, was ich davon halten soll." „Wie, du musst doch eine Meinung haben! Was sagst du denn, Marlis?" Er wendete sich von ihr ab, hin zu seiner Frau. „Meinetwegen, ich nehme Bettina gerne auf und begrüße es auch, wenn Julia eine Freundin um sich hat, das kann nur gut für sie sein. Also, Julia, du kannst ja mal eine Nacht drüber schlafen, und wenn du morgen triftige Einwände hast, kannst du immer noch absagen. Allerdings wäre das Britta und Adi gegenüber nicht besonders nett. Und Bettina wäre bestimmt sehr enttäuscht. Kaum, dass ihr euch nähergekommen seid, würdest du sie vor den Kopf stoßen, denn, mein Schatz, wir, dein Vater und ich, stimmen zu, und ich tue zwar alles für dich, aber eine Lüge ginge zu weit. Du müsstet schon selber absagen und dies auch begründen können." Sollte man ihre Mutter angesichts des Schwalls an Argumenten, im Vorfeld schon auf mögliche Gewissenskonflikte hinweisend, mit dem Prädikat „pädagogisch wertvoll" auszeichnen? Julia beschloss, die vorliegende Julia-Situation wohl besser weiterhin allein abzuwägen. „Okay, ich habe ja noch etwas Zeit zum Nachdenken." Dann stand sie auf, räumte ihren Teller ab, brachte ihn in die Küche, um sich dann reinen Gewissens in ihr Zimmer zurückzuziehen. Ihr Vater blieb sitzen, und Marlis räumte den Rest ab. In ihrem Zimmer entspannte Julia sich erst, als keine weiteren Anweisungen mehr zu erwarten waren. Sie hörte, wie Marlis den Abwasch erledigte und fragte sich, wieso die Spülmaschine mal wieder ungenutzt blieb. Allerdings hatte sie weit wesentlichere Gedanken zu fassen, also machte sie erst einmal ihre Musikanlage an und entschied sich für ihre High-Live-Langspielplatte, einer Kompilation, die loslegte mit Visages „Fade to grey".

Ob Julia wollte oder nicht, ihr standen immer noch die Haare zu Berge angesichts der Kälte ihres Vaters. Wie angezogen von dieser Kälte, tauchte plötzlich die verzerrte blutleere Fratze des sterbenden Mannes vor Julias innerem Auge auf. Sein Mund öffnete und schloss sich immer wieder, wie ein tonlos röchelnder Fisch am Ufer. Da Julia des Lippenlesens nicht mächtig war, begann das Bild zu verschwimmen, bis es gänzlich entglitt. Julia versuchte, sich auf ihr vermeintlich eigentliches Problem zu konzentrieren. Wenn sie Bettina eine Absage erteilen würde, hätte diese die Oberhand, insofern, als sie zu Recht schlecht über Julia reden konnte. Das wäre nicht weiter wichtig gewesen, wenn Bettina nicht gerade mit Michael angebändelt hätte. So stünde sie insbesondere bei Michael als lieblose Eigenbrötlerin da, was auf gar keinen Fall passieren durfte. Sie hatte Michael noch nicht aufgegeben. Nach einigem Hin und Her entschied sie, dass sie Bettina bei sich aufnehmen würde. Nicht nur, weil sie bei Michael einen guten Eindruck hinterlassen wollte, sondern auch, weil sie davon ausging, dass sie Michael dank der regelmäßigen Nähe zu Bettina ebenfalls oft sehen würde, und das auch noch in ihrem eigenen Revier Zuhause. Heimvorteil. Diese Tatsache reichte Julia als solide Ausgangssituation, außerdem erhoffte sie sich, von Bettina noch ein paar taktische weibliche Tricks zu lernen. Während Julia ihren Entschluss gefasst hatte, empfand sie weder eine gewisse Vorfreude noch verschwendete sie einen

Gedanken an eine Zeit mit Bettina unter dem Aspekt, gemeinsam Spaß zu haben. Erst im Anschluss, falls Bettina sich bewährte, würde Julia sie als Freundin bezeichnen können, bis dahin musste sie auf der Hut bleiben.

Zufrieden darüber, einen Entschluss gefasst zu haben, gönnte Julia sich einen letzten Blick über die lang gestreckten Felder hin zur blutroten Sonne, die zügig hinter dem Horizont verschwand. Julia kam zur Ruhe, registrierte wieder die Musik und bekam bei Roxy Musics Version von „Jealous Guy" eine leichte Gänsehaut, als sie es sich auf ihrem Bett gemütlich gemacht hatte. Seit letztem Jahr war sie stolze Besitzerin eines ein Meter zwanzig breiten Bettes, das zu ihrem Zufluchtsort geworden war. Hier erholte sie sich von den Strapazen des Alltags, der ihr arg zusetzen konnte. Auseinandersetzungen mit den Lehrern, dem Pfarrer, ihrem Vater und ihren Eltern untereinander und jetzt auch noch eine im höchsten Maße raffinierte Quasi-Freundin, das alles fiel, wenn sie Glück hatte, am Abend zurückgezogen in ihrem Bett von ihr ab. An den weniger alltäglichen Vorfall im Schwimmbad wollte sie sich nicht erinnern, was ihr vordergründig auch gelang. Sie blendete diesen Tagesabschnitt erst einmal aus, als sie in ihr Tagebuch den knappen Vermerk „ersten Toten gesehen" schrieb. Wichtiger erschien, ihre Überlegungen hinsichtlich Bettina und Michael zu notieren, damit diese nicht in Vergessenheit gerieten, wenn die gemeinsame Zeit verstrichen war, und es galt, ein Resümee zu ziehen. Sie fasste ihre Argumente zusammen mit dem abschließenden Hinweis, auf der Hut zu bleiben. Bevor sie das Tagebuch auf den Nachttisch legte, führte sie ihre Statistik nach: „Vater hat genervt", Strichliste Nummer 5 diese Woche, Überschrift „Mangelware". Der Radiowecker zeigte inzwischen zweiundzwanzig Uhr an. Julia merkte, dass sie heute ungewohnt müde war und vor Erschöpfung unbeweglich vor sich hingestarrt hatte. Somit war es an der Zeit, unter die Bettdecke zu schlüpfen. Sie löschte das Licht, um die Rollos optimal herunterzulassen. Die Rollläden zu positionieren, war für Julia täglich eine Entscheidung, die sie abhängig von ihrer Verfassung fällte. Sie konnte nicht definieren, woran es lag, dass sie mal fast im Dunkeln schlafen wollte, sodass oben nur eine kleine Lichtritze frei blieb, ein anderes Mal bevorzugte sie halb heruntergelassene Rollläden, sodass ein gradliniger breiter Lichtstreifen ihr Zimmer durchflutete, die Breite war ebenfalls variabel, je nach Stimmung. Mal durften die Rollläden gar nicht oder wenig unten aufliegen, sodass sie so locker fielen, dass regelmäßige Lichtschlitze den Schlafraum durchquerten, mal mehr, mal weniger. Welche Variante Julia bevorzugte, wusste sie immer erst, während sie die Rollläden herunterließ. Heute entschied sie sich dafür, die Rollläden unten nicht aufliegen zu lassen, sondern einen Spalt von wenigen Zentimetern ganz frei zu lassen, sodass der Raum von schimmernden Linien eingeteilt wurde. Der Mond nahm zu und schien hell in klarer Sommernacht tief über dem Feld von außen herein. So konnte Julia alle Konturen im Zimmer erkennen, als sie zurück zu ihrem Bett ging. Dort angelangt, machte sie noch einmal ihre Nachttischlampe an, um ihrem nächtlichen Lesevergnügen nachzugehen. Als sie ein paar Zeilen von „Madita und Pimps" gelesen hatte, begann sie sich zu langweilen, weil die Abenteuer der beiden Mädchen weniger abenteuerlich als ihre eigenen erschienen. Stattdessen schmiss sie eine Folge von „Die drei Fragezeichen" in ihren Kassettenrekorder, denn auf die drei Ermittler Justus Jonas, Peter Shaw und Bob Andrews war Verlass. Sie lösten den Fall auf jeden Fall, was zum Einschlafen sehr beruhigend war. Soweit kamen sie heute nicht: Über das Krächzen des Papageis, der im Wohnwagenbüro der Ermittler lebte, glitt Julia hinüber in den Schlaf und schaffte es gerade noch, das Licht zu löschen.

Der Radiowecker zeigte 2:36 an, als ein Sprecher die Meldung verbreitete, ein Mann sei im Schwimmbad vermutlich an einem Herzinfarkt zusammengebrochen. Der Rettungshubschrauber war zu spät gekommen, sodass der Mann noch im Schwimmbad verstarb. Dann drang Rauschen aus dem Radiowecker. Julia lag stocksteif in ihrem Bett, als die Meldung augenblicklich zu ihr drang. Sie hielt ihre Augen geschlossen, was sie nicht schützen konnte. Eine Hand drückte ihr die Kehle zu, schreien war nicht möglich, dann riss sie panisch die Augen auf, ein großer dunkler Schatten mit den Umrissen eines wuchtigen Mannes hatte sich über den Lichtstreifen ausgebreitet und verdunkelte das Zimmer. Instinktiv wurde Julia innerlich ganz ruhig, als sie der Gestalt in die Augen schaute. Sie sah einen stumpfen, flackernden Blick, eingebettet in abgrundtiefe Augenhöhlen. Es schien, als bestünden die Augen nur aus Pupillen, die Julia gar nicht wahrnehmen konnten, denn der Blick verlor sich im Leeren. Diese Leere gab Julia ihren Mut zurück. Als ihr Blick den schwarzen Löchern unerschrocken standhielt, lockerte sich der Griff um ihren Hals. Sie begann aus voller Kehle zu schreien und wurde dann sofort daran gehindert. Als würde ihr der Mund gestopft, drang ein eiskalter Sog in ihren Schlund und schoss bis unten in ihren Magen. Ihre Zimmertür wurde aufgerissen, Marlis spurtete an ihr Bett. Ihr kurzer Schrei musste kraftvoll genug gewesen sein, um ihre Mutter zu erreichen. Sie nahm Julia in die Arme. „Was ist los, mein Schatz? Hast du schlecht geträumt?" Als Julia nicht antwortete, seufzte Marlis: „Pfffh, wonach riecht es hier so muffig? Es mieft nach einer Mischung aus abgestandenem Schweiß und verfaulten Fleischresten. Ich reiße mal eben das Fenster auf." Losgelassen, verharrte Julia weiter reglos in ihrem Bett, der beißende Geruch setze sich erst jetzt in ihrer Nase fest. Als das Fenster geöffnet war, zog eine frostige Welle durch ihren Körper. Sie begann, mit den Zähnen zu klappern, was Marlis unkommentiert zur Kenntnis nahm, als sie Julia wieder in die Arme nahm. Stattdessen erkundigte sie sich erneut nach Julias vermeintlichem Albtraum. Julia antwortete zögernd: „Es war kein Alptraum. Der Radiowecker hat gerade den Tod des Mannes gemeldet, der heute Nachmittag im Schwimmbad gestorben ist." „Welcher Mann? Davon hast du uns gar nichts erzählt!", unterbrach Marlis sie. „Wann hätte ich das von dem Toten erzählen sollen? Bei den abendfüllenden Tischgesprächen ist mir jedenfalls die Lust vergangen", gab sie ehrlich zu. „Auf jeden Fall kam eben die Meldung im Radio", fuhr sie fort. „Und auch dieser Mann. Wundern tut's mich nicht, ich meine, dass er gerade noch hier war. Er ist mir aus dem Schwimmbad bis nach Hause gefolgt, damit er einen Weg findet. Er ist orientierungslos und hat noch nicht gemerkt, dass er tot ist. Jetzt hat er versucht, mir Leben auszusaugen, das er nicht mehr hat, um es sich selber einzuflößen. Er brauchte Kraft, er war schon etwas schwach, sonst hätte er mich bestimmt umgebracht." Marlis schaute sie an, als hätte sie den Verstand verloren. „Jetzt beruhige dich erst einmal. Du hast heute das erste Mal einen Toten gesehen, und das musst du noch verarbeiten. Es war bestimmt ein Schock. Hast du den Mann aus der Nähe gesehen?" Julia stockte: „Ganz nah, seine Hand hat mich sogar berührt, na, ja, wenn man das von einer Hand behaupten kann, die Teil eines Körpers ist, der gerade aufgehört hat, zu atmen. Er fiel direkt neben mir ins Wasser, wobei mich seine Hand streifte." „So, und jetzt meinst du, er hätte es auf dich abgesehen." „Na, ganz so kann man das nicht sagen, ich hab's dir ja eben erklärt", entgegnete Julia. Marlis sah ein, dass sie so nicht weiterkamen. „Dann kann es auf keinen Fall schaden, wenn ich den Rest der Nacht bei dir bleibe." In diesem Punkt waren beide sich einig. Marlis kuschelte sich unter die Bettdecke, und Julia fühlte sich geborgen neben den warmen regelmäßigen Atemzügen, die sie den Rest der angebrochenen Nacht begleiten würden. Zwar lag sie noch eine Weile wach, bis der aasende Geruch aus dem Zimmer verbannt war, doch dann schlief sie wie ein Murmeltier bis zum späten Morgen durch.

5. Kapitel

Entscheidung

Ihre Mutter hatte sich bereits aus dem Bett geschlichen, als Julia die Augen langsam öffnete. Dicke Sonnenstrahlen fielen ihr ins Gesicht, sie fühlte sich bleiern und benommen. Gemächlich setzte sie sich auf und warf einen Blick auf den Radiowecker. Sie erschrak ein wenig, da es bereits halb eins mittags war. Unbemerkte wollte sie vorbei am Wohnzimmer ins Bad huschen, als sie ihren Namen hörte. Wenn hinter ihrem Rücken über sie gesprochen wurde, so hatte sie jedes Recht der Welt, ihre Eltern zu belauschen. Sie verharrte. „Ja, es täte Julia schon gut, in den Ferien auch wegzufahren. Dann kommt sie mal raus hier und nicht auf dumme Gedanken", vernahm sie ihren Vater. „Na, dumme Gedanken … ich weiß nicht. Sie hatte heute Nacht mal wieder einen Albtraum, die hat sie ja immer mal wieder. Und gerade jetzt, ich weiß nicht, ob wir sie alleine wegfahren lassen sollten." „Was heißt denn hier ‚alleine'? Wir reden von einer Gruppenfahrt im Schutz der Kirchengemeinde! Julia ist groß genug, um nicht immer an Mamas Rockzipfel zu hängen." Damit kam Rudi seinem Ziel, seine Tochter zu verschicken, näher: Gegen den Drang, ihre Eigenständigkeit unter Beweis zu stellen, kam Julia nicht an. Sie wartete noch ab, was ihre Mutter hinzuzufügen hatte. „Und wenn sie dann nachts wieder Albträume bekommt …" „Muss sie damit klarkommen." Sie platzte ins Zimmer: „Womit muss ich klarkommen?" „Guten Morgen, mein Schatz. Jetzt bist du bestimmt ausgeschlafen. Warte hier, ich mache dir einen Tee." Marlies verschwand gerne, um Rudi den Vortritt zu lassen, wenn es darum ging, Julia vor vollendete Tatsachen zu stellen. Das war zwar nicht diplomatisch, allerdings für Marlis, die immer noch gerädert von der unruhigen Nacht war, heute schlicht praktisch. Julia starrte ihren Vater an.

Rudi räusperte sich. „Setz dich!", forderte er sie auf. Sie plumpste, nach frischem Schlaf riechend, neben ihn auf das einladende Sofa. Rudi begann mit einer Gegenfrage: „Und, wie hast du dich entschieden? Rufst du Bettina gleich an und lädst sie zu uns ein?", fragte er auffordernd. Julia unterdrückte die Antwort, die ihr auf der Zunge lag. *Klar, ich lade sie ein, mit euch in ein Feriencamp zu fahren.* Doch verschlafen und noch nüchtern, wie sie war, blieb ihr nichts anderes übrig, als die schlichte Wahrheit zu sagen. „Ja, das habe ich mir tatsächlich überlegt. Es spricht eigentlich nichts dagegen." „Gute Entscheidung", kommentierte Rudi. „Das ist schon mal eine gesunde Basis. So kommen wir miteinander klar." Dabei drehte er sich zu ihr um und schaute sie direkt an. Sein Blick verengte sich. „Was hast du da am Hals? Zeig mal her! Wie kommen da blaue Flecken hin?" „Ich weiß nicht, habe ich noch nicht gesehen, keine Ahnung." Rudi fuhr unbekümmert fort. „Hm. Na ja, sei's drum. Gestern Abend habe ich im Pfarrblättchen gelesen, dass kurzfristig noch einige Plätze für die diesjährige Jugendfahrt frei sind. Da kam mir die Idee, dass es vielleicht nett wäre, wenn du zusammen mit Bettina an dieser Fahrt teilnehmen würdest. Wäre dein erster Urlaub ohne deine Mutter und mich, du könntest zwar nicht alles machen, was du willst, aber bestimmt viele tolle Sachen. Was hältst du davon?" Julia fühlte sich merkwürdig, da ihr Vater versuchte, nett zu sein. Allein der Versuch rührte sie, auch wenn ihr Vater damit bezweckte, sie loszuwerden. Es war klar, dass Rudi keine große Lust hatte, zusätzlich zu Julia ein zweites Kind im Haus zu versorgen, und Julia wettete, dass eine Reise gemeinsam mit Marlis schon in Planung war, von wegen zweiter Honeymoon. Was Rudis Kumpel Adi konnte, das konnte Rudi schon lange.

Überrumpeln ließ Julia sich nicht gerne, schon gar nicht kurz nach dem Aufstehen. Da sie ihren Vater durchschaut hatte, ging sie auf seinen Versuch, nett zu sein, nicht ein und unterdrückte stattdessen ihre aufkommende Zuneigung, die sie unter „Wunsch statt Wirklichkeit" wegwischte. Selbstverständlich ließ sie ihn nicht wissen, dass er leicht zu durchschauen war. „Hm. Tolle

Sachen machen. Was genau wird denn angeboten? Und vor allen Dingen: Wohin soll denn die Kinderlandverschickung gehen?" Damit war Rudis Elan, es Julia schmackhaft zu machen, verflogen: „Schau einfach nach, es steht alles im Pfarrblättchen, da hast du's." Er reichte Julia das Heft, das alle zwei Wochen an die Gemeindemitglieder geschickt wurde. In seinem Pfarrblättchen konnte Pfarrer Simmrath nicht nur den Herrn, sondern in erster Linie sich selber lobpreisen. Neben Informationen zu Veranstaltungen wie Sommerfest nebst namentlich genannten freiwilligen Helfern oder Aufrufen, es mangele noch an Helfern oder Kuchen oder bunten Preisen für die Tombola, wurden die Summen der Kollekten jeder heiligen Messe bis auf den letzten Pfennig veröffentlicht. Ein Wetteifern um den höchsten Betrag erhöhte die Aussichten des Pfarrers, die Kleinstadtidylle zu verlassen und in eine größere und reichere Gemeinde versetzt zu werden. Beiläufig ließ er den zuständigen Geistlichen seine Zahlen zukommen, noch bevor er seinen Obolus entrichtete. Doch wie es schien, wurde sein Ehrgeiz nicht honoriert, nie wurde er zu hochrangigen Tagungen eingeladen, nie ließ sich ein Vorsteher bei ihm blicken, geschweige denn ein Bischoff oder Kardinal. Der Ruf seiner Eitelkeit eilte ihm voraus, er war sogar zu eitel, um es zu bemerken.

Die veröffentlichte Zahl von über eintausend Mark interessierte Julia nicht. Als sie auf der Seite zur Jugendfahrt ankam, blieb ihr Blick hängen. Geradezu hypnotisiert starrte sie auf das Blatt. „Noch Plätze frei! Diesjährige Jugendfahrt an den Rhein mit vielen Ausflügen zu Ritterburgen, Waldwanderungen mit Schnitzeljagd, Freibädern und Besuch im Märchenwald. Betreuung der Jugendlichen durch Pfarrer Simmrath und Referendarin Frau Jutta Kleinschmidt, assistiert von Michael Neumann." Mehr musste Julia nicht wissen. Michael, ihr Michael, sollte vor Ort auf sie aufpassen! Am besten, Bettina kam erst gar nicht mit, sondern blieb bei Rudi und Marlis, und Julia fuhr allein ins Grüne. Natürlich ließ sich das nicht bewerkstelligen, dann also besser zusammen mit Bettina die Jugendfahrt überstehen, als zu Hause zu bleiben. Womöglich würde Bettina die Fahrt sogar ohne sie antreten und mit Michael viel Spaß am Rhein haben. Diesmal brauchte Julia keine Bedenkzeit, als sie ihrem Vater antwortete: „Okay, da fahre ich mit." „Sehr schön", kommentierte ihr Vater, „dann schließen deine Mutter und ich uns Adi und Britta an. Ferien auf Sri Lanka scheinen mir eine gute Idee zu sein, nun, da sich unser Betreuungsauftrag in Luft aufgelöst hat."

Wie aufs Stichwort kam Marlis mit einem Tablett, das sie vor Julia abstellte, ins Wohnzimmer. „Oh, das finde ich toll! Du wirst sehen, du wirst richtig Spaß haben und sicher viele nette neue Freunde finden!" Julia dachte, dass Marlis immer so überschwänglich reagierte, als würde sie mit einem Kleinkind reden. Doch schon beim Ansatz, nicht nett über ihre Mutter zu denken, bekam Julia ein schlechtes Gewissen. Ihre Mutter war ein Gutmensch, sie meinte es immer gut, unabhängig davon, was sie wie sagte oder tat. Ihre Taten waren gut, ihre Meinung über andere war gut, weshalb sie auch überzeugt davon war, dass Julia nette neue Freunde finden würde. Außerdem lag es ihr am Herzen, dass Julia dieselbe Überzeugung wie sie hatte, und das nicht nur in diesem Fall, sondern in jedem anderen auch. Julia lächelte ihre Mutter an, die sich sichtlich mehr freute als sie selber. Doch Marlis freudige Gesichtszüge entgleisten ihr, und Sorgenfalten machten sich auf ihrer Stirn breit: „Woher kommen die blauen Flecken an deinem Hals?" „Mama, das weißt du doch, du warst doch letzte Nacht bei mir, als der Mann gerade weg war, ich habe dir doch alles erzählt!", rügte Julia sie schroff, wendete sich ab und widmete sich dem Tablett, das ihre Mutter hergerichtet hatte. Sie wollte nicht wieder an die Nacht erinnert werden, sondern konzentrierte sich einzig und allein auf die noch warmen Toasts, die ihre Mutter so früh mit Butter beschmiert hatte, dass die Butter zerlaufen konnte und das Brot weich machte, genauso, wie Julia es am liebsten mochte. Darauf kam eine Schicht Frischkäse und obendrauf selbstverständlich keine Marmelade mit Fruchtstücken, sondern feinster Johannisbeergelee. Dazu servierte ihre Mutter duftenden Tee.

6. KAPITEL
FAMILIENBANDE

Marlis hatte gemerkt, dass sie Julia jetzt erst einmal in Ruhe frühstücken lassen sollte, war aufgestanden und hatte das Radio leiser gedreht. So verbarg sie ihre Sorge um Julia, denn ganz geheuer waren ihr die vermeintlichen Würgemale nicht. Aber sie kannte ihre Tochter zu gut, um zu wissen, dass es keine anderen Ansätze zur Beendigung des Themas geben würde. Julia würde einfach weiter stur behaupten, die Würgemale kämen von einem Toten, der sie diese Nacht heimgesucht hätte. Dabei spielte es keine Rolle, wie glaubwürdig ihre Geschichte klang, sie selber jedenfalls glaubte daran. Marlis erinnerte sich, als Julia ungefähr sechs Jahre alt war und überzeugt davon, einem Engel begegnet zu sein. Man ließ das Kind im Glauben, denn so konnte man im Notfall wieder auf die Schutzengel zurückgreifen. Dass Julia mit zunehmendem Alter immer noch nicht von ihren absurden Ideen abzubringen war, irritierte Marlis. Sie beschloss, noch eine Weile abzuwarten, und wenn die Fälle sich häufen würden, professionellen Rat einzuholen, sei es beim Pfarrer oder einem Psychologen. Noch hielt sie sich zurück und war froh, wenn auch ein wenig wehmütig, darüber, dass ihre Tochter freiwillig ohne sie in die Ferien fahren wollte. Sie erinnerte sich an die ersten Urlaube mit Julia, sah ihre kleine Tochter beim ersten Bad in den kühlen Wellen der Nordsee, vertieft darin, die erste Sandburg zu bauen und den Burggraben, in den Julia ständig hineinrutschte. Und sie erinnerte sich an den einzigen Urlaub, den sie in einem Zelt verbringen wollten. Die Ferien mussten abgebrochen werden, weil Julia Keuchhusten bekam, was weder für das Kind noch für die umliegenden Zeltbewohner erträglich war.

Gedankenverloren bemerkte sie nicht, dass es geklingelt hatte. Marlis schreckte auf und schaute in Oma Zillis Gesicht. Sie musste lächeln, der Anblick dieses Schmunzelmonsters war Grund genug, gute Laune zu bekommen. Allein die Augen ihrer Schwiegermutter waren klar und blinzelten schelmisch zwischen Tausenden von Lachfalten, die Nase zeigte deutlich ihre jahrzehntelange Abnutzung, knollig und rund stach sie aus den eingefallenen, schmalen Gesichtszügen hervor. Oma Zilli hingegen freute sich darüber, dass sie von Marlis immer mit einem herzlichen Lächeln empfangen wurde, was sie befremdlich fand, da sie selber lediglich herzhaft lachen konnte. Sich ein mädchenhaftes Lächeln anzugewöhnen, dazu war es in ihrem Leben nicht gekommen. So wusste sie nie so recht, mit welcher Ausdrucksform sie reagieren sollte. Sie kam nie mit leeren Händen zu Besuch, und so zückte sie zur Begrüßung gleich ihre Tasche: „Tag Marlis, hier ist etwas Hähnchensalat für euch." Dass sie anschließend mit Huldigungen wie „Das wäre doch nicht nötig gewesen!" überschüttet wurde, war ihr hingegen auch nicht recht, denn sie stand weder gerne im Mittelpunkt noch hatte sie gelernt, Dank entgegenzunehmen. So wandte sie sich, ohne Marlis in die Augen zu schauen, verlegen ab, hin zu Julia. Julia, so dünkte es ihr, schien ähnlich zu ticken wie sie. Genaueres vermochte Zilli nicht auszumachen, aber noch bevor die Kleine mit dem Sprechen begonnen hatte, verstanden sich beide direkt und einvernehmlich. Sie hatten eine naturgegebene Kommunikation, und Zilli wusste von Beginn an, was der Kleinen fehlte, wenn sie mit Quietschen oder Schreien auf sich aufmerksam machte. Im Gegenzug schien das Kind eine Antenne für Zillis Befindlichkeiten zu haben: Obwohl sie ihre Gefühlswelt tief verborgen hielt, so schien Julia die Einzige zu sein, die spürte, wenn sie schlecht geträumt hatte, schlecht geschlafen oder schlicht Hüftschmerzen von den ausgedehnten Waldspaziergängen hatte. Dann stupste die Kleine sie an und hielt sich in jeglichen Forderungen zurück. Zilli erinnerte sich, wie stolz sie gewesen war, als sie eines Nachmittags gemeinsam mit Marlis Mutter, Oma Helene, Julia auf ihrer

Spieldecke begrüßt hatten, wobei Helene ihre Enkelin weitaus mehr herzte als sie selber. Kaum, dass Zilli sich abwenden wollte, schaute Julia auf und sprach ihr erstes Wort: „Zilli". Damals blieb wenig Zeit, diesen Moment auszukosten, denn alsbald versammelte sich der Rest der Familie, in heller Aufregung über Julias erste Sprechversuche. Dünnhäutig, wie Oma Helene war, brauchte sie nichts zu sagen, doch jeder sah ihr an, dass sie sich benachteiligt fühlte und gekränkt über Julias Wortwahl war. Umso feinfühliger wurde sie von ihrer Tochter Marlis hofiert, um eine Balance zu schaffen. Für Zilli zählte nur eines, und das war die Zuneigung von Julia, die sie selber auch für ihre Enkelin empfand, was sie nicht als selbstverständlich erachtete. Heute machte Julia auf Zilli einen verstörten Eindruck: Als sie Julia anschaute, schien diese sie gar nicht wahrzunehmen, und zur Begrüßung huschte ein entrücktes Lächeln eilig über das müde Gesicht. Irgendetwas stimmte nicht mit ihrer Enkelin. Sie beschloss, es sei nötig, dem auf den Grund zu gehen. Dazu mussten sie sich ungestört unterhalten, was nur außerhalb dieser Räumlichkeiten mit ausreichend Abstand zum Rest der Familie möglich war.

„Ganz schön heiß draußen. Ich bin mit dem Fahrrad hergefahren. Wenn du magst, fahren wir gleich zusammen los in die Eisdiele. Lass dir Zeit, ich werde Marlis so lange in der Küche helfen." Ihrer resoluten Art konnte man nicht widersprechen, Zilli hatte sich bereits demonstrativ auf den Weg in die Küche gemacht. Da Julia nichts vorhatte und jegliche Vorstellung von Eigeninitiative ihr gerade fernlag, empfand sie Erleichterung darüber, sich einfach nur jemandem anschließen zu können. Nachdem sie ihre Toasts genüsslich verschlungen hatte, nahm sie ihre Teetasse mit ins Bad und wusch sich. Erfrischt schlüpfte sie in ihre Edwin-Jeans, passend dazu kramte sie ein grobmaschiges Netz-T-Shirt mit weiten Ausschnitten an den Kurzärmeln hervor. BHs trug sie nicht, daher schien ein Unterhemd heute angemessen. Fertig angezogen und leidlich zufrieden mit der Wahl ihrer Kleidung, holte sie ihre Oma aus den Fängen von Rudi, der sie inzwischen mit seinen polternden Sprüchen zu vereinnahmen drohte. Ihrer

Oma schien es zu gefallen, Julia hörte ihr Lachen durch den Flur schallen. Nach kurzer Verabschiedung schwangen sich beide auf ihre Fahrräder; Zilli auf ihr schwarzes, den Fünfzigerjahren entsprungenes Damenrad, das sie so pflegte, als wolle sie es weitere Jahrzehnte fahren, und Julia auf ihr hellgrünes Herkules-Fahrrad, das metallic in der Sonne glänzte.

7. KAPITEL
EISDIELE

Abgesehen von zwei verstaubten Caféhäusern aus der Nachkriegszeit, in die sich selbst ihre Oma nicht verirrte, gab es zwei Eiscreme-Verkaufsstellen. Beide waren unter italienischer Führung und meistens gut besucht. Zwischen beiden gab es einen großen Unterschied: Wer sich zu einem Date verabredete oder von Jungs gesehen werden wollte, der ging zu „Georgio". Inhaber Georgio ließ sich nur noch selten in seinem Etablissement blicken. Vor einigen Jahren, als noch niemandem, selbst nicht den öffentlichen Gesetzeshütern, klar war, dass es so etwas wie Haschisch im Städtchen gab, war ihm aufgefallen, dass seine Kundschaft Gefallen an der Droge fand. Er selber zog Frauen, schnittige Schlitten und Ramazzotti vor, sah jedoch keinen Grund darin, seinem Zielpublikum den Genuss zu verderben, und so hielt er sich fern, um nicht allzu sehr in den Dunstkreis seiner Gäste zu geraten und rauschte nun alle paar Wochen mit seinem roten Alfa Romeo Spider Cabriolet vor. Ihm war gar nicht aufgefallen, dass inzwischen nicht mehr öffentlich in seinem Lokal gekifft wurde, die Zeiten hatten sich geändert, doch Georgios Locken flatterten nach wie vor jugendlich im Fahrtwind. Teile des Zielpublikums kamen inzwischen aus der nahe gelegenen Tanzschule, wohin sie sich mangels Alternativen verirrten: In der Tanzschule wurden an Wochenenden Partys veranstaltet, was die einzige Möglichkeit zu feiern bot, ohne mit der Katholischen Jugendgemeinde in Berührung zu kommen oder auf dem Parkdeck eines Parkhauses mit Bierbüchsen abzuhängen.

Da Oma Zilli nicht geeignet dafür schien, mit Julia in Georgios Ledersesseln zu versinken und kichernd Jungs dabei zu beobachten, wie sie an ihrem Hosenschlitz hantierten, kehrten sie im

„Campino" ein. Das bessere Eis und den freundlicheren Inhaber gab es bei „Campino", wo eine italienische Familie das Speiseeis nach traditionellem Familienrezept herstellte. Hier hatte Julia als kleines Mädchen ihr allererstes Eis bekommen, Vanillegeschmack, spendiert vom Familienoberhaupt, der sich bis heute immer freute, wenn sie seinen Laden betrat. Seniore Campino war einer der ersten Gastarbeiter, der die Chance des Anwerbeabkommens im Winter 1955 nutzte, um seine Arbeitskraft in Deutschlands Energiesektor einzusetzen. Als der Seniore noch im Dezember Capri verließ und in Deutschland ankam, war ihm nicht klar, dass es in Deutschland Schnee gab. Sofort wurde er von einer Grippewelle erfasst, die seine Arbeit unter Tage enorm einschränkte. Doch er gab nicht auf und schuftete, bis er sich eine kleine italienische Frau aus seiner Heimat holte. Mit ihr kam als Folge nicht nur ein Bambino nach dem anderen ins Haus, sondern auch die Idee der Eisdiele und mit dieser der verdiente Wohlstand. Man konnte sich erlauben, den Schnee hinter sich zu lassen und die Eisdiele temporär zu schließen, um in Süditalien zu überwintern. Indes zeigte eine Fototapete im Inneren der Eisdiele die schneebedeckten Wipfel der Dolomiten, was das Frösteln im unterkühlten Raum unterstrich. Julia fand einen freien kleinen Zwei-Personen-Rundtisch mit zwei Stühlen aus Capri, die dank liebevoller Pflege die letzten 20 Jahre überlebt hatten. Kaum, dass sie mit ihrer Großmutter Platz genommen hatte, hallte es durch den klimatisierten Raum: „Bon giorno Principessa! Como estais?" Und der Chef schlurfte, sein linkes Bein hinter herziehend, an ihren Tisch: „Bellissima, möchtest du heute lieber Bananen-Split oder Spaghetti-Eis? Und was darf es für die Belladonna sein?", säuselte er. Ihre Oma ignorierte das Kompliment und bestellte wie immer einen Becher Zitroneneis mit Sahne. Niemand wusste, wieso der Seniore hinkte, und Julia traute sich nicht, ihn nach der Ursache zu fragen, denn wie eine Mafia-Ikone sagte sein gütiges Lächeln: „Halt dich einfach raus, dann ist alles gut." Julia verzichtet darauf, ihre Neugier zu befriedigen, bedankte sich bei Seniore Campino mit ihrem herzlichsten Mädchenlächeln und wählte Bananen-Split. Sie warteten auf die

Bestellung und fröstelten still vor sich hin. Als die enormen Eisschiffchen aus Chrom vor ihnen standen, ergriff Zilli behutsam das Wort. „Na, freust du dich, dass ihr jetzt Ferien habt?" „Klar, soweit." Julia stocherte versunken in ihrer Eiscreme. „Tja, deine Eltern werden also eine Zeit lang ohne dich klarkommen müssen, dann kriegen sie sich bestimmt in die Wolle." „Das tun sie auch mit mir, oder insbesondere mit mir? Vielleicht ist auch das Gegenteil der Fall." Resümierte Julia. „Wie meinst du das? Dass *du* ohne deine Eltern klarkommen musst oder dass sie sich ohne dich bestens verstehen werden?" „Ich weiß es nicht. Eigentlich habe ich mir noch keine ernsthaften Gedanken dazu gemacht. Ich rede so vor mich hin. Gerade denke ich wenig, weil ich mich erschlagen und gefangen in einem überdimensionalen Wattebausch fühle." Julia redete weiter, ohne eine Reaktion von ihrer Oma zu erwarten, ganz so, als würde sie Selbstgespräche führen. „Ich fühle mich seit dieser Nacht mechanisch, vor meinen Augen tanzen schwarze Pupillen auf und ab und verhindern eine klare Sicht auf die Umgebung. Ich fühle mich, als hätte man mich ausgeweidet. Blutleer und doch mit einem Blutsturz im Kopf, wo ich das Blut pulsieren spüre, es pocht durch mein Hirn und an meine Schläfen, und manchmal sehe ich Bilder vor mir von Dingen und Menschen, die ich nicht kenne, an die ich gar nicht gedacht habe. Manchmal funkelt hier und da Gold auf und dann wieder Rot, fleischiges warmes Rot in rutschiger Bewegung, das schwappt in Wellen vor und zurück. Es kommen auch Namen vor, die ich noch nie gehört habe, mit Gesichtern dazu, die ich manchmal vom Sehen her kenne."

Zilli unterbrach Julias Redeschwall. „Und als Nächstes wirst du Menschen kennenlernen, die dir bekannt vorkommen und es nicht einordnen können. Dann konzentriere dich, und du wirst merken, dass sie dir schon vorgestellt wurden, indirekt, meine ich." „Wie meinst du das?" „Na, die Bilder werden konkreter, die Namen ebenfalls, und so zeichnen sich Menschen vor deinem inneren Auge ab, die du anschließend treffen wirst, und noch bevor sie mit dir reden, wirst du ihre Namen kennen." Julias Interesse war geweckt: „Woher weißt du das?", löcherte sie ihre Oma weiter. „Aus eigener Erfahrung. Deine heutige Verfassung wird sich lindern, das Pulsieren im Kopf selten, die schwarzen Punkte verblassen, und die Wachträume werden in die Nacht verschoben. Doch du wirst dich tagsüber an die Träume erinnern, teilweise konkret, teilweise vage. Wenn du dir nicht sicher bist, vertraue deinem Instinkt, denn ich verspreche dir, du wirst richtig liegen! Wenn du vermutest, jemanden bereits zu kennen, zu wissen, wo etwas Vermisstes sich befindet oder meinst, eine Entscheidung wäre bereits getroffen, weil du das Resultat vorher bereits geträumt hast, dann kannst du dich auf deine Intuition verlassen. Meistens vergessen wir die Ergebnisse, vergessen unser Wissen, und trotz Training gelingt es uns nicht oft, es ans Tageslicht zu bringen." „Wen meinst du mit *wir*?" „Wir Menschen, die von Geistern beseelt sind. Geister suchen sich ihren Wirt aus, meistens über Generationen weitergereicht. Mir war fast klar, dass ich dich eines Tages darauf ansprechen müsste, damit du nicht zu verwirrt über die Situation bist. Und, wenn ich ehrlich bin: Ich weiß nicht mit hundertprozentiger Sicherheit, woher es kommt, dass wir Menschen Dinge, Ereignisse vorausträumen. Vielleicht liegt es uns einfach in den Genen. Wie auch immer, sei einfach darauf vorbereitet, erlebe es bewusst – und ein kleiner Rat: Um sicherzugehen, schreibe deine Träume auf. Dann hast du alles schwarz auf weiß, mit Datum, Namen und kleinen Details wie Farben, die sich am Ende als wesentlich erweisen können, zum Beispiel, wenn du etwas dir Wichtiges verloren glaubst und dich auf die Suche konzentrierst, kannst du Hinweise auf den Ort, an dem sich das verlegte Ding befindet, bekommen."

Julia zweifelte nicht im Geringsten an den Worten ihrer Großmutter und fühlte sich erleichtert über die Information, die ihre eigentümliche eigene Wahrnehmung erklären konnte. Es war also keine Einbildung, wenn sie es im Unterholz knacken hörte, wenn sie Farben überdeutlich wahrnahm, und als sie noch sehr jung war, freute sich ihre Familie regelmäßig darüber, dass sie scheinbar alleine stundenlang in ihrem Zimmer spielen mochte. Was niemand wusste war, dass sie nicht alleine war, sondern ihren Schutzengel zum Spielkameraden auserkoren hatte. Sie erinnerte sich daran, dass es im Kindergarten ein Mädchen gegeben hatte, das trotz Aufforderungen der Kindergärtnerinnen, doch mit den anderen Kindern zu spielen, den ganzen Vormittag scheinbar alleine in einer Ecke gespielt hatte. Das Kind erwiderte voller Überzeugung, es würde aber lieber hier mit Karl spielen, der es jeden Tag von zu Hause aus zum Kindergarten begleiten würde. Daraufhin kam zweimal in der Woche ein weißhaariger Herr Doktor vorbei, der sich einmischte und gemeinsam mit Karl und dem Mädchen spielen wollte, dabei musste die Kleine ihm fortwährend berichten, was Karl gerade tat. Einige Zeit später kam das Mädchen nicht mehr, und niemand wusste, was aus ihm geworden war. Julia hatte niemals ein Wort über ihren Spielkameraden verloren, aber der kam auch nicht mit in den Kindergarten.

Damals hatte sie angenommen, das Mädchen und Karl wären von Zigeunern auf der Durchreise mitgenommen worden. Zigeuner hatten sich nach ortsansässiger Meinung auf das Verschleppen von kleinen Kindern spezialisiert, doch niemand im Ort hatte ihr sagen können, ob die Kinder verkauft, zur Arbeit gezwungen oder aufgegessen wurden. Über diese Ungewissheit hadernd, war ihr eines gewiss: Da ihr weder das eine noch das andere Schicksal widerfahren sollte, blieb ihr Schutzengel ihr Geheimnis: Als einzelnes Kind war sie sicher für die Zigeuner weniger wert als im Doppelpack mit ihrem Spielgefährten. „Oma, seit wann weißt du das alles über uns?" „Gewusst habe ich es schon immer, aber bewusst gemacht, das habe ich es mir so vor ungefähr 60 Jahren, als ich merkte, dass ich langsam kein Kind mehr war. Damals galt die gängige Meinung, dass man als Kind Phantasie habe, was sich mit zunehmendem Alter schon legen würde. Phantasie war anstrengend. Doch hörte meine Phantasie nicht auf, mir scheinbar Streiche zu spielen, also hörte ich auf meine Phantasie. Es gab keine Mutter oder Großmutter, mit der ich darüber hätte reden können. So verließ ich mich auf meinen Instinkt und ließ meiner Phantasie bewusst freien Lauf. Dabei machte ich die Entdeckung, dass die Dinge sich gar nicht in meinem Kopf abspielten, sondern schlicht in einer anderen Realität, die zwar tatsächlich existierte, jedoch für meine Umwelt nicht wahrgenommen werden konnte. Einerseits beruhigte mich diese Erkenntnis, andererseits machte sie mich einsam. Ich brauchte viele Jahre, um diese Einsamkeit als Teil von mir anzunehmen und zu erkennen, dass sie sich nicht durch äußere Lebensumstände beeinflussen lässt. Dein Schutzengel ist jeden Tag bei dir, auch wenn er nicht mehr mit dir spielt. Vergiss das niemals, wenn du dich einsam fühlst, denn auch du lebst mit dieser anderen Realität, die nur von ganz wenigen Menschen auf der Welt erkannt werden kann! Behüte deine Realität und glaube immer an sie, letztendlich wird sie dich sehr stark machen", orakelte Zilli.

Selten hatte sich Julia so behütet und stark wie jetzt gefühlt. Es war, als würde eine Hülle von ihr abfallen, wie eine geschälte Zwiebel hätte sie vor Erleichterung heulen können. Aber sie wusste, dass eine Zwiebel viele Schichten hatte und vermied es, in der Öffentlichkeit zu weinen. Julia fiel ihrer Oma um den Hals und drückte zwei kleine Tränen an den gestärkten Kragen. Dann lehnte sie sich zurück in die schmale Stuhllehne, aß den Rest ihrer eingeweichten Banane auf und schaute hinaus in die strahlende Sonne. Nachdem sie Campinos Eisdiele verlassen hatten, kam Julia auf die Idee, in Georgios Eiscafé vorbeizuschauen. Ob sie dort ein bekanntes Gesicht entdecken würde? Sie sagte ihrer Oma Bescheid, die ihre Enkelin schmunzelnd mit den Worten „Aha, hat dir ein Eisbecher also nicht gereicht" verabschiedete, wohl wissend, dass dies nicht der Grund zur Einkehr sein konnte.

Julia hielt einen Moment inne und streckte ihr Gesicht der Nachmittagssonne zu, die im Begriff war, ihren Radschlag der Erde zuzuwenden. Sie musste sich überwinden, einen Fuß in die Eisdiele zu setzen. Normalerweise gingen Mädchen nur gemeinsam mit Freundinnen oder bestenfalls ihrem Schwarm durch die Eingangstür, die dank ihres Milchglases so trübe war, dass es unmöglich war, von außen schon die Lage im Inneren zu erspähen. Lediglich zwei schmale, braun getönte Schaufenster ließen einen Blick auf die vorderen zwei Tische linker und rechter

Hand der Tür zu. Durch die getönten Scheiben musste man schon sehr genau hinschauen, um zu erkennen, um wen es sich hintern den Scheiben handeln konnte. Julia hatte sich selber einmal dabei erwischt, als sie so ausgiebig ins Innere stierte, dass die Gäste sich belästigt fühlten, die wiederum Julia wesentlich deutlicher erkennen konnten, als umgekehrt. Ihre Gafferei hatte zur Folge gehabt, dass Julia, als sie denn endlich eingetreten war, mürrische Gesichter erntete, die sie spöttisch fragten, ob sie keine eigenen Freunde hätte. Julia hatte diese Frage als rhetorisch gedeutet, kurz gelächelt und freundlich gegrüsst. Es war ihr gelungen, ihren peinlichen Auftritt zu überspielen und in der Bedeutungslosigkeit der verqualmten Caféräume unterzutauchen.

Zögerlich öffnete Julia die Eingangstür und trat ein. Sie tauchte in einen Geruch aus einer Mischung von abgestandenem und frischem Qualm, Kaffeebohnen, Cointreau und Erdbeersoße. Eine verchromte Theke, mit Barhockern bestückt, dunkelgrüne Ledersitze und Garnituren, niedrige Beistelltische mit überquellenden Aschenbechern, Lautsprecher mit Diskomusik in den Ecken. Der Geräuschpegel war hoch, die Espressomaschine permanent im Einsatz, gegen die alle Unterhaltungen standhalten mussten. Hinzu kamen betont laute Gespräche, die darauf ausgerichtet waren, dass jeder sie mitbekommen sollte. In diesen ging es meist um schnittige Golfs GTI und Opel Mantas, die ebensolche schnittigen Mädchen, auch „Schnittchen" genannt, an den Tisch locken sollten. Weiterer Austausch fand unter den Gästen mittels anonym platzierten Hinweisen an Toilettenwänden und -türen statt. So hatte jemand zur Karnevalszeit mit Datum vermerkt: „Bettina bumst gut." Und seit einigen Monaten war klar definiert: „Nathalie ist eine Schlampe."

Nathalie unterstrich die schummrige Wirkung des Raumes, dessen Inhaber das Ziel zu verfolgen schien, den Tag zur Nacht zu machen. Sie war hinter dem Tresen platziert worden, ohne natürlichen Lichteinfall von oben ausbeleuchtet, Nathalie, *die Schlampe*. Sie gab sich sichtlich Mühe, ihrem Ruf gerecht zu werden: Sie bekräftigte Gerüchte, beim Vögeln auf einem Billardtisch ertappt worden zu sein, und das mit mehr als einem Partner, indem sie größten Wert darauf legte, ihre Freizügigkeit zur Schau zu stellen: heute in Form eines zwar weiten, aber enorm kurzen Sweatshirts, dessen Saum am Solarplexus endete. So konnte sie sicherstellen, dass sie bei ihren häufigen Griffen in die höher gelegenen Thekenbereiche ihre Brüste den Gästen als Blickfang anbieten konnte. Die Titten waren nicht so voluminös wie Bettinas, sondern deuteten an, dass sie sich noch in der Wachstumsphase befinden könnten oder schlicht stehen geblieben waren, mit überdimensionierten Brustwarzen im Verhältnis zum restlichen Gewebe. Nathalie war insgesamt nicht so ausladend wie Bettina, sondern entsprach, ihrem Namen gerecht werdend, dem südfranzösischen Typ, schmal und dunkel. Sie bewegte sich wie eine Gazelle bei der Arbeit, mit natürlicher Anmut hielt sie der Kundschaft ihre Nacktheit vor Augen, was während der Freizeit zäh und ausgemergelt wirkte, wenn sie ihr exhibitionistisches Naturell bei den kiffenden Jungs im Freibad auslebte. Da war Nathalie Julia das erste Mal aufgefallen, sie war ihr auch schon mehrmals auf der Straße nebenan begegnet, doch man ignorierte sich.

Bei Nathalie am Tresen hockte Michael, dessen Rundrücken vorzüglich auf den Barhocker passte, auf dem er seitlich zur Theke hin saß, während der Rücken an eine Wand lehnte. Vor ihm umschlang er seine Freundin und demonstrierte in der Öffentlichkeit, dass man als Paar da war: Bettinas Status wurde somit offiziell. Mit ihrem lauten Gelächter zogen Nathalie und Bettina Aufmerksamkeit auf sich. Julia überraschte es, Nathalie und Bettina so innig miteinander zu sehen, wusste sie bisher nur, dass sich beide auf der Straße grüßten und dabei weniger als drei Sätze austauschten. Sie ging vom Eingangsbereich in Richtung Theke, als sie von Bettina bemerkt wurde. Ein überbordendes „Hey, Süße, was für eine Überraschung! Was machst du denn hier?" schallte durch den Raum. Bettina setzte sich souverän im Minirock auf dem hohen, verchromten Barhocker in Pose, um Julia mit offenen Armen in Empfang zu nehmen. Julia empfand diese Geste als unangemessen und erwiderte sie

nicht. Sie bevorzugte coole Noblesse und gab Bettina stattdessen einen angedeuteten Wangenkuss mit den Worten: „Wollte mal schauen, was du so ohne mich treibst, denn wie es aussieht, werden wir uns aneinander gewöhnen müssen." Bettina schaute Julia leicht irritiert an. „Hey, war ein Gag. Ist aber was Wahres dran. Wir werden uns demnächst jeden Tag sehen, und nicht nur das ..." Noch bevor Julia beendet hatte, hüpfte Bettina vom Hocker und schmiss sich ihr an den Hals. „Oh wie toll! Das ist ja super, dass ich bei euch zu Hause in den Ferien wohnen darf!"
„Nicht ganz, darauf wollte ich hinaus, es kommt noch besser: Wir fahren zusammen mit Michael ins Ferienlager an den Rhein." Michael ließ sich nicht anmerken, dass sein Name gefallen war, dabei schaute er Julia das erste Mal direkt in die Augen. Julia sah keine Regung in seiner Miene. „Vorausgesetzt, du hast auch Lust dazu." Sie wand sich Bettina wieder zu. Den letzten Satz hätte sie sich sparen können. Bettinas Tonfall ging vom Überschwänglichen ins Kreischende über, das hatte sie sich wohl bei amerikanischen Filmen abgeguckt: „Yeah, yippie, Mann, das ist ja geil!", tönte es so laut, dass selbst Nathalie zuckte und dabei ihren Eiskugelportionierer klirrend fallen ließ. Julia glaubte, in Michaels Augen für eine Sekunde Zweifel aufflackern zu sehen, sein Oberkörper spannte sich an, als wolle er eine drohende Umarmung Bettinas abwehren. Als Bettina sich an ihn geschmissen hatte, legte er gefügig seine Arme um ihre Taille. Er versuchte erst gar nicht, zu Wort zu kommen und schien sich vor Augen zu halten, wie sehr er das offensichtliche Temperament seiner Freundin schätzte. „Oh, Michi, dann können wir ganz viel Zeit miteinander verbringen und keine neugierigen Eltern in der Nähe, und wir haben unseren ersten gemeinsamen Urlaub. Das ist ja so toll! Wahnsinn! Dann lernen wir uns so richtig gut kennen, unglaublich!" Julia war abgeschrieben. Michael entgegnete gleichmütig: „Mein Schneckchen, im Gegensatz zu dir habe ich keinen Urlaub. Ich werde dafür sorgen müssen, dass Mädels wie du nicht die Nacht zum Tag machen. Zumindest nicht ohne mich! Hah!" Dabei schaute er mit einem süffisanten Lächeln zu Nathalie, als erwarte er Beifall. Bei Nathalies Anblick äußerte er

eine spontane Eingebung: „Ich könnte mir gut vorstellen, auch auf dich aufzupassen. Na, was hältst du von einem Trip an den Rhein?" Mehr brauchte es nicht, um Nathalie die Idee schmackhaft zu machen, auch wenn sie gewisse Zweifel anmerken musste: „Und du meinst, zwischen all den artigen Kirchgängern fühle ich mich wohl?" „Dafür werde ich schon sorgen", beschwichtigte Michael. „Na, da wird sich meine Mutter aber freuen, einen solchen Vorschlag von mir zu bekommen, ausgerechnet! Allerdings werde ich dann wohl auch meine Schwester mitnehmen müssen. Bei uns geht das nur im Doppelpaket. Meine Mutter wird uns das schon erlauben, dann hat sie einen triftigen Grund, uns beide von sich fernzuhalten." „Auch wenn sie bisher keine Gründe dafür brauchte", fügte sie leise hinzu.

Michael schaute zu Bettina. Ihre Mundwinkel waren eingefallenen, sie hatte Ruhe gegeben. „Schneckchen, dann hast du eine richtige Clique vor Ort. Es stimmt schon, dass ich mich kaum mehr um dich als um die anderen Teilnehmer kümmern kann. Wenn ich dich bevorzugt behandele, setze ich nicht nur meinen Job aufs Spiel, auch dir würde eine Sonderbehandlung vor Ort nicht gut tun, glaub's mir! Und wenn ich mich hier in dieser Runde umschaue, denke ich, ihr könnt bestimmt ganz schlecht auf euch selber aufpassen, stimmt's? Und wenn es dunkel wird und ihr euch nachts in den kalten Betten gruselt, dann unternehmen wir eine Nachtwanderung, bei der ich euch durch den Märchenwald führen werde. Und wenn der böse Wolf kommt, bin ich schon da und werde kämpfen wie ein Drache oder besser gleich wie Siegfried, der Sagenhafte. Und wenn ihr euch verlaufen solltet, dann habe ich schon mit Kieselsteinen den Weg gepflastert." Er hatte Bettina zum Lachen gebracht: „Und ich werde mich um unser leibliches Wohl kümmern, trage Kuchen und Wein in einem riesigen Korb mit mir. Nachdem dann die Großmutter in ihrer Waldhütte erfroren sein wird, haben wir genug Fusel dabei, damit wir wenigstens nachts nicht frieren. Dann trinken wir uns Mut an, stürmen die nächste Hütte, wo die alte Hexe haust, und rauben ihren Schmuck. Dabei befreien wir heldenhaft Hänsel und Gretel und vernaschen sie anschließend!" Damit hatte sie Michael übertrumpft. Nathalie prustete los, und Julia konnte nicht anders, als Bettina einen bewundernden Blick zu zuwerfen. „Genau, damit die beiden sich nicht gegenseitig in der Einsamkeit des Waldes befummeln! Ich werde es dem Hänsel schon einheizen." Dabei rieb Nathalie den Shaker kräftig mit beiden Händen und fuhr sich mit der Zunge über die Lippen. Dann wandte sie sich wieder ihrer Arbeit zu, denn die Bestellungen türmten sich unweigerlich vor ihr auf. Michael ließ seinen Blick schweifen, weg von Nathalie, über Bettina blieb er auf Julia hängen. „Und, irgendwelche Einwände? Zu bedauerlich, dass Hänsel und ich schon vergeben sind. Da bleibt wohl für dich nur noch der olle Wolf übrig, und *den* auf Touren bringen, das ist wohl kaum dein Kaliber." „Richtig insofern, als ich den Wolf gar nicht nötig habe!" Mehr fiel Julia nicht ein. „Was du nötig hast, das hat Nathalie eben gezeigt, und das ist hart und so groß." Dabei maß er mit seinen Händen an die fünfunddreißig Zentimeter ab. „Na, bei dieser Vorstellung von Traummassen war wohl eher *dein* Wunsch Vater des Gedankens", konterte Julia. Dem widersprach Michael nicht: „Eine große Klappe hast du offensichtlich, und im Ferienlager werden wir dann sehen, wie es um die Praxis steht! Darauf trinken wir einen, auf unseren gemeinsamen Trip, hey, Nathalie, mach mal vier Fernet Brancas klar und stoß mit uns an, ich gebe einen aus!"

Nachdem sie auf die bevorstehende Reise angestoßen hatten, aus einer Runde waren zwei geworden, verabschiedete Julia sich. Drinnen hatte sie erfolgreich nach dem Rechten gesehen, draußen fiel ihr auf, dass sie leicht beduselt war. Mit jedem Tritt in die Pedale wurde ein Stückchen Schwips mehr freigesetzt. Es war schwül geworden, und kleine schwarze Gewittertierchen ermahnten Julia zur Eile, was ihr aufgrund des Schwindelgefühls nicht leichtfiel. Ein Tiefdruckgebiet lastete schwer über ihr. Teilchen hoher Luftfeuchtigkeit tanzten vor ihren Augen und ließen die Konturen der gemächlich vorbeirauschenden Landschaft verschwimmen. Benommen erreichte sie ihr Zuhause, das sie friedlich in Empfang nahm. Sie hatte das tiefe Bedürfnis, nach den Strapazen der letzten vierundzwanzig Stunden allein zu sein und konnte die liebevolle Begrüßung ihrer Mutter jetzt einfach schlecht ertragen. Marlis öffnete ihr freudig die Tür und herzte sie mit den Worten: „Na, hast du lecker Eis gegessen?" Julia empfand es als Belästigung, auf eine derartig banale Frage näher eingehen zu müssen, nur um der Erwartungshaltung, nett zu sein, zu entsprechen. Mit einem knappen, des lieben Friedens willen „Danke, ja" verschwand sie in ihrem Zimmer.

Dort wurde sie von Einsamkeit eingeholt: Weder die Wärme ihrer Mutter noch das „Socialising" halfen. Das Gespräch mit ihrer Oma holte sie ein, und ihr wurde klar, dass sie ihre Grundeinsamkeit nie würde ganz ablegen können. Wie bei einer Katze in Einzelhaltung, der ungefragt eine zweite Katze als Kamerad ins Revier gesetzt wurde, war das Resultat zwei Katzen, die allein sind. Ihre Oma hatte ihr heute die Gründe dafür, dass sie mit ihrer ganz eigenen Realität allein bleiben würde, hinreichend erklärt und auch, dass es sich tatsächlich bei ihrer Realität um eine jenseits der allgemein gültigen handele. Sie hatte die Erklärung dankbar angenommen. Endlich gab es denn eine Erklärung, was ausreichte, um innere Ruhe zu erlangen und die äußeren Wattebäusche verschwinden zu lassen. Julia lernte, den Umstand zu akzeptieren, niemals innerhalb einer Clique Geborgenheit zu empfinden. Die Schnittmenge der Gemeinsamkeiten war schlicht zu klein. Eine der Ursachen schien ihr Realitätssinn zu sein, der sich lediglich bis zu einer (un)gewissen Grenze teilen ließ. Diese Grenze hatte bisher niemand zu überwinden vermocht, noch nicht einmal Marlis, deren fürsorglicher Liebe seitens Julia Grenzen gesetzt wurde. In eine Richtung war diese Grenze noch variabel: Niemals bisher hatte Julia die Macht der Leidenschaft erfahren, mit deren ungeahnten Möglichkeiten und irreparabler Kompromisslosigkeit.

Das angekündigte Gewitter entlud sich. Der Regen klatschte an die Fensterscheiben und wischte den Feinstaub von Braunkohle fort, der sich über den Tag hin verteilt dort niedergelassen hatte. Der Abend verschaffte angenehme Abkühlung, eine sternenklare Nacht brach an und lud zur Einkehr ein.

Julia hielt am Nachthimmel vergeblich nach Sternschnuppen Ausschau. Statt Schafe begann sie, Sterne zu zählen, und beim Achtzigsten angelangt, war sie gelangweilt genug, um Bettschwere zu erlangen. Im Bett drehte sie sich noch einige Male um sich selbst. Mit geschlossenen Augen sah sie Flackern, wabernde Formen, Kreise, Vierecke und dann gar nichts mehr. Ein Viereck kristallisierte sich aus der Ferne zwischen den anderen heraus und näherte sich ihr. Es waren Schritte, die auf sie zukamen, Schritte einer viereckigen Person. Je näher die Person kam, desto klarer wurden ihre Umrisse. Ohne dass man sie als dick hätte definieren können, waren Breite und Höhe annähernd identischen Ausmaßes. Es schien, als drücke der ausgedehnte Oberkörper auf die kurzen Beine, die sich daraufhin in O-Form nach außen bogen. Es war dunkel und kalt, Julia fühlte sich von der Person gestört und wollte nicht, dass sie näherkam. Sie teilte lauthals mit, dass sie gerade schliefe und man sie in Ruhe lassen solle. „Schnarchtüten-Sabbermaul" warf das wandelnde Viereck ihr an den Kopf. Die vergleichsweise harmlosen Worte wirkten aus dem Mund der Sprecherin wie ein Geschoss. Julia hatte eine Kopfnuss verpasst bekommen. Sie taumelte und bemerkte, dass sie gegen eine verschlossene Tür gestoßen war. Die Tür war mit Sprüchen bekritzelt. Sie erkannte „Nathalie ist eine Schlampe" wieder und den Hinweis, dass Bettina gut bumsen würde. Daneben stand nun mit frischer Farbe in krakeliger Schrift „Vanessa ist lesbisch" und in großen Druckbuchstaben „Schnarchtüten-Sabbermaul".

8. KAPITEL

ANKUNFT

Der Frühnebel legte sich behaglich auf die erwachenden Wiesen nieder und beschlug die Fensterscheiben des klapprigen Reisebusses, der mit hundert Kilometern pro Stunde durch die hügelige Landschaft raste. Die Teilnehmer der Jugendfahrt hatten mitten in der Nacht ihre Heimatbasis verlassen müssen und die kühlen Sitze des Busses gestürmt, einige, um die hinteren Plätze zu ergattern und heimlich ihre Zigaretten zu inhalieren, andere, um den Rat ihrer Eltern zu befolgen und vorne zu sitzen, damit ihnen nicht übel würde. Diejenigen in den vorderen Reihen wurden regelmäßig rüde vom Busfahrer ermahnt. Wie jene Personen, die einen Posten als Haus- oder Bademeister bekleideten, wollte auch er mittels mürrischen Meckerns als Autoritätsperson wahrgenommen werden. Als Zeichen seiner weitreichenden Bevollmächtigungen trug er einen Schlüsselbund mit Generalschlüsseln, Busschlüsseln und weiteren Metallpfunden an seinem Hosenbund. Alle paar Kilometer hieß *es Nun mal Ruhe hier! Nehmt die Füße von den Sitzen! Krümelt nicht alles voll! Lärmt nicht rum, damit der Fahrer sich konzentrieren kann!* Er sprach gerne von sich in der dritten Person und mit Kindern grundsätzlich ausnahmslos in Befehlsform. Er hatte die Herrschaft über den Bus und war der Einzige, dem das Rauchen an Bord gestattet war, was er bis zum Anschlag ausnutzte. Der Aschenbecher quoll über, und der umliegende Fußboden hatte sich angesichts der angehäuften Brandlöcher in eine eigentümliche Mikrolandschaft aus Kratern, Asche und Lava verwandelt, die nur darauf wartete, von aasenden Insekten besiedelt zu werden, welche genüsslich verrottende Frühstücks-, Mittags-, Nachmittags- und Abendbrotreste vertilgen würden.

Wenn der Busfahrer nicht gerade rauchte, so aß er, was immer sich im gerade anbot, oder er trank seine drei Thermoskannen Kaffee, die sich regelmäßig über die Armatur ergossen, sobald eines der häufigen Schlaglöcher auftauchte. Auch auf jahrzehntelang bekannten Streckenführungen tauchten diese stets für den Fahrzeugführer wie aus dem Nichts auf, sodass er einen Grund mehr fand, lauthals zu fluchen, was seine Autorität unterstreichen sollte. Leider funktionierte diese Methode nur bei den Kindern, die von der Pubertät noch nicht eingeholt worden waren. Die hinteren Reihen, die es regelmäßig aus den Sitzen hievte, machten sich einen Spaß daraus, sich wie bei einem Kirmesbesuch aufzuführen und wiederholten im Chor die Flüche des Fahrers, die dank einer defekten Sprechanlage durch die Lautsprecher tönten: *Schweinerei! Mist!* Bis zum nächsten Schlagloch war es nicht weit. *Schweinemist!* Äffte es durch den Bus. Und zwei Kilometer weiter *Verflucht und zugenäht! Mein Gott, muss das sein!* Und es hallte *Verflucht und zugenäher Gott, muss das sein!* Da riss der Geduldsfaden von Pfarrer Simmrath: „Nein, das muss nicht sein!" Mit diesen Worten schoss er in die Höhe, stieß sich den Kopf an der Hutablage, taumelte, unterdrückte den höllischen Schmerz, was seine Wut ebenfalls in die Höhe schießen ließ, und stürzte nach vorne zum Busfahrer. „Stellvertretend muss ich Ihnen von offizieller Seite aus mitteilen: Nein, das muss nicht sein! Zügeln Sie Ihr Mundwerk und leiten Sie Ihre überschäumende Energie auf die Fahrbahn, dann wird der heilige Christopherus Ihnen gnädig sein und uns heil ans Ziel bringen." Gottes Worte in den Ohren, bedankte sich der Busfahrer artig für den Hinweis und zeigte dann in Richtung des Hinweisschildes, das sich neben seinem Lenkrad befand: *Während der Fahrt ist das Sprechen mit dem Fahrer untersagt – Direktor der Behörde für Nah- und Fernverkehr.* Seinem obersten Vorgesetzten schenkte er die gleiche Aufmerksamkeit wie seinem obersten Hirten, beide hatte er bis heute noch nicht zu Gesicht bekommen, und Anweisungen von oben befolgte er schlicht, ohne sich weiter mit diesen zu beschäftigen.

Der Busfahrer war stumm geworden, die Kinder hingegen drehten immer mehr auf und grölten *Mein Gott, muss das sein, Schweinemist zum Fenster rein.* Nachdem er den Fahrer ruhiggestellt hatte, beschloss Pfarrer Simmrath, über das Mikrofon Kontakt zu seiner Herde aufzunehmen. Demonstrativ räusperte er sich in das Mikrofon, als er von einem Schlagloch derart überrascht wurde, dass er strauchelte und sich verschluckte, sodass alle Insassen Ohrenzeugen seines durch den Verstärker geleiteten Hustenanfalls wurden. Er würgte und spie wie der Teufel, beinahe hätte selbst der hart gesottene Busfahrer das Lenkrad losgelassen, um dem Pfarrer ordentlich auf seinen Rücken zu schlagen. Während der Fahrt war das Verlassen der Sitze untersagt. Alle Fahrgäste verharrten angewurzelt auf ihren Plätzen, und niemand traute sich, dem würgenden Würdenträger auf seinen ehrfürchtigen Rücken zu hauen, um ihm Erleichterung zu verschaffen. Nach mehreren Minuten vermeintlichen Erstickens hatte Pfarrer Simmrath unwillkürlich sein Ziel erreicht: Als sein immenser Hustenanfall nach gefühlter halber Stunde abebbte, war im Bus Stille eingekehrt.

Jemand hatte die glorreiche Idee, ihm eine Thermoskanne durchzureichen, und es dauerte nicht lange, bis Pfarrer Simmrath eine Tasse wohltuend heißen Tees in den Händen hielt. Unbemerkt schüttete er ein wenig Rum dazu, den hatte er sich verdient. Es gab immer einen guten Grund, die Kehle zu benetzen. Zusätzlich zur Stimmreinigung war seine Sangeskunst naheliegend, und er verkündete durch das Mikrofon: „Kinder, wir singen, dem Herrgott zuliebe!" Sein Herrgott musste oftmals stellvertretend für ihn selber eintreten. Damit seine kleine Gemeinde sich besonders auf den Gesang konzentrierte, wählte der Pfarrer einen Kanon aus. Niemand durfte seinen Einsatz verpassen, und der Text war jedem geläufig. „Lasst uns miteinander, lasst uns miteinander, singen, danken, lobet den Herrn. Lasst uns das gemeinsam tun, singen, danken, lobet den Herrn. Singen, danken, lobet den Herrn, singen, danken lobet den Herrn!", schallte es in Dreiergruppen wie ein Echo, das durch ein Tal geschmettert wird und am Berg zurückprallt. Der Gesang weckte Julias Lebensgeister. Es war eine kurze Nacht gewesen, und die Anreise über abgelegene

Dörfer, wo vereinzelte Gruppen von Kindern aufgepickt wurden, zog sich in die Länge. Julia war schon seit Stunden unterwegs, doch erst jetzt realisierte sie, dass sie sich auf einen abgenutzten Sessel gesetzt hatte, der seine Sprungfedern in ihren Po schob, inmitten von Hügeln und aufgehender Sonne. Genüsslich fiel sie in den Kanon ein und sang voller Inbrunst mit. Ihre belegte Stimme wurde immer klarer, das Singen befreite, und die Monotonie der Worte übte eine beruhigende Wirkung aus. Julia dachte weder an morgen noch an ihre Eltern. Während sie einen Kanon nach dem anderen schmetterte, näherte sie sich dem Ziel. Doch je näher das Ziel vor Augen lag, desto weniger wollte Julia es erreichen, in dumpfer Ahnung dessen, was sie erwarten würde. Ihr Gesang wurde mit jeder Strophe leiser: „Scha-lom cha-ve-rim, scha-lom cha-ve-rot! Scha-lom, scha-lom! Le hit-ra-ot, le hit-ra-ot, Scha-lom, scha-lom!"

Der Bus schraubte sich den Hügel hinauf, auf dem die Jugendherberge lag: Die Türme einer mittelalterlichen Trutzburg rankten in Richtung Himmel, doch bei näherer Betrachtung stellte sich heraus, dass lediglich die beiden Türme noch halbwegs instand waren, der verbliebene Rest der Burg war eine Ruine. Gleich neben dem zerfallenen Gemäuer hatte man nach dem Krieg ein zweckmäßiges Herbergsgebäude hochgezogen, das über die Jahrzehnte zwar renoviert, aber nicht saniert worden war. Der stetig übertünchte Putz blätterte von den Wänden des Gemäuers, und durch die maroden Fensterrahmen zog ein stetiger Wind. Einzig der gigantische Parkplatz vor dem grauen Gebäude stand in frischem Teer da. In ihrem Inneren bot die Jugendherberge nichts, was für die Jugend von Interesse sein könnte: keinen Fernsehraum, kein Schwimmbad, keinen Billardtisch, und selbst die Tischtennisplatte verkümmerte in ihrer staubigen Ecke, weil in der ganzen Herberge weder Ball noch Schläger aufzutreiben waren. Im Gemeinschaftsraum befanden sich vereinzelt Tische mit Gesellschaftsspielen und eine Leseecke mit abgegriffenen Exemplaren von Erwachsenenzeitschriften, die ihrem ursprünglichen Platz auf der Auslage beim Bäcker, Metzger oder Apotheker entkommen waren. Dazu gesellten sich einige vergilbte handliche Hardcover für Kleinkinder und vereinzelte Buntstifte, die seit Jahrzehnten ohne Spitzer standhalten mussten.

Jutta Kleinschmidt war schon da. Wie auch immer sie es angestellt hatte, unbemerkt aus dem Bus den Gemeinschaftsraum zu entern, blieb ein Rätsel. Sie hatte sich bereits eingerichtet und eine Wandtafel mit einem freundlichen „Willkommen" in schnörkelnder Schrift verziert. Frau Kleinschmidt erhob ihre Stimme und bat nachhaltig um Ruhe: „Bevor wir mit der Zimmereinteilung beginnen, möchte ich mit euch ein paar wenige Punkte zur Hausordnung durchgehen, die es in den nächsten Wochen zu beachten gilt. Vorab: Wenn jemand sich nicht an die Ordnung hält, kann die Herbergsleitung ein Hausverbot erteilen. Das heißt, eure Eltern müssten dafür aufkommen, euch hier abzuholen, und der Urlaub wäre vorbei. Ein Hausverbot erhält derjenige, der betrunken ist. Alkohol zu konsumieren ist für euch auf dem gesamten Gelände untersagt." Frau Kleinschmidt notierte kurz und knapp auf der Tafel *kein Alkohol, keine Zigaretten* und sprach währenddessen weiter: „Dass nicht geraucht wird, versteht sich von selbst." Sie hatte das Regelwerk auswendig gelernt und notierte weiter: *In den Schlafräumen dürfen Speisen weder zubereitet noch gegessen werden.* „Das ist auch nicht nötig, verhungern wird hier niemand. Gefrühstückt wird in der Zeit von halb acht bis maximal neun Uhr, Mittagessen von 11:30 bis 12:30, und Abendessen gibt es in der Regel von 18:00 bis 19:00. Die Zeiten schreibe ich euch ebenfalls hier auf. Abweichungen aufgrund von Tagesausflügen werden am Tag zuvor bekannt gegeben. Stets könnt ihr auf der rechten Seite der Tafel aktuelle Mitteilungen nachlesen. Nun, weiter geht es mit wichtigen Informationen zu einem reibungslosen Aufenthalt hier:

Die Nachtruhe beginnt um 22 Uhr und endet um 6:30 Uhr. Jugendherbergen sind in der Regel bis 22 Uhr geöffnet. Im Klartext: Nach 22 Uhr kommt hier niemand mehr hinein, aber auch nicht hinaus. Nachts ist die Herberge schlicht abgeschlossen, also kommt gar nicht erst auf die Idee, heimliche Ausflüge zu veranstalten." Sie vermerkte den Punkt *Nachtruhe von 22 bis 6:30 Uhr* und einen weiteren: *Die Schlafräume müssen bis 9.15 Uhr geräumt sein.* Dass der letzte Punkt sich auf den Tag der Abreise bezog, verschwieg sie. Im Gegenteil, sie verstärkte ihn mit der Aussage: *Teilbereiche des Hauses können zu Reinigungszwecken vormittags geschlossen sein.* „So, das sagt uns was? Eigenbrötlerisches Rumlungern ist nicht gewünscht, und Langschläfer haben keine Chance, mal eben das Frühstück ausfallen zu lassen." Einer bedeutungsschwangeren Pause folgte: „Dass eure Zimmer stets aufgeräumt sind, habt ihr hoffentlich zu Hause schon gelernt, und abschließend in eurem eigenen Interesse noch ein gut gemeinter Ratschlag: Verlasst euch nicht auf die Reinigungskräfte und bemüht euch, Dreck in den Waschräumen und Toiletten zu vermeiden oder allenfalls zu entfernen. So, das waren zunächst die wichtigsten Punkte. Wir können mit der Zimmeraufteilung beginnen." Erleichtertes Raunen mischte sich mit latenter Aufregung. „In den Zimmern befinden sich jeweils zwei Hochbetten, will heißen, jeweils vier von euch teilen sich ein Zimmer. Ich verteile nun Blätter und Stifte, sodass ihr eure Wünsche notieren könnt. In zwanzig Minuten sammle ich eure Notizen ein und kümmere mich um mögliche Ungereimtheiten der Teilnehmerzahlen. Dass es separate Trakte für Mädchen und Jungs gibt, darauf möchte ich deutlich hinweisen. Wir wünschen, dass ihr euch lediglich in euren eigenen Zimmern aufhaltet, und das möglichst nur zur Nachtruhe, während der restlichen Freizeit findet ihr euch hier in diesem Aufenthaltsraum oder auf dem Hof ein. Wenn wir uns einig sind, werden wir bestimmt viel Spaß zusammen haben!" Dabei verteilte sie leere Notizblätter und lächelte gekonnt. „Und wenn ich bitten darf: Michael, erhebe dich bitte kurz! Kinder, merkt euch dieses Gesicht! Wenn ich nicht zur Verfügung stehe, hilft Michael euch weiter. Ein herzliches ‚Danke' an Michael." Bei solch klaren Worten schien außer Frage zu stehen, dass Einigkeit herrschte. Chaos stand nicht zur Diskussion. Harmonie regierte, vordergründig. Zunächst stieg merklich der Geräuschpegel an, da man sich über die Zimmerbelegung einigen musste. In Julias Fall fand diese Einigung innerhalb weniger

Minuten statt. Bettina hatte bereits das Blatt an sich gerissen und notierte die komplette Runde, die sich gegenübersaß: zuallererst sich selber, dann setzte sie Nathalie und ihre Schwester Vanessa auf die Liste sowie Julia. „Fertig! Hat irgendjemand Einwände? Nein, gut, ich gebe schnell den Zettel ab, dann kriegen wir bestimmt das erste Zimmer." Was Bettina ausgerechnet mit dem ersten Zimmer wollte, war Julia ein Rätsel, aber sie war viel zu müde, um darüber nachzudenken.

Es beschlich sie das Gefühl, als würde sie in nächster Zeit keine Entscheidungen treffen können oder sogar ihr Mitspracherecht gänzlich verlieren. Noch ahnte sie nicht, dass dies nur das geringste Übel sein würde, sonst hätte sie vermutlich sofort einen Regelverstoß begangen, um diesen unwirtlichen Ort unverzüglich wieder verlassen zu können. Selbst wenn dieser Verstoß eine Alkoholvergiftung nach sich gezogen hätte, er wäre es wert gewesen. Erschöpft fiel Julia in einen Minutenschlaf, aus dem sie hochschreckte und nach Luft schnappte. Sie wurde mit lautem Gelächter empfangen, noch bevor sie bemerkte, dass sie zwei Bleistiftstummel in ihren Nasenlöchern trug. Ihr blieb keine Zeit, gute Miene zum bösen Spiel zu machen, denn schon tauchte an ihrer Seite Jutta Kleinschmidt auf: „Na, du machst das schon richtig, hier zum Einstand gleich den Gruppenclown zu geben. Hast du auch einen Namen?" Aus einem kleinen Mädchen am Tisch platzte es heraus: „Bisher hat das Mädchen nur seine Nase, nicht aber seine Zähne auseinanderbekommen. Folglich hat es sich noch nicht vorgestellt, also haben wir uns in der Zwischenzeit auf Schnarchtüte geeinigt." Mit Ausnahme von Frau Kleinschmidt verfielen die Anwesenden in hämisches Gelächter. Julia schaffte es zwar, sich von ihren Nasenstäbchen zu befreien, war allerdings noch zu benommen, um in die Offensive zu gehen und zog sich wortlos zurück.

Das war der Anfang einer Woge von Gruppendynamik, die drohte, jene fortzuspülen, die zu schwach waren, zu wenig Halt hatten. Einen musste diese Welle erfassen, und wer auch immer das

Opfer wurde, war letztendlich unwichtig. Irgendjemanden würde es immer treffen. Es war reiner Zufall und ein kurzer Moment entspannter Unaufmerksamkeit, die Julia in die Rolle der Gehänselten zwang. „Schnarchtüten-Sabbermaul", vervollständigte Vanessa mit kräftiger Stimme. Julias Schicksal war besiegelt. Vanessas erste Worte waren nicht *an* sie, sondern hatten *über* sie gerichtet.

Vanessa hatte ebenso olivgrüne Haut wie ihre Schwester, dazu dunkel funkelnde Augen und Haare, die sie kurz mit einem Schwung nach vorne trug, ein klassischer „Popperschnitt", der auch gerne von Jungs getragen wurde. Ihre Figur war kräftig und burschikos. Der Körper neigte zwar nicht zu Fülle, zeigte jedoch die Schwere der beherbergten Knochen und wirkte aus der Ferne wie ein sich nach vorne schiebendes Viereck. Vanessas Taille war praktisch nicht vorhanden, der kurze stämmige Oberkörper ging nahtlos in die Hüfte über, schmal und mannsgleich, und mündete ohne Übergang in einem flachten Po. Die sich anschließenden Beine neigten zur O-Form und wurden von unverhältnismäßig großen Füßen getragen, die an ebensolche Hände ihrer Trägerin erinnerten. Vanessas ausdruckslose Gesichtszüge verrieten nichts, weder von ihren Emotionen noch von ihrem Alter. Sie waren zeitlos, so wie ihre gesamte Erscheinung, bei der es keine Rolle spielte, ob sie fünfzehn oder fünfzig Jahre Leben mit sich trug.

Frau Kleinschmidt interessierte sich weder dafür, wie die Stiftstummel in Julias Nasenlöchern gelangt waren noch für mögliche Ausschreitungen hinsichtlich offensichtlicher Hänseleien ihrer Schutzbefohlenen. Sie blieb bei ihrer Ausgangsposition und wiederholte ihre Frage an Julia: „Also, noch einmal von vorne: Wie heißt du?" „Julia." „Gut, Julia, solange du die anderen nicht zu weiteren Dummheiten anstiftest, sei es dir vergönnt, dich zum Narren zu machen." Sie räusperte sich: „So, da ich gerade eure volle Aufmerksamkeit habe, teile ich euch mit, dass die Zimmereinteilung steht. Ihr seid zu viert untergebracht und könnt euch jetzt auf den Weg machen, das Zimmer Nummer eins zu beschlagnahmen." Sie zwang sich zu einem verkniffenen

Lächeln. Das Lächeln der Mädchen war weniger verkniffen, erleichtert setzten sie sich in Bewegung in Richtung des ausgeschilderten Mädchentrakts. Frau Kleinschmidts Plan ging auf, nicht alle Kinder gleichzeitig losstürmen zu lassen, und so verging eine weitere Viertelstunde bei der Verkündung, welche Gruppe wo zu nächtigen habe.

Währenddessen konnten Bettina, Nathalie, Vanessa und Julia sich gemächlich in ihrer neuen Unterkunft breitmachen. Nach einer kratzbürstigen Auseinandersetzung zwischen den streiterprobten Geschwistern um die obere Etage des Doppelbettes ging Vanessa als Siegerin hervor. Bettina ließ sich erst gar nicht auf eine mögliche Diskussion mit Julia ein und drapierte zielstrebig ihren Koffer auf die obere Matratze des zweiten Etagenbettes mit den Worten: „Wie schon eben bei der Zimmerverteilung erwähnt: Wer zuerst kommt, mahlt zuerst." Bettina gab sich moderat: „Na, komm schon, Julia, unter mir ist ein kuscheliger Schlafplatz frei, und wenn du schnarchst, verfrachten wir dich einfach in den Schrank." Zwar gab Julia sich geschlagen, ahnte jedoch, dass sie verbal jetzt nicht klein beigeben konnte: „Und wenn du unruhig schläfst, setzt es Tritte von unten." Julia setzen ihre eigenen Worte arg zu, doch die Harmonie war längst aus dem Ruder geraten, und sollte es tatsächlich einen Steuermann geben, so handelte es sich bei diesem ganz sicher nicht um Julia. Ginge es nach ihr, wäre man entspannt, leicht freudig erregt angesichts einer schönen Ferienzeit, die vor einem lag. Doch von Entspannung konnte keine Rede sein. „So, du meinst also, wenn du mich trittst, dann schlafe ich ruhiger? Wohl kaum, und was das Treten anbelangt, da wette ich mit dir, da gibt es in diesem Zimmer Leute, die effektiver Tritte verteilen können als du, und als dein Übungsspielplatz halte ich bestimmt nicht her." Bettina redete sich in Rage, bestärkt von den geifernden Blicken der Schwestern, die Blut geleckt hatten. Hyänenartig nahmen sie zunächst Witterung auf, sprangen dann auf, um adrenalindurchtränkt mit vollem Körpereinsatz Tritte im freien Raum zu platzieren, die bedrohlich durch die Luft peitschten. Julia versuchte, beschwichtigend auf Bettina einzuwirken: „Ach, Bettina, ich will mich nicht mit dir streiten. Kaum sind wir angekommen, schon ist hier dicke Luft. Das muss doch nicht sein. Erinnere dich an unsere Freude auf einem gemeinsamen Urlaub, so wie ihn auch unsere Eltern verbringen! Da sollte der Start freundlicher ausfallen, finde ich. Friede." Dabei hielt sie Bettina ihre Hand entgegen. Zögernd nahm Bettina mit einem nuschelnden *Okay* Julias Handschlag an, was bei den Schwestern ein missbilligendes „Friede, Freude, Eierkuchen, ihr Kirchenmuttis, geht doch backen. Was reimt sich auf backen? Genau, das könnt ihr!" auslöste.

Bettinas Zwiespalt war ihr anzusehen. Es war Waffenruhe ausgerufen worden, woran sie sich vordergründig hielt, indem sie Julia ignorierte. Sie widmete sich dem Inhalt ihres Koffers und verstaute einen Teil davon ordentlich in einem der sechs Spinde, die am Eingang des Zimmers an den Wänden lehnten. Den Koffer nutzte sie für die übrig gebliebenen kleineren Sachen als dauernden Aufbewahrungsort. Den wachsamen Augen der Schwestern entging nichts: „Na, Betty babe, was hast du dabei, um deinen Stecher Michael scharf zu machen?", säuselte Nathalie, die sich bestens in der Materie auskannte. Um ihre Stellung zu behaupten, zögerte Bettina keinen Moment und zauberte einen Büstenhalter aus gelben Spitzen mit passendem Tanga aus ihrem Koffer. „Wow, zeig mal! Enorme Körbchengröße C! Da würde ich gerne mit dir tauschen. Ich bringe es nur auf ein knappes B. Na, dafür werden die kleinen Lumpen hier spitz wie Oskar, wenn sie nur angestarrt werden. Darf ich das geile Teil trotzdem mal ausprobieren?", geiferte Nathalie und zwickte sich dabei in ihre Brustwarzen. „Wenn du mir versprichst, dass du vorsichtig mit ihm umgehst, gerne." Bettina konnte nicht wissen, dass ein Versprechen von Nathalie so viel wert war wie eine Handvoll Sand in der Sahara. „Klar, das krieg ich hin, her damit!" Fast riss sie Bettina den BH aus ihren Händen. Eilig entblößte Nathalie ihren Oberkörper und schmetterte ihren eigenen verwaschenen Büstenhalter in die Ecke. Behutsamer ging sie mit ihren Titten um, die sie sanft in die geborgten Körbchen bettete. Die Körbchen waren mindestens eine Nummer zu groß für ihren Inhalt, und da sie eine schmale, halbmondförmige Passform hatten, stellten sie Nathalies Brüste, die sich ganz von allein trugen, offen zur Schau. Nathalie war begeistert, und ihr eigener Anblick erregte sie dermaßen, dass ihre Brustwarzen feste Kügelchen formten. Das war nicht zu übersehen und rief Vanessa auf den Plan. Neckisch begann sie, Nathalies Brustwarzen sanft zu zwicken. „Oh Mann, die Kleinen haben's echt nötig!" Kichernd gluckste Nathalie: „Erbarme dich, Schwesterherz, tue einen Christendienst und erlöse mich von meiner Wollust!" Vanessa kam der Aufforderung nach. Mit Fingerspitzengefühl knetete sie Nathalies Brüste, als hätte sie von der Wiege an nichts anderes getan. Die Wirkung war für alle ersichtlich, zuerst bäumten die Brustwarzen sich auf wie zwei Mini–Penisse, und Vanessa zuckte quietschend zusammen. Für einen kleinen Moment schien sie ihr ansonsten so wichtiges Publikum vergessen zu haben.

Bettina und Julia beobachteten die Szene mit gemischten Gefühlen, sie konnten sich dem Schauspiel nicht entziehen. Jede merkte, dass sie ein Teil dessen war und musste für sich ausmachen, welchen Anteil dieser ausmachte. Julia bemerkte einen offenen Blick, den Vanessa ihr zuwarf. Sie las Lust und Gewalt in den sonst so undurchdringlichen schwarzen Augen, die Lust auf Schlägerei, die Lust auf Sex und Erniedrigung. Sie verstand diesen Blick als Warnung, die provokativ mit erhobenem Kinn sagte: „Was glotzt du so, hast du ein Problem? Komm her, dann bist du an der Reihe!" Schlagartig wurde Julia klar, dass sie früher oder später an der Reihe sein würde und sich bereits inmitten einer Spirale von Gehässigkeiten befand.

Sie fasste einen Entschluss: Da sie der Situation in der nächsten Zeit schon allein aus räumlicher Hinsicht nicht entkommen konnte, beschloss sie vorläufig, ihren Zimmergenossinnen tagsüber aus dem Weg zu gehen und nahm dafür ihren endgültigen Ausschluss aus der Clique in Kauf. Als täglicher Prellbock zu dienen, dazu war sie sich zu schade. Tagsüber würde sie ihre Kräfte sammeln, um ein dickes Fell zu bekommen. Sie würde sich den angebotenen Freizeitaktivitäten voll und ganz widmen und sich dabei von den Boshaftigkeiten ihrer Zimmergenossinnen erholen. Soweit der Plan. Inwieweit sich ihre Mitbewohnerinnen auch außerhalb der vier Wände in ihr Leben einmischten, das konnte Julia nicht voraussehen.

9. KAPITEL
WAFFENRUHE

Waffenruhe dient dazu, unter dem Deckmantel des vorgetäuschten Friedens neue Kraft und Kampfstrategien zu sammeln. Julia nutzte die Ruhe dazu, sich eine oberflächlich freundliche Wesensart anzutrainieren, übte sich in der Kunst, innerhalb der Gemeinschaft nicht weiter aufzufallen und nichts weiter preiszugeben. Nachdem sie ihren Entschluss für das weitere Vorgehen gefasst hatte, fühlte sie sich erleichtert angesichts der Aussicht, nun erst einmal von weiteren Grübeleien befreit zu sein. Frohen Mutes setzte sie ihr Vorhaben in Taten um. Sie machte sich auf den Weg zur Kantine. Unterwegs traf sie Frau Kleinschmidt auf dem Flur und begrüßte sie mit einem herzallerliebsten Mädchenlächeln: „Hallo, Frau Kleinschmidt, sind Sie auch gerade auf den Weg in den Speisesaal?" Julias simple Freundlichkeit wurde automatisch erwidert. „Hallo, Julia, da komme ich gerade her. Du findest ihn entlang des Ganges in Richtung Eingangshalle, von der aus eine Tür in den Essbereich führt. Lass es dir schmecken!" Julia folgte der Wegbeschreibung, am Ziel angekommen, fiel es ihr allerdings schwer, der gut gemeinten Aufforderung, es sich schmecken zu lassen, Folge zu leisten.

Generationen schwerer Essensgerüche hatten sich in vergilbten Gardinen, Tapeten und selbst den speckigen Holzbänken und Tischen eingenistet. Nicht nur die Farbe war von den Fensterrahmen abgeblättert, auch das marode Holz ließ nur vereinzelt zu, dass sich eines der Fenster öffnen ließ, sodass in der Kantine seit geraumer Zeit Frischluft keinen Einlass mehr fand. Beim Betreten hatte Julia das Gefühl, die Luft wäre so dick, als müsse sie sich mit einer Machete den Weg ebnen. Sie hielt für einen Moment den Atem an, ihr Körper sträubte sich, wieder Luft zu holen. Ihr Körper gewann die Oberhand, Diagnose Fehlfunktion: Sauerstoffmangel gepaart mit nüchternem Magen ergab Schwindel. Julias Knie wurden weich, sie schaffte es gerade rechtzeitig, auf einer der Bänke Platz zu nehmen. Sie besann sich, sinnvollerweise sollte sie eine kleine Rast einlegen, bevor sie kopflos zur Auslage wanken würde. Julia ließ ihren Blick schweifen.

Auf einem Tisch an der Wand in ihrer Nähe entdeckte sie zwei Kannen, die eine beinhaltete laut Aufschrift Tee, den roten Spuren nach zu urteilen handelte es sich um Hagebuttentee. Auf der anderen Kanne klebte ein zerlaufenes Etikett, auf dem sie soeben noch die Aufschrift *Karokaffee* entziffern konnte. Daneben reihten sich handliche Tetra Paks in Pyramidenform aneinander, gefüllt mit Milch oder wahlweise Kakao, wobei dieser bevorzugt wurde und bis auf zwei Exemplare vergriffen war. Feste Nahrung beschränkte sich auf Graubrot, Butterfässchen, rote Marmelade und gummiartige Käsescheiben. Julia hatte sich aufraffen können und begutachtete die Nahrungsmittel aus der Nähe. Die Käsescheiben klebten aneinander, und weil Julia sie nicht trennen wollte, traf sie ihre Wahl. Anschließend kaute sie lustlos auf ihrem Graubrot herum, von dem klebrige Marmelade tropfte, die zu achtzig Prozent aus Zucker bestand. Dann hätte sie auch gleich den Zuckerstreuer auf ihrem Butterbrot leeren können, stellte sie missmutig fest. Vor Groll bemerkte sie nicht, dass sie den Strohhalm ihres Kakao-Tetra-Paks neben das dafür vorgesehene Loch steckte. Der Strohhalm knickte durch, und sie mühte sich damit ab, den lädierten Halm dennoch in das vorgefertigte Perforierungsloch zu manövrieren. Glücklicherweise wurde sie dabei nicht beobachtet, hatte sie ihre Bank für sich allein. Die Geräuschkulisse von klapperndem Geschirr und Landschulheim-Kindern am Morgen trug nicht dazu bei, ihre Laune zu erhellen. Stattdessen kämpfte sie weiter mit dem Strohhalm und ihrer Appetitlosigkeit. Sehnsüchtig dachte sie an ihr eigenes Bett, in das sie sich liebend gerne verkrochen hätte. Da ihr keine andere Wahl blieb, begnügte sie sich damit, gedankenversunken die Wand anzustarren, nachdem sie erleichtert einen Schluck

Kakao durch den letztendlich doch noch ordentlich angebrachten Strohhalm gesaugt hatte.

Sie dachte ein wenig neidvoll an ihre Eltern. Hoch über den Wolken und bald schon in einsamen Buchten des Indischen Ozeans fernab von den Bettenburgen des Massentourismus, fiel ihnen ganz sicher nicht die Decke auf den Kopf, eher schon eine reife Kokosnuss. Auch auf diese Gefahr hin wünschte Julia sich jetzt nichts sehnlicher, als mit ihren Eltern zu tauschen. Sollten die beiden doch in irgendeiner Rehaklinik inmitten kranker Menschen am Rhein ihr Dasein fristen, während Julia sich genüsslich in einer Hängematte unter Palmen einrichtete!

Kaum in ihren Tagträumen angekommen, hämmerte ein bombastischer Gongschlag an Julias Schläfen, die augenblicklich zu pulsieren begannen. Da sie sich eindeutig nicht unter buddhistischen Mönchen aufhielt, würde dieser reichhaltige Gong sicherlich nicht dazu dienen, ein Gebet einzuläuten. Oder doch? Handelte es sich um eine neue Form des Aufrufs zur Morgenandacht? Sie wunderte sich darüber, dass ihr der monumentale Gong gleich neben der Eingangstür nicht früher aufgefallen war. Froh konnten diejenigen sein, die es gerade noch durch die Tür geschafft hatten, ohne einen Hörschaden davonzutragen. Gleich neben dem Gong stand Jutta Kleinschmidt, als wäre ihr der Heilige Geist persönlich erschienen. Eindeutig hatte sie die Wirkung des von ihr ausgelösten Megasounds unterschätzt. Mit bleicher Miene, von Lethargie gelähmt, wartete sie das Abschwächen des Halls ab. Es schien eine Ewigkeit zu dauern. Immerhin war sie ihrem Ziel, Aufmerksamkeit zu erlangen, einen Schritt nähergekommen, alle Anwesenden schauten zu ihr herüber. Doch eines war ihr nicht bewusst, als sie ihre Stimme nach einer scheinbar endlosen Weile erhob: Ihre potenziellen Zuhörer waren noch viel zu benommen, die Ohren zu, die lähmende Vibration nachwirkend, um die Worte deutlich verstehen zu können.

„Ja. Hm. Hause ... Tier ... Häute ... Stück ... krzeash psrösdiii... lassen ... G. gegen ... wann den ... Brät . Nachtisch ..."

Julia reimte sich Tiere braten, womöglich noch Haustiere, zusammen, und was hatte Frau Kleinschmidt gesagt, gab es zum Nachtisch? Stand ihr hier mitten in Mutter Natur eine Ausbildung zur Jägerin bevor? Gehörte womöglich ein Opferritual zum Inhalt dieser kirchlichen Reise, und gab es einen Pilgerweg, wo sie auf Gottes Pfaden wandelten? Fragen über Fragen hinterließen die Wortfetzen in den Köpfen der Zuhörer. Dass Jutta Kleinschmidt lediglich darauf hinwies, das Haus heute nach dem Frühstück zu verlassen, kurz vor die Tür, um heute in der näheren Gegend zu wandern mit einem Hinweis einer solchen Nachricht am schwarzen Brett, drang nicht bis zu ihnen vor. Als der monotone Hall des Gongs endgültig verklungen war, blieb dies unbemerkt, da jeder im Raum mit Ohrenpfeifen zu kämpfen hatte. An den verzerrten Gesichtern und fragenden Augen bemerkte Jutta Kleinschmidt, nachdem sie ihre Ansprache beendet hatte, dass diese nicht bis zum Publikum vorgedrungen sein konnte. Einige der jüngeren Kinder hielten sich die Ohren mit den Händen zu. Es schien keine gute Idee zu sein, nun auch noch das Megaphon zum Einsatz kommen zu lassen, um sich zwecks Vermittlung der tagesrelevanten Informationen Gehör zu verschaffen. Stattdessen instruierte sie ihren Adjutanten Michael, ihr dabei zu helfen, jedem persönlich die Kunde vom Spaziergang um zehn Uhr beim Verlassen des Frühstückraums sanft ins Ohr zu flüstern.

Julia vermied es, weiter über die vermeintlichen Worte nachzudenken. Kaum, dass sie sich von ihrer Schwindelattacke erholt hatte, war ihr der Gong auf den Magen geschlagen. Es gab keinen Grund mehr, in der Kantine ihre Zeit abzusitzen. Sie schnappte sich ihren halb vollen Kakao und taumelte in Richtung des Ausgangs, respektvoll dem Gong entgegen. Die Tür wurde von Frau Kleinschmidt und Michael gerahmt. Julia musste schmunzeln, als sie sah, wie gewissenhaft Michael sich auf seinen ersten Arbeitseinsatz vor Ort vorbereitete. Er stand so aufrecht, wie es sein gekrümmter Rücken zuließ, und machte dazu eine strenge Mine. Doch sein Äußeres täuschte. Julias Schmunzeln verwandelte sich beim Durchschreiten der Tür zu einem Lächeln, als Michael sie aufhielt, um ihr ein kleines *Buh* ins Ohr zu hauchen. Nun lächelte auch er, die Schrecksekunde auskostend. Dann flüsterte er ihr zu: „Halt dich bereit, um zehn Uhr geht es los in den nahegelegenen Wald, Treffpunkt am Eingang. Und, P. S., sei wachsam für die nächste stille Post!" Julia war zu benommen, um nachzufragen, was er damit meinte.

Julia taumelte von dannen, um vor der Tür frische Luft zu schnappen. Ein wenig ärgerte sie sich über sich selbst, als sie sich dabei ertappte, die Nähe zu Michael als durchaus angenehm zu empfinden und sich liebend gerne von ihm Dinge ins Ohr flüstern zu lassen. Dabei war ihr aufgefallen, dass Michael nicht unter morgendlichem Mundgeruch litt, sondern selig verschlafen roch. Sein wohliger Eigenduft forderte einen geradezu auf, sich mit unter seine Decke zu kuscheln. Draußen angekommen, nahm sie ein paar Züge morgendlicher methanangereicherter Landluft. Sie schreckte zusammen, als sie plötzlich unmittelbar hinter sich eine Stimme vernahm, mit der sie nichts Gutes in Verbindung brachte: „Ey, was machst du denn hier draußen?" Flapsig drehte sie sich um: „Atmen!" Und noch bevor sie sich umdrehen konnte, war ihr mit Aufkommen massiven Schweißgeruchs klar, um wen es sich handeln musste. Aus war es mit Kuschelfantasien am Morgen.

„Hast du heute schon Luftgitarre gespielt, oder riechst du *immer* nach Eselsshit?", rutschte es aus ihr heraus. Doch sie konnte sich auf Herbies stumpfes Wesen verlassen. Schmerzfrei antwortete er: „Wenn du bettelst, darfst du mit mir Luftgitarre spielen, und zur Belohnung gibt es Shit, der nicht vom Esel kommt."

Er trat auf sie zu. „Komm schon, was hast du denn zu verlieren? Bis um 10 Uhr ist noch etwas Zeit, komm schon, du kriegst sicher Spaß mit mir im Gebüsch. Mit mir und meinem kleinen Freund. Schau, er wird schon ganz groß und freut sich drauf." Dabei fasste sich Herbie in den Schritt. Julia sah auf die Wölbung, was Herbie weiter ermunterte: „Fass mal an, so als Vorgeschmack!" Dabei schnappte er ohne Zögern Julias Hand und presste sie auf sein steifes Glied. Für einen kurzen Moment fühlte Julia, dass es sich immer noch in der Aufbauphase befand, bevor sie ihre Hand erschrocken unter Herbies wegriss. „Ne, lass mal stecken!" Augenblicklich machte sie kehrt und hastete zurück ins Haus auf direktem Wege in ihr Zimmer. Das Zimmer Nummer eins lag gleich zu Beginn des Wohntraktes im Erdgeschoss.

Herbie blieb einfach stehen. Er konnte einen Blick durch das Fenster auf Julia werfen und malte sich aus, was er mit ihr dort in der Nacht alles anstellen würde.

10. KAPITEL

WALD

Es war kurz nach zehn, als die Wandergruppe sich, durchgezählt und vollständig, in neue Gefilde begab. Im Gänsemarsch setzte sich der Tross in Bewegung, bergab zunächst eng am Straßenrand entlang und stets auf der Hut, nicht von einem der ländlichen Raser erfasst zu werden. Die Kleineren hielten sich in Zweiergruppen an den Händen, Bettina gelang es, es ihnen gleichzutun, und Michael konnte nicht umhin, sie gewähren zu lassen, auch wenn es ihm unangenehm schien, vor der Gruppe in seiner Funktion als einer der Gruppenleiter Händchen haltend seine Aufsicht zu beschreiten. Julia trabte alleine ein paar Meter hinter den beiden her.

Es roch nach Asphalt, die Sonne stand hinter alten Baumriesen, die die Straße säumten, und sie konnte ihre Kraft noch nicht voll entfalten, sodass der Teer durch einen Film nächtlicher Feuchtigkeit frisch gehalten wurde. Es war still, hier und da raschelte es im Unterholz, ein früher Greifvogel zog seine Kreise. Selbst die jungen Wandersleute wurden von Stille eingeholt: Sie schwiegen, und ihre Schritte verhallten angesichts der mächtigen Natur, von der sie umgeben waren. Nach einer Viertelstunde erreichten sie einen kleinen Weg, der tief ins Waldesinnere führte. Ein Straßenschild verkündete dem Spaziergänger, seinen Weg mit Vorsicht zu genießen: „Achtung! Tollwutgefahr. Hunde an die Leine!"

Wie zur Warnung verrottete im Straßengraben der Kadaver eines vom Morgentau bedeckten Unfallopfers, das die Biegung hinein in den schützenden Wald nicht rechtzeitig erreicht hatte und von einem Auto erfasst worden war. Die Überreste deuteten auf einen Fuchs hin, aber so genau schaute niemand hin. Und niemand wagte es, den kürzlich Verblichenen zu erwähnen geschweige denn einen Schrei auszustoßen. Im Gegenteil, die Stille wurde fast andächtig und hielt eine ganze halbe Stunde stand. Dann wurde es warm und die ersten Capri-Sonnen ausgepackt. „Bitte verliert keinen Müll, und sei es nur die Hülle eures Strohhalms, packt alles einfach wieder in eure Taschen und entsorgt es später in der Jugendherberge!", mahnte Jutta Kleinschmidt. Der Bann des Schweigens war gebrochen, die monotonen Schritte aus dem Takt gekommen. Michael nutzte die Gunst der Minute, bevor er im allgemeinen Tumult untergehen würde, um sich zum ersten Mal vor seiner Gruppe unaufgefordert zu Wort zu melden: „Und sollte es nötig werden und ihr mit eurem Müll überfordert sein, dann spiele ich den Müllmann für euch. Ich räume hinter euch her, und für jedes eingesammelte Teil bekomme ich am Abend fünf Minuten eher frei und ihr 5 Minuten früher Nachtruhe verordnet." Ausgesprochen, ohne vorher seine Worte abzuwägen, erschrak er sich im Nachhinein über sein eigenmächtiges Handeln und suchte Blickkontakt zu Pfarrer Simmrath, der neben Jutta Kleinschmidt wandelte. Dieser würdigte ihn keines Blickes, stattdessen trafen sich Michaels und Juttas Blicke. Er lächelte ihr mit seinem verschmitzten Lausbubenlächeln zu. Niemand war vor der neckischen Wirkung seiner Grübchen gefeit, auch Jutta Kleinschmidt nicht. „Na, dabei helfe ich dir gerne. Lass uns die hinterste Reihe aufsuchen und von dort aus unserer Tätigkeit als Sammler im Wald nachkommen. Bettina, du kannst in der Zwischenzeit Pfarrer Simmrath Gesellschaft leisten." Zwar war Frau Kleinschmidts Vorschlag nicht als Frage formuliert, dennoch antwortete Bettina: „Sehr gerne, Frau Kleinschmidt. Sie können sich auf mich verlassen."

Als Bettina allein gelassen worden war, huschte sie für einen Moment zuerst zu Vanessa und Nathalie, dann zu Julia und forderte sie auf, doch einen Teil ihres Mülls unbemerkt zu verlieren. Daraufhin begab sie sich an die Seite des Pfarrers, wobei sie sanft an seine Soutane stieß. Dabei verlor sie dezent eine leere Kaugummihülle. Während Michael von Frau Kleinschmidt vereinnahmt wurde, unterstützte Bettina ihn bei seinem Vorhaben, Müll in

Freizeit zu verwandeln, die sie am Abend mit ihm teilen wollte. Schweigend setzte sie ihren Weg an der Spitze der Gruppe fort und schien es offensichtlich zu genießen, an der Front ihrem Idol nahe zu sein. Ihr Idol indes fügte sich, beflügelt von seinem Geleit, in die Kulisse des Waldes ein: Pfarrer Simmrath vermittelte den Eindruck, der Wald diene als Rahmen seiner von Gott gesandten Gestalt. Die mächtigen Kronen, dem Himmel so nah, waren Gottes Wächter, die ihm Schutz boten. Kein morscher Ast würde sein Haupt streifen, kein wildes Tier es wagen, seine Krallen gegen ihn auszufahren.

Durch den Wald brach sich das Licht und mündete in einer sonnendurchfluteten Lichtung, die sich rechter Hand des Weges auftat. Dort tanzten losgelöste Graspollen mit dünnhäutigen Insekten, bis sie aufgeschreckt von der Reisegruppe auseinanderstoben. Der Pfarrer rief lauthals aus: „Hört, Kinder, die Wiese ruft uns zu einer Rast auf, wir picknicken!" Und leiser zu Bettina: „Weil du so ein tapferes Mädchen bist, bekommst du gleich einen kleinen Schluck von meinem Wein ab. Selbstverständlich ist der Wein nicht geweiht. Er wird dir gut tun. Bleib einfach in meiner Nähe." Dabei strich er ihr über den nackten Oberarm. Anschließend gebot er seinen Schafen mit ausladender Geste, ihm zu folgen und schlug seinen Weg durchs Unterholz ein. Vor Kletten, Splittern und Spinnweben war auch er nicht gefeit, was insofern letztendlich keine Rolle spielte, weil er gar nicht erst registrierte, dass seine Soutane sich dem Wald angepasst hatte und nicht umgekehrt. Mit wehendem Gewand, in das sich Reste von Unterholz und dessen Bewohner einnisteten, schritt er über die Lichtung. Sein Blick scannte die Landschaft ab, suchend nach einer Erhebung, die seiner Gestalt gerecht wurde. Er wurde fündig und nahm so würdevoll, wie es angesichts seiner mit sich führenden Flora und Fauna ging, auf einem Baumstumpf Platz. Dort thronte er, Bettina machte sich zu seinen Füßen breit. Die anderen hielten ehrfürchtigen Abstand. Als alle Platz genommen hatten, erhob der Pfarrer sich und richtete das Wort an seine Schützlinge: „Wir danken Gott für die Natur, die er geschaffen hat und dafür, dass wir einen wunderschönen Platz für unsere Rast gefunden haben. Wir danken Gott für die Speisen, die gleich verteilt werden. Haltet Maß, und guten Appetit!" Damit wandte er sich seinem eigenen Proviant zu, die Verteilung des Picknicks überließ er anderen, handelte es sich dabei doch nicht um Hostien. Alle Anwesenden verfielen in hungriger Geschäftigkeit. Als Erstes, noch bevor Bettina feste Nahrung zu sich nehmen konnte, reichte Pfarrer Simmrath ihr unauffällig seinen abgefüllten Messwein und nickte ihr aufmunternd zu. Gehorsam nahm sie einige kräftige Schlucke zu sich, zügig, damit sie keine Aufmerksamkeit auf sich zog. Der Wein schoss ihr in den Kopf, die Mittagshitze tat ihr Übriges. Taumelnd sank Bettina ins Gras zurück, wobei sich ihre Schulter entblößte. Stumpf blickten ihre Augen in Richtung des Pfarrers, wobei sie lasziv ihre Lippen öffnete. Wohlwollend nahm Pfarrer Simmrath zur Kenntnis, dass der Wein Bettina gefügig gemacht hatte: „Recht so, dem lieben Herrgott zum Gefallen!", rief er aus.

Als Michael mit der Essensausgabe fertig war, nahm er neben Bettina Platz. „Hallo, wen haben wir denn da? Miss August, Sie sind so sexy, dass ich Sie auf der Stelle abknutschen möchte." Er packte einen Fotoapparat aus und schoss eine Nahaufnahme von Bettinas lüsternem Schmollmund. Dann holte er Bettinas Mittagsration aus seinem Rucksack und fütterte sie. Er zerriss das Butterbrot in kleine Stücke und schob ihr die Krumen in den Mund. Dabei ließ er ihr wenig Zeit zum Kauen, sodass sich Brotkrümel mit Teewurst um ihren Mund herum verteilten. Hörig ließ sie sich anschließend von ihm Tee einflößen, wobei kleine Tropfen in ihren Ausschnitt rannen. „Mein Schnittchen, zum Feierabend komme ich dich holen und lecke dir den Tee vom Busen." Bei der Vorstellung kam er richtig in Fahrt: „Vorher hältst du deine Titten in die Kamera, ich will eine Nahaufnahme, so groß, dass sie das Bild sprengen." Unfähig zu sprechen, fing Bettina an zu kichern und konnte nicht mehr aufhören. Das Blut stieg ihr in den Kopf, ihr Gesicht war stark gerötet, umrandet von ihren hellen Haaren, stach es wie eine Leuchtkugel aus der Landschaft hervor.

Julia beobachtete die Szenerie aus wenigen Metern Distanz. Sie hatte sich fernab der Gruppe neben jenem Baumstamm, auf dem der Pfarrer thronte, am Waldrand niedergelassen und fragte sich, ob sie Bettina abstoßend oder bedauerlich finden sollte. Vermutlich war sie weder das eine noch das andere und hatte einfach nur ihren Spaß. Sie sah, wie Bettina bei dem Versuch, sich zu erheben, der Länge nach hinfiel. Das ununterbrochene Gackern schallte zu Julia hinüber, und sie kam nicht umhin, sich erneut zu fragen, was Michael an Bettina, abgesehen von deren gigantischen Brüsten, so anziehend finden konnte. Ohne Antwort zu finden, vertagte sie das Thema. Stattdessen verdrückte sie sich tiefer in den Wald hinein, um ihre Ruhe zu haben. Sie lehnte sich mit dem Rücken an eine Buche, sodass Bettina und die anderen hinter ihr verschwanden. Ihr Blick verfing sich in den Baumwipfeln, die sachte im Wind schaukelten. Das leise Rauschen rieselte in ihren Kopf, der im Hier und Jetzt ankerte. Morsche Baumrinde bröselte unbemerkt auf ihren Nacken. Julia verharrte, atmete die frische Waldluft tief bis ins hinterste Lungenbläschen ein und hievte sich mental hinauf auf den höchsten Wipfel. Hier war sie nicht allein, sie spürte, dass jemand anwesend war, heute war es vielleicht ein Waldgeist, morgen konnte es ihr Schutzengel sein. Es fiel ihr immer noch schwer, die Gewissheit, dass sie begleitet wurde, nicht zu personifizieren. Sie hielt sich an den Rat ihrer Großmutter, in den gegebenen Möglichkeiten mühelos zu wandeln. Diesmal manifestierte sie nicht ihre Träume, sondern wandelte das Hier und Jetzt in einen Traum um. Sie konnte ihre Realitäten verändern, und von da aus war es nur ein kleiner Schritt, aktiv in die eine Realität der anderen einzugreifen. Sie wusste ganz genau, *dass* sie in der Lage war, den Ablauf der Dinge zu manipulieren, nur nicht genau, *wie*. Sie folgte ihrem Drang, ihren entgleitenden Körper zu spüren, sprang auf und tanzte im Kreis. Dann wagte sie es und ließ sich hinterrücks fallen, einfach so. Dabei taumelte sie kein einziges Mal, geradewegs schoss sie auf den Waldboden zu und landete sanft im grünen Moos. Es schien ihr, als bewegten sich die Moosfasern wie Weizen im Wind hin und her und wieder hin und her. Obwohl es nicht geregnet hatte, waren die Blätter, von denen sie umgeben war, von einem feuchten Film überzogen, in dem sich das Licht brach. Jedes einzelne Blatt tanzte im Kreis, die raschelnden Blätter funkelten wie Tausende von Glühwürmchen. Julia fühlte sich wie Alice im Wunderland, als ihr ein strenger Geruch in die Nase zog. Es roch nach Fäulnis und Urin. Ruhig verließ sie ihre Liegeposition und setzte sich in den Schneidersitz.

Wie aus dem Nichts tauchte er plötzlich vor ihr auf. Sein sprödes Fell war zu groß für seinen ausgehungerten Körper und baumelte wie eine verschnittene Kleidergröße am Gerippe. Die Rippen stachen durch die Haut, die vorderen zwei auf der linken Seite waren gebrochen, ebenso seine linke Pfote. In seinem Brustkorb klaffte eine offene Wunde. Die Lefzen wurden wie durch erhöhte Schwerkraft mit aller Macht gen Erde gezogen, sodass der Schaum, der sich im Maul gebildet hatte, ungehindert abfließen konnte. Einzig und allein der rote buschige Schwanz hatte wenig von seiner Pracht eingebüßt und erinnerte an die wilde Schönheit, die den Fuchs einst ausgezeichnet hatte. Mit seinen gelben Augen starrte er Julia ungläubig an, ganz so, als hätte er eben die Diagnose über seinen verletzungsbedingten unabwendbaren Tod erfahren. Mühsam setzte er sich auf seine Hinterpfoten. In dieser Position blieb er reglos sitzen, als nähme er eine Erwartungshaltung gegenüber Julia ein. Erwartete er mehr als ihr Mitgefühl?, fragte Julia sich und konzentrierte sich ganz auf ihr Gegenüber. Ruhe, das war es, wonach er suchte. Mit ihrer gewonnenen Sicherheit sprach sie beruhigend auf ihn ein, dabei zwinkerte sie leicht mit den Augen, bevor sie sie halb schloss und den Blick nach unten richtete. Sie ließ ihren Nacken fallen und redete dabei weiter mit seichtem Tonfall auf ihren Kameraden ein. Sie erzählte ihm nur Dinge, über die er Bescheid wusste, um ihn nicht zu irritieren. In ihren Erzählungen kam der Wald mit seinen knochigen Wurzeln und Tannenzapfen vor, der Wind und die Witterung, eine Füchsin im Frühling und eine Elfe im Sommer, die den Fuchs in ihr Reich führte.

Plötzlich stieß irgendetwas schmerzhaft an ihre Schläfe, sie konnte sich gerade noch beherrschen und unterdrückte einen Schrei. Julia riss die Augen auf, neben ihr lag ein Tannenzapfen, der definitiv nicht von der Buche über ihr auf sie herabgefallen sein konnte. Noch bevor sie sich umgeschaut hatte, erkannte sie Herbies lautes Gelächter. „Das hat gesessen! Du redest im Schlaf totalen Schwachsinn! Man, ich hab's hier mit einer Schwachsinnigen zu tun. Das ist hart. Du hast sie nicht mehr alle beisammen. Da kriegt man's beim Pissen ja mit der Angst zu tun. Du warst ja voll neben der Spur. Hast wohl zu viele Pilze geschmissen, was? Oder hat die Tollwut dein Hirn zerfressen? Du kannst froh sein, dass mein kleiner Freund hier Druck ablassen wollte, sonst würdest du im Wald elendig verrotten. Also, zeig dich dankbar, ich hatte noch keine Zeit, meinen Gehilfen ordnungsgemäß abzuschütteln."

Herbie war inzwischen nähergekommen und ließ den muffigen Inhalt seiner Hose über ihr baumeln: „Hier, mein kleiner Freund, ihr habt ja bereits Bekanntschaft miteinander gemacht, daraus könnte eine wunderbare Freundschaft wachsen. Die Betonung liegt auf wachsen!" Julia ging nicht auf ihn ein, hatte ihm gar nicht zugehört und fragte stattdessen irritiert: „Wo ist denn der Fuchs?" „Hä, welcher Fuchs? Stehst du auf Fuchsschwänze? Da musst du wohl mit meinem Vorlieb nehmen, hier ist weit und breit kein Fuchs zu sehen. Also, mach schon hin, wir müssen gleich wieder los! So funktioniert das!" Hektisch begann er, an sich selber zu spielen. „Macht dich das an?", fragte er. „Jetzt zieh nicht so 'ne Fresse! Na, mich macht's an, also, her mit deiner Hand!" Dabei griff er Julias Hand und führte sie um seinen Penis. Er ließ ihre Hand nicht los, als er mit enormem Druck weiter masturbierte. Hecktisch schaute er über Julia hinweg in Richtung Waldlichtung und beobachtete, wie die Gruppe sich zum Aufbruch sammelte. Er betrachtete seine Genitalien, die willkürlich zwischen Julias Hand hin- und herflutschten, und erkannte, dass es keinen Sinn machte, die Unternehmung fortzusetzen.

Als Julia sich gerade fragte, was man im Allgemeinen mit einem Penis in der Hand anfangen sollte, es war schließlich der erste

Penis, den sie, wenn auch gezwungenermaßen, in ihren Händen hielt, wurde sie unsanft geschubst: „Lass mal gut sein, heute Abend darfst du weiterspielen, ich muss jetzt los." Bis Julia überhaupt registriert hatte, was eigentlich los war, war es auch schon wieder vorbei, und Herbie hatte sich eilig in Richtung Lichtung abgesetzt. Ihre leicht feuchte Hand machte Julia auf das aufmerksam, was sie zuvor umfasst hatte: Sie rekapitulierte und definierte daraufhin das männliche Glied für sich selber als bis dato immer noch unbekannte Spezies, die ein Eigenleben hatte. Mehr konnte sie in diesem Moment nicht hinzufügen, außer, dass es sie an ihre Kindertage erinnerte, als sie während eines Spaziergangs einen Lurch aufsammelte und stolz ihrer Mutter präsentiert hatte. Der Lurch war lediglich kühler als sein naher Verwandter, der männliche Schwanz, außerdem schien letztere Spezies ihre Form ändern zu können, sich aufblähen, was eben nur marginal in die Tat umgesetzt wurde.

Sie strich ihre Handinnenflächen im Gras ab, erhob sich behäbig, und als sie sich der Gruppe näherte, bemerkte sie, dass Frau Kleinschmidt dabei war, die Teilnehmenden durchzuzählen. Julia versuchte, unbemerkt im Pulk unterzutauchen. Ausgerechnet von Bettina wurde sie dabei ertappt: „Mann, Julia, wo hast du gesteckt? Immer eine Extrawurst, was?" Julia konnte sich der ungeteilten Aufmerksamkeit einer jeden Nachzüglerin gewiss sein: Alle Augen blieben auf ihr haften. Da sie nicht augenblicklich im Boden versinken konnte, schaute sie durch alle Blicke, die giftig auf ihr lasteten, hindurch. „Transuse", rutschte es Frau Kleinschmidt raus. „Du verschwendest unsere kostbare Zeit. Jetzt aber los, wir nehmen den gehabten Weg weiter waldeinwärts. Die Route macht dann irgendwann später einen Knick und mündet kurz vorm Eingang, dort, wo wir die Schnellstraße verlassen haben", verkündete sie so energisch, dass sich die Gruppe augenblicklich in Bewegung setzte. Julia hatte es geschafft, dass keiner mit ihr reden wollte, am wenigsten Herbie. Herbie indes lud seine angestaute Energie ab, indem er während der Wanderung ständig Steine vor sich her kickte oder aufhob, um sie anschließend in die Gegend zu schmeißen. Dabei versuchte er erfolglos, kleine Vögel oder wahlweise Tannenzapfen in den Bäumen zu treffen. Notorisch fluchend, verbrachte er seine Zeit zwangsläufig ohne Gruppenanschluss.

11. KAPITEL
IM INNEREN

Julia wollte bis zum Abend auf sich allein gestellt bleiben. Sie hatte Ruhe dringend nötig. Der ständige Gruppenzwang schlug ihr aufs Gemüt, und schon von klein auf brauchte sie ihre eigene Zeit, Zeit, sich in Ruhe mit sich selbst zu beschäftigen, sich komplett zurückzuziehen. Zu diesem Zweck versetzte sie sich selbstständig inzwischen nach jahrelangem Training automatisch und bewusst in einen Zustand von Trance:

Schritt für Schritt wandelte sie durch den tiefen Wald, der sie zu sich selber führte, weil er undurchdringlich war und sie dadurch die nötige Gelassenheit gewann, es gar nicht erst versuchen zu wollen. Kein unnötiges Streben ließ sie von ihrem Weg abweichen, nichts konnte sie ablenken. Sie wollte nicht durch den tiefsten Wald stapfen, über die höchsten Täler wandern, den Gipfel des Berges erklimmen, sie war froh darüber, dass sie es nicht musste, und es befriedigte sie, dass es Dinge gab, die unerforscht blieben. Das gehörte zu ihrer Welt dazu. Wenn sie sich Gedanken machte und zu keinem Ergebnis kam, wurde sie nicht entmutigt, sondern empfand die Unergründlichkeit als etwas, was sie am Leben hielt. Wenn sie auch von ihrer Großmutter gelernt hatte, dass sie nicht allein war in ihrer Welt, so versuchte sie nicht, den Dingen bis auf den äußersten Grund zu gehen. Sie ließ den Dingen ihren Lauf, hinterfragte, mal bekam sie Antworten, mal konnte sie nur mutmaßen, und mal gab es keine Antwort. Julia fand Gefallen daran, wenn sie sich lediglich selber Fragen stellte, ohne diese durch die Außenwelt infrage zu stellen. Fragen, denen es genügte, gestellt zu werden, ohne Antwort zu erwarten. Die Gewissheit aller unbeantworteten Fragen bewirkte bei Julia das Gegenteil von Unruhe, sie konnte frei entscheiden, wann und wie sie angesichts aller offenen Fragen auf diese zuging oder es bleiben ließ. Sie freute sich darüber, Hinterfragen sein lassen zu können und dennoch zu intuitivem Wissen Zugriff zu haben, wann immer sie es für angebracht hielt. Mit dieser Gewissheit ließ sie sich fallen in den Weiten der Wälder und den Tieren im Unterholz, die sie nicht sah, aber von ihnen beobachtet wurde. Sie konnte nicht wissen, welcher Vogel auf den Baumwipfeln auf sie hinabschielte, welches Reh vor ihr verschwand und aus sicherer Entfernung ihre Witterung aufnahm, doch eines war gewiss: Es gab das Reh und den Vogel. Diese Gewissheit reichte aus, um gemeinsam mit dem Reh und dem Vogel ihres Weges zu gehen und diese nicht auszugrenzen, nur, weil sie von ihr nicht gesehen werden konnten. In Begleitung verging die lange Wanderung wie im Flug.

So trabte Julia vor sich hin und erinnerte sich daran, dass sie Spaziergänge mit ihrer Familie nie besonders gemocht hatte. Hatte sie Waldspaziergänge tatsächlich als Mühsal empfunden? Es war wohl eher der vorausgegangene Zwang gewesen, den Spaziergang anzutreten. Sie wollte selbstbestimmt sein und nicht fremdbestimmt eine Aktion starten, nach der ihr nicht der Sinn stand. Das schien das eigentliche Problem der Spaziergänge zu sein, die sie mehr oder weniger regelmäßig absolvieren sollte. Es hieß immer, es täte gut, ebenso, wie regelmäßig ein Instrument zu spielen oder mit der Pfarrei diese Reise anzutreten. Sie erwartete ein Mitspracherecht darüber, was letztendlich für sie gut war, doch es wurde ihr stets derart offensiv ans Herz gelegt, dass sie sich in ihrer Entscheidungsfindung unterbrochen oder übergangen fühlte. So war es mehr die Aufforderung, den Spaziergang anzutreten, als der Spaziergang selber, die sie als Strapaze empfand.

Während eines oft langen Marsches wurde sie zwischendurch müde oder auch zeitweise gelangweilt von der Eintönigkeit der Umgebung, letztendlich jedoch zwang sie eben diese Eintönigkeit, sich der Umgebung anzupassen, und je länger der Spaziergang dauerte oder je anstrengender die Piste war, desto mehr verlor sie sich, um sich anschließend wiederzufinden. Während ihrer Routen kam bereits als kleines Kind der Punkt, an dem nichts mehr eine Rolle spielte, weder der Hunger noch der Vater. Üblicherweise konnte sie nicht umhin, ihn in ihre Gedanken einzuschließen, schließlich gab es genug Anlässe, an denen er sich in den Vordergrund rückte, indem er seinen Bedürfnissen unmittelbar Raum einräumte, Selbstregulierung ausgeschlossen. Selbst wenn er sich nur daheim hinter seiner Zeitung vergrub, so war es seine impertinente Präsenz, die permanent warnte: „Stört mich nicht, sonst kann ich für nichts garantieren, und der Haussegen hängt schief."

Ihre Gedanken blieben bei ihrem Vater hängen. Ganz im Hier und Jetzt verankert war er ausschließlich auf dem Fußballfeld, lediglich noch während seiner Wanderungen strahlte er Präsens aus. Es war, als bestünde für ihn die restliche Zeit aus Überbrückung und Unterdrückung sich selbst und anderen gegenüber. Die gemeinsamen Spaziergänge waren die wenigen Augenblicke, in denen sie nicht an ihm zweifelte oder sich im schlimmsten Fall wünschte, er wäre schlicht für immer dahin: Er marschierte, sang dabei seine Lieblingslieder, vermehrt Trinklieder und düsteres Soldatenliedgut aus einem schier unendlichen Repertoire: Schritt für Schritt mit jedem weiteren Lied stieg seine Sangesfreude an. Noch bevor Julia den möglichen Sinn der Worte überhaupt erfassen konnte, machte sie mit den Moorsoldaten Bekanntschaft: „Wohin auch das Auge blickt. Moor und Heide nur ringsum. Vogelsang uns nicht erquickt, Eichen stehen kahl und krumm. Wir sind die Moorsoldaten und ziehen mit dem Spaten ins Moor!"

Ebenso wie mit Ovambo, dem damaligen Negerkönig: „Heiß brennt die Äquatorsonne auf die öde Steppe nieder, nur im Krale der Ovambo singt voll Wonne seine Lieder: Kalitsch kakauka tschulima, Kalitsch kakauka tschulima, Kalitsch kakauka, kalitsch kakauka, Kalitsch kakauka tschulima."

Das Liedgut projizierte Bilder in ihrem Kopf, regelrechtes „Kopfkino", das ihre mühevoll großen Schritte, die es brauchte, um mit dem Schritt des Vaters mithalten zu können, vergessen ließ. Immerhin, er registrierte sie. „Wahrnehmen" wäre zu viel des Guten, doch wenn er nicht gerade sang, so sprach er zuweilen mit ihr, ganz so wie mit einem kleinen Tier. Sie war noch kein ganzer Mensch, noch nicht vertrauenswürdig, noch zu klein, um auf Augenhöhe zu sein. Austausch auf Augenhöhe barg Gefahren, denen er sich strikt verweigerte. Nie würde er sich offen jemandem anvertrauen, geschweige denn, über seine Gefühle sprechen, das hätte zu Verletzungen führen können, die es rigoros zu vermeiden galt. So kam es, dass jegliche Gefühlsregungen eruptionsartig und situationsunabhängig aus ihm hervorbrachen. Willkür war die Folge, was zu Unverständlichkeit in seinem Umfeld führte, von dem er sich alsdann zurückzog. Ein anstrengender Kreislauf, Durchbruch ausgeschlossen. Seiner Generation entsprechend waren Gefühle kein Thema, wenn schon vorhanden, machte man Gefühlswallungen mit sich selber aus.

In Gedanken an ihren Vater erschrak Julia. Sie merkte, dass sie sich das Verhalten, sich von der Umwelt zurückzuziehen und Gefühle bevorzugt mit sich allein zu teilen, zu eigen gemacht hatte. Wann hatte es begonnen, dass es ihr schwerfiel, sich einfach fallen zu lassen in Gegenwart eines anderen Menschen? War es immer schon in ihr drinnen gewesen, oder hatte es sich entwickelt?

Fragen, auf die es keine Antwort gab. Sie akzeptierte, dass nicht jede Frage gefragt wurde, in der Erwartung auf Antwort. Das machte sie melancholisch, und zugleich wurde ihr die Klarheit ihrer Erkenntnis bewusst. Gerade *weil* sie reflektierte und dabei zu Ergebnissen kam – selbst wenn es sich lediglich um die gewonnene Sicherheit einer Einschätzung handelte –, würde sie niemals einen eigenen Panzer aufbauen können, stets als Einsiedlerkrebs Schutz im fremden Gewand suchen, und ihr Leben würde davon bestimmt sein, ihre Verletzlichkeit zwar zu verbergen, jedoch nicht ablegen zu können.

Zuweilen wünschte sie sich nichts sehnlicher als Letzteres und trainierte entsprechende Gefühlsunterdrückung. Es gelang situationsbedingt, jedoch nicht lebensbestimmend. Sie konnte ihre

Gefühle regulieren, doch nicht verleugnen. Das Widerstreben angesichts von Verleugnung dominierte, sodass sie sich lediglich in Dinge hineinversetzte, bis sie sie selber glaubte, die zum Schutz sich selber oder anderen gegenüber dienten. Darüber hinausgehend passierten diese Dinge, eben, weil sie an sie glaubte. Mit diesem Bewusstsein wurde ihr klar, dass ihr eine hohe Verantwortung in die Wiege gelegt worden war, der sie gerecht werden musste. Einerseits bedarf es eines stetigen Hinterfragens und „Behütens", wenn dies mit „auf der Hut sein" in Verbindung stand – und andererseits eines Lebens, gelebt aus vollen Zügen. Nur inmitten beider Pole hatte sie die Chance, sich selbst und anderen gerecht zu werden. Ausgleich mit Hin- und Rückblick zu den Extremen.

Unerwartet schlüpfte ein Ohrwurm, ganz wie eine Übersprunghandlung, in Julias Kopf: *„Auf die Bäume, ihr Affen, der Wald wird gefegt, der Wald wird gefegt, ja, der Wald wird gefegt. Auf die Bäume, ihr Affen und die Ohren angelegt, ja, und die Ohren angelegt."*

Ihren Weg wollte sie klar und sauber halten. Alle, die dabei störten, wurden weggefegt. Half ihr jemand dabei? Oder vielleicht würde sie eines Tages einen Weggefährten haben, sie würde jemanden haben, der mit ihr den Weg teilte. Teilung ja, Einheit nein. Liebe sucht nach Einigung. Vereinigung. Eins. Sie würde auch ohne die Vollkommenheit von Einheit lieben. Sie sah sich als ein Individuum, das niemand je ganz verstehen könnte. Sie selber erwartete nicht, bis zu ihrem Kern vorzudringen. Fragen, die gestellt werden, ohne Erwartungshaltung auf Antwort. Sie erwartete kein grundlegendes Verständnis von ihrer Außenwelt, wie auch? Von einer nahstehenden Person wünschte sie sich schlicht Verständnis für ihr eigenes Innenleben, dafür, dass sie so war: Ohne das Verlangen vollkommener Vereinigung zweier Individuen.

Melancholisch kreisten ihre Gedanken zurück zu ihrem Vater, der es immerhin in Momenten der Stille im Wald schaffte, Harmonie zu finden, nach der er ansonsten rund um die Uhr auf der Suche war. Er hatte dieselben Wurzeln wie sie, daran ließ sich nichts rütteln. Und doch, er war so anders als sie. Von seiner Mutter wiederum war Julia darüber aufgeklärt worden, dass sie niemals ganz allein sein würde, weil sich für sie, ganz wie für ihre Oma, eine zweite Welt auftat, die den meisten Menschen auf Erden nicht zugänglich war. Bei diesem Punkt hatte die Vererbung eindeutig eine Generation übersprungen. An ihrem Vater war ein zweites Universum eindeutig vorbeigezogen. Vielleicht war ihr Vater so rastlos, weil er zwar von all dem nichts wusste, aber irgendetwas davon spürte, das er allerdings nicht festmachen konnte, was ihn unzufrieden machte. Damit entschuldigte sie sein Verhalten ihr gegenüber, das von Willkür und Wollen bestimmt war. Und *„Auf die Bäume, ihr Affen, der Wald wird gefegt, der Wald wird gefegt, ja, der Wald wird gefegt. Auf die Bäume, ihr Affen und die Ohren angelegt, ja, und die Ohren angelegt."* Sie legte ihre Ohren an, Sinnesöffnung. Öffnung. Offenbarung. Was war das, „Offenbarung"?

Die Offenbarung war ein christliches Element, das Julia immer bewundert hatte. Es war die reine Wahrheit, die Jesus sagte, als er sich seinen Jüngern offenbarte. Allein dafür, dass er sich in seiner, dieser außerordentlich ungewöhnlichen, Situation mitgeteilt hatte, wurde er von Julia bewundert, gab ihr Grund zur Hoffnung und somit einen Grund dafür, dass sie überhaupt mit der Kirche zu tun hatte. Sie spürte einen gewissen Sinn hinter der Fassade ihres Missmutes gegenüber der Kirche, darin, sich dennoch mit ihr einzulassen. Worin bestand der Sinn? Jedenfalls nahm sie gegenüber Jesus eine sehr aufgeschlossene Haltung ein, denn auch er hatte, wie sie selber, eine besondere Gabe, mit dem Unterschied, dass er sie manifestieren konnte. Dass ihm dieses Meisterstück der Offenbarung gelungen war, davor hatte sie Hochachtung! *„Auf die Bäume, ihr Affen!"* Respekt!

Jesus, Respekt! Jesus war erkannt worden, und das nicht nur von seiner eigenen Oma! Mehr noch, er hatte es geschafft, seine Weisheit bis heute zu verbreiten. Respekt dafür! Und er war ein *Mensch*! Respekt war üblicherweise eher ein Aspekt, den sie menschlichen Wesen bisher wenig gegenüberbringen konnte. Zu wenige hatten ihn verdient. Respekt musste man sich erarbeiten, er stellte sich nicht einfach ein, nur weil irgendjemand sich selber als Respektsperson oder Autorität ansah und ihr dieses Gefühl zu vermitteln gedachte. Jesus hatte sich nicht vor seinen Jüngern aufgebäumt. „Hey, Jünger, Respekt, bitte!" Nein, er saß mitten unter ihnen und erzählte mit ruhigem Tonfall. Ihr Vater jedenfalls hatte sich über all die Jahre noch keinen Respekt verdient. Vielleicht war es nur eine Frage der Zeit? Frage ohne Erwartung auf Antwort, vielleicht. Vielleicht war es keine Selbstverständlichkeit, Zeit zu haben, vielleicht *gab* es gar keine Zeit. Es gab nur einen Augenblick, einen nächsten Augenblick usw. Und dessen dumme Eigenschaft, ihn einfangen und festhalten zu wollen. War das Zeit? Festgezurrte, markierte, vermessene Augenblicke? Augenblicke, die man vermissen konnte, wie denjenigen, zu zweit mit dem Vater durch den Wald zu laufen. Jeder für sich, dennoch nicht allein.

Das leidige Vermissen, das nagte an ihr. Sie überprüfte es und stellte fest, dass es nicht der Vater war, den sie vermisste. Sie vermisste Augenblicke des Wohlgefühls, die ihr, insbesondere in letzter Zeit, rar schienen. Nicht jeder Augenblick war gleich, und es gab jene, die niemals wieder eintreten würden. Das war das Wesen von Augenblicken und dem Zusammenschluss von Augenblicken zu Zeit. Die Gewissheit des Vergänglichen war glasklar in sie gedrungen wie ein Pfeil, der ihr Schmerzen zufügte. Es galt, den Schmerz zu überwinden. Würde sie es schaffen? Auch darauf gab es keine Antwort. *„Der Wald wird gefegt."* Mit all den Fragen ohne Antwort würde sie leben müssen. Mit all ihren Gefühlen, denen sie sich bewusst wurde, die ihr eigen waren und bestehen bleiben sollten, würde sie eins bleiben. *„Ja, und die Ohren angelegt!"*

Das Leben konnte beginnen, sie war bereit und stellte sich darauf ein, zunächst einmal darauf, in den nächsten Jahren volljährig zu werden. Ob das Leben bereit war für sie, darauf gab es keine Antwort.

Sie erreichte die Biegung, die zur Schnellstraße abging. Dort, wo der schmale Pfad auf die Straße traf, erwartete Julia den Fuchs im Straßengraben. Doch als die Gruppe den Waldweg verließ, war irgendetwas anders als zu Beginn der Wanderung. Julia brauchte einen Moment, um feststellen zu können, was genau anders war als während des Hinwegs. Dann fiel ihr auf, dass die Menschenmenge quasselnd und mit sich selbst beschäftigt über die Biegung zur Straße ging, den Graben unbeachtet hinter sich liegen lassend. Niemand hielt inne, schaute auf oder reagierte in irgendeiner Weise. Tumultartig ging es die ansteigende Straße empor, ohne sich umzuschauen, ohne auf den Verkehr zu achten oder irgendetwas anderes als das nahende Ziel vor Augen zu haben. Die Stille, die eingetreten war, als dieselbe Gruppe zu Beginn der Wanderung in den Wald eingebogen war, schien ausgelöscht und somit auch der Grund unwiederbringlich ausradiert. Er hatte eine Andacht erzeugen können, die nun keine Rolle mehr spielte, da der Fuchs nicht mehr da war. Er war nicht mehr an Ort und Stelle. Der Platz, den er vor Kurzem noch eingenommen hatte, war leer. Er hatte keine Spuren hinterlassen und war in Vergessenheit geraten. Nicht so für Julia.

Sie erinnerte sich an das Bild des Fuchses im Straßengraben und traute sich noch einen Schritt weiter: Sie dachte daran, wie er später im Wald aufgetaucht war und ließ den Fuchs vor ihrem mentalen Auge auferstehen. Sie sah ihn, wie sie ihm beruhigend zusprach. Er war auf sie zugekommen, und sie würde ihn nicht vergessen. Sie fragte sich, ob der Fuchs nun ihr Totem war. Sie hatte über Indianer in Südamerika gelesen, die mit sogenannten „Totems" kommunizierten, diese um Schutz vor bösen Geistern baten – und mehr noch: um Lebensglück buhlten. Damals, als sie davon im *„Reader's Digest"* gelesen hatte, empfand sie es als naiv, seinen Totem als Glücksbringer auszunutzen. Sie empfand es als höchst einseitig, von seinem Totem etwas zu erwarten und diesen mit lächerlichem Popcorn oder Zigaretten abzuspeisen. *Überhaupt* Erwartungen zu stellen an ein solches Wesen, das kam ihr unlauter und respektlos vor. Sie dachte an den Fuchs, der unglücklich zu sein schien, sie wollte seine Situation verbessern und hatte dabei keinerlei Erwartungen an ihn. Sollte also der Fuchs tatsächlich ihr Totem sein, so schlussfolgerte sie, und sie keine Erwartungshaltung einnehmen, so würde das mit dem Totem entweder *nicht* funktionieren, weil sie selber die falsche Einstellung hatte, oder es würde *gerade* deswegen funktionieren. Somit wäre die Einstellung der Indianer ihren Totems gegenüber überarbeitungsbedürftig. Diese Fragestellung würde zu einer Antwort führen, denn es war lediglich eine Frage der Zeit, bis sie wissen würde, ob der Fuchs tatsächlich ihr Totem sei. Sie brauchte nur abzuwarten, was passieren würde. Es reichte aus, den Dingen ihren Lauf zu lassen und im Nachhinein zu befinden, wie es nun tatsächlich mit einem vorhandenen oder auch nicht vorhandenen Totem umzugehen galt.

In den Dingen jedenfalls, die jenseits von Antworten lagen, war sie experimentierfreudig: Zunächst einmal stellte sie klar fest, dass der Fuchs nicht mehr da lag, wo er vorher gewesen war und sie die Einzige war, die davon Kenntnis nahm. Das bestärkte sie in ihrer Beziehung zu dem Fuchs, und sie war froh darüber, überhaupt eine Beziehung aufgebaut zu haben. Sie glaubte zumindest daran, und konnte Glaube nicht Berge versetzen? *„Auf die Bäume, ihr Affen, der Wald wird gefegt, der Wald wird gefegt, ja, der Wald wird gefegt. Auf die Bäume, ihr Affen und die Ohren angelegt, ja, und die Ohren angelegt."*

Im Takt der Musik folgte sie der Straße, auf der es inzwischen mörderisch zuging. Statt morgendlicher Nebelschwaden lag rostiger Dunst Hunderter Sonntagsfahrer über der Straße, die sich in eine Rennstrecke verwandelt hatte: Ein Wagen peitschte den Nächsten, und doch war niemand je schnell genug, es gab immer einen zu langsamen. Hupen, wohin das Ohr sich wand, das Auge lauernd nach vorne gerichtet. Keine Kapazitäten zur Berücksichtigung von Fußgängern, jeder musste auf sich selber achten, wie auch die Zweiradfahrer, die stets unerwartet zwischen Lücken auftauchten und ein unaufgefordertes Schauspiel ihrer Slalomkünste darboten. Was von einigen von ihnen übrig blieb, davon zeugten vereinzelte Kreuze am Straßenrand oder Baum, um den sie sich gewickelt hatten. *„Auf die Bäume, ihr Affen, der Wald wird gefegt, der Wald wird gefegt, ja, der Wald wird gefegt."* Zuweilen schien es, als hätten sie ein Ziel hoch in den schützenden Baumkronen anvisiert. Ziel verfehlt. Kurz zuvor noch waren sie rasend vor Vergnügen an allem vorbeigebrettert, was sich bewegte, vorbei eben, bloß keinen Stillstand geschweige denn Rückschritt, mit rasendem Tempo durch das Leben einfach durch, um am Ende als Helden der Landstraße am nächstbesten Baum gehuldigt zu werden: kleine Botschaften, die bewiesen, dass hinter ihnen ein Leben lag.

Ohne Beweise keine Daseinsberechtigung? Ist Fortpflanzung der Beweis der eigenen Existenz? Braucht es überhaupt einen Beweis? Tatsächlich fand Julia ihre persönliche Antwort: Sie brauchte keine Beweise, fühlte keinerlei Bringschuld. Auch nicht angesichts all der unbeantworteten Fragen, die sich häuften und über die Jahre nicht weniger werden würden. Kinder bekamen immer Antworten. Wo waren die unermüdlichen Antworten geblieben? Es gab sie nicht mehr. Julia lernte, ihren eigenen Antworten zu vertrauen. Sie vertrat Meinungslosigkeit bei Fragen, auf die sie keine Antwort wusste. Sie lernte Fragen zu schätzen, die unbeantwortet blieben. Sie wollte sich ganz den Fragen widmen, die es allein für sich wert waren, gestellt zu werden. Das hatte sie als Kind nicht geahnt, als noch alle Fragen beantwortet wurden. Stattdessen lieferte sie nun Antworten. Zum Erwachsenwerden gehörte es dazu, Antworten zu liefern, welcher Art auch immer, und sei es nur durch deren Abwesenheit.

„Die Affen rasen durch den Wald, der eine macht den andern kalt, die ganze Affenbande brüllt: Wo ist die Kokosnuss? Wo ist die Kokosnuss? Wer hat die Kokosnuss geklaut?", sang sie dem Abend entgegen. Der Ohrwurm war fort. Weit abgeschlagen trudelte Julia als Letzte in der Jugendherberge ein, ganz so, als ahnte sie, dass der Abend kein schöner werden sollte.

12. Kapitel
Von Jägern und Sammlern

Zwar nicht besenrein, doch von Zivilisationsresten befreiter als vor dem Ausflug lag der Wald beinahe vergessen hinter ihnen. Besonders Bettina hatte sich ins Zeug gelegt, doch selbst die Schwestern halfen dabei, jeglichen Müll aufzusammeln. Gedankenversunken war Julia der Bitte um Hilfe diesbezüglich nur selten nachgekommen, ganz so, als hätte sie geahnt, dass sich Michaels abendliches Freizeitverhalten nicht positiv auf sie auswirken würde. Michaels Ansporn war so hoch, dass er eine bisher ungeahnte Akribie an den Tag gelegt hatte: Jeder Strohhalm, jede aufgesammelte Butterbrottüte waren Zeitpunkte auf Michaels persönlicher Freizeitscala, die er am Abend einforderte: „Frau Kleinschmidt, ähm, Jutta, hier der Beweis: mein heutiges Tageswerk." Jutta Kleinschmidt lag regungslos auf einem alten modrigen Sofa im Gemeinschaftsraum. Dankbar nahm ihr Körper den Moder und Staub auf, kurierte sich aus bar des heimeligen vertrauten Miefs. Jutta Kleinschmidt war dahingerafft von frischer Waldluft und ihrer ersten kontinuierlichen Bewegungseinheit seit Jahrzehnten, da sie Aufenthalte außerhalb räumlichen Begrenzungen argwöhnisch gegenüber stand. Ihr vernachlässigter Körper ließ sie nun Zoll zahlen, indem er sie zwang, sich ohne jeglichen Anstand augenblicklich niederzulegen, keuchend, unfähig einen klaren Gedanken zu fassen, das Hirn von übermäßigem Sauerstoff überfordert. Erschreckend hohe Müllberge türmten sich vor ihr auf: „Michael, bist du ein Messie? Ich meine Messdiener? Äh, Sammler von Altwaren, Zeugs halt, ähm. Magst du Unordnung oder Ordnung? Ich bin mir nicht sicher. Woher hast du das? Willst du ein neues Zeitalter einleiten, das uns noch verborgen ist? Ist der Zug schon abgefahren?" Dabei rollten ihre Augen unablässig den Berg wirren Zeugs ab, unfähig, diesen zu orten.

Michael verstand nur Bahnhof: „Was, wie? Sie, äh, du warst doch dabei, als ich die Gruppe führte, mit der Ansage, keinen Müll zu verlieren, schon vergessen?" „Ja, wenn du's sagst. Was genau war die Ansage? Ich mag Ansagen ..." Dabei verlor sich ihr Blick in geknickten Strohhalmen und glitzernden Sonnentaschengetränketüten, selbst Michaels Augen konnten ihn nicht mehr fangen. Michael räusperte sich: „Ich schlug vor, mich um das Müllproblem zu kümmern und dafür am Abend von meinen Aufseher-Pflichten entbunden zu werden." Das war eine klare Ansage, die bei Jutta Kleinschmidt ankam. „Jawohl. Wenn das so ist. Und wer kümmert sich nun?" „Na, ich dachte, das wäre klar, wenn ich es nicht bin. Du und der Pfarrer, ihr seid doch ein eingespieltes Team." „Na, wenn du das sagst, wird es wohl so sein. Ich werde ihn darauf ansprechen, wenn ich ihm begegne." *Ihm* zu begegnen, war eine neue Herausforderung, der sich Jutta Kleinschmidt unüberlegt gestellt hatte. Michael hakte nach: „Und, wie verbleiben wir nun?" Jutta hasste diese Frage abgrundtief. *Wie verbleiben wir?* Es nagte an ihrem dumpfen Hirn, sodass sie überfordert auf dem Sofa liegen blieb. *Wie verbleiben wir?* Sie wusste keine Antwort, sie konnte keinerlei Entscheidung treffen, sie schien unter Lähmungserscheinungen irgendeiner verwirrten Hirnrinde zu leiden. Ihr Mund verweigerte die Aussage. Stur verharrte indes ihr Blick auf den Türmen aus Müll, die ihr die Sicht nahmen. „Na gut, ich geh dann mal." Michael drehte sich um in der festen Absicht, sich den Abend frei zu gestalten, doch der bittere Geschmack mangelnder Absolution lastete auf seiner zarten Katholikenseele, als er den Mädchentrakt betrat.

Er bog ab in Zimmer Nummer eins und schwang sich mit einer weiteren Drehung geradewegs hoch auf Bettinas Bett. Unter der Bettdecke klang ein benommenes „Micha, bist du's?" hervor. Michael hob die Decke an und zuckte zurück, als eine flaue Alkoholfahne ihm entgegenwehte. „Wen hast du denn erwartet?"

Dabei tätschelte er Bettina über die glühende Stirn. Bettinas Augen flackerten, als sie ihn anschaute: „Na, was denkst du denn, wer sich alles in dieses Bett schleichen kann, hä?" Michael war es leid, neckische Rede und Antwortspielchen zu treiben und schwieg verdrossen. Auf einmal war ihm gar nicht recht klar, was er eigentlich vorhatte. Prompt erinnerte Bettina ihn daran, als sie sich aufrecht hinsetzte und genüsslich dehnte und streckte. Da waren sie wieder, diese herrlichen Brüste, verschlafen zwar, aber dafür lediglich von einem zerknautschten Babydoll bedeckt. Dann fiel sein Blick auf das Pumphöschen, und er wusste genau, weshalb er hier war. Er sprang aus dem Bett, griff sich einen Stuhl und platzierte ihn gegen die Eingangstür, so, dass die Lehne unter dem Türgriff klemmte. Dann wand er sich freundlich und bestimmt an Julia: „Julia, setz dich bitte auf den Stuhl und pass auf, dass keiner hereinkommen kann. Anweisung von oben!" Schließlich war er Aufseher, und das sollte auch so bleiben. Als Julia seinen Anweisungen folgte, unterstrich er seine Autorität mit den Worten: „Und ihr anderen haltet euch jetzt ausnahmsweise mal raus und kümmert euch nicht um uns!" Ruhe. Niemand schien auch nur im Entferntesten daran gedacht zu haben, seine Autorität zu unterlaufen. Julia verharrte in einem stillen Anflug von Respekt auf dem ihr zugewiesenen Posten, erleichtert darüber, von ihrem Schlafplatz unterhalb des bevorstehenden Aktes verwiesen worden zu sein. Aus dem oberen Bett hörte sie Michaels Stimme ein letztes Mal, bevor sein Keuchen einsetzte: „Meine Schnecke, ich bin nicht nur Sammler, sondern auch Jäger! Runter mit dem Höschen!"

Julia versuchte, nicht in Richtung des Betts zu starren, doch wie als Aufmunterung flatterte das Pumphöschen in die Mitte des Zimmers, wo es sich pompös niederließ. Es erinnerte an eine aufgeplusterte Schneeeule, die jeden Moment anfangen würde, auf und nieder zu flattern und dabei aufgeregt zu gurren. Stattdessen zog sich ein ausgedehntes Quietschen durch den Raum, das von einem scharfen „Psssscht!" unsanft unterbrochen wurde. Keuchen. Kam sicher nicht von „keusch". Stöhnen. Lautes Synchronstöhnen aus zwei Kehlen. Ein kurzer Moment Ruhe, dann beschleunigendes Federbettenquietschen, wogegen ein „Psssscht" wenig ausrichten konnte, peitschendes Händeklatschen auf Fleisch, gepresstes Gurgeln, das von einem tief ausatmenden „Aaaahhh" erstickt wurde, dabei ein heftiger Ruck, ein Aufprall, ein „Autsch", und die Bettdecke fiel ermattet zu Boden.

„Ah, geil!" „Hast du dir nicht gerade den Kopf gestoßen?" „Och, hab grad meine anderen Stöße vor Augen." „Ah, verstehe. Dann können wir ja weitermachen. Scheint ja alles in Ordnung bei dir." „Klar, allerdings musst du dich ein wenig gedulden. Hast du keinen Hunger?" „Doch, jetzt wo du's sagst. Mir knurrt ganz schön der Magen." „Na, dann los!" Michael zog seine Unterhose am Fußende des Bettes hervor und robbte umständlich hinein, während er noch auf dem Bett lag. Ebenso zog er seine Socken an, sein T-Shirt hatte er erst gar nicht ausgezogen. Dann allerdings wurde ihm sein Ankleidungsprozess zu umständlich, und er entschied, diesen mitten im Raum fortzuführen. Da der Anblick eines Halbnackten des anderen Geschlechts für die Mädchen nicht alltäglich war, versäumte keine es, Michaels holprige Bewegungen zu studieren. Er war hartnäckig dabei, in seine viel zu enge Jeans zu steigen. Dabei strampelte er mit seinen schlaksigen Beinen, während er seinen Hosenbund nach oben zerrte, um möglichst zügig seine Unterhose zu bedecken. Währenddessen blieb er ständig mit seinen Füßen an den Innenseiten seiner Hosenbeine stecken, was ihn zusehends nervös machte. Seine Ungeduld erschwerte die Prozedur. Unbeholfen hampelte er im Zimmer herum, bis auch der letzte Rest seiner abschwellenden Erektion verschwunden war. Julia starrte Michael unentwegt an. War es das, was sie wollte? War es der, den sie wollte? Woher sollte sie das wissen, wenn sie nicht in der Position war, es auszuprobieren? Weil sie von ihm nicht dabei ertappt werden wollte, wie sie den Verwandlungsprozess seines Schwanzes beobachtete, glitten ihre Blicke tiefer auf seine Oberschenkel. Braun und verhältnismäßig schmal geschnitten verschwanden sie allmählich in ihren Hosenröhren. Julia konnte nichts Lächerliches an Michael finden, auch jetzt nicht angesichts seiner durchaus allzu menschlichen Bemühungen, in seine Jeans zu gelangen. Ihr Blick verfing sich an seinen schmalen Lenden. Michaels Unterleib kam ihr auf Augenhöhe entgegen, sie hatte ihre Stellung an der Tür sitzend gehalten. „Ich gehe schon mal vor zum Essen. Wir sehen uns dort." „Ja, gerne, hältst du mir einen Platz frei?", rutschte es Julia heraus. „Wohl kaum, zumal du mich erst einmal vorbeilassen solltest. Danke." Dabei stieg er seitlich über Julia hinüber und verschwand eilig.

„Was sollte das denn? Meinst du ernsthaft, Michael würde ausgerechnet dir einen Platz neben sich freihalten?", rief Bettina von ihrem Bett aus herab. „Schlecht für ihn wär's bestimmt nicht, im Gegenteil, wenn er sich immer in deiner Gegenwart blicken lässt, kommt das sicher auf Dauer hier nicht so gut an. Und das wollen wir doch beide nicht", konterte Julia mit gewonnener Souveränität. Dieser Aspekt gab selbst Bettina zu denken, und sie schwieg. Statt ihrer Stimme antwortete ihr Magen mit einem lauten Knurren, was sie veranlasste, sich rücklinks aus ihrem Etagenbett gleiten zu lassen. Bettinas Babydoll reichte knapp bis unter den Bauchnabel. Während ihres Abstiegs wurde sie von Vanessa auf ihr Wesentliches reduziert. Ebenso wie Julia Michael zwischen die Beine gestarrt hatte, tat Vanessa es ihr gleich angesichts Bettinas praller Schamlippen: „Hey, du kleine Pissnelke, gut durchgebürstet schaust aus, so schmeckt's auch besser. Wir machen schon mal nen Abgang." Die Tür knallte.

Julia war mit Bettina zu zweit allein, es war das erste Mal, seit sie von zu Hause abgereist waren. Schweigsam und bedächtig machte Bettina sich auf den Weg zum Kleiderspind, dabei zog sie das Oberteil ihres Babydolls aus und warf es auf ihr Bett. Völlig entblößt schlenderte sie an Julia vorbei, wobei sie Julia mit ihrer Schulter streifte. Der Alkohol hatte sich offensichtlich verflüchtigt, befreit von Mundgeruch, hauchte sie Julia ein saloppes „Pardon" ins Ohr. Lediglich ein herzhafter Geruch drang in Julias Nase vor, Ausdünstungen eines unrasierten, üppigen Leibes, der soeben gepflügt worden war. Bettina strotzte vor

Selbstbewusstsein. Bedächtig wählte sie ihre Kleidung aus und zog sich anschließend gemächlich eine gelbe Bermudahose über die Scham. Sie warf Julia einen kurzen, eindringlichen Blick zu: „Die Aktion gerade bleibt unter uns." Julia bezweifelte, dass sie es ernst meinte, früher oder später würde Bettina selbst die Klappe nicht halten können und mit ihrer Eroberung prahlen, dennoch antwortete sie schlicht: „Ich weiß gar nicht, wovon du sprichst." „Ach, vergiss es einfach." Dabei verpackte sie ihre Brüste in entsprechend voluminöse Halter und ein türkisfarbenes T-Shirt mit tiefem V-Ausschnitt. „Was?" „Julia, du kannst ganz schön nerven", fuhr Bettina sie an. „Und du kannst ganz schön müffeln", scherzte Julia. „Wobei die Betonung auf‚schön' liegt", ergänzte Bettina, sich im Garderobenspiegel bewundernd. Julia spürte, dass Bettina unnahbar geworden war. Selbst kleine Streitereien konnten sie nicht aus der Reserve locken. Julia wurde schlicht ignoriert, nicht für voll genommen, sie war abgeschrieben worden, weil sie keinen Zweck mehr erfüllte, zur Nebensache deklariert, bloßes Beiwerk. Julia musste sich eingestehen, dass sie allein war und niemanden in ihrem Umfeld kannte, mit dem sie auf einer Wellenlänge ritt. Sie fühlte sich deprimiert und bekam zugleich Bauchschmerzen.

Wenige Minuten später trottete sie neben Bettina in Richtung des Speiseraums. Ihr Appetit wurde von Bauchkrämpfen überlagert, und auch die Essensgerüche konnten nichts ausrichten, riefen im Gegenteil einen Anflug von Ekel hervor. Sie waren spät dran. Teils noch warme, leere Bänke säumten befleckte Tische, klebrige Reste von Kartoffelbrei trafen auf Fetzen von Rotkohl, die sich über die Tischplatten hermachten und nachhaltig ihre schwarzroten Spuren hinterließen. Nicht nur dort, sondern auch in den Gängen zwischen Tischen und Bänken hatten sie sich unmerklich verbreiten können, ganz so, als hätte es eine Essensschlacht gegeben. Dennoch blieben sie unbemerkt, zumindest von Julia, die mit ihren Bauchschmerzen zu kämpfen hatte und angestrengt ihres Weges schritt. Niemand schien sich ihr in den Weg zu stellen, doch Julias Blick war starr geradeaus gerichtet.

Dies führte dazu, dass die Fetzen von Rotkohl, die ihren Weg kreuzten, von Julia ignoriert wurden und sie zu Fall bringen konnten. Julias Ferse streifte einen besonders kräftigen frischen Fetzen Rotkohl, glitt vorwärts über dessen Oberfläche und nahm im Zuge dessen Julias restlichen Köper gleich mit. Unsanft landete sie auf ihrem Po, der eben jenen kräftigen frischen Fetzen Rotkohl unter sich begrub.

Gelächter breitete sich im Raum aus und hallte von der hintersten Ecke in ihr Ohr, das daraufhin dichtmachte. Benommen und taub blieb sie eine Weile auf der Erde sitzen. Dann stand sie auf mit den Worten „Alles in Ordnung. Ist nichts passiert". Und marschierte mit rotkohlrotem Hosenboden den Gang entlang, orientierungslos, denn sie hatte keine Ahnung, wohin sie sich setzen sollte. Fetzen an Rotkohl begleiteten sie auf ihrem langen Weg, der sie durch hämisches Gelächter führte, vorbei an schmatzenden Grimassen, von denen keine dazu einlud, sich danebenzusetzen. Julia nahm am Tisch ihrer Zimmergenossen Platz, das schien ihr die vernünftigste Lösung zu sein. Zwar hatte niemand ihr einen Platz freigehalten, niemand konnte allerdings auch alle Plätze gleichzeitig belegen. „Na, fühlst du dich besser so mit roten Arschbacken?", schallte es ihr zur Begrüßung von Vanessa entgegen. „Wie gut, dass wir uns gleich schon vom Acker machen können, ist ja eklig", wurde sie von ihrer Schwester unterstützt. Dabei schob Nathalie sich eine letzte Gabel undefinierbarer Masse in den aufgerissenen Mund, der während des Kauvorgangs eben diese in regelmäßigem Abstand zum Vorschein brachte. Angewidert entfuhr es Julia: „Beim Essen redet man nicht, gleich landet der Brei wieder auf dem Tisch!" Sofort spürte sie einen höllischen Schmerz am Schienbein, das mit Kraft und Präzision von Nathalie attackiert worden war. „Merk dir eins: Was man zu tun oder zu lassen hat, das interessiert uns nicht." Dabei spielte sie auf Vanessa an, die dabei war, ihren Platz zu verlassen und demonstrativ ihr schmutziges Gedeck auf dem Tisch stehen ließ. Vanessa schmiss Julia einen abwertenden Blick zu: „Für dich, und lass es dir schmecken!" Sie zögerte kurz, dann hob den Teller an und leckte ihn ab, bevor sie ihn geräuschvoll vor Julia auf den Tisch abstellte und wortlos ihrer Schwester in Richtung des Ausgangs folgte.

Angewidert schob Julia den Teller an die äußerste Tischkante. Das Bild von Vanessas Zunge vor ihrem inneren Auge, stellte sie sich vor, die Zunge wäre genauso behaart wie der Rest von Vanessas Körper. Sie unterbrach ihren Gedankengang, damit ihr der Appetit nicht gänzlich verging, griff nach einer Schüssel und schaufelte den übrig gebliebenen Kartoffelbrei auf ihren Teller. Da der Löffel, der in dem Brei steckte, offensichtlich zuvor zur Verteilung des Rotkohls gedient hatte, musste sie sich erneut mit Fetzen von Rotkohl arrangieren. Mühevoll sondierte sie die einzelnen Fetzen mit ihrer Gabel aus dem Kartoffelpüree und drapierte sie am Tellerrand. Dann nahm sie eine Gabel voller Püree in den Mund. Er hatte bereits den Geschmack des Rotkohls angenommen, zudem war er inzwischen kalt. Sie entdeckte eine weitere Schüssel mit Fleischstücken, die in schwerer Soße schwammen. Leider stand diese Schüssel außerhalb ihrer Reichweite, sodass sie gezwungen war, entweder aufzustehen oder in die Runde zu fragen, ob ihr jemand die Schüssel reichen könne. Die Tischrunde war mit Herbie, der neben einem ihr unbekannten Mädchen saß, und Michael nebst Bettina überschaubar. „Könnte ich bitte die Schüssel mit dem Fleisch bekommen?", fragte sie höflich. Nach einer Weile reichte Michael ihr schweigend die Schüssel, der die Anfrage als Teil der Tätigkeiten einer führsorglichen Aufsichtsperson anerkannte. Keiner sagte ein Wort. Julia bedankte sich artig und schaute sich den Inhalt der Schüssel näher an. Bei dem Fleisch schien es sich um Schweinegulasch zu handeln, zumindest theoretisch. Praktisch handelte es sich um Fettstücke, die auf Soße schwammen. So war es ein Leichtes, um die Fettstücke herum mit der Kelle Soße zu schöpfen, die Julia über ihren Brei goss. Hier und da erwischte sie sogar noch eine matschige Zwiebel als Geschmacksverstärker. Das war auch nötig, denn beim Essen stellte sich heraus, dass die Soße geradezu geschmacksneutral war. Dennoch aß Julia tapfer weiter, bis sich am Ende herausstellte, dass es sich bei so mancher Zwiebel um einen getarnten Fetzen von Rotkohl handelte.

Beim Essen redet man nicht! Diese Mahnung schien während der Einnahme ihrer Mahlzeit Gesetz, Julia wurde nicht ein einziges Mal angesprochen. Sie war in eine Rolle gerutscht, in der sie Beklemmungen bei ihrer nächsten Umwelt auslöste, was einen lockeren Plausch, einen kleinen Smalltalk verhinderte. Niemand wusste mehr so recht, wie er mit ihr umgehen sollte und ließ es deshalb schlicht sein. Julia bemerkte selber, dass sie ins Abseits gerutscht war. Sie war sich nicht sicher, was ihr lieber war: In Isolation ihr Dasein zu fristen oder ständigen Sticheleien ausgesetzt zu sein. Mit Worten konnte sie kontern, so hatte immerhin bisher ein gewisser Austausch stattgefunden, der gerade verebbte. Michael und Bettina feixten untereinander, und Herbie quasselte mit dem unbekannten Mädchen. Alle vermieden es, in Julias Richtung zu schauen. So blieben die Fetzen von Rotkohl zwischen Julias Zähnen unbemerkt, als Bauchschmerzen sie einen tonlosen Schrei formen ließen.

Indes erholte sich Jutta Kleinschmidt auf dem Sofa verweilend langsam von ihrem Tageswerk. Ihr leichter Betäubungszustand verflüchtigte sich. Während sie vor sich hin sinnierte, bot sich ihr unerwartete Hilfe an. „Frau Kleinschmidt, was haben wir denn da?" Sie zuckte zusammen, die Stimme kam ihr bekannt, aber nicht vertraut vor. Dann schaute sie über die Müllberge hinweg und sah, dass sich der Busfahrer ebenfalls vor ihr auftürmte. „Müll", stotterte sie, bewahrte Contenance und versuchte sich in Höflichkeit: „Wie kann ich Ihnen helfen?" „Sieht eher aus, als könnten Sie Hilfe gebrauchen." Dabei griff er beherzt mit seiner tatzenartigen Hand in den Abfallhaufen. Sie konnte seine Hilfe und damit seine Gesellschaft nicht ablehnen. Mit missionarischem Eifer hatte er bereits damit begonnen, den Müll zusammenzutragen. „Wie ist der Müll ausgerechnet hier im Aufenthaltsraum gelandet?", fragte er. „Ach, damit hat sich mein Kollege freigekauft." „Wie meinen Sie das?" „Er wollte einen freien Abend, und den hat er nun." „Und was hat das Ganze mit dem Müll zu tun?" Lustlos begann sie zu erzählen, als der Busfahrer eine große Plastiktüte aus seiner Jackentasche hervorzauberte, als hätte er seinen Einsatz von langer Hand geplant. Sie ließ ihn gewähren: „Heute sind wir den ganzen Tag im Wald gewandert. Dabei gab es ein Picknick, und einige der Kinder haben anscheinend trotz Michaels ausdrücklicher Warnung ihren Abfall im Grünen verloren. Michael hat beim Spazieren die ganze Zeit seinen Blick zu Boden gerichtet, um auch wirklich jeden Papierfetzen zu entdecken. Er hatte nur noch Augen für die Reste der anderen. Und, voilà, das Ergebnis seines Tageswerks liegt uns zu Füßen." „Nicht mehr lange, gleich haben wir's schon geschafft." Und als wenn er ihre Verwunderung geahnt hätte, erklärte er: „Eine Tüte habe ich immer in petto, die braucht es auch im Bus, wo sich so mancher Fahrgast schlimmer aufführt als im eigenen Wohnzimmer. Am besten, Sie halten die Tüte einfach auf." Jutta Kleinschmidt tat, worauf sie schon gewartet hatte. Sie gehorchte einer Anweisung und fand dadurch vollends zu ihrer alten Form zurück. „Ja, ja, die Kinder können einem ganz schön auf der Nase rumtanzen", schwätzte sie drauf los. „Und nicht nur die Kinder", fügte der Busfahrer hinzu. „Wenn ich eine Kegeltruppe an Bord habe, sieht's nach der Fahrt auch keinen Deut besser aus. Der Apfel fällt nicht weit vom Stamm, und mit dem Ergebnis müssen wir uns nun rumschlagen." Dabei strich sein rauer Handrücken an Juttas Daumen entlang. Er schaute auf und blickte ihr so tief in die Augen, dass sie den Verlauf seiner faserigen Äderchen verfolgen konnte. „Ach, ich tue das ja gerne, mich um die Kinder zu kümmern. Und wer weiß, vielleicht werden bessere Menschen aus ihnen, als wir uns das jetzt vorstellen können", dozierte sie. Gewissenhaft strich der Busfahrer eine übrig gebliebene Verpackungsfolie mit der Aufschrift *Raider* glatt, bevor er diese behutsam zuoberst in den Müllbeutel legte. Ein solch ordentlicher Mann war Jutta Kleinschmidt fremd. „Bessere Menschen reifen durch Ordnung und Disziplin heran", verkündete er. Seine Ansicht war ihr weniger suspekt, denn sie konnte sie bis zu einem gewissen Punkt teilen. „Da könnten Sie recht haben, auf alle Fälle brauchen Kinder eine Person, von der sie angeleitet und geführt werden." Unbewusst seufzte sie bei dem Gedanken daran, geleitet zu werden. „Natürlich habe ich recht. So, ich entsorge den

Müll, und Sie können in der Zeit für uns einen Platz im Speiseraum reservieren. Bis gleich!" Dabei nickte er ihr aufmunternd zu, bevor er sich zielstrebig auf den Weg zum Hinterhof machte, um den Abfall zu entsorgen.

Jutta Kleinschmidt verschwand im Bad und wusste genau, was sie zu tun hatte. Das erfüllte sie mit Frieden. Sie sonnte sich in der Erinnerung einer Zeit, als sie noch sehr jung und fremdbestimmt war: Sie brauchte keine Entscheidungen zu treffen, das taten andere für sie – und Verantwortung übernehmen, das musste sie weder für andere noch für sich selbst. Und nun saß sie hier, Jahrzehnte später, auf der Damentoilette, wo sie sich nicht ewig verstecken konnte. Sie würde aufstehen, um gleich auf eine ganze Horde Kinder aufzupassen. Dabei bemühte sie sich redlich und gab das, was sie für das Beste hielt. „Hallo? Ist da nebenan noch Klopapier?", schallte es dumpf aus der Nachbarkabine zu ihr herüber. „Ja, einen Moment, ich reiche dir etwas unten durch den Schlitz." Sie beugte sich vor und versorgte einen ihrer Schützlinge.

Dann verließ sie die Toilettenkabine und wusch sich die Hände, als ihr der Busfahrer wieder ins Gedächtnis schoss. Sie beeilte sich, den Speiseraum zu erreichen. Als er sie sah, stand ihm die Enttäuschung ins Gesicht geschrieben: „Sie haben mich warten lassen." „Tut mir leid." Sie sah, dass sein Glas mit Bier gefüllt und sein Teller leer war. „Darf ich Ihnen etwas von allem auftragen?", fragte sie höflich und hoffte, damit die gesunkene Stimmung zu erhellen. „Ja doch." Dabei schaute der Busfahrer auf und reichte ihr seinen Teller. Konzentriert richtete Jutta Kleinschmidt den Rotkohl, zwei ordentliche Kellen voll Gulasch und Kartoffelbrei, den sie mit Soße beträufelte, auf dem Teller an. Sie reichte dem Busfahrer seine Mahlzeit: „Recht guten Appetit!", wünschte sie mit einem schüchternen Lächeln. „Mahlzeit! Ich bin der Harry!" Dabei hob der Busfahrer sein Bierglas in die Höhe. „Her mit deinem Glas, ich schenk dir ein, wir müssen aufs Du anstoßen!" Jutta Kleinschmidt tat, wie ihr befohlen, lenkte jedoch ein: „Aber bitte nicht so viel, ich habe heute den Aufsichtsdienst übernommen." Sie stieß auf taube Ohren, ihr Glas war randvoll, als sie es zurückbekam. Harry erhob sich und seinen Bierkrug erwartungsfroh: „Na dann, Prost! Auf uns!" „Zum Wohle, ich bin Jutta." Die Gläser krachten aneinander, sodass das Bier über den Rand schwappte. Hastig schlürfte Jutta an ihrem Glas, um einer weiteren Überschwemmungskollision entgegenzuwirken. „Kommen wir jetzt zum gemütlichen Teil. Lass es dir schmecken, Jutta." Sie tat, wie ihr geheißen wurde.

Jutta kam gar nicht nach, so schnell hatte Harry seinen Krug bereits zur Hälfte geleert und sich polternd niedergelassen. Sie nahm Platz und ihr Besteck zur Hand. Beim ersten Bissen bemerkte sie, dass ihr das Essen nicht sonderlich schmeckte. „Und, was machst du so, wenn du nicht gerade einen Haufen Kinder hütest?" Dabei ließ Harrys Mund ein Teil des Essens in den Zahnzwischenräumen frei. „Was man eben so macht. Lesen, spazieren." „Verreist du nicht gerne?", fragte Harry. „Ja, manchmal fahre ich auch weg. Meistens irgendwohin mit dem Zug, wenn es ein günstiges Angebot gibt. Oder auch eine Busreise. Bin mal runter nach Spanien an die Costa Brava gefahren, war schön dort, ein bisschen zu laut für meine Verhältnisse." „In die Gegend hatte es mich auch eine Zeitlang des Öfteren verschlagen. Ja, das waren noch Zeiten, als ich mit meinem Truck quer durch Europa fuhr. Die Straße gehörte mir, es gab noch Platz, und nicht jeder bildete sich ein, Auto fahren zu können. Es waren nicht so viele Idioten unterwegs, und mein Truck und ich wurden noch bestaunt, wenn wir die Straßen unsicher machten." „Und wieso bist du nun auf den Bus umgestiegen?", wollte Jutta wissen. „Ach, die Ölkrise in den Siebzigern hat das Geschäft ruiniert. Viele Spediteure, auch mein kleines Unternehmen, sind dabei Pleite gegangen." „Oh, das tut mir leid." Jutta zeigte echte Betroffenheit. „Braucht es nicht. Ich habe meine Schulden längst abbezahlt und bin nun dabei, für einen neuen Truck zu sparen, mit dem ich um die Welt reisen möchte. Dabei werden sich schon hier und da Güter finden, mit denen sich Geschäfte machen lassen. Ich bin vogelfrei, hab keine Kinder, keine Frau, um die ich

mich kümmern müsste. Und das ist auch gut so. Will nicht heißen, dass ich immer auf Gesellschaft verzichten möchte. Also, wenn du mal 'ne Strecke mitfahren möchtest, nur zu! Ich werde schon dafür sorgen, dass in meinem Truck genügend Platz für zwei sein wird. Und dass du Ordnung halten kannst, davon gehe ich mal aus. Ordnung ist auf kleinem Raum unerlässlich und erleichtert das Leben an Bord."
Die Einladung kam für Jutta völlig überraschend. Sie war sichtlich beeindruckt von Harrys Tatendrang. Im Geiste sah sie sich neben Harry auf dem Beifahrersitz Platz nehmen. Sie trug eine bestickte Baseballkappe, er einen Cowboyhut. Den gigantischen verchromten Truck zierte ein roter Fuchsschwanz und ein Blechschild, welches stolz den Namen seines Besitzers trug: Harold on the Road. Sie setzte dazu an, das imaginäre Schild laut vorzulesen: „*Harold on the road*". Obwohl sie die Lücken verschluckte, schien ihr Begleiter zu ahnen, worauf sie hinauswollte: „Sagen wir doch einfach *Harry on board*. Da staunst du, was? Hättest mir wohl nicht zugetraut, meinen Bus gegen einen Weltenbummler-Truck einzutauschen, hä?" Dabei kaute er lebhaft auf seinem Essen herum. „Wenn ich ehrlich sein soll, nicht wirklich, nein. Was man sich selbst nicht zutraut, traut man meist anderen auch nicht zu." Dass sie selbst sich kaum etwas zutraute, verschwieg Jutta. „Tja, Liebelein, wenn wir zwei miteinander gut auskommen, dann darfst du bei mir Anhalterin spielen, und ich verspreche dir: Fummeln ist nur, wenn beide wollen." Diese Ansage war Jutta eine Spur zu direkt. Verlegen griff sie zur Schüssel mit dem Rotkohl.

Übersprunghandlung. „Hier, damit dein Vitaminhaushalt Nachschub bekommt." Ohne auf eine Reaktion zu warten, schaufelte sie Harrys Teller voll Rotkohlreste, die sie mit Mühe aus den letzten Tiefen der Schüssel hervorkramte. „Ach, verstehe, du möchtest, dass ich bei Kräften bleibe. Nicht ganz uneigennützig, meine kesse Biene." Ob sie Harrys kesse Biene sein wollte, darüber war sie sich definitiv noch im Unklaren. Sie konterte, gespielt gelassen: „Lieber Harry, wir wollen doch nichts überstürzen. Kommt

Zeit, kommt Rat, und wer weiß, vielleicht lasse ich dann meine Königsbiene auf dich los." „Soll das nun eine Drohung oder ein Versprechen sein?" „Weder noch, mein Freund, weder noch." Dabei wendete sie sich demonstrativ ihrem Essen zu, was von ihrem neuen Freund respektiert wurde. Er ließ sie gewähren und gönnte ihr eine Verschnaufpause. Es begann ihr zu munden, das Essen erinnerte sie an Camping, die schönste Zeit des Jahres ihrer Kindheit. Sie transferierte ihr wohliges Gefühl in die Weiten des Wilden Westens. Sie sah Dosen über offenem Feuer brutzeln, Cowboys zogen mit ihren Pferden vorbei und hinterließen Wolken aus Staub. Dann wurde das Bild wieder klar. Vor sich sah sie einen ihrer Schützlinge, sie glaubte sich zu erinnern, dass der Name des Mädchens Julia war. Das Mädchen huschte an ihrem Tisch vorbei, von hinten hatte es einen unübersehbaren roten Fleck auf der Hose. Ein seltsames Mädchen, es hatte schon zu Beginn den Klassenclown gespielt. So eine gab es in jeder Gruppe, sie würde ein Auge auf das Mädchen werfen, wer weiß, welche Geschmacklosigkeiten der kleinen Göre noch einfallen würden.

Derweil war Julia weit davon entfernt, sich irgendetwas auszudenken, geschweige denn Streiche auszuhecken. Sie konnte keinen klaren Gedanken fassen, da ihre Magenschmerzen sie lähmten. Die einzigen noch möglichen Bewegungen waren kleine Krümmungen, die sie in unregelmäßigen Abständen ausführte, wenn sich ein erneuter Krampf durch ihren Unterleib zwängte. Waren die Fetzen von Rotkohl schuld? Sie konnte an nichts anderes denken und stürmte benommen auf ihr Bett, knöpfte sich eiligst die Hose auf und nahm eine Embryo-Stellung ein. Hilflos lag sie im Zimmer, das sie glücklicherweise für sich allein hatte, weil alle vor Beginn der offiziellen Bettruhe im Aufenthaltsraum herumlungerten. Ihr Fehlen fiel niemandem auf, niemand schaute nach ihr. Mit der Dämmerung versank sie in der Tristesse ihres Schlafraums, der im untröstlichen Grau unterging. Lediglich ihre nächste Umgebung nahm sie überhaupt noch als kleine sprunghafte Flecken war, die Wand an ihrer Seite, die Bettdecke, unter die sie sich inzwischen geflüchtet hatte. Sie wollte gar nichts mehr sehen, doch sobald sie ihre Augen schloss, kamen Umrisse von Schatten auf sie zu, die ihre Schmerzen verstärkten. Glücklicherweise hielten die Schmerzen sie davon ab, über ihre Lage nachzudenken. Sie versank nicht in Einsamkeit, sondern in Schmerz. Sie sank immer tiefer, bis sie es schaffte, nichts mehr zu sehen. Dort im Dunkeln wurde sie bereits erwartet.

Die Schatten hatten Platz gemacht für ihren Herrn, den Fuchs. Sein feuriger Pelz leuchtete so hell in der Dunkelheit, dass Julia wieder sehen konnte. Er war ihr Führer und nahm sie mit, behutsam wies er ihr den Weg, ohne dass sie wusste, wohin er sie mitnehmen würde. Als er seine gelben Augen aufblitzen ließ und sie seinen Nacken an ihrer Hüfte spürte, bekam sie die nötige Sicherheit, ihm zu vertrauen. Seine Berührung nahm ihr die Schmerzen, doch nicht nur diese, sie fühlte nichts anderes mehr als ihn. Als wäre sie in seinen Körper geschlüpft, verbannt, als eine Einheit zu existieren, ihr eigenes Ich war verschwunden. Stattdessen war sie Teil von etwas, einem Wesen, das sie nicht verstand und nicht definieren konnte. Sie hatte sich förmlich aufgelöst, denn es schien so, als ob sie unsichtbar war. Er war nun auch ihr Herr, und sie selber war in ihm verschwunden. Sie hinterließ keine Spuren auf der lehmigen Erde, die indes hinter ihrem Herrn dahinschmolz. Da die Erde das Einzige war, das an Leben erinnerte und es kein Anzeichen von Vegetation gab, konnte sie ihre Eindrücke nicht manifestieren. Niemand war in der Nähe, der ihr ein Gefühl von ihrer Umwelt hätte vermitteln können, und auch der Geruch beschränkte sich auf den einzig wahrzunehmenden: den ihres Herrn, der nach Asche und Tier roch. Folgsam folgte Julia ihrem Totem durch die Welt des Unbewussten. Hier konnte sie sich nicht an ihren Erfahrungen, Wertvorstellungen und bekannten Mustern festhalten. Einzig und allein Vertrauen gab ihr Halt, ein existenzielles Vertrauen, das der Fuchs ihr eingeflößt hatte. Sie verweilte.

Da sie Zeitgefühl und Orientierung verloren hatte, wusste sie nicht, wo sie sich befand, als sie ihre Augen aufschlug. Es war dunkel, sie brauchte eine Weile, bis sie begriff, dass sie im Erdgeschoss eines Etagenbettes nahe entlang der grauen Wand lag, auf die sie als Erstes starrte. Dann vernahm sie ein dumpfes Stöhnen, konnte jedoch nicht direkt ausmachen, woher es kam. Zuerst merkte sie, dass Geräusche von oben kamen, anschließend wie eine Art Rückkopplung von der Seite. Stocksteif blieb sie liegen, um unbemerkt die Situation abschätzen zu können. Da das letzte Liebesspiel zwischen Bettina und Michael gerade wenige Stunden her war, konnte sie Michaels tiefes Seufzen von oben wiedererkennen. Umso beunruhigter wurde sie angesichts der Geräusche, die sie unmittelbar neben sich ausmachte. Sie hörten sich ähnlich wie die von oben an, waren jedoch langgezogener und klangen eine halbe Tonlage höher. Ruckartig wechselte sie ihre Seitenlage, wobei ihr Steißbein gegen die kühle Wand schlug. Dabei bemerkte sie, dass ihre aufgeknöpfte Hose samt Slip bis weit unter den Po gezogen worden war. Im selben Augenblick schaute sie auf einen Hintern, der, ebenfalls entblößt, neben ihr auf und nieder hüpfte. Sie ließ ihren Blick entlang des dazugehörigen Körpers nach oben gleiten und erkannte die Silhouette von Herbie.

Herbie war eindeutig damit beschäftigt, in ein Kissen zu kopulieren, das er unter sein Becken positioniert hatte. Währenddessen starrte er mit verdrehtem Hals in Julias Richtung, dorthin, wo er eben noch ihren blanken Po vor Augen gehabt hatte. Das, war er nun an dieser Stelle erblickte, erregte ihn nicht minder, und mithilfe seiner Hand beschleunigte er seine Aktivität. Dabei war ihm gar nicht aufgefallen, dass Julia für einen kurzen Moment ihre Augen geöffnet hatte. Angesichts des Bildes, das sich ihr darbot, hatte sie ihre Augen blitzartig wieder geschlossen und war in eine Starre verfallen. Julia verharrte in ihrer Lage, wissend, dass Herbie neben ihr lag und sie als Vorlage benutzte. Sie ließ es geschehen und ihn im Glauben, sie würde schlafen. Sie hatte keine Ahnung, wie lange er sich bereits neben ihr selbst verwirklichte, ebenso wenig, wie sie abzuschätzen vermochte, wie lange sie die Rolle als schlafende Muse noch einnehmen würde. So harrte sie aus, über ihr rhythmisches Stoßen, neben ihr unwirsches Rubbeln. Die Regelmäßigkeit und Eintönigkeit der

Aktivitäten, von denen sie umgeben war, führten Julia auf Dauer zurück dahin, woher sie gekommen war. Irgendwann brauchte sie die Schlafende nicht mehr zu imitieren, sondern fand sich dort wieder, wohin sie sich zuvor zurückgezogen hatte. Hier lief der Fuchs so dicht neben ihr her, dass er ihre Oberschenkel berührte. Es war dunkel, und bis auf ihren leuchtenden Gefährten konnte Julia nichts sehen. Das spielte insofern keine Rolle, als sie sich nicht im eigentlichen Sinne gehend, sondern eher schwebend fortbewegte. Jedenfalls bemerkte sie weder den Boden unter den Füßen noch ihre Bewegungsabläufe. Es war, als würde ihr Körper gar nicht existieren, dennoch war sie sicher, dass eine Fortbewegung erfolgte. Auch wenn es kein augenscheinliches Ding in ihrer Umgebung gab, anhand dessen sie ihre Geschwindigkeit einschätzen konnte, so hatte sie immerhin den Rhythmus des Fuchses angenommen. Und nicht nur das, sie begann selber zu leuchten. Ihr leuchtendes Rot vermischte sich mit der aufgehenden Sonne, die hinter ihnen aufging. Sie drehte sich um und sah, dass sie regelrecht abfärbten. Ein Bach blutiger Farbe zog sich wie eine Schlange hinter ihnen her, je weiter sie zogen, desto höher stieg sein Pegel. Blutrote Sonnenstrahlen ergossen sich über ihn. Als das tiefste Rot erreicht war, blieb der Fuchs stehen. Vor ihm tat sich ein viereckiger Pfeiler auf. Die Querseite war auf Julias Augenhöhe, dort stand in goldenen Buchstaben „Pfeiler der Macht". Kaum, dass sie die altdeutschen Schriftzeichen entziffert hatte, war der Fuchs auch schon durch das Tor verschwunden.

13. Kapitel

Ein neuer Tag

Oh black Betty Bam-BA-lam Oho Black Betty Bam-BA-lam. Black Betty had a child, that damn thing got wild Bam-BA-lam ... Da war sie, die Hymne, die Michael dazu auserkoren hatte, lauthals dem Tag entgegenzuschreien. Allmorgendlich würden Ram Jam die Herberge in einer Lautstärke heimsuchen, die ihnen würdig war, den Lautstärkeregler am Anschlag. Black Betty rauschte mit ohrenbetäubender Geschwindigkeit über die Flure, hämmerte durch geschlossene Türen und fand so ihren Weg in jedes warme Bett. Sie schaffte sich Gehör und riss selbst diejenigen aus dem Schlaf, die die Nacht zum Tage gemacht hatten und nun bleigliedrig ihren Ohren nicht trauen wollten. Darunter auch Julia: Black Betty brannte sich augenblicklich in ihr Hirn und gönnte ihr nicht die Zeit eines langsamen Eintritts in den Herbergsalltag. Sie wurde geradezu von Black Betty aus dem Bett geschubst. Als sie aufstand, fühlte sie, wie etwas Warmes, Feuchtes zwischen ihren Schenkeln herablief. Sie schaute nach und sah, dass ein Rinnsal dunklen Blutes sich langsam an ihren Beinen herabschlängelte. Sie erschrak und setzte sich ruckartig zurück auf ihr Bett. Erst jetzt bemerkte sie die Blutlache, die sich auf ihrem Bettlaken ausgebreitet hatte. Ein unterdrückter kurzer Schrei entfuhr ihrer Kehle. Aus einer Zimmerecke kam ein besorgtes „Ist was?" zu ihr herüber. Zu dieser frühen Stunde war selbst die negative Energie der Tyrannei noch nicht zu neuem Leben erwacht. „Nein, nichts." Das reichte, um unangenehmen Fragen am Morgen auszuweichen. Was war zu tun?, fragte Julia sich und fühlte sich das erste Mal seit ihrer Ankunft überfordert.

Sie musste einen klaren Gedanken fassen. Sie entschied, sich dezent auf ihr Bett zurückzuziehen und abzuwarten, bis sie allein im Zimmer war. Währenddessen würde sie Zeit haben, wach zu werden und nachzudenken. Minuten vergingen wie Stunden. Da lag sie nun, bemüht, nicht mit den Blutflecken auf ihrem Betttuch in Berührung zu kommen. Woher nur kam all das Blut? Hatte Herbie sie tatsächlich nachts, während sie schlief, verletzt? Dass sie davon nicht wach geworden wäre, schien ihr unwahrscheinlich, außerdem war Herbie, als sie ihn erblickt hatte, ganz und gar in seinem Element. Er hatte das getan, was ihm Lust bereitete und ihr aus seiner Sicht nicht schaden konnte, nicht mehr und nicht weniger, davon war sie überzeugt. Dass jemand anderes ihr im Schlaf etwas zugefügt hatte, das war höchst unwahrscheinlich. Zudem konnte sie keinerlei Schmerzen fühlen, selbst die Unterleibskrämpfe hatten sich verflüchtigt. Genau das war der Punkt: Wenn sie nicht durch eine von außen zugefügte Wunde blutete, dann musste sie eine innere Verletzung erlitten haben. Es musste eine tiefe Verletzung sein, denn das Blut lief ohne Unterlass aus ihrem Körper. Julia hatte ihre Gedankengänge nicht zu Ende führen könnten, als der Knall der Zimmertür sie zum Handeln veranlasste. Sie musste zunächst die Spuren unauffällig beseitigen und die Wunde verarzten, bis sie deren Ursache kannte.

Als Erstes zog sie sich frische Kleidung an, stopfte ihre Unterhose mit einem kleinen Handtuch aus und verstaute die schmutzigen Hosen, eingewickelt in das Bettlaken, in ihre leere Reisetasche auf dem Spint. Dann schlich sie sich in den Waschraum, wo es abgesehen von den Toilettenkabinen keine Möglichkeit gab, hinter sich einen Riegel zu verschließen. Julia musste improvisieren. Sie holte eine Rolle Klopapier aus einer Kabine, tränkte einige Tücher in Wasser, andere in Wasser und Handseife und nahm die feuchten Tücher mit zurück zur Toilette. Dort setzte sie sich auf den Deckel des WC, wusch die Blutkruste zuerst mit den Seifentüchern, dann mit reinem Wasser ab und trocknete sich mit einem trockenen Handschuh aus Klopapier ab. Es half, die Spuren zu beseitigen, doch im gleichen Moment floss frisches Blut aus ihrem Unterleib nach. Der Blutverlust und der bloße Anblick von Blut machten ihr zu schaffen. Sie merkte, wie ihr mulmig zumute wurde, sie sah Pünktchen vor Augen, und ihre Beine wurden weich. Sie zögerte nicht, sich neben die Toilette auf den kalten Steinboden zu legen und die Beine nach oben gegen die Wand zu lehnen. So konnte das Blut ihr zu Kopf steigen und vielleicht auch aufhören, aus ihr herauszulaufen. Nach einer Weile ging es ihr besser. Sie stand auf und setzte sich auf die Klobrille. Julia bemerkte, dass der Blutfluss für den Moment aufgehört hatte. Erneut wusch sie Reste von Blut ab, diesmal, indem sie frisches Wasser aus dem WC-Kasten abzapfte, und versorgte ihren Slip mit der selbst gebastelten Einlage, die glücklicherweise nicht in Mitleidenschaft gezogen worden war. Sie war bereit, die sanitären Einrichtungen zu verlassen.

Auf dem Weg zum Frühstück machte sie einen Umweg über ihr Zimmer, wo sie das Bett frisch bezog. Ersatzbettwäsche hatte ihre Mutter eingepackt, allerdings nur noch ein einziges weiteres kleines Handtuch, wie Julia mit Erschrecken feststellte. Für einen kurzen Moment schoss ihr durch den Kopf, die anderen Spinde nach passenden Handtüchern abzusuchen. Dieses Vorhaben verwarf sie sofort wieder, da dies jede Intimsphäre überschreiten würde, ganz abgesehen davon, dass fehlende Handtücher auffallen würden. Sie musste eine andere Lösung finden, doch dazu brauchte sie jetzt erst einmal einen Tee. Unterwegs schaute sie im Gemeinschaftsraum nach, was auf der Tagesordnung stand. Die Tafel ließ keine Fragen offen:
09:30 Uhr Treff am Haupteingang: Hallenbad bis mittags – Badezeug nicht vergessen!
12:30 Uhr Mittagessen in der Herberge, Ruhepause.
15:00 Uhr Treffpunkt um am Bus: Besichtigung Kirche St. Peter in Sinzig.
Julia starrte auf den Aushang: *„Schwimmbad!"*, hämmerte sich in ihr Hirn. Dafür würde sie, auf sich allein gestellt, keine Lösung finden. Nun blieb ihr keine andere Wahl, als sich jemandem anzuvertrauen, so schwer ihr dieser Beschluss auch fiel. Kaum hatte sie ihn gefasst, wurde sie durch ein Flüstern in ihr Ohr abgelenkt: „Die Moorleiche wartet schon auf dich." Es

war Bettina. „Hey, wovon redest du?" Bettina verriet Julia: „In der Kirche heute Nachmittag liegt eine Moorleiche begraben. Michael hat den Pfarrer davon überzeugen können, trotzdem mit uns allen hinzufahren." „Ehrlich?" „Wenn ich's doch sage! Dafür erzählst du mir jetzt, was heute Nacht los war bei dir im Bett!", forderte Bettina sie auf. „Da gibt's nichts zu erzählen. Ich habe geschlafen", sagte Julia wahrheitsgetreu. „Ja, nee, ist klar! Und Herbie hat die ganze Zeit, während er bei dir war, an sich selbst rumgespielt, oder was?" „Genau so wird es gewesen sein, wie gesagt, ich habe ja geschlafen und kann es dir nicht sagen", sagte Julia annähernd wahrheitsgetreu. „Wer's glaubt ... Immer dieses Gelaber, das nervt echt. Immer diese Unschuldslammnummer, die treiben wir dir noch aus. Du wirst schon sehen!" Damit wandte sich Bettina ab und marschierte erhobenen Hauptes in Richtung des Mädchentrakts. Ihr würde Julia sich nicht anvertrauen, Bettina tickte einfach anders. Es half nichts, sie musste zu Jutta Kleinschmidt, auch wenn die in jedem Fall nicht ganz richtig tickte. Doch schließlich war es ihr Job, sich um Julia zu kümmern.

Frau Kleinschmidt hatte bereits gefrühstückt und sich in ihr Zimmer zurückgezogen. Julia klopfte an und wurde hereingebeten. „Ach, hallo Julia, wie kann ich dir weiterhelfen?" Julia war erstaunt angesichts der namentlich persönlichen Anrede. „Guten Morgen, Frau Kleinschmidt." Sie wusste nicht recht, wie sie anfangen sollte und schwieg. Nach einer Weile fragte Frau Kleinschmidt, ob sie gekommen sei, um ihr einen guten Morgen zu wünschen. „Hm, auch, ja." „Das ist ja reizend von dir. Allerdings scheint das nicht alles zu sein, sonst würdest du sicher schon wieder fort sein." „Das ist richtig, ja. Ich habe ein Problem." „Spuck's aus!", rutschte es Frau Kleinschmidt heraus, und sie fragte sich, was dieses merkwürdige Mädchen wohl wieder verbockt hatte. „Ich blute." „Hast du dich verletzt?", fragte Jutta Kleinschmidt in neutralem Tonfall. „Ich glaube nicht, zumindest kann ich mich nicht daran erinnern." „Na, dann zeig mal!", forderte Jutta sie auf. Julia schluckte: „Ich weiß nicht ... ich blute zwischen den Beinen heraus." Die Antwort fiel fachkundig aus: „Verstehe, dann brauchst du dir keine Sorgen zu machen. Das passiert jedem Mädchen in deinem Alter. Das ist die Regel – oder auch Menstruation genannt. Jetzt bist du quasi über Nacht zur Frau geworden. Na, nicht ganz, aber geschlechtsreif immerhin. Das bedeutet, theoretisch zumindest, wärst du nun in der Lage, Kinder zu empfangen."

Julia fiel ein Stein vom Herzen, darauf hätte sie auch selber kommen können! „Hat dich deine Mutter nicht auf diesen Tag vorbereitet?" Die Fragestellung implizierte einen Vorwurf. „Doch, schon. Ich habe mich heute Morgen nur nicht daran erinnert, also ich war vielleicht einfach noch zu müde und mitgenommen von der Nacht, um selber darauf zu kommen. Es tut mir leid." Im selben Augenblick ärgerte sie sich über die gefallene Entschuldigung. Sie war Frau Kleinschmidt keine Rechenschaft schuldig. So etwas passierte nur, wenn sie sich klein fühlte, so wie jetzt. „Schon gut, dafür bin ich ja da. Möchtest du es gleich mit OBs probieren, oder soll ich dir Monatsbinden geben?" Julia überlegte einen Moment, und da sie keine Ahnung hatte, antwortete sie: „Am besten beides, ich gebe Ihnen diejenigen zurück, die ich nicht benutzt habe." „Na, mit den anderen rechne ich auch nicht! Bitte werfe die Gebrauchten nicht in die Toiletten, das führt zu Rohrverstopfung. Lies die Packungsbeilage, und viel Erfolg!" Mit diesen Worten bekam Julia ihre ersten OBs und Einlagen in die Hand gedrückt. „Ach, und vom Schwimmen befreie ich dich heute, allerdings kannst du nicht hierbleiben, das verbietet die Hausordnung. Also setzt du dich einfach an den Beckenrand und schaust zu. Bis später." Mit diesen Worten wandte sich Jutta Kleinschmidt ab. Wissend, was zu tun war, verließ Julia das Zimmer.

Juttas Kopf hämmerte. Sie war froh, noch einen Moment allein sein zu können, bevor sie sich ihrem weiteren Tageswerk stellen musste, erleichtert darüber, sich diese Nacht lediglich vom Whisky und nicht von Harry hatte verführen lassen. Nur, so ganz stimmte das nicht, musste sie sich eingestehen. Beschwingt von

Bier und Annäherungsversuchen ihres neuen Duzfreundes hatte sie dessen Einladung auf einen Whisky zum Nachtisch angenommen. Aus einem Schlummertrunk waren so einige Nachtdrinks geworden. Jutta hatte sie nicht alle gezählt, die Nachwehen am Morgen ließen erahnen, dass es mehr gewesen sein mussten, als sie vertrug. Der Nebel im Kopf war ihr immer noch lieber gewesen als die plötzliche, klare Erinnerung an Harrys rauer Zunge in ihrem Schlund: Sie hatte sich aufgedunsen angefühlt, umgeben von einem Atem, der nur selten die Möglichkeit bekam, sich von den Ausdünstungen des Alkohols zu erholen. Was die Menge des Konsums und dessen Wirkung anbelangte, so dürfte Harry klar im Vorteil gewesen sein, als seine gierigen Lippen zielstrebig Platz auf ihren, Abstinenz gewohnten, eigenen genommen hatten. Ihr heftiges Knutschen war ebenso schnell vorüber, wie es begonnen hatte. Nicht, dass es Jutta missfallen hätte, nein, sie erinnerte sich an einen plötzlichen Anfall von Gewissensbissen. Zwar wurde sie nicht von einem anderen Mann erwartet, doch von jeder Menge Kinder. Ihr war eingefallen, dass Michael sich den Abend freigenommen hatte und sie schleunigst Harry verlassen sollte, um ihren Pflichten nachzukommen. Sie hatte getaumelt, war gestrauchelt. Daher also heute ihr angeschwollener Knöchel, dachte sie wehleidig.

Schnurstracks marschierte Julia auf die Mädchentoilette. Sie fühlte sich gut, erleichtert, zu wissen, dass sie nicht krank war – und selbstbewusst angesichts der Erkenntnis, nun bewiesenermaßen kein Kind mehr zu sein. Die Binden erschienen ihr zu dick. Gerade im Sommer wollte sie nicht mit einer möglicherweise sichtbaren Windel in der Hose herumlaufen, zudem hätte dies gewiss ihr Gefühl des Erwachsenwerdens unterwandert. Sie wusch sich die Hände und setzte sich in eine WC-Kabine auf den Klodeckel. In Ruhe studierte sie die Gebrauchsanweisung zur Nutzung der OBs: Wo wird ein Tampon eingeführt? Mit der freien Hand die Schamlippen (1) auseinanderhalten, dann ist die Öffnung der Scheide (2) leichter zugänglich. Die Scheidenöffnung liegt zwischen Harnröhre (3) und After (4). Anschauliche Zeichnungen machten die Punkte 1–4 sichtbar.

Angesichts der Situation, sich in einer mehr oder weniger öffentlichen Toilettenanlage noch als Debütantin outen zu müssen, wollte Julia partout alles richtig machen und las weitere Details der Packungsanleitung: Wie wird ein Tampon eingeführt? Tampon mit dem Zeigefinger so weit wie möglich schräg nach hinten und oben in die Scheide hineinschieben. Falls ein Widerstand zu spüren ist, einfach ein bisschen die Richtung ändern ... Führe den Tampon schräg nach hinten und nach oben, so tief, wie du mit dem Finger reichen kannst. Der Tampon sitzt richtig, wenn du ihn nicht mehr spürst. Hände nach dem Einführen nochmals waschen. Zum Entfernen kann der Tampon einfach am Rückholbändchen herausgezogen werden. Dies geht am leichtesten, wenn er vollgesogen ist.

Das sollte zu schaffen sein. Zunächst im Stehen probierte sie, der Anleitung zu folgen, was sich als äußerst schwierig herausstellte, da sie keinen geeigneten Winkel zum Einführen des Tampons fand. Nach allerlei ungewohnter Puhlerei in ihrer Muschi nahm sie sich den Beipackzettel nochmals vor und fand darin den Vorschlag, im Liegen den OB einzuführen. Sie versuchte, eine passende Liegeposition zu finden, was sich im schmalen Toilettenhäuschen als schwieriges Unterfangen herausstellte. Sie legte sich neben die Toilette, sodass ihr Kopf die Wand hinter ihr berührte. Dann streckte sie sich aus, was zur Folge hatte, dass ihre Füße unter der Tür hinaus in den Gang ragten. In dieser Position holte sie ein OB aus der Verpackung und versuchte, es hineinzuschieben. Es funktionierte, doch kaum, dass sie den OB eingeführt hatte, hörte sie, wie die Tür zum Waschraum aufgestoßen wurde und laute Schritte auf den Steinboden auftraten, die eilig in ihre Richtung hechteten. „Juuuuliaaaa!", grölte ein Mädchenchor bis in die letzte Fuge des Raumes. Starr vor Schreck verharrte Julia in ihrer Position, eine Schrecksekunde zu lange.

Nach ihrer kurzen Begegnung mit Julia war Bettina wütend zurück zu Vanessa und Nathalie ins Zimmer geschnaubt. Was bildete diese arrogante Kuh sich ein, einfach nicht mit ihr über die Nachtaktion mit Herbie zu sprechen, während sie doch beide zeitgleich im Doppelpack und Doppelbett ihren Spaß gehabt hatten! Selbst wenn Julia keinen Spaß gehabt haben sollte – von ihr hatte sie keinen Mucks hören können –, selbst dann war es ihre verdammte Pflicht, sich nach einer solchen Intimität darüber auszutauschen! Das wurde nach jeder Party und nach jedem Zungenkuss so gehandhabt, war also in diesem Fall erst recht ein ungeschriebenes Gesetz unter Frauen! Damit sollte Julia nicht durchkommen, sich so einfach aus der Affäre zu ziehen, nein, Bettina ließ sich nicht so einfach abspeisen, schon gar nicht von diesem kleinen Trottel ohne Plan, Titten, Ansehen und Kontakten. Julia hatte nichts im Vergleich zu ihr, sie würde sie ohne Weiteres plattmachen können, nur nicht zu offensichtlich und ohne ihren guten Ruf dabei zu beschädigen.

Was war zu tun? Zunächst konnte es nicht schaden, in Julias Sachen herumzuwühlen und erst einmal alle Schnürsenkel und Einlagen aus den Schuhen zu entfernen. So würde Julia bei der nächsten Wanderung arm aussehen, ganz abgesehen vom folgenden Tag, wenn es hieß, Blasen zu verarzten! Vielleicht hätten die Riemen ihrer Sandalen auch noch dran zu glauben! Während Bettina freudig erregt Rachepläne schmiedete, tastete sie sich von vorne nach hinten durch Julias unterstes Schrankfach. Bis in die hinterste Ecke räumte sie alles leer. Dann untersuchte sie den Haufen Zeugs vor sich auf dem Boden. Neben Schuhen und der Reisetasche fand sie etwas, dass sie so sehr beglückte, dass ihr ein Kreischen aus der Kehle rutschte: „Das ist ja der Hammer! Schaut mal her!" Dabei schwenkte sie das blutverschmierte Laken wie eine Fahne auf und nieder, ganz sicher nicht als Zeichen des Friedens. „Und die dumme Kuh will mir erzählen, es wäre diese Nacht zwischen ihr und Herbie nichts gelaufen!" Vanessa mischte sich ein: „Unser aller Herzchen hat ihre Unschuld verloren, tut immer so unschuldig, das kann sie sich jetzt schenken, glaubt eh keiner mehr." Zuletzt war es Nathalie, die den Vorschlag machte, Julia auf der Stelle zu suchen um ihr die gefundene Trophäe vorzuhalten. „Mal schauen, wie sie reagiert und was uns dann noch so alles einfällt", fügte sie hinzu. „Kommt, lasst uns beeilen, viel Zeit haben wir nicht mehr!", geiferte Bettina aufgeregt. Weit konnte Julia nicht sein, und so schossen die drei als Erstes in den nahegelegenen Waschraum.

Julia wurde an den Beinen gepackt, festgehalten, und nachdem man ihr einen schmerzhaften Tritt ans Schienbein verpasst hatte, wurde ihr mit einem Ruck die Hose von den Beinen bis zu den Füßen heruntergerissen, ihre Unterhose gleich mit. Dabei wurde sie so weit unter der Klotür hervorgezogen, bis sie mit ihrem Oberkörper zwischen Tür und Fußboden stecken blieb. Ihr Pullover war mitgerutscht, sodass sie spürte, wie die Kälte des Steinbodens in ihre Nieren drang. Ihre Beine wurden festgehalten und zusammengebunden, danach ließ man sie einfach liegen.

Bis Julia bemerkte, dass der Hall, der sie umgab, real war, verging eine Weile. Der Gong hatte zum Aufruf geschlagen, alle machten sich entsprechend auf den Weg zum Abmarsch. Sie war wieder allein. Julia atmete schwer, vor Schreck hatte sie zuvor ihr Atmen eingestellt. Mit ihrem Atem kam auch ihr Instinkt, sich zu befreien, zurück. Der Knoten, mit dem ihre Fußknöchel zusammengebunden waren, war grob, größtenteils wurden ihre Füße von ihrer eigenen Hose zusammengehalten, aber da musste noch mehr sein. Zunächst rieb sie ihre Fußknöchel aneinander und bewegte sie nach rechts und links, um sich aus dem Knoten zu befreien. Sie merkte, dass diese Methode zu viel Zeit in Anspruch nehmen würde, um leidlich pünktlich den Bus zu erreichen. Somit ging sie dazu über, zunächst ins Innere der Kabine zu robben, wo sie sich alsdann, aufgestützt auf ihre Ellbogen, hinsetzte, angelehnt an die Wand, um sich von ihren Fußfesseln zu befreien. Sie schaute zu ihren Füßen und sah, womit sie gefesselt worden waren: Ein Fetzen ihres Bettlakens mit eingetrockneten Blutresten schlang sich um ihre Fesseln. Ihre Befreiungsaktion ging nun zügig voran, sodass sie, kurz darauf entfesselt, auch die Hose von ihren Fußknöcheln lösen konnte. Erleichtert stellte sie fest: Der Tampon saß perfekt. So musste sie sich nicht weiter mit diesem leidigen Thema beschäftigen. Mit dem Vorfall hingegen *wollte* sie sich nicht weiter beschäftigen. Sie verbannte jeglichen Gedanken daran aus dem Kopf und konzentrierte sich auf das Hier und Jetzt. Das hieß: Sie musste sich beeilen, um rechtzeitig beim Treffpunkt am Eingang zu erscheinen. Der wiederkehrende Gong bekräftigte ihre Eile. Sie leistet ihm Folge, zwar zügig, dennoch widerwillig angesichts der Vorstellung, ihre Zeit gleich auf der Bank abzusitzen.

14. Kapitel
Hallenbad

Das Hallenbad lag in unmittelbarer Nähe der Herberge, grau und rechteckig am Ortseingang. Die andauernde Feuchtigkeit hatte ihre Spuren im Mörtel hinterlassen, langsam, aber beständig den Eingangsbereich zerfressend. Vermutlich hatte das Dekor an Schaumkronen auf Meereswellen erinnern sollen, damals, als irgendein Handwerker den Anweisungen eines innovativen Dorfarchitekten Folge leistete. Die Wellen in Stuck waren inzwischen so grau verkommen wie die Nordsee und ließen die Erwartung an ein kristallklares Bad in weite Ferne rücken. Noch vor Eintritt bahnte sich der Chlorgeruch seinen Weg durch die geöffnete Eingangstür ins Freie. Die gekachelte Eingangshalle schwitzte aus allen Fugen, die Dichtfüllungen waren längst von Kalkablagerungen verdrängt.

Julia trat ein und bekam augenblicklich einen Schweißausbruch. Schnell öffnete sie ihre Jacke, damit dem Hitzeschwall kein Kreislaufflash folgte. Während Jutta Kleinschmidt sich am Kassenschalter um die Eintrittszahlungen kümmerte, blieb Julia ein wenig Zeit, sich draußen vor der Tür noch etwas abzukühlen. Sie überlegte, dass es wenig sinnvoll sei, komplett bekleidet inmitten der Schwüle am Beckenrand Platz zu nehmen und folgte nach einer Weile den anderen in die Umkleidekabine. Am liebsten hätte sie gleich wieder Reißaus genommen, als ihr die übliche Geruchsmischung aus Hallenbad und Umkleide und aus Schweiß und Chlor die Nasenschleimhäute zusammenzog. Doch es half nichts, sie musste sich ihren Platz zwischen entkleideten Körpern und verstreuten Kleidungsstücken suchen. In diesem Moment verfluchte sie Bettina und deren Eltern, ohne die sie niemals in diese Situation geraten wäre. Bettina war gerade dabei, den Badeanzug aus der Spalte ihres ausladenden Pos zu ziehen. Vor ihrem inneren Auge sah Julia Bettinas Vater am Strand, während er ebenfalls seine Badehose zwischen seinen Pobacken hervorpuhlte. Diese Sequenz lief ebenso zeitgleich wie real ab. Julia war sich dessen bewusst, und sie allein befand sich dadurch in der glücklichen Lage, eine salzige Meeresbrise aufzunehmen. Für einen fernen Moment war ihre Nase erlöst von den Qualen der erhöhten, schweißdurchtränkten Luftfeuchtigkeit und dem ätzenden Chlor. Für einen kurzen, fernen Moment.

„Na, du dämliche Tröte, hast du vergessen, wozu du hier bist? Stehst hier wie angegossen und nimmst einem den Platz weg." Dabei wurde Julia von Vanessa angerempelt. Wie betäubt ging sie einen Schritt zur Seite und ließ Vanessa vorbei. Die Stelle an ihrem Oberarm, an der sie gerammt worden war, hallte nach. Vanessa hatte es auf Körperkontakt mit ihr abgesehen, schoss es Julia durch den Kopf. Bewusst nahm sie Vanessa wahr, wie diese nun in der Umkleidekabine dastand, breitbeinig und oben ohne erinnerte sie an Fußballer mit kurzen Boxershorts. Doch die Boxershorts war *zu* kurz, nicht nur das, sie war hoch zum Bauchnabel gezogen, sodass an den Hosenrändern dunkle Schamhaare herausquollen. Auch um Vanessas Bauchnabel und die Brustwarzen entdeckte sie feinen Wildwuchs an Haaren, die sich kreisförmig um Nabel und Warzen wanden. Vanessa kannte keine Scham, als sie sich ihr zuwendete: „Runter mit den Klamotten, oder schämst du dich etwa? Hat dir Mami noch nicht beigebracht, wie man die Hose runterlässt? Soll ich dir dabei helfen? Wäre ja nicht das erste Mal", tönte sie für alle im Raum hörbar in die Runde. Dabei griff sie an Julias Hosenbund, wobei ihre Titten hart wurden und der filigrane Brusthaarkranz sich aufrichtete. Die Provokation bewirkte bei Julia weder Wut noch Angst. Julia war verblüfft, war es doch gerade erst am heutigen Morgen gewesen, dass Vanessa sie im Toilettenraum entblößt hatte. Erniedrigt worden war sie anscheinend nicht, bemerkte Julia, sonst würde sie sich unsicher und klein fühlen. Im Gegenteil, bei Vanessas Anblick stellte sie fest, dass Vanessa diejenige war, die verunsichert sein musste. Vanessa schien völlig auf sie fixiert, wann immer Julia in ihrer Nähe auftauchte, stand sie unverhofft im Mittelpunkt von Vanessas Wahrnehmungsfeld. Vanessa schien sich augenblicklich nur noch für Julia zu interessieren. Und da sie ihr Interesse jedes Mal mittels Provokation und Handgreiflichkeiten ausdrückte, war es nicht Julia, sondern Vanessa, die Schwäche zeigte. Bei diesem Gedanken musste Julia lächeln und machte aus ihrer Peinigerin im Geiste ihre *Verehrerin*. „Grins nicht so dämlich, sonst kriegst du eins in die Fresse!" Gestärkt angesichts ihrer naheliegenden Theorie, nahm Julia es sportlich auf. Lächelnd schaute sie Vanessa in die Augen und begann langsam, sich ihre Bluse aufzuknöpfen. Da sie weder Unterhemd noch einen BH trug, konterte sie mit ihrem eigenen nackten Oberkörper.

Julia ließ ihren Anblick für einen Moment auf Vanessa wirken, bevor sie sich langsam ihrer Hose entledigte. Selbstbewusst übertrumpfte sie Vanessa, indem sie zuletzt auch noch ihren Slip auszog. Zu einem ordentlichen Striptease hätte es noch einheizende Bewegungen gebraucht, die Julia sich verkniff und stattdessen wortlos an Vanessa vorbeigriff und ihr Badezeug aus ihrem Turnbeutel kramte. Die völlige Ignoranz Vanessa gegenüber hatte zur Folge, dass diese in eine kurze Starre verfallen war, bevor sie sich abwandte und ein Bikinioberteil anzog. Das Oberteil war derart verschlissen, dass sie es gleich hätte weglassen können, was die Nachlässigkeit angesichts einer Boxershorts als Badehose noch unterstrich. Vanessa pfiff nach ihrer Schwester, um mit ihr zusammen die Schwimmhalle zu betreten. Die meisten der Mitschüler wärmten sich schon im Wasser auf. Julia hingegen trödelte. Niemand brauchte auf sie zu warten, wenn es hieß, die 50-Meter-Bahnen hin- und herzuhechten. Langsam stieg sie in ihren Badeanzug. Betreten der Badeanlage war nur in Badezeug gestattet. Ob nun geschwommen wurde oder man sich am Beckenrand aufhielt, es wurden keine Ausnahmen gemacht.

Aus ihrem Kinderbadeanzug war sie herausgewachsen, nun trug sie, wie einige ihrer Kameradinnen, Adidas in Blau mit drei weißen Streifen an beiden Seiten. Sie war froh, die lästige Badekappe tief in ihrem Beutel verstaut zu lassen, eine Kopfbedeckung zu tragen, war lediglich beim Schwimmen Pflicht, glücklicherweise nicht auch noch im Trockenen. Entweder waren Badekappen aus klebrigem Gummi, der sich in die Kopfhaut fräste, oder sie rutschten hoch, sodass sie die Ohrmuscheln freiließen. Dies führte stets dazu, dass sich Wasser im Gehörgang ansammelte, was zu vorübergehender Taubheit führte. Die meist männlichen Badnutzer gehobenen Alters reagierten damit, das Wasser in regelmäßigen Abständen wieder loswerden zu wollen. Der Vorgang, der hierzu nötig war, forderte seinen Tribut, beförderte ein vermehrtes Ohrenprusten nicht nur das Wasser zurück, sondern spülte zugleich Ohrenschmalz aus dem Gestrüpp jener Ohrmuscheln ins Becken. Der Salzgehalt erreichte zu Julias Bedauern selbst über die Dauer nicht annähernd denjenigen des Toten Meeres. So hätte sie sich während des Schwimmunterrichts womöglich hin und wieder treiben lassen können.

Es wurde Zeit, sich von den Gedanken im Schutze der leeren Umkleidekabine zu lösen. Julia betrat die Schwimmhalle. Sie schaute sich um und entdeckte eine Bank, auf der bereits der Busfahrer saß. Mit einem kurzen Gruß, ohne ihn direkt anzuschauen, nahm sie mit größtmöglichem Abstand neben ihm Platz. Sie hatte nicht die geringste Lust, einen Smalltalk anzufangen und fragte sich, was er hier freiwillig verloren hatte. Dann sortierte sie sich, schlug ein Handtuch um die Hüften und benutzte es als Kissen. Sie ärgerte sich darüber, dass sie es heute Morgen aus Eile versäumte hatte, ein Buch einzupacken. Als ihr kurzer Anflug von Ärger verflogen war, machte sie sich ein Bild von der Lage vor Ort.

In der Ferienzeit fand kein Schulsport statt, sodass die Gruppe das Hallenbad mit den Kurgästen des Ortes teilen musste. Sie sah Senioren, die sich die Nase zuhielten, ihre Augen schlossen und prusteten, um einen Druckausgleich zu erwirken. Anschließend pulten die überwiegend männlichen Schwimmer wie zu erwarten mit aufgeweichten Fingern in den Ohrmuscheln, bevor sie voller Elan ins gekonnte Kraulen verfielen. Andere übten sich im Brustschwimmen, und jedes Mal, wenn sie an der Jugendgruppe vorbeizogen, mokierten sie sich darüber, dass die von den Rowdys verursachten Wellen ihnen bis über den Hals schwappten oder ihre Gesichter von Wasserspritzern überrascht wurden. Ihre weiblichen Artgenossinnen indes zogen nicht weniger Aufmerksamkeit auf sich. Sie vergnügten sich mit Wassergymnastik. Wenig grazil warfen sie ihre Extremitäten umeinander, wobei sie ein regelrechtes Wellenbad produzierten. Ihre Anstrengung spiegelte sich in den roten Köpfen wider, die unter blumigen Badehauben knapp über der Wasseroberfläche besonders zur Geltung kamen. Angesichts dieser Hochleistungen fragte sich Julia, ob die älteren Damen unter Wasser ins Schwitzen geraten würden, und wenn ja, inwieweit sich der Salzgehalt des Wassers dadurch zusätzlich erhöhte. Die Teilnehmerinnen wurden noch vergnüglicher, als sie von ihrer Trainerin bunte Bälle ausgehändigt bekamen. Dabei wurden sie mit einem lang gezogenen „Määädchen" angesprochen. Die folgenden Sätze wurden von der hohen Luftfeuchtigkeit verschluckt. Welchen Anweisungen die Damen folgten, war nicht auszumachen. Sie hatten Mühe, kein Wasser zu schlucken, als sie sich die Bälle unter ihre viel zu breiten Gesäße klemmten, keinerlei Halt fanden, umkippten und gnadenlos untergingen. Dabei kamen sie sich in die Quere, sodass die roten Köpfe und aufgedunsenen Fettpolster aneinanderstießen. Die Folgen waren vereinzeltes Gurgeln und Blubbern unterdrückter Unterwasserschreie.

Die erste Dame, die auf der Oberfläche wieder auftauchte, war noch zu benommen, um sich zu orientieren und steuerte wild um sich schlagend zielgenau den Beckenrand an. Es folgte ein schriller Schrei, die Frau riss ihren Arm empor und machte entsetzt lauthals kund, dass ihr gerade zwei Nägel abgebrochen wären. Eine andere forderte ihre Kollegin daraufhin kichernd dazu auf, sie solle abtauchen und nach ihren Nägeln Ausschau halten, um sie wieder zu befestigen. Weder das Nagelopfer noch Julia konnte dem ein Lächeln abgewinnen. Julia missfiel die Vorstellung, neben Ohrenschmalz, Nasenschleim und welken Haaren nun auch noch Nägel im Badebecken vorzufinden. Während sie dasaß, sah sie der blanken Realität ins Auge und schwor sich, wann immer es sich vermeiden ließ, zukünftig eine öffentliche Badeanstalt zu betreten.

Sie erschrak, als sie eine ruckartige Bewegung aus ihren Augenwinkeln wahrnahm, kurz darauf folgte ein krachender Aufprall. „Nee, was für Idioten!", brüllte es durch die Halle. Der Busfahrer neben ihr war auf aufgesprungen. Sie sah hinter ihm her, als er sich von ihr entfernte. Er humpelte leicht, und seine Schritte klackten unregelmäßig auf dem Fliesenboden. Sie sah, dass er einen einzelnen hölzernen Schuh trug und sich gerade auf den Weg gemacht hatte, seinen zweiten Schuh wiederzuholen. Er erreichte die Querseite des Beckens, wo er seinen Clog einsammelte und pöbelte: „Jungs, könnt ihr das nicht mal sein lassen? Immer müsst ihr euch kloppen, und dann auch noch am Beckenrand, wo es rutschig ist und man einen verdammt harten Boden hat!" Einer der Jungs hielt seine Arme schützend über den Kopf verschränkt: „Sie haben mich mit Ihrem blöden Clog am Kopf getroffen, Sie Arsch!", zeterte er. „Das haste davon, wer nicht hören will, muss fühlen! Und das ist für den Arsch!" Der Busfahrer holte aus und langte ihm mit der flachen Hand eine auf die Stelle des Hinterkopfs, die der Junge nicht mit seinen Händen bedecken konnte. Dieser erschrak daraufhin so sehr, dass er einen Satz nach vorne machte und ins Wasser fiel. Sein Widersacher nahm dies zum Anlass, auf die Seite des Feindes überzulaufen und rannte am Beckenrand in Richtung des Pfarrers, während er schrie: „Der Busfahrer hat den Karl-Heinz geschlagen und dann ins Wasser geschubst!"

Pfarrer Simmrath schaute zu ihm herab: „Ist das wahr?" Der Junge bekräftigte seine Aussage, was den Pfarrer dazu veranlasste, sich umzuschauen und in die Menge zu fragen: „Stellt sich irgendjemand als Zeuge dieser Aussage zur Verfügung?" Julia schnellte empor: „Ich hab's auch gesehen." Tatsächlich schien ihr Wort von Bedeutung zu sein, denn Pfarrer Simmrath machte sich ohne weitere Nachfrage auf den Weg zu Busfahrer Harold, um ihn zur Rede zu stellen: „Harold, Ihre Einmischung ging zu weit. Sie haben nicht nur Ihre Kompetenzen überschritten, sondern auch noch an unterlegenen Jungs kleine Machtspiele ausgeübt. Dazu sind Sie nicht befugt." *Sondern nur ich selber* – seinen eigenen Gedanken konnte Pfarrer Simmrath nicht ausweichen. Er räusperte sich: „Und deswegen erteile ich Ihnen hiermit einen Verweis. Sollten Sie noch einmal in irgendeiner Form zur Gewalttätigkeit neigen, muss ich Sie unehrenhaft entlassen. Ich empfehle Ihnen, sich grundsätzlich bedeckt im Hintergrund zu halten, Ihr Arbeitsort ist der Bus. Wir alle verlassen uns darauf, dass Sie uns sicher von einem Ort zum anderen bringen, mit Unterstützung des Heiligen Christopherus. Geben Sie mir Ihr Wort, dass ein solcher Zwischenfall sich nicht wiederholen wird!", forderte er Harold auf.

Sie standen sich tonlos gegenüber: ein bierbäuchiger Busfahrer und ein schmächtiger Geistlicher ohne Sultane. Sie steckten in dunkelblauen Badehosen fest, Mann neben Mann. Nackt waren doch alle gleich, ob bei Gott angestellt oder der berufenen Busfahrtgesellschaft. „Harold? Verstehen wir uns richtig? Können wir uns auf Sie verlassen?" Statisch antwortete er: „Klar, ja, auf mich ist Verlass", klang es wenig überzeugend. Es fehlte der flehende Unterton eines reuigen Sünders. Pfarrer Simmrath kräuselte die Stirn, zögerte kurz und wandte sich mit den Worten ab: „Jeder hat eine zweite Chance verdient."

„Jeder hat eine zweite Chance verdient", hallte es in Julia nach. Aber wie sah es mit einer dritten oder gar vierten Chance aus? Hatte man nicht alle Chancen der Welt, bis man sie verließ? Und wer bestimmte, wie viele Chancen man bekam? Bestimmt nicht Pfarrer Simmrath, vielleicht noch sein Chef, Gott konnte möglicherweise noch bei der Chancenauswahl eine Rolle spielen. Lag es letztendlich nicht an ihr selber, so viele Chancen zu bekommen, wie sie brauchte? Hätte sie nur ein Buch dabei, um sich abzulenken, oder besser noch, ein leeres Buch, mittels dessen sie der Gedankenstürme Herr werden konnte, die in der nächsten Stunde auf sie zukamen, wenn sie nun noch eine Stunde hier auf der Bank hocken musste. Mittels Niederschrift konnte sie den

Sturm filtern. So lag neben ihrem Bett stets Papier und Stift zur Hand, für den Fall, dass sie im Dunkeln, abgeschirmt von der Außenwelt und mit ihren Gedanken allein gelassen, nicht einschlafen konnte. In diesem Fall griff sie nach ihren Schreibutensilien, um ihre Gedanken auf Papier zu bannen. So konnten sie nachts nicht weiter durch ihren Kopf spuken, so wie jetzt– allerdings nur sehr kurz.

Die Bank vibrierte unter ihrem Po. Mit all seinem zur Verfügung stehenden Gewicht hatte Busfahrer Harold sich neben ihr niedergelassen: „Du miese Petze! Was willst du denn alles gesehen haben? Dass zwei gewalttätige Jungs sich fast zu Tode prügeln und ich das gerade noch verhindern konnte?", übertrieb er maßlos. „Stehst wohl auf Schlägertypen, was?", säuselte er ihr ins Ohr. Das hatte ihr gerade noch gefehlt, da waren ihr die Gedankenstürme deutlich lieber, als sich mit dem vermutlich größten Idioten der gesamten Schwimmanlage auseinandersetzen zu müssen. Sie merkte, dass ihr der Geduldsfaden riss: „Schlägertypen haben mich zu dem gemacht, was ich jetzt bin: brutal, hinterhältig und gemein. Und da du offensichtlich so gar nicht zur Gewalt neigst, solltest du dich besser nicht mit mir einlassen, geschweige denn, zu versuchen, dich mit mir zu messen!" Das saß, zumindest verschlug es dem Idioten für einen Moment die Sprache. Ihr selber allerdings auch.

Julia konnte noch gar nicht fassen, welche irrwitzigen Attribute sie sich soeben selber zugeschrieben hatte. Vermutlich war es so, dass sie Vanessa instinktiv als Vorlage benutzt hatte. Somit war Vanessa ihr gerade tatsächlich, ohne es zu wissen, hilfreich gewesen. Doch einmal mehr ließ der Machismo nicht an sich rütteln. Busfahrer Harold erhob sich von der Bank und stellte sich so vor sie, dass sein in abgenutzter Badehose dürftig verhüllter Penis ihr auf Augenhöhe entgegenkam. Der lächerlichen Wirkung seines kleinwüchsigen Freundes war er sich nicht bewusst, als er die vermeintliche Überlegenheit des männlichen Geschlechts raushängen ließ: „Was du brauchst, ist so groß und so fett." Dabei hielt er seine Arme in Ellbogenbreite auseinander und formte seine steifen Busfahrerpranken so, als wolle er mit beiden Händen eine Kegelkugel auf die Bahn bringen. Julia brachte das Wort „fett" zum ersten Mal mit einem Penis in Verbindung und stellte sich einen fettigen Schwanz vor, der alle Neune abräumt. Sie musste lachen: „Stimmt! Doch wie ich sehe, kannst du mir das sicherlich nicht bieten, also halt einfach die Klappe!" So hatte sie noch nie mit einem Erwachsenen geredet, noch nicht einmal mit ihrem anstrengenden Vater. Einmal die Hürde des Anstands überwunden, würde sie zukünftig im Zweifelsfall auf ihre provokative Schlagfertigkeit zurückgreifen können. Sie fühlte eine neu gewonnene Stärke und Unabhängigkeit. Alle wollten sie maßregeln oder zurechtbiegen, das schien nun einmal in der Natur der Sache eines heranwachsenden Mädchens zu liegen. Vielleicht wäre sie besser ein Junge geworden, aber dann stünden die Chancen groß, selber dem Irrglauben des Machismo zu verfallen, schien dieser doch eine bequeme Lösung darzustellen, auf der man sich ausruhen konnte. Oder sollte sie diese einfache Lösung allenfalls für sich selber in Anspruch nehmen, ohne Rücksicht auf ihr Geschlecht? Was sprach dagegen? Nichts. Sie definierte ihren „Hembrisma" (Hembra = spanisch Weibchen, Macho = spanisch Männchen), der geradewegs aus der Praxis entsprang. Sie schien gut damit zu fahren, hörte sie den Busfahrer resigniert sagen: „Na, lass gut sein, du wirst schon noch ordentlich durchgenudelt und endest vermutlich als Kampflesbe." Mit diesen Worten setzte er sich in einiger Sicherheitsentfernung auf die Bank zurück und hatte, ohne es zu wissen, eines erreicht: Julia auf andere Gedanken gebracht.

Als zukünftige Kampflesbe hatte sie bisher noch niemand gesehen. Sie war also von der Göre zur Lesbe aufgestiegen. Welche Stigmatisierung würde den Kerlen als Nächstes einfallen? Sie konnte sich Schlimmeres als eine Göre oder eine Lesbe vorstellen, doch wie es schien, hatte die Vorstellungskraft der Männerwelt hier ihre Grenzen erreicht. Letztendlich sind alle Mädchen, die sich von Machos nicht beeindrucken lassen, Lesben, meistens dreckige Lesben oder seit heute eben Kampflesben. Es blieb ihr vermutlich nichts anderes übrig, als selber einmal zu erforschen, was eine Lesbe tatsächlich ausmachte, aber das eilte nicht. Vorrangig wollte sie sich nun, da sie blutig die Geschlechtsreife erlangt hatte, penetrieren lassen, konkret von Michaels Schwanz, wenn es da nicht diese Hürde namens Bettina noch zu überwinden gäbe.

Als Julia beim Bluestanzen das erste Mal in Kontakt mit einem Penis gekommen war, hatte sie das männliche Geschlechtsorgan aus einer rein biologischen Perspektive gesehen und als „Penis" tituliert. Inzwischen war der Penis zum Schwanz mutiert, und anstelle von Vagina gab sie ihrem Geschlecht den Titel „Muschi": Muschi und Schwanz. Ihr gefiel die Substitution „Muschi" besser, als „Penis" durch „Schwanz" zu ersetzen, doch es lag wohl in der Natur der Sache, *ihm* keinen freundlicheren, allgemein verständlichen Namen verleihen zu können. Dennoch, entgegen der Begrifflichkeit war Julias Neugier dem anderen Geschlecht gegenüber geweckt.

Dass sie es sich nicht würde aussuchen können, mit welchem Geschlecht sie ihre nächste sexuelle Erfahrung machen würde, konnte Julia nicht ahnen, als der schrille Abpfiff zum Verlassen des Hallenbads sie hochschrecken ließ.

15. KAPITEL

MOORLEICHE

Zurück in der Jugendherberge, besorgte sich Julia zunächst ein frisches Bettlaken und bezog ihr Bett neu. Bettina hatte immer noch nicht mitbekommen, was mit Julia los war. „Hast du Durchfall, oder wieso hast du dich heute vorm Schwimmen gedrückt?", fragte sie beiläufig, als sie das Zimmer betrat. „Nein, meine Tage bekommen", antwortete Julia ebenso beiläufig. „Echt jetzt?" Bettinas Interesse war geweckt. „Wieso nicht, bekommst du deine Periode noch nicht?" Bettina errötete, dann lachte sie verächtlich: „Aber natürlich! Na, dann gib mal weiter Gas mit Herbie, immerhin kannst du ja gerade nicht schwanger werden, also nutz es aus, und viel Spass dabei!" Mit diesem Ratschlag im Raum stehend, verließ Bettina das Zimmer wieder. Die gemeinsame Nacht mit Herbie im Doppelbett bekam Bettina anscheinend nicht aus den Kopf, sollte sie doch denken, was sie wollte. Unabhängig davon war der Tipp gar nicht verkehrt, dachte Julia. Wenn sich jemand mit Sex auskannte, dann war es Bettina. Wer weiß, vielleicht gab sie einfach deswegen so viel Gas in dieser Hinsicht, weil sie noch gar nicht geschlechtsreif war und so keine Angst zu haben brauchte, schwanger zu werden. Aber diese Theorie schien absurd angesichts Bettinas weiblicher Rundungen, an die keines der Mädchen herankam. Julia dachte noch einmal kurz über Bettinas Ratschlag nach, in den nächsten Tagen Sex zu praktizieren. Da Herbie für sie nicht infrage kam, fokussierte sie ihr Zielobjekt: Es war und blieb Michael, mit dem Julia gerne schlafen würde. Im Nachhinein würde sie dann schon wissen, ob er die richtige Wahl für ihr erstes Mal gewesen war. Leider tendierten die Chancen, dass Michael innerhalb der nächsten paar Tage Bettina verlassen würde, um kurzfristig mit ihr zusammen zu sein, in Richtung null. Sie konnte ihre Chancen erhöhen, indem sie dem Schicksal einen Wink mit dem Zaunpfahl gab. Sie setzte „Gott" mit „Schicksal" gleich und würde später während der Kirchenbesichtigung eine Kerze für ihr Anliegen anzünden, immerhin gab es dort eine Moorleiche, mit deren Unterstützung sie fest rechnete. Es reichte schon ein kleiner Auslöser, damit Michael sich von Bettina abwendete. Das sollte schon drin sein. Alles Weitere würde Julia dann selber in die Hand nehmen. Mit diesem festen Vorsatz machte Julia sich auf den Weg zum Speisesaal.

Da Julia sich mit ihren neu gefassten Plänen auseinandersetzte, verschwendete sie keinen Gedanken an die hiesige Nahrungsaufnahme. Beiläufig füllte sie ihren Teller mit grob gestampftem Kartoffelbrei, auf den sie mehrere Löffel einer braunen Zwiebelsoße kippte. Der ätherische Geruch der Zwiebeln war längst verloschen. Die Zwiebeln hatten bereits eine triefende Nacht in Ascorbinsäure hinter sich gebracht und ihren beißenden Charme eingebüßt. Was die Ascorbinsäure nicht weich gekriegt hatte, war ein halbmondförmiger Fingernagel. Der brüchige Nagel fiel zwischen den halben Zwiebelscheiben nicht weiter auf und war in der Soße untergetaucht. Ebenso beiläufig, wie Julia ihren Teller gefüllt hatte, schob sie sich nun eine Gabel nach der anderen in den Mund, ohne jeglichen Geschmack wahrzunehmen, lediglich die Konsistenz ihrer Nahrung drang bis zu ihrem Bewusstsein vor: Breiiges und hügeliges Zeug landete auf ihrer Zunge, gelegentlich verfing sich ein Zwiebelhäutchen zwischen ihren Zahnlücken. Unerwarteter Weise schabte etwas an ihrem Gaumen, und sie fühlte, wie sich ein kleiner Riss im Rachen bildete. Daraufhin schob sie mit ihrer Zunge den Fremdkörper nach vorne zu ihren Schneidezähnen, von wo aus sie ihn mit den Fingern herausfischte und auf den Tellerrand ablegte. Angesichts des Fingernagels auf ihrem Teller bekam sie einen Brechreiz, würgte kurz und zwang sich, das, was von ihrer Mahlzeit übrig geblieben war, nicht augenblicklich voller Zorn auf dem Tisch zu verteilen. Sie schluckte, schaute aus dem Fenster und versuchte, sich zu beruhigen. Sie untersuchte den Fingernagel und stellte fest, dass dieser zuvor abgekaut worden sein musste. Sie legte den Nagel zurück auf den Tellerrand, ließ den Teller demonstrativ auf dem Tisch stehen und verließ den Speiseraum. In diesem Moment wünschte sie sich nichts sehnlicher, als ihn nie wieder betreten zu müssen. Einmal mehr verfluchte sie still ihre Eltern und malte sich aus, wie sie sich in einer Strohhütte am Meer mit frischen Ananasstücken gegenseitig fütterten. Sie stellte ihr inneres Auge scharf und erschrak darüber, dass ihre Mutter sich nicht von ihrem Vater, sondern von Bettinas Vater die Vitamine in den Rachen schieben ließ. Hastig eilte sie davon, über PVC-Böden in Richtung Ausgang, als wäre sie auf der Flucht.

Es war schwül draußen, Julia prallte geradezu gegen eine Wand aus Luft. Sie verringerte ihr Tempo, doch ins Innere der Herberge mochte sie nicht umkehren. Stattdessen schlich sie um den grauen Gebäudekomplex, um Abstand zu gewinnen. Sie betrachtete die Herberge von außen, froh, allein entkommen zu sein aus diesem Schiff, auf dem die Meuterei brodelte. Sie holte tief Luft und versuchte sich darüber im Klaren zu werden, dass sie nicht bis an ihr Lebensende in den Gemäuern mit regelmäßigem Freigang gefangen sein würde. So tief war sie bereits in die geschlossene Welt dieser Anlage eingedrungen, dass ihr „Zuhause" nur noch als vage Erinnerung in einer Nische ihres Hirns zu existieren schien. Natürlich war es nicht logisch, sie brauchte schließlich nur die Tage zu zählen, bis sie wieder nach Hause fahren konnte, doch der stetige Muff und die andauernde Anspannung waren für Julia so zermürbend, dass sie sicher sein konnte, dass die Erinnerung daran sich im Langzeitgedächtnis einnisten würde.

Plötzlich hörte Julia leise Stimmen, nicht in ihrem Kopf, sondern gedämpft aus dem Bus heraus, der vor ihr auf dem Parkplatz unter einem Baum parkte: „Ruhig … wird schon … ist in Ordnung …" Julia näherte sich dem Bus und erkannte die Stimme von Jutta Kleinschmidt: „Reg dich nicht auf." „Du hast mir gar nichts vorzuschreiben!" „Wenn diese Unterhaltung weiter in eine solch destruktive Richtung läuft, werde ich augenblicklich den Bus verlassen." „Tut mir leid, ich hab's nicht so gemeint. Hier, nimm auch einen!" „Brrrh, was ist denn das für ein Kaffee? Der schmeckt irgendwie komisch!" „Na, mit Schuss eben, beruhigt den Magen und die Nerven." „Aber du musst gleich doch noch fahren?" „Mach dir keine Gedanken, ich bin es gewohnt. In Spanien trinken die Busfahrer gleich morgens zum Frühstück ihren Cognac. Jeder hier trinkt mittags sein Bier, passt schon." „Na, wenn du meinst und es dich entspannt." „Ja, und das habe ich jetzt bitter nötig. Echt jetzt, haut mich der Pfarrer vor versammelter Mannschaft an. Wie stehe ich denn jetzt da? Nicht mal der Kleinste wird sich von mir noch irgendetwas sagen lassen, die haben jetzt keinen Respekt mehr. Und das, wo die zwei Jungs sich aufgeführt haben wie bekloppt." „Ich weiß, wie schwierig das ist. Das ist der Grund für mich, hier dabei zu sein, um zu lernen, damit umzugehen, wenn sie einem auf der Nase herumtanzen. Oft genug habe ich keine Kraft mehr." „Liebelein, dann kommst du zu mir tanken." „Pfff, du hast eine Fahne. Wenn das der Pfarrer wüsste, der würde dich auf der Stelle entlassen." „Papperlapapp, ich tät ins Röhrchen blasen, und schnell wäre klar, dass ich weniger als 0,8 Promille im Blut habe." „Harry, Harry, woher willst du hier einen solchen Blas-Alkoholtest bekommen? Beim Kiosk um die Ecke?" Jutta Kleinschmidts kurz gehaltenes Lachen wurde von Klappgeräuschen übertönt. „Das ist gar nicht nötig, davon habe ich immer ein paar im Handschuhfach." „Zeig mal, solche Teile habe ich noch nie gesehen. Hm, lass doch mal ausprobieren." „Nee, die brauche ich noch." „Alle sechs und womöglich noch auf einmal?" „Na gut, ist aber gar nicht so leicht, sie zu beschaffen." „Das glaube ich dir, dann los, pack mal aus!" Es knisterte, dann holte Harry tief Luft und pustete aus Leibeskräften, bis er einen Hustenanfall bekam. Jutta klopfte auf seinen Rücken mit den Worten: „Ist ja schon gut, gib mal her. Hm, das sind genau 0,8 Promille." Harry krächzte: „Sag ich doch, ich habe das im Blut. Ha! Siehst du, ich kann noch locker fahren." „Hm, na gut. Es wird auch Zeit, in einer Viertelstunde ist Treffpunkte am Eingang. Bis dahin trinkst du noch einen Kaffee, ohne Cognac! Ich geh mich mal frisch machen." „Mhmm, du bist doch schon lecker frisch." Er schmatzte. „Krieg ich heute Abend ein richtiges Küsschen von dir? Du riechst so gut, dass ich dich auf der Stelle vernaschen könnte!" „Wir sehen uns, Harry", verabschiedete Jutta Kleinschmidt sich knapp.

Julia fehlte die Zeit, unauffällig zu verschwinden, und so schlenderte sie wie beiläufig mit einem kleinen Bogen in Richtung des Busses, als würde sie gerade dort eintreffen. Verblüfft stolperte Jutta Kleinschmidt die Stufen des Busses hinab: „Was machst du denn schon hier?", fragte sie mit einem Anflug von Entrüstung.
„Ich frage mich gerade, wo die anderen sind", stammelte Julia.
„Das spielt keine Rolle, wo die anderen sind. Treffpunkt ist drei Uhr, wir haben gerade fünf nach halb drei, also lass dir Zeit und übe derweil Zahlen lesen: 15 Uhr steht an der Tafel!" Jutta Kleinschmidt schüttelte verständnislos den Kopf und wandte sich ab in Richtung des Eingangs. Julia kannte sich darin aus, für trottelig gehalten zu werden, daher war die Grenze, wann sie es tatsächlich war und wann nicht, fließend und für sie irrelevant geworden. Früher waren ihr die wenig freundlichen Kommentare zu ihren Angewohnheiten und Verhaltensweisen falsch vorgekommen, doch statt sie abzulegen hatte sie sich daran gewöhnt. Darüber hinaus hatte sie gelernt, ihre Eigenarten zu akzeptieren und die damit einhergehenden Bemerkungen der Außenwelt zu tolerieren. Folgerichtig verteidigte sie sich nicht mit zynischen oder korrigierenden Antworten, sondern kultivierte ihre Eigenheiten und nutzte sie, wenn sie ihr dienlich waren. So wie gerade jetzt, als Frau Kleinschmidt sie zwar der Dummheit, nicht jedoch der Spionage verdächtigte. Sie war gleich am ersten Tag von Jutta Kleinschmidt vor der Gruppe als Klassenclown bloßgestellt worden. Julia hatte die Chance ergriffen, sich hinter einer Maskerade zu verstecken. Die Tarnkappe des Narren, so dachte sie, passte ihr wie angegossen. Sie schaute auf die Uhr und freute sich über die restliche Zeit, die ihr bis zur Abfahrt blieb, um sich ein sonniges Plätzchen im Gras zu suchen und in den Himmel zu schauen. Der Gedanke, anschließend in einen Bus mit angetrunkenem Fahrer zu steigen, überschattete ihr wonniges Gemüt. Eine dünne Wolkendecke schob sich über die Nachmittagssonne.

Bettina und Michael

Bettina war möglichst nicht allein unterwegs, selbst den Weg zur Toilette teilte sie am liebsten mit einer Gefährtin. Da war es von Vorteil, bei der Auswahl von Freundschaften nicht besonders wählerisch zu sein. Es ging ihr schlicht um Gesellschaft, die sie als Freundschaft verstand: Nicht zuletzt lautstarke Absprachen durch Klokabinen mit abschließenden gemeinsamen Blicken in Spiegeln von Damentoiletten waren für sie wichtig. Bettina betrachtete sich wohlwollend und ließ ihren Blick neben ihr Ebenbild zu demjenigen Vanessas schweifen. Durch Vanessa an ihrer Seite wurde ihr eigenes Schönheitspotenzial noch betont, und gleichzeitig empfing sie gerne Vanessas anhimmelnde Blicke. Ebenfalls umgab sie sich gerne mit Vanessas Schwester Nathalie. Diese war im Gegensatz zu ihrer Schwester hübsch und ergänzte ihren eigenen üppigen Blondinen-Typus durch eine schmale, dunkle Erscheinung. Daher empfand sie Nathalie nicht als Konkurrentin, und durch ihre einfache, umgängliche Wesensart war sie eine ideale Begleiterin, ungeachtet des Exhibitionismus, dem Nathalie offensichtlich verfallen war: Sie stand ebenfalls neben ihr und begutachtete im Spiegel, inwieweit ihre Nippel durch ihr Häkel-Top zur Geltung kamen. Offensichtlich nicht ganz zufrieden mit dem Ergebnis, half sie ein wenig nach, indem sie beide Spitzen ihrer Brustwarzen mehrmals nach vorne zupfte. Der Blick in den Spiegel verschärfte Nathalies Wollust, ihre Titten wurden blitzartig hart und stachen nun durch die Maschen hervor. Nathalie stimmte ein jauchzendes Grölen an: „Jetzt geht's lo-hos! Auf zur Moorleiche! Hast du schon mal eine Leiche gesehen?", fragte sie Bettina. Vanessa schmiss ein: „Wir schon, du nicht?" „Nein, bisher noch nicht. Was für eine Leiche habt ihr denn gesehen?", fragte sie beiläufig. Diesmal war es Nathalie, die antwortete: „Unseren Vater. Als ich eines Morgens wie immer zu spät aus der Haustür zur Schule rannte, bin ich über ihn gestolpert. Er war wie üblich nachts um die Häuser gezogen, hatte sich volllaufen lassen und dann die drei Stufen zur Haustür nicht mehr hoch geschafft. Er ist wohl umgeknickt und einfach liegen geblieben. Morgens war er tot, schon ein paar Stunden, sagte uns später der Arzt."

Bettina schluckte. Dass auf ihre leichtfüßig gestellte Frage eine solche Antwort kam, war ihr weder in den Sinn gekommen, noch wollte sie etwas davon hören. Mit einem knappen „Oh, das tut mir leid" wollte sie das Thema kurz entschlossen beenden, als Vanessa ihre Schwester ablöste und fortfuhr: „Ja, und ein paar Tage nachdem der alte Säufer unter der Erde war, zog eine entfernte Cousine unserer Mutter bei uns ein und ist bis heute geblieben. Statt mit Vater säuft unsere Mutter jetzt mit ihrer Cousine, und damit ihr nicht das gleiche Schicksal widerfährt, gehen sie stattdessen nicht in die Kneipe, sondern verlassen die Hütte dabei nicht und hängen stattdessen auf dem Sofa rum, bis sie ins Schlafzimmer torkeln. Das Geld für den ganzen Alk kommt von der Cousine, wie nennen sie Tante Freddi, von Frederike. Sie hat immerhin einen Job ab mittags für ein paar Stunden in einer Reinigung. Fürs Außer-Haus-saufen würde es vermutlich sowieso nicht reichen." Bettina schreckten die Schilderungen ab, sie wollte partout nichts weiter hören. Das war nicht ihre Welt, und sie wollte mit einem solchen Lebensstil erst gar nicht in Berührung kommen – als könne es ansteckend sein. Ein versoffener und toter Vater, eine Mutter, die sich mit Wein und ihrer eigenen Cousine vergnügte, das waren Verhaltensweisen, die jenseits Bettinas Wertesysteme lagen und nicht toleriert werden konnten. Niemals würde sie die Schwestern zu Hause abholen oder gar besuchen. Am besten vermied sie nach ihrer Rückkehr jeglichen Kontakt. Doch nun musste sie sich noch eine Weile hier arrangieren, um nicht selber Gefahr zu laufen, Gehässigkeiten ausgesetzt zu sein. Sollten sie weiter gemeinsame Sache machen und ihre Böswilligkeiten gegen Julia richten, die hatte Bettina auch schon abgeschrieben. Nach der Rückkehr würde Bettina sich einfach ein paar neue Freundinnen suchen, das fiel ihr leicht. Geradezu Schlange standen die Anwärterinnen, die sich mit ihr umgeben wollten, sie brauchte sich nur ein oder zwei herauszupicken, die dann für eine Weile ihre Gefährtinnen bleiben würden. „Oh, das mit eurem Vater tut mir *wirklich* leid." Ihr fiel einfach keine andere Antwort ein. „Muss es nicht", schoss es aus Vanessa heraus. „Vermutlich wird die schrumpelige Moorleiche nicht die geringste Ähnlichkeit mit dem aufgedunsenen, blauen Alki-Körper vor unserer Haustür haben. Der taugte eh nichts mehr. Apropos, an Nathalie findet sich auch keine, also, ich meine, Nathalie hat optisch rein gar nichts von ihm abbekommen. Sollte uns das zu denken geben?" Dann lachte sie vulgär, doch ihr Lachen klang ein wenig gekünstelt und hohl. Nathalie schluckte und besann sich der einzigen Dinge, die ihr wie ein Automatismus vor Augen kamen: „Nein, hatte er nicht so klasse Nippel wie ich?" Sie wandte sich um zu ihrer Schwester und rubbelte kurz, aber heftig über ihre kleinen braunen Brustwarzen. Bei Vanessa lösten die sexuellen Spiele ihrer kleinen Schwester einen Instinkt aus, der keine weiteren Anfeindungen zuließ. Sie verstummte. Bettina nutzte die Stille: „Lasst uns mal los, ich wollte auf dem Weg zum Bus noch schauen, wo Michael steckt." Schweigend verließen sie das Bad und die Gemäuer der Jugendherberge. Die Sonne prallte ihnen entgegen. Auf einer Wiese sah Bettina Julia allein im hohen Gras liegen. Was für eine einsame Idiotin, dachte sie.

Es war Viertel vor drei. Michael nahm seinen Posten neben dem Vordereingang ein, der hintere blieb geschlossen, damit ein ordentlicher Eintritt gewährleistet werden konnte und er die Anzahl seiner Schützlinge überprüfen konnte. Seine Aufgabe war ihm mehr und mehr ans Herz gewachsen. Nicht mehr mürrisch übernahm er seinen Dienst, sondern es beflügelte ihn, und er war stolz darauf, Verantwortung für Schutzbedürftige übernehmen zu dürfen. Die meisten lungerten bereits um den Bus herum und warteten ungeduldig darauf, an Bord zu stürmen. Michael setzte sich auf die Stufen, die ins Innere des Reisebusses führten. „Hey, rück mal ein Stück!" Bettina wartete nicht, bis Michael ihrer Aufforderung Folge leistete, sondern quetschte sich mit ihrem Po zwischen seine Hüfte und den mit Plastik verkleidetem Auftritt. „Was gibt's?", fragte er beiläufig und merkte, dass ihn ihre Antwort nicht interessierte. „Na, soll ich zusammen mit dir Schäfchen zählen? Und später legen wir dann ein kuscheliges Schäferstündchen ein."

Statt frivol kam ihm ihr Lächeln süffisant vor und als würde es nicht ihm gelten. Michael fühlte sich auf einmal unwohl an ihrer Seite, konnte sich allerdings den Grund dafür nicht erklären. Sein Blick verharrte auf der aufgeregten Kinderschar: „Ich fange dann schon einmal an." Bettinas Worte fanden mit Verzögerung den Weg in sein Bewusstsein, erst als ihre Hände begonnen hatten, ihm den Nacken zu kraulen. Doch die Stimulation zur Vorbereitung eines Schäferstündchens verfehlte ihre Wirkung, und statt *äußerlich* verhärtete Michael innerlich. Er wollte seine Konzentration und Beherrschung nicht verlieren, um seinen eigenen Anforderungen gerecht zu werden, die mit der Betreuungsaufgabe seit Antritt stetig gewachsen waren. Er durfte sich auf keinen Fall von der Aufregung der Kinder anstecken lassen, schon gar nicht durch irgendjemanden abgelenkt werden, sondern musste Ruhe bewahren. Besonders am heutigen Tag sollte er seinen Schützlingen ein Gefühl von Sicherheit und Ordnung vermitteln, schließlich würden die meisten Kids zum ersten Mal in ihrem Leben einen Toten sehen, und bei denjenigen, die möglicherweise bereits einen gesehen hatten, könnten alte Wunden aufgerissen werden. Michael musste behutsam vorgehen. Wortlos löste er seinen Nacken aus Bettinas Fängen, stand auf und ging in Richtung der wilden Horde auf dem Parkplatz.

Kurz nach drei war die Reisegruppe ordnungsgemäß verladen, und der Bus setzte sich schaukelnd in Bewegung. Die Landschaft zog vorbei, blieb unverändert und gaukelte so Bewegungslosigkeit vor, als würde der Bus nicht von der Stelle kommen. Die Reise war nicht das Ziel, blieb unbemerkt, bis sie mit der ersten Serpentine ins Bewusstsein rückte. Der Bus schraubte sich die schmale Landstraße zuerst hinauf, dann wieder hinunter, und das Ganze in einer scheinbaren Endlosschleife, so als könne der Weg sich nicht entscheiden, ob er nun nach oben oder nach unten führen wollte. Das Hinterteil des Busses schwappte bedenklich über einen Steilhang und kratzte den Lack der Beschilderungen ab, die auf Gefahren kurviger Straßen hinwiesen. Den Fahrgästen in den letzten Reihen setzte die Fahrt inzwischen übel zu. Die Tumulte der Vorfreude waren gewichen, niemand wagte es mehr, seinen Mund zu öffnen. Die angespannte Stille hielt eine Weile bis zur verhängnisvollen Kurve, innerhalb derer der rechte hintere Kotflügel eine Mauer entlangkratzte. Durch den Schreck konnten die meisten Fahrgäste der hinteren Plätze nicht mehr innehalten, schrien zunächst laut auf, um sich anschließend im besten Fall in die dafür vorgesehenen Kotzbeutel zu übergeben. Die wenigsten waren schnell genug. So wurde manch Sitznachbar in Mitleidenschaft gezogen, der, nun seinerseits von Ekel geplagt, in Bedrängnis geriet. Eine Kettenreaktion brach aus und hievte eine Welle von Übelkeit und Brechreiz nach vorne. Unbeirrt von Serpentinen, Überhängen und dem Mauerabriss hatte Busfahrer Harry bis dahin stoisch seine Fahrt fortgesetzt, als ihm ein saurer Geruch in die Nase stieg. Er erkannte sofort, dass weit mehr seiner Insassen als die Üblichen der hintersten Reihen an Reisekrankheit litten. Doch anstatt eine Pause einzulegen, griff Harry in sein Handschuhfach und zog einen Flachmann, randvoll mit Brandy, hervor. Zunächst einmal tupfte Harry zwei Tropfen Alkohol unter seine Nasenlöcher, dann genehmigte er sich einen kräftigen Schluck seiner Medizin. Entspannt drückte Harry das Gaspedal bis zum Anschlag, wissend, dass er nun der hohen Dichte an Geruch nach Erbrochenem standhalten würde.

Normalerweise ließ Harry seinen Aschenbecher geöffnet, sodass er gleichzeitig heiße und kalte Asche durch Mund und Nase inhalieren konnte, wenn das morbide Fluid eines zumeist mit Senioren gefüllten Innenraums mit der Aufenthaltsdauer der Fahrgäste gestiegen war. Diese Maßnahme ließ er sich als zusätzliche Option offen, für den Fall, dass die Kotzwelle seinen Fahrerstuhl erfasste. Jahrelange Übung gestattete ihm, die Zigaretten, die er während einer Fahrt rauchte, lediglich dann aus seinen Mundwinkeln zu entfernen, wenn er zum Schluss die Kippe ordnungsgemäß im Aschenbecher entsorgte. Selbst sein permanenter Einsatz am Lenkrad, den das kurvige Bergauf und Bergab erforderte, würde ihn nicht vom Rauchen abhalten. Nikotin war seine Medizin. Während er seinen Blick starr nach vorne richtete, wurde er von der Seite angesprochen: „Harry, schalten Sie bitte die Mikrofonanlage ein, ich möchte eine Durchsage machen." Es war Michael. „Wenn hier jemand in meinem Bus eine Ansage macht, dann bin das ich, der Pfarrer oder Frau Kleinschmidt", blaffte Harry ihn brüskiert an. Michael reagierte schnell: „Gemeinsam mit Ihrer Alkoholfahne können wir diesen Punkt gerne mit Jutta und Pfarrer Simmrath ausdiskutieren." In letzter Zeit zog Harry immer den Kürzeren, irgendetwas lief verkehrt, und er hatte keine Ahnung, wie es dazu gekommen war. Bald schon würde er sich auf den Weg Richtung Amerika machen, es war an der Zeit. Gezwungenermaßen gab er klein bei: „Hier, kannst die Anlage mit diesem roten Knopf selbst anschalten."

„Liebe Fahrgäste!", sprach Michael seine Hörer an. „Ich möchte euch darauf aufmerksam machen, dass wir in Kürze die Kirche St. Peter in Sinzig erreichen. Bis dahin: haltet durch! Schaut am besten nach vorne oder lenkt euch ab, damit ihr eure Übelkeit vergesst. Ich gebe zu, bei diesem beißenden Geruch wird das schwerfallen, aber übt einmal, euch mental einfach wegzubeamen wie Mister Scott, Scotty im All. Beamt euch auf einen anderen Planeten oder dahin, wo ihr euch wohlfühlt. Beamt euch in euer Bett nach Hause und seid gewiss, die Übelkeit geht gleich vorüber. Hat jemand von euch zufällig Deospray, Eau de Toilette oder Ähnliches an Bord?" Bettina hatte keine Lust, ihr kostbares Deo, das sie bis zum Ende der Reise noch benötigen würde, zu opfern. Wieso war Michael auch nicht bei ihr, um sich um sie zu kümmern, anstatt vorne tugendhaft im Rampenlicht zu stehen? Sie war wütend und wollte auf einmal mit all dem hier nichts mehr zu tun haben. Der Hinweis, sich wegzubeamen half dabei wenig. Mürrisch schaute sie Michael an: „Sorry, Michi, aber vielleicht sollten wir einfach mal anhalten, statt hier im eigenen Mief zu ersticken!" Noch bevor Michael darauf eingehen konnte, setzte sich Jutta ein, um weitere Diskussionen zu verhindern: „Das bringt nichts, wir sind gleich am Ziel. Und, schaut her, ich habe hier Eau de Cologne." Sie hatte sich aus ihrem Sitz erhoben und stand nun neben Michael: „Vielen Dank für dein Engagement, Michael." Damit griff sie nach dem Mikrofon: „Liebe Kinder, liebe Jugendliche, ich werde jetzt ein wenig Duft im Raum verteilen, gerade so viel, dass ihr das Eau de Cologne vertragt. Wir sind ganz bald am Ziel, bis dahin erhaltet ihr zur Unterstützung eurer Reise durchs Weltall noch ein wenig Musik, und schwups, schon seid ihr in der Kirche angekommen." Nachdem Jutta ihren Rest Eau de Cologne verbraucht hatte, setzte sie sich wieder auf ihren Platz am Gang in der ersten Reihe und stellte verblüfft fest, dass Michael neben ihr Platz genommen hatte. Zuvor hatte er direkt hinter ihr gesessen, den Fensterplatz Bettina überlassen. „Oh, wen treffe ich denn hier an? Was für eine angenehme Überraschung!" „Lass gut sein, Jutta, auch wenn mir keineswegs übel ist, so habe ich gerade das starke Bedürfnis, mich weg-zu-beamen, bitte respektiere meinen Wunsch nach Ruhe." „Kein Problem", antwortete Jutta mit einem Lächeln und wendete sich ab.

Michael richtete seinen Blick starr aus dem Fenster. Er musste jetzt all seine mentale Kraft sammeln, um Bettina, die ihm direkt im Nacken saß, zu vergessen. Sich über ihre arrogante Einmischung und Zurechtweisung aufzuregen, die seine Kompetenz nicht nur vor seinen Schützlingen, sondern auch vor seinen Vorgesetzten infrage stellte, das galt es nun zu unterbinden. Er schloss die Augen, klappte die kleine Tischablage herunter und legte seine Unterarme mit den Innenseiten nach oben vor sich, so wie er es bei irgendeiner Sendung im Fernsehen über Meditation gesehen hatte. Der Countdown lief, Michael zählte *zehn, neu, acht*, hinter ihm tönte es: „Micha, was soll das? Hey, man." Rückte es in weite Ferne ... *Sieben, sechs, fünf.*

Bei der Null angekommen, war er eins geworden mit dem Himmel über ihm und zog als Wolke vorüber. Eins geworden mit Mikroteilchen Phosphor, die als Reaktion mit Sauerstoff weiß leuchteten und ebenso schnell auftauchten, wie sie wieder verschwunden waren. So lange hatte er gestarrt, bis seine Wahrnehmung erweitert war und er sich in ferne Sphären absetzen konnte. Hier war er Teil vom großen Ganzen, und keine Gedanken konnten ihn dabei stören, er war körperlos unterwegs. Bis ihm ein bis dato unbekanntes Gefühl von Zweisamkeit geradezu untergeschoben wurde. Bisher war er auf seinen Reisen immer allein im Nirgendwo unterwegs gewesen, wissend: Selbst wenn er es gewollt hätte, wäre es nicht in seiner Macht gewesen, Gefährten aufzunehmen, dazu reichten seine mentalen Kräfte nicht aus.

Wie konnte es also sein, dass sich jemand heimlich in seine Nähe geschlichen hatte? Und woher wusste Michael überhaupt, dass da ein Wesen, welcher Art auch immer, aufgetaucht war? Schließlich hatte er sich in ein körperloses Reich zurückgezogen, der Faktor Geruch konnte ihm ebenfalls keinen Anlass gegeben haben, mit Sicherheit zu wissen, dass jemand an seiner Seite sein musste, es gab dort, wo er war, weder Materie noch Gerüche. Michael zog das Resümee: Er musste über einen neuen Sinn verfügen, der ihm eine völlig neue Art der Wahrnehmung ermöglichte. Vielleicht eine Art Tastsinn ohne direktes Fühlen, ihm waren also indirekt Fühler gewachsen. Diese Erkenntnis beflügelte Michael. Er ließ sich darauf ein und wurde von einer Euphorie erfasst, die all seine Sinne derart schärfte, dass er aus einem einzigen großen übermenschlichen Sinn *bestand*, wie all die Elementarteilchen, die eins mit ihm geworden waren. Auslöser war die Erkenntnis, nicht allein unterwegs zu sein.

JULIA

Julia war als Letzte in den Bus gestiegen und musste sich mit der hintersten Reihe begnügen. Ihr Platz sollte, wie sich jetzt herausstellte, nicht die schlechteste Variante sein: Niemand konnte ihr in den Nacken kotzen. Als durch den Aufprall ein Rucken den hinteren Teil des Busses erschüttern ließ, war es um die Insassen geschehen, und selbst Julia verspürte Beklemmungen ich der Brust. Einerseits kämpfte sie gegen die Atemnot an, Folge des wie zugeschnürten Brustkorbs, andererseits bemühte sie sich darum, nicht zu tief den bazillenverseuchten Gestank zu inhalieren. Sie ließ ihren Blick starr nach vorne gerichtet, als sie am anderen Ende im Gang Michael erblickte. Licht am Horizont. Die Lautsprecher über ihr knackten und gaben dann Michaels klare, sanfte Stimme frei: „… Haltet durch! Schaut am besten nach vorne oder lenkt euch ab, damit ihr eure Übelkeit vergesst. Ich gebe zu, bei diesem beißenden Geruch wird das schwerfallen, aber übt einmal, euch mental einfach wegzubeamen wie Captain Spock im All. Beamt euch auf einen anderen Planeten oder dahin, wo ihr euch wohlfühlt.". „Beam me up, Scotty!" Julia hielt sich an Commander Spocks Methode der Fortbewegung mittels Teleportation durch die Realität, fern der Materialität hin zur Virtualität, nichts Leichteres als das. Und da die Aufforderung ausgerechnet vom Objekt ihrer Begierde kam, schloss sie dieses gleich mit in ihre mentale Auswanderung ein.

Sie visualisierte Michael, seinen runden braunen Rücken, seine drahtigen Arme, aus denen feine Sehnen quollen. Sie sah Michael in der Sonne mit blankem Oberkörper einer handwerklichen Tätigkeit nachgehen, wobei die Konturen von Unterarmen und Bizeps zur Geltung kamen. Sie sah Michael rudern. Ganz ohne Boot und Paddel ruderte Michael durch den Raum. Julias Blick hatte sich hinterrücks an Michael geheftet, machte Halt auf seinem kleinen, festen Po, wanderte zur schmalen Taille und weiter den hüftlosen Rückenübergang hinauf. Rippen schufen eine Landschaft unter straff gebräunter Haut wie ausgetretene Stufen, die zum breiten, leicht gewölbten Kreuz führten. Mit seinem stromlinienförmigen Rücken paddelte Michael durch die Luft, als wäre sie Wasser. Julia musste lächeln. Er machte eine gute Figur dabei, wie er sich mehr oder weniger taumelnd von der Thermik tragen ließ. Sie widmete sich seinem Profil, aus dem eine markante Nase zwischen paralleler Stirn und Kinn entsprang. Seine Augen lagen gerade tief genug in ihren Höhlen in einem ausreichenden Abstand zueinander. Ein Abbild seiner verschmitzten braunen Augen war für Julia jederzeit präsent. Gerade lächelten sie verklärt und zwinkerten Julia zu, ohne sie sehen zu können. Und doch nahm Michael Julias Aura wahr. Julia ließ ihren Phantasien freien Lauf und streichelte zärtlich über Michaels Wange, traute sich weiter hinab, ließ ihre Finger über die zarte Haut seines Oberkörpers bis zu seiner haarlosen Brust gleiten. Ihre Finger zogen pulsierende Kreise um Michaels Brustwarzen, um sie anschließend mit zarten Kniffen zu animieren. Es war ihr, als hätten ihre Finger sich selbstständig gemacht, als sie schleichend in die Tiefe glitten, wo Michaels feuchte Eichel ihnen entgegenkam. Die Penisspitze wuchs und stupste an Julias Fingerkuppen wie eine gesunde feuchte Hundenase.

MICHAEL

„Attention, please! Alle Mann an Bord! Down to Earth! Kommandozentrale meldet: Kirchturmspitze gesichtet, bereitet euch auf den Landgang vor!" Mit Harrys gurgelndem Gelächter verstummte der Lautsprecher. Michael brauchte eine Weile, um aus der Tiefe aufzutauchen. Er fühlte sich zugleich bleischwer und erfrischend leicht. Er wollte sich aus seinem Sitz erheben, als sein erigierter Penis an den vor ihm heruntergeklappten Tisch stieß. Der Aufprall war nicht hart genug, um seinen Schwanz zu erschüttern, aber reichte aus, um sich erst einmal zurück auf seinen Platz fallen zu lassen.

Unmöglich, seinen Zöglingen so unter die Augen zu treten, durchfuhr es ihn. Doch so einfach war die Sachlage bzw. der Stand der bzw. *des Dinges* nicht, stellte er weiterhin fest, denn sein Ding hatte sich verselbstständigt, lebte ein Eigenleben, und wie es schien, war es nicht gewillt, seinen freudig erregten Zustand freiwillig aufzugeben. Einen Teil seines Hirns hatte es noch nicht vereinnahmen können, sodass Michael zu dem Schluss kam, sitzen zu bleiben, bis alle den Bus verlassen hatten. Falls sich das

Problem bis dahin nicht von allein gelöst hätte, würde er sich an einen ruhigen Ort zurückziehen und selber Hand anlegen müssen. Bettina würde er in dieser Angelegenheit nicht behelligen. Er war froh darüber, dass sie gerade beleidigt war, weil er sich von ihr abgewendet hatte und sie ihn daher in Ruhe lassen würde. Als Nächstes musste er Jutta ein schlagendes Argument dafür liefern, dass er noch eine Weile im Bus bleiben musste, einzig der Busfahrer würde sich nicht beirren lassen, ihn allein in seinem Reich walten zu lassen.

Es blieb keine Zeit mehr, sich darüber Gedanken zu machen: „Jutta, bitte tu mir den Gefallen und geh schon einmal zusammen mit den anderen zur Kirche vor, ich komme gleich nach." Jutta zog die Augenbrauen kritisch hoch. Michael argumentierte: „Es ist sicher von Vorteil, nach dieser turbulenten Fahrt im Bus nach dem Rechten zu schauen, ob nicht jemand etwas verloren haben könnte, das er gleich brauchen wird, und vielleicht kann ich Harry beim Aufräumen noch kurz unter die Arme greifen." Jutta lächelte, Michaels Verantwortungsgefühl, das er in relativ kurzer Zeit entwickelt hatte, verblüffte sie. Sanftmütig antwortete sie: „Dein soziales Engagement in Ehren, aber meinst du nicht, du mutest dir etwas zu viel zu, und solltest du dir nicht selbst erst einmal etwas frische Luft gönnen?" Dabei schaute sie ihm tief in die Augen. „Okay, mache ich gleich, aber zuerst einmal möchte ich mein Anliegen, hier noch kurz für Ordnung zu sorgen, zu Ende bringen." Als Bittsteller kam er bei Jutta nicht weiter. „Einverstanden, dann beeile ich mich nun, die Kinder werden unruhig, bis später." Geht doch, dachte sich Michael und lehnte sich zurück in seinen Sitz, der ausgeklappte Tisch diente als Sichtschutz. Bettina marschierte aufrechten Hauptes an ihm vorbei, ohne ihn eines Blickes zu würdigen. Andere grüssten freundlich, er nickte ab und zu mit dem Hinweis, er würde gleich nachkommen oder schaute einfach aus dem Fenster, nicht ansprechbar.

Alle hatten es eilig, den Bus zu verlassen, sodass er sich abrupt allein mit Harry konfrontiert sah. Dieser kippte einen enormen

Schluck Brandwein in sich, als schlucke er seinen Zorn hinunter, und sprach: „Hey, Mann, was ist los? Nett gemeint, aber den Bus krieg ich schon allein hin. Besser, du hörst auf Frau Kleinschmidt und machst dich vom Acker, wohin auch immer, soll mir egal sein, nur raus hier, Mann." Er hatte sich erhoben und warf ihm einen Blick zu, der sagte: „Du dämlicher Wichser, wenn du jetzt nicht das machst, was ich dir sage, dann kriegst du eins auf die Fresse! Ich bin hier der Obermacker!" Dann ließ er Michael links liegen und machte sich auf den Weg nach hinten, um sich von dort aus systematisch vorzuarbeiten. Harry wühlte in der Kotze herum, während Michael fröhlich pfeifend aus der Vordertür trat und um die Front des Busses herumging. Anschließend huschte er von der Seite des Busses aus, die niemand einsehen konnte, in ein kleines nahegelegenes Wäldchen, wo nur die Waldbewohner Zeugen seiner überirdischen Eruption wurden.

Beschwingt von ihrem erotischen Abenteuer, betrat Julia die schmucklose Kirche, ihr Körper glühte. Sie betrachtete den Innenraum: Als ließe sich Schönheit nicht in Einklang mit dem Tod bringen, hatte man auf jegliche Verzierung verzichtet, sodass die Gedanken an die Moorleiche nicht auf Abwege gerieten oder sich in Zierrat verfingen. Zu wenig Licht fiel durch die wenigen vergilbten Fenster, als dass ein Mindestmaß an Wärme jemals ermöglicht würde. Die Temperaturen lagen wohl um den Gefrierpunkt, vermutete Julia, sicher war sie sich aufgrund ihres eigenen hitzigen Körpers nicht über die tatsächlich herrschende Raumtemperatur. Sie schaute auf, um Referenzpunkte zur Temperaturbestimmung zu finden. Der Leichnam lag noch außer Sichtweite, könnte jedoch der Grund der Unterkühlung zwecks Konservierung sein. Sie sah haufenweise Menschen unauffällig eilig umeinander schleichen, aus denen sich einer dadurch hervortat, dass er mit einer dunkelroten Stola herumwedelte. Julia erkannte am Gewand, dass er sich um den Pfarrer handeln musste. Er war wohlbeleibt und gestikulierte mit weit aufgerissenen, auseinanderstehenden Glupschaugen wild in ihre Richtung. Wusste er, dass sie fror, und wollte er ihr eine Stola gegen die Kälte anbieten? Sie lächelte ihn dankbar an, doch er schaute durch sie hindurch, als nähme er sie gar nicht wahr. Er *nahm* sie nicht wahr. Julia verfolgte seinen Blick und sah, wie dieser auf den blanken Schultern gleich neben ihr gelandet war. Sofort konnte Julia die schmalen, braunen Schultern Nathalie zuordnen. Amüsiert verfolgte sie, wie Nathalie, so schien es, zum ersten Mal ein Gotteshaus von innen betrat.

Nathalies Neckholdertop bedeckte wie ein gehäkeltes Babylätzchen gerade einmal die obere Mittelfront ihres Oberkörpers mit groben Netzen, durch die knüppelharte Brustwarzen stachen. Die Nacktheit ihres Rückens, ihrer Schultern, ihres Po-Ansatzes, ihrer Lenden und ihres Bauches konnte unmöglich unter der angebotenen Stola verbannt werden. Auch wenn sein ungläubiger Blick und sein gebrochener Tonfall eine andere Sprache sprachen, so sagte der Pfarrer mit schlichten Worten: „Bitte beachten Sie zukünftig die Regeln, wenn Sie eine Kirche betreten. Sittenwidrig ist, ein Gotteshaus mit blanken Schultern zu betreten, die Ärmel sollten lang getragen werden." Nathalie lächelte ihn mit ihrem herzallerliebsten Mädchenlächeln an: „Vielen Dank für Ihren Hinweis, Herr Pfarrer." Sie nahm das Stück lila Stoff dankend entgegen und legte es sich um die Schultern, sichtlich bemüht, mit den Enden ihre Schultern und Oberarme zu bedecken, anstatt sie über der Brust zusammenzuknoten: „Wo kann ich bitte die Regeln nachlesen, damit ich alle kenne und nichts mehr falsch mache?" „Oh!", antwortete der Pfarrer überrascht. „Das ist das geringste Problem, diese findest du direkt neben dem Eingang innen auf einer Tafel hinterlegt, gleich bei der Schatulle für die Opfergaben. Du kannst dort zur Sühne noch einen Obolus entrichten." „Das werde ich bestimmt tun, Herr Pfarrer, und danke nochmals." Stolzen Hauptes und stets lächelnd machte Nathalie kehrt und ging zurück zum Eingangsportal. Nachdem sie die kirchliche Hausordnung studiert hatte, zog sie fünfzig Pfennig aus ihrer Hosentasche und schnippte sie in die Opferdose. Danach tauchte Nathalie ihre Finger ins Weihwasserbecken und bekreuzigte sich ganz im Sinne der Dreifaltigkeit mit den Worten *„Im Namen des Vaters: für dich, Papa"* auf der Stirn. „*Des Sohnes: für dich, mein Schwesterherz*" auf die linke Brustwarze. „*Und des Heiligen Geistes: für dich, meine offenherzige Mama*", dann auf die rechte Brustwarze. Wie kleine Diamanten auf dunklen Miniaturholzschiffchen glitzerte das gesegnete Wasser auf den dunklen, aufgebäumten Titten. Das Weihwasser würde auf den kalten Nippeln gefrieren und filigrane Eiskristalle ihre Brustwarzen schmücken. Allein Nathalies Schultern blieben bedeckt, das Wort „Brüste" kam im Text nicht vor. „Halleluja, der Herr ist mit uns", säuselte Nathalie, als sie an Julia vorbeirauschte. „Halleluja!" Julia blickte Nathalies braunen Rücken hinterher, bis er in der Menge verschwunden war. Dann schloss sie sich langsam dem Trott an, der sich in Richtung der Nische bewegte, in der sich der Leichnam befinden sollte.

Auf ihrem betulichen Pilgerweg schlich sie an mahnenden Heiligenfiguren vorbei, abgetakelten Kerzen und verrußten Gemälden, bis sie die Krypta erreichte. Unter schmucklosen grauen Bögen von ebensolchen Pfeilern, eingekeilt in einer Nische hinter Glas, präsentierte sich die Moorleiche, als läge sie in einem Schaukasten für Insekten mit dem Unterschied, dass der Körper nicht mittels einer Nadel befestigt war, sondern lediglich der Lendenschutz. Das macht neugierig darauf, wie es unter dem schmalen Leinentuch aussehen würde – waren Geschlechtsteile konservierungsfähig? Der Oberkörper war entgegen kirchlicher Vorschrift unbedeckt, doch auch anhand dessen konnte das Geschlecht der Leiche nicht bestimmt werden, obwohl die Gestalt auf dem Rücken liegend ausgestellt war. Der Brustkorb war eingefallen, und wie Schokoladenglasur überzog eine dunkelbraune Masse die dünnen Hautlappen, die über dem Skelett übrig geblieben waren. Kaum über einen Meter zwanzig oder dreißig groß, zog sich das Skelett über seine Länge hin, ordentlich drapiert, die Beine gerade, die Füße längs gestreckt, die Hände auf dem gebeulten Brustkorb beisammen zum Gebet positioniert. Über den erhaltenen filigranen Halswirbeln lag der Schädel auf einem flachen weißen Kissen gebettet, letzte verkrustete Haare waren auf dem Weg aufs Nimmerwiedersehen hängen geblieben.

Haare und Nägel wachsen nach dem Tod weiter, so Julias Kenntnisstand. Was, wenn menschliche, für das Auge unsichtbare Fluide ebenso weiterwachsen? Wohin wächst der Mensch? Beim Anblick des Toten befremdete es Julia, dass ihr Blick nicht erwidert werden konnte, nur deshalb, weil der zeitliche Ablauf dies nicht vorgesehen hatte. Der Plan sah vor, dass ihr Treffen auf das menschliche Ex-Wesen einseitig verlaufen würde. Sie versuchte es trotzdem: „Wann haben deine Haare aufgehört zu wachsen?" Dann starrte sie auf das Pferdegebiss, das ihr aus den hohlen Wangen entgegenzuspringen schien: „Und die Zähne? Hattet ihr damals so viele Zähne wie wir heute? Habt ihr euer Fleisch zäh oder zart zwischen die Kiefer bekommen?" Unweigerlich musste sie an ihr letztes Mittagsessen denken: „Habt ihr an den Nägeln gekaut? Und die Nägel dann verschluckt oder irgendwo hingespuckt? Wann haben deine Nägel aufgehört, zu wachsen? Oder stutzen sie sie dir hier regelmäßig? Kommt auch mal einer zum Abknabbern vorbei? Auch die Fußnägel?" Anscheinend hatte sie ihr mittägliches Nagelerlebnis noch nicht verdaut und entwickelte eine regelrechte Aversion gegen menschliche Nägel oder das, was von ihnen übriggeblieben war. Es gruselte sie mehr vor Nägeln als vor Leichen. Die in Moor getunkte Gestalt war Jahrhunderte weit entfernt und äußerte sich nicht mehr, weshalb sich bei Julia angesichts der hohlen Augen und der entspannten Gesichtszüge innere Ruhe anstelle von Aufruhr einstellte. Der Tod musste in einer Minute der Erquickung eingetreten sein, vielleicht in einer lauen Sommernacht mit Blick in den Sternenhimmel als Hanns Guck-in-die-Luft, statt auf den schlammigen Untergrund zu achten, im Sternenhimmel den Morgenstern zu erblicken und langsam im Nirvana unterzutauchen.

Nein, das konnte nicht sein, entschied Julia. Mit Moor in Mund und Nase lässt sich nicht lächelnd das Jenseits begrüßen, das Unfallopfer war folgerichtig keines und musste schon kurz vorher vom sanften Gevatter Tod abgeholt worden sein. Oder waren seine entglittenen Gesichtszüge im Nachhinein zu einem schlummernden Lächeln geformt worden? War das Gesicht gar ein von Priestern handgemeißeltes? Wanderten Moorleichen nicht unruhig des Nachts über das Moor angesichts ihres grausamen Werdegangs? Wenn das so war, dann würde auch die Verglasung keinen Schutz vor nächtlichem Freigang bieten. In diesem Fall hatten die Abläufe es so vorgesehen, dass sich ihre Wege zeitgleich kreuzen würden und Julia Antworten finden würde.

16. KAPITEL
„CHEZ IRIS"

Bettina war aus dem Bus gestürzt. Die Moorleiche interessierte sie sowieso nicht, jetzt erst recht nicht mehr, nachdem Michael ihr einen Korb gegeben hatte. Sie war wütend und es nicht gewöhnt, links liegen gelassen zu werden, und sie hatte auch nicht vor, sich jemals daran zu gewöhnen. Es war gar nicht so, dass sie Michael nachtrauerte, auch wenn er derjenige war, der sie entjungfert hatte, aber das hatte er sowieso nicht mitbekommen. Was sie rasend machte war, dass nicht *sie* es gewesen war, die *ihm* eine Abfuhr erteilt hatte, aus welchem Grund auch immer. Er hatte sie links liegen lassen, als sie seine Nähe gesucht hatte und sich mehr für diese Kinder hier anstatt für sie interessiert. Das reichte, um ihm nun die kalte Schulter zu zeigen und ihre Unabhängigkeit zu demonstrieren. Es war noch früh genug, es so zu rücken, dass sie die Oberhand behielt, bevor er das Interesse an ihr ganz verlieren würde. Sie musste ihm deutlich machen, dass er der Verlierer sein würde, wenn sie nicht mehr an seiner Seite wäre. Er sollte ihr nachtrauern, und sie musste ihm vor Augen führen, wie unglaublich attraktiv sie war, um seinen Verlust zu unterstreichen. Attraktivität spiegelt sich immer in den Augen der anderen wider, insbesondere der potenziellen männlichen Mitbewerber. Es war offensichtlich, wer hier noch auf sie stand: Pfarrer Simmrath. Die Vorstellung, sich an den Pfarrer ranzuschmeißen, beschwingte Bettina, und sie erinnerte sich an den letzten Waldausflug, als sie von ihm Messwein angeboten bekommen hatte und sie sich anschließend, nachdem sie den Tafelwein ex und hopp geleert hatte, wollüstig im Gras geräkelt hatte.

Das brachte sie auf eine Idee. Spontan machte sie auf dem Weg zur Wallfahrtskirche kehrt und sah erfreut, dass alle drei Türen des Busses zum Durchlüften geöffnet waren. Der Busfahrer war gerade dabei, den hinteren Teil des Busses zu reinigen, sodass Bettina unbemerkt durch den Vordereingang einsteigen konnte. Der Vorteil, in der ersten Reihe neben Michael gesessen und so das geheime Versteck entdeckt zu haben, machte sich nun bezahlt. Flink stibitzte sie den Flachmann aus dem Handschuhfach. Den Verlust seiner Flasche würde dieser Idiot von Busfahrer niemals melden können. Eilig verstaute Bettina den Brandwein in ihrem Minirucksack und verzog sich unauffällig in Richtung des Waldrandes, wo sie sich im hohen Gras niederließ. Falls Michael ihr Fehlen in der Kirche überhaupt auffallen würde, so wäre er vermutlich eh froh darüber, weil er sich nicht mit ihr auseinanderzusetzen brauchte. Sie ging davon aus, bis zur Rückfahrt in Ruhe gelassen zu werden. Voller Vorfreude holte sie den Brandy aus ihrem Rucksack. Bevor sie sich einen kräftigen Schluck genehmigte, versicherte sie sich, dass niemand in der Nähe war. Sie schaute sich um und erstarrte: Wenige Meter weiter stand Michael im Schatten eines Baumes. Er wandte sich dem Baum zu, weshalb sie unbemerkt blieb. Sie rührte sich nicht und versuchte herauszufinden, weshalb Michael seinen Pflichten nicht nachkam. Er hätte gerade dabei sein sollen, die Gruppe in die Kirche zu führen, es musste also einen triftigen Grund für seine Abwesenheit geben. Sie nahm ihn ins Visier, konzentrierte sich und sah, dass er mit der linken Hand am Baumstamm lehnte und die rechte Hand vor sich hielt. Verstehe, dachte Bettina, er musste mal ganz dringend, und dass Männer lieber gegen irgendetwas als einfach in die Luft pinkeln, das hatte sie bereits zu ausgiebigen Saufgelagen beim Karneval beobachten können. Sie wollte sich gerade abwenden und endlich ihrer Flasche widmen, als sie ruckartige Bewegungen seiner Elle aus dem Augenwinkel wahrnahm: Michael war dabei, sich einen runterzuholen. Fassungslos starrte sie weiter in seine Richtung. Sie hatte sich mit einem echten Wichser eingelassen, der sich lieber allein anstatt mit ihr gemeinsam vergnügte. Einige Sekunden lang lähmten sie ihre Wut und ungewohnter Ekel, den sie verspürte, einen Augenblick zu lange, um reagieren zu können. Während der kurzen Zeit ihrer eingeschränkten Reaktionsfähigkeit konnte Michael sein Werk mit einem Ruck vollenden und schleunigst verschwinden, bevor seine Abwesenheit der Gruppe aufgefallen wäre.

Bettina stand auf und starrte benommen auf den knorrigen Baumstamm, auf dem Michael seine Markierung hinterlassen hatte. Das Sperma verteilte sich zwischen der faserigen Rinde. Ein Rinnsal floss gemächlich am Stamm hinunter, ebenso wie die hohe Dosis, die Michael letzte Nacht in ihrer Muschi hinterlassen hatte, noch immer feuchte Pfade zwischen ihren Beinen hinterließ. Nun sah sie, wie Michaels frische Spermien derweil in ein ebenso frisches Astloch eindrangen, aus dem Harz austrat. Das von Bäumen abgesonderte Naturharz dient in erster Linie zum Verschließen von Wunden an der Pflanze. Ganz im Sinne ihres Biologiewissens steckte Bettina ihren Zeigefinger auf die Öffnung des Lochs, vermengte Harz und Sperma miteinander und tunkte eine ordentliche Portion der Paste auf ihre rechten Zeige- und Mittelfinger. Sie verschloss ihre Wunde.

Das Gemisch war wie naturtrüber Honig, als Bettina ihre vor Aufregung pulsierende Vagina damit einschmierte. Zu einer guten Wundversorgung gehört desinfizierender Alkohol. Sie öffnete den Flachmann und beträufelte behutsam mit wenigen Tropfen ihre Muschi. „Prost, auf dich!" Dann kam sie unter dem dichten Blätterdach hervor und begab sich zurück auf die sonnendurchflutete Wiese. Sie ließ sich nieder, ihre Gedanken hielten still. Sie genehmigte sich einen ordentlichen Schluck aus der Flasche und starrte in den Himmel. Sie nahm noch einen Schluck und einen weiteren und wieder einen, sie merkte es nicht mal mehr. Die Zeit war stehen geblieben oder verflogen, unbemerkt an ihr vorübergezogen, als sie so dalag, während ihr Hirn vom Alkohol erobert wurde und in der Hitze brutzelte. Nur nicht verflüchtigen. Die Welt verschwamm, so wie sich die Pusteblumen vor ihr als milchige Mattscheibe auftürmten. Es schien ihr unmöglich, diese zu durchdringen, alles strengte sie an: Die Augen gerade zu halten, einen Gegenstand zu fixieren, einen Gedanken, der vorbeischoss, zu fassen, ihren Kopf, ihre Schultern oder auch nur ihren Arm hochzuheben, all das verursachte ihr Übelkeit und kam ihr wie eine weit entfernte Erinnerung an sich selbst vor. Sie war in einer Verfassung, in der sie weder ihre Gedanken noch ihren Körper definieren konnte, sich ihrer eigenen Dimensionen nicht mehr bewusst, lag sie da und konnte auch das Liegen als solches nicht mehr erkennen. Sinnesrauschen, einzig das Gehör war seines Sinnes mächtig geblieben: Rascheln unten, Rauschen oben. Ein Windstoß fegte um die Baumkronen und Zweige, fein wie Äderchen, rieselten auf Bettina herab. Waldameisen bauten fußkettchenförmige Straßen entlang ihres Knöchels, und ein knallgrüner Grashüpfer hatte sich dekorativ auf ihrem Dekolleté niedergelassen. Eine Schmeißfliege machte sich lautlos auf den Weg zur Vulva, wo sie vor verschlossenen Toren ihren Rückzug antrat. Bettinas Tastsinn hatte ausgesetzt, kein Kribbeln, kein Kitzeln. Kein Streicheln.

In Wirklichkeit war die Zeit vergangen. Der Anlasser des Busses machte sich lautstark in ihrem Gehör bemerkbar, das richtungweisend neben „oben" und „unten" nun „Abfahrt" in ihr Hirn implizierte. Instinktiv setzte sie sich auf. Nach dem Sitzen käme das Gehen. Sie nahm einen letzten Schluck, warf die leere Flasche hinter den nächsten Busch und begab sich auf den Weg in Richtung Bus. Selbst wenn sie gekonnte hätte, bräuchte sie sich nicht zu beeilen. Der Busfahrer schmiss, lange bevor er seinen Bus in Bewegung setzte, den Motor an, damit dieser „warmlaufe". Dunkle Rußwolken kamen ihr entgegen, als sie den Parkplatz erreichte. Sie holte tief Luft, bis ihr vom Diesel leicht schwindelig wurde, und torkelte die Stufen des hinteren Eingangs hinauf. Bloß keine Aufmerksamkeit erregen. Wenn sie gefragt werden sollte, so würde sie dem Busfahrer sagen, sie wäre mit ihrem Kirchenprogramm durch. Schläfrig rollte sie sich im Sitz zusammen und wartete dösend auf die Ankunft der anderen. Die ließen nicht lange auf sich warten, und kaum, dass sie sich's versah, wurde sie unsanft gerüttelt: „Hey, Bettina, das ist mein Platz!" Stimmt, sie hatte sich auf Herbies mit Krümeln und gebrauchten Tempotaschentüchern übersäten Sitz niedergelassen. Ruckartig und sichtlich angewidert erhob sie sich: „Oh, suhl dich nur weiter in deinem Dreck!" „Verstau du deine Arroganz erst mal im Gepäckraum, du Miststück!" Mit diesen Worten im Nacken quälte sich Bettina durch den schier ewigen Gang nach vorne auf ihren Platz, gleich hinter Michaels. Sie sah keinerlei Anlass dazu, Michael aus dem Weg zu gehen. Im Gegenteil, er konnte sich glücklich darüber schätzen, dass sie ihr Geheimnis für sich behielt, und ob sie ihn als Wichser outen würde, das wäre situationsabhängig zu entscheiden.

„Miststück" hallte es zeitversetzt in Bettinas Kopf nach. Sie nahm es als Lob, Aufforderung und Herausforderung, diesem gerecht zu werden. Ein echtes Miststück nahm sich einfach das, was es wollte, und das, was nutzlos war, wurde früher oder später links liegen gelassen. In der Zwischenzeit hatten sich die Fahrgäste vor dem Bus versammelt und wurden nun einzeln durch den Vordereingang geschleust, um dort von Jutta abgezählt zu werden. Bettina schaute ihr dabei zu und konzentrierte sich darauf, jede ihr mehr oder weniger näher bekannte Person in „links liegen lassen", „möglicherweise noch zu gebrauchen/warmhalten" oder „von Nutzen" zu kategorisieren: Jutta war eindeutig noch von Nutzen, schon allein wegen ihres Jobs hier vor Ort, da gab es keine Diskussion. Demnach müsste sie auch Michael als „von Nutzen" einstufen, doch das ging eindeutig zu weit: Er würde statt früher nun später links liegen gelassen werden, weil er bis zur Abreise möglicherweise noch von Nutzen sein könnte, und er wurde deshalb der Rubrik „warmhalten" zugeordnet. Zur Perfektionierung eines echten Miststücks gehöre die Unterdrückung von Stolz und Ehre, sagte sie sich. „Übung macht den Meister": Sie konnte nicht früh genug damit anfangen, um für die Jahre gewappnet zu sein, wenn sie auf Meister von Masken und Manipulationen treffen würde. Mit einem Lächeln nickte sie Vanessa zur Begrüßung zu, als diese den Bus betrat: eindeutiger Fall von „von Nutzen", und wo Vanessa war, war ihre Schwester Nathalie nicht weit, also gab es ebenfalls die Bewertung „von Nutzen". Auch wenn das Schwesternpaar nicht gerade Bettinas Sympathie weckte, so waren sie eine verschworene Gemeinschaft, sozusagen eine „Gang" vor Ort. Gemeinsam waren sie stark, und dazu kam, dass Bettina bewundernde Blicke erntete. Sie ertappte Vanessa zuweilen dabei, wie diese sie anhimmelte. Es blieb keine Zeit, diesen Aspekt zu vertiefen. Herbie trampelte durch die Eingangstür, ein Fall von „warmhalten", und wenn es nur dazu half, Julia zu ärgern. Daher nickte sie Herbie kurz zum Gruß zu. Verwundert schaute Herbie auf: „Hallo Miststück!" „Hey, bis jetzt dachte ich, du hättest dich längst auf deinem Platz hinten breitgemacht. Hast du den inzwischen mit einem Handtuch reserviert?", konterte Bettina. Mit lauwarmem Mundgeruch wand Herbie sich Bettina zu: „Nicht nötig, du bist die Einzige, die sich auf meinem verlebten Lager überhaupt niederlässt!" Wo er recht hat, hat er recht. Ihr Fauxpas konnte nur am Alkoholkonsum gelegen haben. Ob sie ebenfalls Mundgeruch hatte, allerdings solchen, der gemeinhin als „Fahne" bezeichnet wurde?

„Weiter hier, es staut sich am Eingang!", tönte es von draußen in den Bus. Der Tross zog weiter an Bettina vorbei, während sie dabei war, alle ihre Innen-, Hand- und Rocktaschen nach Erfrischungsbonbons abzusuchen. Als sie Julias „Hallo" hörte, das eindeutig ihr galt, blickte sie noch nicht einmal auf: „links liegen lassen". Versunken in den Untiefen ihrer Handtasche, fand sie einen einsamen „Tic Tac", und auch wenn der Pfefferminzzuckerguss überwiegend durch die langen Monate in Einzelverwahrung abgesplittert war, so erfüllte es noch leidlich seinen Zweck, und eine gewisse, müde Erfrischung machte sich in Bettinas Gaumen breit. Oder handelte es sich bereits um mehrere Jahre, die das Ding in ihrem Mund zuvor seinem einsamen Verfall ausgesetzt worden war? Nein, das konnte nicht sein, Bettina führte eine Handtasche nicht länger als ein Jahr aus. Daraufhin nahm sie ihre Handtasche genauer unter die Lupe, um abzuschätzen, ob diese auch ein Fall von „links liegen lassen" war. Vertieft in ihren Abwägungen, zogen die Mitglieder der Reisegruppe vorüber, und als das Ergebnis feststand, löste der Busfahrer die sperrige Handbremse und setze den schnaufenden Bus in Bewegung.

Er war warmgelaufen. Geradezu überhitzt schoss das Fahrzeug den Hügel hinab, während Bettina die Armlehne wegklappte, seitwärts sitzen blieb, sodass ihre Beine im Gang Platz fanden und sie sich mühelos zur hinteren Sitzreihe wenden konnte: „Hey, Nath, was hältst du davon, wenn wir als Zeichen unserer Freundschaft unsere Handtaschen tauschen?" „Die wird ihr wohl besser passen als dein BH!", mischte sich Vanessa ein, noch bevor Nathalie einen Blick auf die angebotene Tauschware werfen konnte. Vanessa wurde ignoriert. „Zeig mal her!" Bettina reichte Nathalie die Tasche, die ihre gemeinsame Lebenszeit hinter sich hatte. Nathalie durchwühlte prüfenden Blickes das verlebte Innenleben des Angebots und verglich die Zutaten mit dem Inhalt ihrer eigenen Tasche: „Okay, auf unsere Freundschaft! Der Tausch gilt inklusive allem, was drinnen ist!" „Na, ich weiß nicht." Bettina kam ins Grübeln und überlegte krampfhaft, was sie möglicherweise vermissen würde, wenn sie den Tauschhandel eingehen würde. „Gut, aber unsere Portemonnaies bleiben ihren Besitzern treu!" „Einverstanden." Nathalie kramte das Portemonnaie zwischen Papierfetzen und undefinierter Masse hervor. Sie überreichte es Bettina feierlich zusammen mit ihrer eigenen Tasche und den Worten: „Halte sie in Ehren, Geldbörse wirst du nicht finden, Vanessa ist die alleinige Verwalterin unseres Familienvermögens." Bettina starrte sie an: „Ehrlich? Du hast kein eigenes Geld?", fragte sie entgeistert. „Doch, klar habe ich meine Kohle, nur: Weil ich sie immer sofort ausgebe oder verliere, passt meine große Schwester auf mich auf. Sie kommt auch immer zur Lohnabrechnung in der Eisdiele vorbei und kassiert das Bare ein. Dann teilt sie eine kleine Summe ein für mich, die ich sofort bekomme, und den Rest nimmt sie für mich in Gewahrsam. Hier im Ferienlager, wo wir ständig zusammenhängen und gleich viel oder auch gleich wenig Knete brauchen, habe ich noch keinen Penni gesehen, weil sie einfach alles für uns beide bezahlt." „Von deinem Verdienst?", rutschte es Bettina heraus. Wenn Blicke töten könnten, wäre Bettina in diesem Augenblick vom Blitz getroffen worden. Sie spürte einen heftigen Schmerz am Schienbein. Tränen quollen ihr in die Augen, und trüben Blickes sah sie Vanessas Gesicht, das zur Fratze verkommen war. Glühende Augen wie Kohlenstücke sprangen sie an: „Alles gut bei dir? Bei uns jedenfalls läuft alles bestens, klar?" Bettina wagte nicht, ihr zu widersprechen und wusste: Falls sie jetzt irgendetwas entgegnete, was auch immer, so würde es nicht bei „Halt du Klappe!" bleiben. Ihr Gegenüber roch nach Adrenalin, und sie wollte die tickende Zeitbombe lieber entschärfen, anstatt sich von ihr zerfetzen zu lassen. „Alles gut." Sie wartete einen Moment der Stille ab, in dem sie abschätzte, ein devotes „Danke" hinterherzuschieben. Sie ließ es bleiben. Man betrachtete den Vorfall mit unterschwelligem Einverständnis als nicht vorgefallen und ging zur Tagesordnung über: „Sag mal, woher hast du deine, *meine* neue Tasche eigentlich?", stammelte Nathalie. „Von meinem Vater."

Noch während sie die drei Worte aussprach, kamen sie ihr wie ein weit entfernter Ausruf vor, der an den Wänden ihrer Hirnrinde entlangprallte und durch ihren Kopf hallte «Mein Vater». Ihr schmerzendes Schienbein kam ihr wie eine Prophezeiung vor, die Vorhut einer weitaus tieferen Wunde, die ihr Schmerzen zufügen würde. Diese ruckartige Gewissheit, weit mehr als eine Ahnung, brachte sie aus der Fassung. Sie taumelte und sah, wie sich Nathalies Lippen bewegten, konnte sie jedoch nicht hören! Der zunächst innere Hall schien eine undichte Stelle in ihrem Schädel gefunden zu haben, entwichen zu sein und nun unsichtbar von außen ihren Kopf zu verpacken, schalldicht! Von Panik erfasst, stieß Bettina einen Schrei aus, als wäre ihr Leben in Gefahr. „Vater" war das, was sie hörte, doch alle anderen im Bus nahmen Bettinas Schrei als schrilles Kreischen wahr.

Bettina wurde geschüttelt, dann sah sie in Pfarrer Simmraths Augen, vernahm ihr eigenes wortloses Schreien, erkannte es als ihr eigenes und konnte endlich damit aufhören. Stille. Würde sie wieder hören können? Sie brachte ein zaghaftes „Hallo?" hervor, als spräche sie in eine Telefonmuschel. „Alles gut bei dir?" Die sonore Bassstimmlage tat ihre Wirkung: Sie beruhigte sich und schaute Pfarrer Simmrath tief in die Augen: „Alles gut bei mir." Zwar immer noch leicht zeitversetzt, aber sie konnte sich selbst wieder sprechen hören. Endgültig zurückgeholt wurde sie von Pfarrer Simmraths Hand, die über ihren Oberschenkel streichelte. Ihr erster Gedanke galt Michael. Er war es gewesen, der sie geschmäht hatte, und nun kam ihre Chance, sich als begehrenswertes, unabhängiges Wesen ihm gegenüber zu präsentieren. Als Gruppenführer hatte er natürlich längst die Szenerie unter Beobachtung genommen, und Bettina brauchte nur leicht zur Seite zu rutschen, um den Blick auf die zärtliche Geste freizugeben. Sich räuspernd, trat Michael näher, doch statt seine Hand wegzuziehen, ließ der Pfarrer sie ruhig liegen und schaute Michael stechend in die Augen. Da wusste Bettina, dass sie ihn bereits erobert hatte.

Niemand sagte ein Wort, als sich der Bus mit einem Ruck in Bewegung setzte. Was war bloß gerade mit ihr los gewesen?, fragte Bettina sich, eine schwammige Kontur ihres Vaters vor dem inneren Auge, den Geruch seines Alpecin-Shampoos gegen Schuppen in der Nase. Dass diesmal der Duft nicht von ihrem Vater, sondern von Pfarrer Simmraths Haupthaar ausging, das über der Rückenlehne vor ihr glatt gestriegelt im Gegenlicht lag, bemerkte sie nicht. Stumpf starrte sie auf das schlabberige Netz vor ihr an der Lehne und vergaß ihren Ausraster.

Bettina fing an, sich zu langweilen. Sie schaute aus dem Fenster. Es gab nichts Neues zu sehen. Nichts als eine leere Landstraße und immer die gleichen Bäume. Sie schaute an sich hinunter und erfreute sich an ihrem in Form gehaltenen Dekolleté, doch die Freude hielt nur kurz und konnte sie nicht von ihrer Langeweile befreien. Sie schaute auf den Boden neben sich und fand etwas, das sie noch nicht kannte: ihre neue Second-Hand- Handtasche. Wieso hatte sie den Tausch überhaupt vorgeschlagen? Sie wusste es nicht, wohl einfach so eben, zur Abwechslung. Sie stülpte die Tasche um, sodass der Inhalt sich auf das leere Polster neben ihr ergoss. Viel war es nicht, was an Innereien zutage kam: ein Feuerzeug, ein hellblaues Hamsterlaufrad, ein Stummel Kajalstift,

Kaugummis, Zigaretten und verstreute Tabakkrümel, unter die sich kleine braune Kügelchen mischten. Dope? Bettina pulte ein kleines Teilchen zwischen dem Tabak hervor und nahm es in den Mund. Beim Kauen machte sich ein strenger Geschmack im Gaumen breit, sie spuckte es angewidert vor sich aus. Wie eine kleine Nacktschnecke im Schleim glitt es langsam den Vordersitz hinunter. Der Geschmackstest bot keinerlei Aufklärung, zumal Bettina keine Vergleichswerte vorlagen. Für den Fall, dass es sich tatsächlich um Drogen handelte, kratzte sie das Tabakkrümelgemisch zusammen und verstaute es in die Klarsichtfolie, die noch über die Zigarettenpackung gestülpt war, und steckte das Päckchen nach innen neben die übrig gebliebenen Zigaretten. Danach wand sie sich dem Krimskrams erneut zu, nahm das Laufrad, presste ihre rechte Hand durch das Rund und drehte sich zu dem Platz hinter sich um: „Schickes Armband, Nath! Das wird wohl der neueste Trend, wenn du damit in der Eisdiele die Eisbällchen portionierst. Oder gleich einen neuen Eisbecher à la Nathaljá kreierst, so zusagen ‚den gespritzten Lauf‘: Schokoeis durch die Radritzen gepresst mit hm, sag, was für eine Soße gibt's obendrauf?" „Ich mache gar nichts damit, und inzwischen ist es nutzlos geworden." Nathalie schwieg. Sie schien betroffen zu sein und so gar nicht zu Späßen aufgelegt. „Jetzt lass dir nicht alles aus der Nase ziehen! Was hat es mit dem Laufrad auf sich?" Bettina war unruhig und wollte ihre Langeweile reduzieren. „Das gehörte Willi." „Ein Hamster?" „Nein, Willi war eine weiße Zwergratte", erklärte Nathalie ernst. „Das gibt es? Zwergratten, die im Laufrad laufen?" „Willi wurde auch als Zwergratte bald zu groß, um im Rad zu laufen, und quetschte sich dennoch immer wieder gerne hinein. So konnte ich ihn wunderbar als Paket in diese Handtasche packen und überallhin mitnehmen. Wenn ich angekommen war, durfte er dann auf meiner Schulter Platz nehmen." „Ha, ha, die Rattenfängerin aus der Eisdiele!", kommentierte Bettina, als Vanessa sich einmischte: „Und nicht nur auf der Schulter hat Willi Platz genommen, besonders gerne haben wir ihn auf unsere Unterarme gesetzt, wo er hin- und hergetrippelt ist. Das fühlt sich so ... an, warte, ich komm rüber und zeig es dir." Vanessa huschte einen Platz vor sich neben Bettina: „Ich zeige es dir erst einmal an einem Arm. Am besten, du legst deinen linken Unterarm auf die Zwischenlehne", instruierte sie Bettina, die die Stuhllehne aufklappte und ihren Arm platzierte. „Die Unterarme gekitzelt zu bekommen, ist ähnlich, wie die oberen Innenseiten der Oberschenkel, und das verhilft dir zu einem ‚Durchzug' durch den Körper, wie Nathalie und ich es nennen. Du kannst dich auch selber dort kitzeln, aber es ist nicht ganz so intensiv, als wenn es jemand anderes macht. Oder eben man lässt Willi laufen, also, wir haben Willi laufen lassen, fühl!" Bettina kannte zwar Aufforderungen wie „schau!" oder „hör!", aber eine, die sich auf das Sinnesorgan ihrer Haut bezog, war ihr neu. Sie ließ sich darauf ein und fühlte und fühlte, und es fühlte sich wirklich sehr schön an, als würden kribbelnde Ministromschläge in die Nervenbahnen fließen, sobald die flinken Fingerkuppen mit sanft kratzenden Nagelspitzen leichtfüßig über die Haut glitten. Vanessa hörte abrupt auf: „Na, weißt du jetzt, was ich meine? Schön?" „Jaaaaaa", sagte Bettina lang gedehnt. „Bitte mach weiter." Vanessa gehorchte: „Du kannst wohl nicht genug kriegen, was? Das konnte Nathalie auch nicht, und Mutter beobachtete uns mit Argwohn, insbesondere sobald Willi ins Spiel kam, wurde sie misstrauisch. Eines Morgens war Willi nicht mehr in seinem Käfig, die Käfigtür war geöffnet." Ihr Redefluss verebbte, ihr Streichelfluss strömte monoton weiter.

Bettina schaute wieder aus dem Fenster. Die Langeweile, die sie gerade noch angesichts der öden Landschaft empfunden hatte, hatte sich in meditative Monotonie verwandelt, angereichert mit gleichmäßigem Körperprickeln, und so brauchte sie eine Weile, um Interesse mimend nachzufragen: „Wieso war eure Mutter argwöhnisch?" Vanessa wunderte sich: „Wie kommst du denn jetzt darauf? Interessiert dich gar nicht, wieso die Käfigtür offen war?" „Schon, klar, natürlich, erzähl!", ermunterte Bettina sie. „Na ja, letztendlich wissen wir auch nicht, wieso die Tür auf war, wir sind und nur beide ganz sicher, sie über Nacht geschlossen zu haben, was bedeutet, dass sie jemand anderes geöffnet haben musste. Ich vermute, es war Mutters Freundin, die sich immer wieder über Willi aufgeregt hatte und Nathalie belehrend gezeigt hatte, an welchen Körperstellen das Streicheln ohne Hilfsmittel-Willi seine volle Wirkung entfaltete: Sie fing mit den Unterarmen an, dann spannte sie von oben den Bogen über den Hals, zart unterhalb der Stelle, wo bei Männern der Kehlkopf sitzt, in die kleine Kuhle, und sie ließ ihre kribbelnden Finger von dort aus eine gerade Linie ziehen, bis genau zwischen die Titten. Von dort aus umzeichnete sie in kleinen kreisenden Fahrtwegen Nathalies Knospen, immer dicht an den Spitzen entlang, die inzwischen knüppelhart nach oben standen und sich wie kleine Eicheln spalteten, kurz vor der Kollision. Stattdessen führte sie ihre Finger sanft zurück zur Linie in der Mitte des Oberkörpers hinab zum Nabel, den sie mit ihrer Zungenspitze antupfte, die ab da ihre Fingerspitzen ersetzte und weiter abwärts an die Innenseiten der Oberschenkel zischte."

Bettina verknüpfte die Schilderungen mit dem „Durchzug" ihres Körpers und wand sich kurz, aber heftig unter Vanessas Fingerspitzen, die den Unterarm währenddessen nicht verlassen hatten. Sie traute ihren Ohren nicht: „Und woher willst du das alles so genau wissen?", lenkte sie von ihren eigenen überschäumenden Empfindungen ab. „Nathalie hat es gefallen und mir gezeigt." „Ach, sie hat dir nicht von eurer Quasi-Stiefmutter erzählt, sondern es gleich in die Tat umgesetzt?", fragte Bettina ungläubig. Vanessa hatte doch bloß eine große Klappe, das dachte sie zumindest. „Klar, war doch schön. Nathalie mag alles Schöne, sie ist eine richtige Genießerin und kann nie genug kriegen und zeigt das auch gerne." Aufgeregt rannten Vanessa die Worte aus dem Mund.

Vanessa sammelte sich: „An diesem Morgen war Nathalie alles andere als froh. Als sie den geöffneten Käfig sah, suchte sie das ganze Zimmer nach Willi ab, dann die ganze Wohnung, und als sie nicht fündig wurde, begann sie schließlich bitterlich zu weinen. Unsere Mutter tätschelte ihr kurz über den Kopf und sagte beiläufig, Willi hätte vermutlich seine Freiheit gesucht, und sie solle daher nicht weiter traurig sein, es würde ihm jetzt bei seinen Rattenfreunden bestimmt sehr gut gehen. Nathalie wollte ihr nur zu gerne Glauben schenken, und um ihren Trost nicht zu zerstören, gab ich keine Widerworte, doch innerlich kochte ich vor Wut, denn uns wurde eine glatte Lüge aufgetischt. Wir waren doch keine zehn mehr! Ihre eigene Freundin hatte dafür gesorgt, dass Willi nicht mehr da war, und ich wollte auch gar nicht wissen, was sie mit ihm gemacht hatte, zuzutrauen war ihr alles, und sie hatte sich oft auch lauthals über Willis kleine Kötel aufgeregt, das fiel mir in diesem Moment ein, und plötzlich kam mir die Idee ..." Vanessa stockte. Noch bevor Bettina bemerkte, dass Vanessa verstummt war, hörte sie sich selber stumpf säuseln: „Weiterstreicheln." „Ich bin doch nicht deine Geisha!", fuhr Vanessa sie an, zog ruckartig ihre Hand weg und starrte beharrlich aus dem Fenster. Der schroffe Tonfall und die plötzliche Ablehnung verwirrten Bettina. Sie schwieg, und statt sich an Vanessa zu wenden, fragte sie sich selber, was wohl eine Geisha sei und ob die Freundin der Mutter etwas damit zu tun haben könnte. Um welche Idee es sich gehandelt hatte, blieb Vanessas Geheimnis. Ohne weitere Worte zu verlieren, zog Bettina sich auf ihren Sitzplatz zurück. Der Bus ächzte aus den letzten Fugen einen Hang hinauf, auf dem ein rotes Leuchtschild „Chez Iris" den Weg wies. Geistesgegenwärtig stupste Bettina den Pfarrer vor sich an, er würde ihr keinen Wunsch abschlagen können: „Ich muss mal ganz dringend, es ist echt wichtig, dass wir bei der nächsten Gaststätte kurz halten, sonst bekomme ich noch ein nasses Höschen", säuselte sie ihm ins Ohr. Er gab ihre Anweisungen an den Busfahrer weiter, dem ein breites Grinsen entglitt. Mangels Widerstände fand Bettina sich binnen kürzester Zeit am Eingang von Iris' Nachtlokal wieder. Auch tagsüber blinkten rote Herzen und glitzernde Leuchtketten einladend durch die braunen Butzenfenster. Jutta Kleinschmidt hatte sich widerwillig erbarmt, die Lageverhältnisse vor Ort zu klären. Während sie bereits durch den Eingang gehuscht war, wartete Bettina geduldig vor der Tür. Sie musste gar nicht auf die Toilette. Nachdem Vanessa kurzfristig im Bus ihren Dienst quittiert hatte, war Bettina augenblicklich erneut in den Zustand von Langeweile gefallen, dem sie mit ihrer Forderung nach Halt Widerstand leistete. Sie erhoffte sich ein wenig Abwechslung, welcher Art auch immer. Das vom Ruß der Straße gezeichnete Landhaus strahlte zur Nachmittagszeit beinahe andächtige Ruhe aus. Getönte Scheiben hinter verstaubten Vorhängen aus Brokat schirmten neugierige Blicke ins Innere des Etablissements ab. Unkraut säumte die Fugen des Hauses, dessen Dachziegel von gelb verblichenen Moosflechten okkupiert waren. Zwei Risse zerteilten das Mauerwerk im Zickzack gleich neben dem Eingangsbereich, der mit einem knallroten Teppich zum Eintritt aufforderte. Der Teppich schien das Vorzeigewerk der Herbergsmutter zu sein, zeigte er doch das Abbild der Büste einer Frau, das mit „Iris" tituliert war. Weil es im wahrsten Sinne des Wortes unumgänglich war, dass Iris mit Schuhen getreten wurde, wies ihr Antlitz erste Verschleißerscheinungen auf: abgeschürfte Haarpracht und ein mächtiger Stiefelabdruck am zart anmutenden Hals. Das Türschild an der Klingel wies zusätzlich auf Bewohnerin Iris hin, die Eingangstür stand offen. Die Fenster indes waren allesamt verschlossen, eines hob sich von den anderen ab: Ein Blumentopf mit Geranien schmückte im ersten Stock eine Fensterbank, hinter der die Vorhänge zur Seite gezogen waren.

Bettina sah sich von einem Mondgesicht, umrahmt von Engelslocken, aus dem Fenster aus beobachtet. Es war ein Mädchen, ungefähr in ihrem eigenen Alter, schätze Bettina auf den ersten Blick. Als es bemerkte, dass es Bettinas Aufmerksamkeit geweckt hatte, lächelte das Mädchen ihr mit dunklen Zähnen zu. Als Bettina zurücklächelte, winkte die ansonsten puppenartige Person so, als wolle sie Bettina zu sich winken. Bettina zuckte hilflos mit den Achseln und zeigte auffordernd in Richtung des Eingangs. Das Mondgesicht verschwand, kurz darauf tauchte eine erstaunlich kleine Gestalt an der Eingangstür auf. „Wie heißt du?", fragte sie mit ausländischem Akzent. „Bettina." „Was machst du hier?" „Darauf warten, dass unsere Betreuerin Frau Kleinschmidt zurückkommt, damit ich hier auf Toilette gehen kann." „Komm, schnell, du kannst in meinem Zimmer aufs Klo!" Sie zog Bettina am Arm hinein und führte sie zielstrebig die Treppe zum ersten Stock hinauf. Oben angekommen, nahm sie Bettina an die Hand und führte sie durch den düsteren Flur über einen abgetretenen Läufer bis zu einer der verschlossenen Türen, auf der die Nummer 9 in stumpfem Messing eingebracht war. Als sie im Zimmer waren, schloss sie den Riegel von innen ab. Bettina sah auf Anhieb die Toilette, die sich durch einen Fliegenvorhang vom Raum getrennt in einer Nische befand.

Eigentlich hatte Bettina sich überlegt, aus dem Bus auszusteigen, um auf der erstbesten Toilette die schwarzen Krümel aus Vanessas Handtasche zu einer Spezialzigarette zu verarbeiten. Mangels Erfahrung konnte sie allerdings nicht sicher sein, ob es sich dabei tatsächlich um Haschisch handelte. Beim Anblick dieses offenen WCs sah sie keine Chance, dort unbemerkt herumzubasteln: „Könntest du mir behilflich sein?", fragte Bettina stattdessen das Mädchen. „Mit Pipi machen?" Die Kleine lachte herzhaft.

„Nein, das schaffe ich gerade noch selbst. Aber währenddessen könntest du die Krümel hier oben in eine der Zigaretten stopfen, ja?" Bettina reichte ihr die Krümelsammlung samt Zigarettenpackung. Hastig schlüpfte sie durch den Vorhang aus roten Plastikperlen, die klimpernd aneinanderschlugen. Vom WC aus hatte sie einen direkten Blick auf das Bett, auf dem das Mädchen saß. „Oh, da habe ich eine bessere Idee! Ich baue dir einen richtig schicken Joint", schlug die Kleine vor. „Super, solange du schnell machst! Unten warten sie bestimmt schon auf mich." Bettinas Antwort übertönte ihren schwachen Urinstrahl. Auf der Toilette gesehen zu werden empfand sie als weniger unangenehm als dabei gehört zu werden. „Kein Thema, das mache ich mit links." Die junge Frau hatte bereits drei Blättchen in Keilform zusammengeklebt und neben sich auf einem Tablett abgelegt. Dann riss sie ein kleines Stückchen Pappe aus der Innenseite der Zigarettenpackung, rollte es zu einem kleinen Filter, den sie anschließend auf den Blättchen drapierte.

Als Bettina fertig war, nahm sie ebenfalls auf dem Bett Platz. Das Bett war nicht gemacht. „Und wie heißt du?", fragte Bettina ehrlich interessiert. „Ich bin Jelena." „Hallo Helena!" „Nicht ganz, ich heiße Jelena mit J", korrigierte das Mädchen. „Aber alle nennen mich Jelli, sie sagen das J so wie bei,Gelee.'" „Klingt hübsch", lobte Bettina. Mit flinken Fingern trennte Jelli eine Zigarette auf und verteilte den Tabak zusammen mit den Krümeln auf dem vorgefertigten Joint, den sie geschickt zusammenrollte, die Klebeflächen mit ihrer Zunge mit einem einzigen Anstrich ein wenig angefeuchtet. Dann hielt sie das Ergebnis Bettina vor die Nase: „So schnell geht das. Ich glaube, du musst jetzt gehen, bevor sie hier oben nach dir suchen kommen. Und viel Spaß mit der Tüte!"

„Das ist wohl richtig." Bettina zögerte. Jelli bemerkte, dass es ihr schwerfiel, sich aufzuraffen: „Hey, lass uns doch in den nächsten Tagen einmal treffen! Nachmittags ist prima, da habe ich meinen Mittagsschlaf hinter mir, und der Abend steht mir noch bevor." „Wirklich gute Idee, sonst fällt mir in diesem öden Ferienlager noch die Decke auf den Kopf. Bis die Tage!" Winkend wandte Bettina sich der Tür zu. „Warte, ich lass dich raus." Jelli öffnete den Riegel. „Wenn wir uns wiedersehen, bereite ich eine kleine, aber umso feinere Tüte vor! Und wenn du nicht wiederkommen kannst, dann komme ich zu dir, abgemacht?", sagte sie zum Abschied. Als Bettina bemerkte, wie schwer Jelli der Abschied fiel, hatte sie eine Idee: „Wenn du Zeit hast, dann komm doch gleich heute spätabends vorbei. Wenn alle schon auf ihren Zimmern sind, wird dich keiner bemerken, und wir feiern zusammen!" Sofort erhellt sich Jelenas Miene: „Oh, das wäre toll! Wenn ich es hinbekomme, komme ich heute hier raus, und an der Straße wird mich schon jemand mitnehmen." „Abgemacht!"

Jelenas Mondgesicht strahlte zum Abschied. Bettina verließ das plüschige Zimmer, den Geruch von Schlaf und süßem Parfüm noch in der Nase, huschte sie unbemerkt die Treppen hinunter und zur Tür hinaus ins Freie. „Wo hast du nur gesteckt?", wurde sie vor dem Eingang von Jutta Kleinschmidt vorwurfsvoll gefragt. „Sorry, ich musste so dringend, dass ich erst einmal reingestürmt bin. Und bis ich dann eine Toilette gefunden habe, wie auch immer." Ihr fiel nichts mehr ein. „Tut mir leid." Einfach mal eine Entschuldigung einfließen zu lassen, zieht fast immer. „Du ungeduldiges Ding, dabei hatte die Hausdame eingewilligt, dass du das WC im Hof hinten nutzen dürftest." „Ah, Iris!", rutschte es Bettina raus. „Wie, Iris! Seid ihr jetzt schon per Du?" „Nein, natürlich nicht, aber es ist nicht zu übersehen, wie die Hausherrin heißt. Gehen wir zurück zum Bus?", schlug Bettina aufmunternd vor. „Das geht nicht, ich muss noch auf drei weitere Mädchen warten, die sich eine nach der anderen getrauten, sich deinem Bedürfnis anzuschließen. Abgesehen davon ist der Busfahrer noch nicht startklar, sondern ebenfalls kurz nach dir im Haus verschwunden und bisher nicht wieder aufgetaucht. Seid ihr euch nicht begegnet?" Erleichtert, nicht weiterhin selber im Mittelpunkt des Geschehens zu stehen, erzählte Bettina beflissen von ihrer Bekanntschaft mit Jelli, weshalb sie zügig in einem der Zimmer verschwunden war und ihr daher niemand über den Weg gelaufen sein konnte. Die Spezialzigarette in ihrer Tasche und die dazugehörigen gegenseitigen Einladungen ließ sie unerwähnt.

Während sie mit Jutta plaudernd draußen vor dem Eingang wartete, wurde im Inneren die Rezeption von einer anmutigen Dame besetzt, die einem Kostümfilm hätte entsprungen sein können: Dunkle Locken blitzen unter einem Hut mit Federn und einer derart breiten Krempe hervor, dass das darunterliegende Gesicht fast vollständig im Schatten lag. Lediglich die vollen roten Lippen streckten sich dem Betrachter in Knallfarbe entgegen, der Rest lag wie weichgezeichnet im Zwielicht. Der eigentliche Blickfang war ein ausladendes Dekolleté, das rosa Ansätze von hochgerechnet untertellergroßen Brustwarzen preisgab. Der üppige Busen war eingebettet in eine rot-weiße, locker geschnürte Korsage mit kurzen Ärmeln aus weißer Spitze. Bettina musste an Karneval denken. Die Hausdame erinnerte Bettina an ein alterndes Funkenmariechen der roten Garde, und Bettina identifizierte sie als Vorlage des Abbilds auf der Fußmatte. Der Mund der Hausherrin Iris verformte sich zu einem Lächeln, ob ihre Augen lächelten, das blieb im Verborgenen. Dann breitete sie ihr gigantisches Dekolleté vor sich auf dem Tresen aus.

Kurz darauf kam der Busfahrer um die Ecke des Hauses vom Hinterhof zurück. Ohne aufzublicken ging er zielstrebig in seine Fahrerkabine zurück. Tonlos starrte Jutta Kleinschmidt ihm hinterher. Als Bettina merkte, dass ihr niemand mehr zuhörte, folgte sie dem Beispiel und verschwand ohne weitere Erklärung in Richtung Bus. Die Jugendherberge thronte im strahlenden Sonnenschein auf dem Hügel und lag wie eine Trutzburg weithin sichtbar in der wellenförmigen Landschaft da. Mit Sicht auf seinen Bestimmungsort rollte der Bus die letzten Kilometer geradezu geschmeidig auf sein Ziel zu.

Der Nachmittag stand zur freien Verfügung. Freie Verfügung bedeutete, keine Unterhaltung geboten zu bekommen und sich selber bis zum Abendessen beschäftigen zu müssen, ohne dabei so frei zu sein, das Herbergsgelände verlassen zu dürfen oder sich auf sein Bett zurückzuziehen. Für den Abend waren Essen um sechs und eine Messe zum Sonnabend angekündigt. Die Jüngeren spielten Hüpfekästchen und Seilspringen im sonnendurchfluteten Hof, die Älteren vertrieben sich die Zeit mit Gesellschaftsspielen, Lesen, Postkarten schreiben oder hingen einfach ab. Letzteres hatte Bettina bereits im Bus bis zur Ermüdung getan, und nun brannte sie darauf, ihr erstandenes Werkstück mit ihren Kolleginnen zu teilen, quasi die Friedenspfeife mit Vanessa und deren Schwester zu rauchen. Die Mitbewohnerinnen trafen sich auf ihrem Zimmer, ein kurzer Aufenthalt nach der Busfahrt war erlaubt. Bettina würdigte Julia keines Blickes und wandte sich Vanessa zu, die ihrerseits Bettina links liegen ließ: „Hey, Ness, ich habe eine Überraschung!" „Solange es keine böse Überraschung ist ...", antwortete Vanessa, immer noch verstimmt. „Och Vanessa, jetzt sei doch nicht so, lass uns einfach weiter Spaß haben, ja?", bettelte Bettina mit ihren blauen Kulleraugen. Vanessa hatte bereits vergessen, woher ihre Verstimmung überhaupt gekommen war, und zickte daher ein letztes Mal, rein aus Prinzip: „Ach ja, *wir* hatten Spaß miteinander? Ich zeig dir mal, mit wem hier nicht zu spaßen ist!" Sie bäumte sich vor Bettina auf und nahm eine Boxerpose ein, in der sie wild um Bettina herumhüpfte und ihr hier und da einen Hieb mit der Faust verpasste. „Aua, das tut weh!", schimpfte Bettina. „Dann lass uns ringen! Wenn ich gewinne, ist alles wieder gut!" Ohne Antwort stürzte sie sich auf Bettina, nahm sie in den Klammergriff und zerrte sie so zu Boden. Hier kamen Vanessas Beine zusätzlich zum Einsatz, um Bettina in die Klemmzange zu nehmen. Bettina war derart überrumpelt, dass Vanessa ein leichtes Spiel hatte, als sie sich auf ihre Kampfpartnerin setzte und ihr in Rückenlage die Hände festhielt. Ein triumphierendes Lachen kündigte das Ende der Neckerei an, und letztendlich hatte auch Bettina gewonnen: Vanessa lachte wieder! Sie fiel ins Gelächter ein: „Hey, jetzt ist aber gut, du hast es mir aber gezeigt!" Beide rollten glucksend seitlich auseinander und lehnten sich an die Wand unter dem Fenster. Nach einer kleinen Verschnaufpause sprang Bettina auf. „Schau mal, was ich hier habe!" Sie hielt Vanessa den Joint unter die Nase. Vanessa bekam große Augen: „Cool, für uns?", fragte sie. „Klar! Lass uns ein ruhiges Plätzchen suchen, am besten irgendwo draußen!", schlug Bettina vor. Dass sie noch nie zuvor an einem Joint gezogen hatte, das brauchte sie sich nicht gleich anmerken zu lassen. Sie drängelte aus dem Zimmer: „Los, kommt, Nath, du willst doch bestimmt auch mal ziehen!" Anstelle von Nathalie gab Vanessa die Antwort vor: „Nathalie ist die Kifferin schlechthin! Wenn wir sie dabeihaben, wird heiß geraucht, also los!" Aufgeregt verließen die drei das Zimmer. Noch nicht einmal einen dummen Spruch hinterließen sie Julia. Sie hatten deren Anwesenheit schlicht vergessen.

Draußen suchten sie nach einem geeigneten Ort: Vor der Herberge gab es den großen Parkplatz und sonst nichts, abgesehen von der Straße, die zu diesem führte. Es war verboten, über die Zufahrtsstraße das Gelände zu verlassen, sodass sie um das Haus herum zum Hinterhof gingen. Hier hatten die spielenden Kinder das Terrain bereits erobert, doch direkt hinter dem Hof begann der Wald zu wuchern. „Ein ideales Rückzuggebiet, besser, als sich auf dem Hof erwischen zu lassen", stellte Bettina fest. Die drei huschten ins Dickicht, wo sie nach ein paar Metern stehen blieben. Bettina packte den Joint aus. „Hier, Feuer", bot Nathalie an. Statt das Feuerzeug anzunehmen, reichte Bettina ihr den Joint: „Rauch du an, wenn du schon der Profi unter uns bist!", forderte sie Nathalie auf, die dem Appell gerne nachkam. Die Spitze des Joints war mit einem pittoresken Hütchen aus Zigarettenblättchen verschlossen. Nathalie befeuchtete den Zipfel mit ein wenig Spucke und zündete den Rand vorsichtig an, sodass sie das Hütchen lösen und abheben konnte. Dann nahm sie den ersten Zug und einen zweiten, den sie kräftig inhalierte. Den Atem anhaltend, reichte sie den Glimmstängel weiter an Bettina. Bettina erinnerte sich, irgendwo aufgeschnappt zu haben, sich beim ersten echten Lungenzug vorzustellen, man würde erwischt werden, um die vorgespielte Schrecksekunde zur Vereinfachung des Vorgangs der Inhalation zu nutzen. Mit einem Ausruf des Erschreckens simulierte sie ein „Huch, der Papa kommt!" und zog tief den Rauch ein. Sie schluckte, bevor sie wieder ausatmete. Dann bekam sie einen Hustenanfall und gab den Joint schnell an Vanessa weiter. Erstaunlicherweise kamen keine Kommentare zu ihrem Hustenflash, stattdessen nahm auch Vanessa gleich zwei Züge hintereinander, bevor die Tüte erneut an Nathalie ging. Nachdem diese zweimal gezogen hatte und den Joint weitergereicht hatte, ließ sie vermerken: „Es stellt sich keine Wirkung ein, also genau genommen merkt man nur, dass einem leicht schwindlig wird, was wohl vom Tabak kommt, und es schmeckt muffig. Der Geschmack kommt mir irgendwie bekannt vor", grübelte sie. Bettina probierte noch einmal und reichte den Joint gleich weiter. „Also, ich merke auch nichts. Erinnert mich nur an etwas", schloss Vanessa sich nach weiteren Zügen an. „Merkwürdig, Bettina, sag mal, woher hast du das Zeug?", fragte sie nach. „Also, gebaut hat die Tüte ein Mädchen, das ich eben kennengelernt habe, als ich auf Toilette musste." „Tja, sieht zwar schön aus, taugt aber nichts. Sag an, woher kommt das?", bohrte Vanessa nach. Nachdem Bettina sie bereits im Bus verärgert hatte, war sie unschlüssig, was sie nun antworten sollte. „Na ja, also… ein Teil könnte schon von dem Mädchen kommen, es ging alles so schnell, als ich bei ihr war, musste ich ja, wie gesagt, auf die Toilette und habe nicht hingeschaut, als sie mit der Bastelei beschäftigt war", stotterte sie zögerlich. „Also, was soll das bedeuten, ein Teil? Du hast ihr ja wohl zuvor die Zutaten gegeben, sie wird ja wohl kaum von allein auf die Idee gekommen sein, dir dieses Teil hier einfach so zu bauen", konterte Vanessa. „Das ist richtig, ich habe ihr schon die Zigaretten und Brösel gegeben." „Und woher hattest du die Brösel?", fiel Nathalie jetzt ein. „Aus deiner Handtasche." Bettina blickte bewusst verschämt zu Boden und fügte hinzu: „So schlecht war die Idee doch nicht, oder etwa? Ich konnte doch nicht ahnen, dass das Zeug seine Wirkung verloren hat."

Nach Sekunden unheilvollen Schweigens verfielen Nathalie und Vanessa in schallendes Gelächter. Sie krümmten sich vor Lachen, Tränen rannen über ihre Wangen. „Was ist jetzt, habt ihr einen Lachflash, seid ihr doch breit?", fragte Bettina. Die beiden brauchten noch eine ganze Weile, um sich zu beruhigen. Während Nathalie antwortete, musste sie immer wieder lachend unterbrechen: „Also, wenn du es genau wissen willst: Wegen dieses im wahrsten Sinne des Wortes *Shits* sind wir hier." „Was ist passiert?", unterbrach Bettina. Vanessa antwortete: „Na ja, also ich hatte dir eben im Bus nicht die ganze Wahrheit von Willi erzählt. Wir haben ihn nicht nur als Streicheltier benutzt." „Also,‚benutzt' würde ich so nicht sagen", fiel Nathalie ihr ins Wort. „Er wurde quasi gemolken, also nicht, dass männliche Ratten Milch geben würden, aber wie alle Lebewesen gibt er hinten Ausscheidungen ab. Also in anderen Gegenden werden mit Kuhfladen Häuser gebaut, und ich habe gehört, dass auch Eselscheiße Verwendung finden soll", erklärte sie mit ernster Miene. „Wie jetzt, ihr habt Rattenkot verwendet?", hakte Bettina nach. „Ja, es eignet sich vorzüglich zum Strecken von Shit." Nachdem Bettina verdutzt dreinblickte, fügte Nathalie hinzu: „Nenn es meinetwegen Dope, Piece oder einfach Haschisch, eben das Zeug, das wir uns gerade reingezogen haben." Vanessa ergänzte: „*Exakt* die Mischung, die wir gerade durchgezogen haben." Bettina hakte erschrocken nach, ob es denn sicher sei, dass man gerade den Kot einer verstorbenen Ratte inhaliert hätte, woraufhin Nathalie ebenso erschrocken erwiderte, Willi wäre nicht tot, sondern weggelaufen. Dieser Ansatz beruhigte Bettina keineswegs, alter Rattenkot blieb alter Rattenkot, egal ob der Spender noch unter den Lebenden weilte oder bereits verblichen war. „War denn wenigstens auch echtes Haschisch dabei?" „Schon, gerade genug, damit die Anfänger beim Rauchen nicht gleich merken, was sie sich da reinziehen. Denen wird ja sowieso erst einmal schlecht, und allein die Aufregung, was Verbotenes zu tun, ist für sie schon ein Highlight", erklärte Vanessa großspurig und fügte hinzu: „Na, wir haben die Ware natürlich so nicht an unsere Stammkundschaft vertickt." Sie kam richtig in Fahrt. „Das Geschäft lief gut, bis wir auf eine weniger gute Idee gekommen sind." Stolz fuhr ihre Schwester fort: „Wir sind wohl etwas zu übermütig geworden, aber vorher war es eine richtige Goldgrube, so nebenbei in der Eisdiele über den Tresen die Bestellungen entgegenzunehmen." Bettina war beeindruckt: „Du hast tatsächlich im Eiscafé Giorgio gedealt, und ich habe nichts davon mitgekriegt?" „Das war, bevor wir uns kennengelernt haben, und abgesehen davon *sollte* auch niemand etwas bemerken, das ist oberste Priorität in diesem Metier", wurde sie von Nathalie belehrt. „Aber du arbeitest immer noch dort, also aufgeflogen scheint ihr mit eurem Geschäft nicht zu sein, was ist passiert?" „Wie ich eben schon sagte, wegen dieses Shits sind wir hier. Wir sind zwar nicht im Café aufgeflogen, aber zu Hause. Es gab einen Engpass, ein Neukunde hatte seine Bestellung bei mir aufgegeben, und wir konnten nicht liefern, also mussten wir nicht nur auf Willi zurückgreifen, sondern auch auf den Vorrat zu Hause." Nathalie stockte. Vanessa sprang ein: „Das heißt, nicht auf unseren eigenen Vorrat zu Hause, wir hatten ja nichts mehr, aber unsere Alten! Die beiden saufen sich nicht nur die Hucke zu, sondern haben immer auch was zu Rauchen im Haus, auch wenn sie es damit nicht ganz so doll treiben, immerhin oft genug, um ihren Verlust an Piece zu bemerken. Zugegebenermaßen erst beim dritten Mal." „Dummerweise konnten wir die Finger nicht vom Haschisch lassen, wenn wir wussten, dass etwas im Haus war", vervollständigte Nathalie und fuhr fort: „Das Dumme war, dass unsere Mutter wohl schon nach dem ersten oder zweiten Mal, nachdem wir uns eine Ecke abgezwackt hatten, etwas bemerkt haben muss. Sie beobachtete uns, sie legte sich quasi auf die Lauer, in diesem Fall hatte sie sich im Schlafzimmer versteckt, um uns bei frischer Tat zu ertappen, weil sie wusste, dass wir sonst alles leugnen würden. Tja, dumm gelaufen, denn so kam es, dass sie uns nicht nur des Diebstahls bezichtigen konnte, sondern auch auf die Sache mit dem gepanschten Dope gekommen ist. Ihr Vorrat befindet sich immer in einer der Schubladen im Wohnzimmerschrank. Diesmal stand die Schublade weit offen, sodass ich nur zuzugreifen brauchte. Währenddessen stand Vanessa in der Küche, wo sie in einem Topf den Rattenkot erwärmte. Es stank, und noch bevor Vanessa irgendetwas mitbekam, war unsere Mutter durch die Wohnzimmertür gestürmt, hatte mich am Arm gepackt, mir den Klumpen Haschisch abgeknöpft und zerrte mich in die Küche. Sie wusste, wo Vanessas wunder Punkt war und drehte meinen Arm nach hinten, sodass ich keine Chance hatte, mich zu rühren. Das machte sie schon immer so, schon als wir klein waren und sie böse auf Vanessa war, drohte sie, mir etwas anzutun, und Vanessa kuschte." Vanessa konnte Bettina nicht in die Augen blicken und wandte sich ab. Bettina wollte einen Kommentar zum Verhalten der Mutter abgeben, besann sich aber eines Besseren und schwieg. „Wie auch diesmal", fuhr Nathalie fort. „Sie hatte uns unter Kontrolle. Vanessa war wie versteinert, und anstatt den Topf vom Herd zu nehmen, vergaß sie zu rühren, und in wenigen Sekunden wurde der Gestank unerträglich, als die dunkle Masse am Topfboden anbrannte. Das veranlasste Mutter dazu, von mir abzulassen. Sie stürmte zur Kochplatte, schmiss den Topf zur Seite in die Spüle und riss anschließend das Fenster auf. Dann hielt sie sich ein Spültuch als Schutz vor Mund und Nase und begann mit ihrem Verhör. Wir durften den Raum nicht verlassen, ohne uns unsere Augen und Nasen zu bedecken oder gar einen Mundschutz zu benutzen. Zwar erstickten wir nicht gerade, aber der immer noch beißende Geruch ließ unsere Augen tränen, und während unserer Beichte vom Klauen, über das Dealen bis hin zum Strecken der Ware überfielen uns immer wieder Hustenanfälle, und Übelkeit überkam uns. Am Ende meinte unsere Mutter, die Beichte ihr gegenüber würde insofern nicht reichen, als sie uns keine Absolution erteilen könne, wir müssten mit unserer Beichte schon zum ansässigen Pfarrer gehen. Und dabei könnten wir uns auch gleich zum Sommerlager anmelden, das Geld dafür hätten wir wohl inzwischen mit unserer Methode erwirtschaftet, sie wäre auch bereit, einen Teil beizusteuern, Hauptsache, sie müsse uns nicht den ganzen Sommer lang ertragen." „Wir haben natürlich etwas von den Einnahmen zurückgehalten", fügte Vanessa ein. „Ja, und auch beim Pfarrer keine Spende hinterlassen, aber immerhin stattdessen diesen verdammten Sommertrip angezahlt, als wir aus dem Beichtstuhl kamen. Wie auch immer, jetzt weißt du, wie wir überhaupt hier in diesem öden Drecksloch gelandet sind", vollendete Nathalie ihre Erzählung. „Es hätte euch schlimmer treffen können, wenn eure Mutter euch an die Polizei verpfiffen hätte", bemerkte Bettina. Vanessa erklärte ihr, dass immerhin ein Teil des Haschischs ihrer Mutter selber gehört hatte und sie daher zwangsläufig mit drinhing. Somit wollte sie mit der Polizei nichts zu tun haben und auch nicht mit dem Jugendamt, das sowieso schon regelmäßig vorbeikäme, um nach dem Rechten zu sehen. Mit Einlieferung ins Kinderheim war ihnen ebenso regelmäßig gedroht worden, wenn sie aus der Sicht ihrer Mutter wieder einmal irgendetwas verbockt hätten, wobei sie langsam aus dem Alter für Heimaufenthalte raus waren.

Die heitere Stimmung war verflogen, hatte sich ebenso schnell in Luft aufgelöst, wie sie sich zuvor eruptionsartig aufgeladen hatte. Es gab nichts mehr hinzuzufügen. Die drei standen noch eine Weile schweigend zwischen den Bäumen, bevor sie sich in Richtung Herberge aufmachten. Unterwegs erzählte Bettina den Grund ihrer eigenen Fahrt ins Jugendlager. Sie war immer noch enttäuscht darüber, dass ihre Eltern sich zusammen mit Julias Eltern eine schöne Zeit in Sri Lanka machten. Zu gerne hätte sie jetzt selber am Strand gelegen und die Wellen rauschen gehört, so rauschten die Baumwipfel über ihr und verkündeten aufkommendes Unwetter zum Mondwechsel. Ein erster Donner rollte über den entfernten Himmel.

17. KAPITEL
UNENTSCHIEDEN

Julia hörte den Donner, als sie sich gerade auf „4 gewinnt" konzentrierte. Sie war glücklich. Das Spiel bereitete ihr großen Spaß, sie spielte mit schnellen Zügen, und in der Kategorie „Fortgeschrittene" war sie richtig gut. Mit wenigen Blicken sah sie nicht nur die einzelnen Steine, sondern ein Gesamtbild fügte sich so vor ihren Augen zusammen, dass sie bis zu drei strategische Züge im Voraus erkannte. Auch wenn das Spiel gelegentlich öde wurde, wenn sie in kürzester Zeit ihr gewohntes Muster abspulen ließ. Heute war dies nicht der Fall dank ihres starken Gegners, mit dem sie sich ein Kopf-an-Kopf-Rennen lieferte. Mehr noch, sie ließ sich allein durch seine Anwesenheit ablenken, zu aufgeregt war sie, von ihm zum Spiel aufgefordert worden zu sein, und die ersten zittrigen Steine verfehlten sicher ihren Weg zum Sieg. „Michael", spulte ihr Hirn in einer schieren Endlosschleife während der ersten Partie ab. Nicht nur ihr Hirn, auch das Herz war betroffen und klopfte wild.

Sie hatte sich im Hof an einem Tisch niedergelassen, um ein paar Postkarten zu schreiben, als Michael am Tisch vorbeiging. Sie hatte aufgeschaut, ihn angelächelt, und anstatt mit knappem Gruß vorüberzuziehen, war er stehen geblieben, hatte sich ihr zugewendet und etwas umständlich hervorgebracht: „Hallo, sag mal, zwar ist der Nachmittag zur freien Verfügung, aber etwas Hofaufsicht kann nicht schaden, ist die Bank noch frei?" Noch während sie genickt hatte, hatte er ihr gegenüber Platz genommen. Keiner hatte ein Wort herausgebracht, was ein Spannungsfeld zwischen ihnen aufgebaut hatte. Der Pegelstand an Verlegenheit schien mit anhaltender Stille im Sekundentakt zu steigen, bis beide zeitgleich den Damm gebrochen hatten und sich sprudelnde Worte wie Wasserfälle austobten. Synchronfluss: „Wem schreibst du die Postkarten?" „Soll ich dir eine Postkarte nach Hause schicken?" „Wohin soll es denn gehen?" „Reich mal rüber, ich schreibe die Anschrift auf." „Hier, alle Karten, such dir ein Motiv aus." „Diese ist schön, zu der Burg hier im Rheintal werden wir noch einen Ausflug unternehmen." „Nur wir beide?" „Versprochen! Früher oder später ... und ab in die Hohle Gasse 2." „Früher oder später, versprochen! Her damit, ich lege gleich mal los!" „Cool, hast du nicht Lust, nach dem Schreiben ein paar Runden zu zocken, also ‚4 gewinnt', meine ich?" „Gerne! Aber nicht enttäuscht sein, wenn du anschließend geschlagen abtreten wirst." „Du willst gegen mich gewinnen? Ich stecke dich doch locker in die Tasche! Doch erst einmal muss ich jetzt das Spiel auftreiben." Voller Vorfreude hatte Julia sich derweil um ihre Post gekümmert: „Lieber Michael, du hast mich heute an einem Ort getroffen, ohne mich anzutreffen, mich heute gesehen, ohne zu erkennen, du hast mich heute gefühlt, ohne mich zu berühren, dort, wo es zählt. Willst du wissen, wer ich wirklich bin? So folge mir! Versprochen! Früher oder später ... Dein Burgfräulein." Sie hatte die Signatur durchgestrichen und korrigiert: „Deine Burgfee."

Nun saß sie vor ihm, klopfenden Herzens, und tat sich beim Spielen schwer, obwohl er ihr ihre Glücksfarbe Rot überlassen hatte, hatte sie ihre Steine doch nicht im Griff. Michael stellte sie vor vollendete Tatsachen: „Die erste Runde geht an mich." Das konnte sie nicht auf sich sitzen lassen! Sie musste sich zusammenreißen und sich auf das Spiel statt auf ihren Gegner konzentrieren. Sie führte sich vor Augen, sie hätte sich nun „warmgespielt" und fasste einen Plan. Weil sie als Verliererin beginnen durfte, demnach eine Runde mehr zur Verfügung hatte und früher fertig sein konnte, spielte sie ihr Spiel, die Mitte zunächst ganz aufzutürmen, sodass sie mehr Steine in der Vertikalen platzieren konnte als ihr Gegner, was ihr letztendlich zum horizontalen Sieg verhalf: „Eins zu eins!" Das Eis war gebrochen. In Windeseile jagte eine Partie die Nächste, zuerst lag Julia weiter vorne bis zum 5:3, dann wendete sich das Blatt, und Michael bekam die Oberhand. Nach über einer Stunde stand es unentschieden.

An Aufhören war nicht zu denken, sie hatten noch eine knappe Stunde Zeit bis zum Abendessen, das für 18 Uhr angesetzt war. Julia schaute Michael in die Augen und wollte gerade mit einer neuen Partie beginnen, als sie merkte, wie Michael den Blick hob. Ein kurzes Aufflackern in seinen Augen bewegte sie unwillkürlich dazu, sich umzuschauen. Sie sah, wie Bettina, Vanessa und Nathalie über den Hof stolzierten und geradewegs auf sie zusteuerten. Sie wandte sich erneut Michael zu und erkannte, dass Michaels Züge verhärtet waren. Streng hielt er seinen Blick auf die Ankommenden gerichtet. Das Spiel war unterbrochen. Die drei kamen näher, und als sie auf der Höhe des Tisches angelangt waren, holte Bettina plötzlich in Sekundenschnelle aus, und mit einem Hieb fiel das Spiel zu Boden. Rote und gelbe Steine rollten und verteilten sich über den ganzen Hof. „Ups, wie dumm von mir, wie konnte das nur passieren!", rief sie aus. Vanessa flüsterte Julia ins Ohr: „Das ist erst der Anfang, du wirst es noch am eigenen Leib erfahren, was Zerstörungswut so anrichten kann." Julia hielt ihren Blick starr auf Michael gerichtet und ignorierte das finstere Orakel. Michael hatte nichts davon mitbekommen und sich Bettina zugewandt: „Wie das passieren konnte, das kann ich dir sagen: So ein Ausbruch passiert, wenn jemand sich gehen lässt, unbeherrscht, infantil, geradezu unterentwickelt ist, auch wenn man es der Person überhaupt nicht ansieht. Je mehr sie sich zur Schau stellt, desto mehr hat sie es nötig, denn sie besteht letztendlich nur aus Hülle, eine Hülle ohne nennenswerten Inhalt. Der einzige Inhalt, den hat sie mit ihrem Ausbruch rausgelassen, und den möchte niemand abkriegen. Ich sage dir das hiermit rein privat, denn gerade ist Pause, also werde ich dich auch nicht zur Verantwortung ziehen. Du kannst gehen, wir brauchen dich hier nicht, um die Steine aufzusammeln. Deine Nähe macht schlechte Laune." Sprachlos machte Bettina sich mit ihrem Anhang von dannen. Vanessa dreht sich kurz um und zeigte Julia den Stinkefinger.

Michael stand auf und begann mit dem Einsammeln der verstreuten Spielsteine, Julia folgte seinem Beispiel. Sie krochen unter den

Tisch, wo sie auf allen Vieren die Spielsteine einlasen, ihre Finger berührten sich und zuckten beide zurück, als sie nach demselben roten Stein griffen. Dabei wurde der Stein versehentlich fortgestoßen. Schweigend sammelte jeder für sich die restlichen Steine seiner Farbe ein. Als alle weiteren Steine vollständig in der Box verstaut waren, warf Julia einen Blick unter den Tisch, um den letzten roten Stein zurück an seinen Platz zu befördern. Sie schaute und fand den Stein auf den ersten Blick nicht wieder. So rutschte sie erneut unter den Tisch und suchte den Boden ab. Nichts, auch auf den zweiten Blick nicht. Sie scannte nochmals vergeblich den Boden unterhalb des Tisches ab. Vergebens. Als Julia ihren Kopf hob, um wieder aufzutauchen, wurde ihr schwindelig. Sie strauchelte und stützte sich auf der Bank auf. Nicht ohnmächtig werden, befahl sie ihrem Körper. Allzu gut kannte sie das Gefühl: zuerst das Sausen, dann umgeben von Watte, um im Niemandsland abzutauchen. Kurz und heftig, schnell und zeitlos, Sekunden konnten gefühlte Stunden oder Tage sein. Bloß jetzt nicht umkippen! Sie hatte gelernt, den Schwindel frühzeitig zu deuten, und je nach Stärkegrad konnte sie ihn mittels Willenskraft bezwingen. Jetzt eine eiskalte Cola, wünschte sie sich, doch hier in der Jugendherberge würde klebrige Schokomilch als Generika dienen müssen. Als weitere Eigenbehandlung half es, die Durchblutung im Kopf in den Gang zu bringen, indem sie sich auf den Rücken legte und die Beine im 90-Grad-Winkel nach oben gegen eine Wand lehnte. „Alles in Ordnung, geht es dir gut?", hörte sie Michaels Stimme die Watte durchdringen. Willenskraft. Sie nickte, schaffte es, sich auf den Boden zu legen und ihre Beine entlang des breiten Tischbeins aufwärts zu platzieren. „Das hilft, mir ist nur ein wenig schwindelig. Das kommt bei mir schon mal vor", erklärte sie. Es funktionierte, es ging ihr nach und nach besser. „Ist dir immer noch schwindelig?", hakte Michael nach einer Weile nach. „Ein bisschen." „Dann weiß ich, was hilft. Hier." Er reichte ihr einen Schokoladenriegel, der seine beste Zeit aufgrund der sommerlichen Hitze bereits hinter sich hatte. Sie kriegte keinen Brocken davon runter. „Wenn er sich doch wenigstens verflüssigt hätte", dachte sie laut. „Was meinst du?" Michael zögerte. „Wie? Ach, ich habe nur laut gedacht", druckste sie herum. „Ja, und was hast du nun gemeint?" Er ließ nicht locker. Julia hauchte mehr, als dass sie sprach: „Der Riegel hat einen Sonnenstich. Es wäre gut gewesen, wenn die Schokolade sich gleich zu Trinkschokolade verflüssigt hätte, dann würde ich sie jetzt schlucken können. Im Moment jedenfalls bekomme ich keinen Klumpen Riegel runter, tut mir echt leid." „Was genau tut dir leid?" „Na, dass ich laut gedacht habe und dein freundliches Angebot ablehnen muss." „Das muss dir wirklich nicht leidtun. Warte, ich bin gleich wieder da!" Michael stand ohne weitere Erklärung auf und eilte Richtung Herberge davon.

Julia verrenkte ihren Hals, um ihm hinterher zu starren und richtete ihren Blick ohne Unterlass zur Hintertür, durch die Michael ins Herbergsinnere verschwunden war. Kurze Zeit später öffnete sich die Tür, und Michael trat wieder heraus. Er ging behutsam. Julia sah, dass er etwas vor sich hertrug. Als er näherkam, erkannte sie einen Becher in seinen Händen. Sie rollte sich aus ihrer Position und setzte sich an den Tisch. Dort wartete ein Getränk auf sie: Es war dickflüssiger Kakao! Sie konnte es kaum fassen! Michaels Verhalten verunsicherte sie: ein männliches Wesen, das sie freiwillig versorgte? Gehörte seine Handlung zu den Pflichten eines Gruppenleiters, oder ging sie darüber hinaus in den persönlichen Bereich, wäre demnach mehr als reine Versorgung, hin in Richtung von Verwöhnen? Verwirrt schaute sie auf die reichhaltige Gabe, der Duft von Kakao stieg ihr in die Nase und verklärte ihre Sinne. Nachdem sie keine Reaktion zeigte, griff Michael ein: „Noch nie einen Kakao gebracht bekommen? Da ist kein Gift drin!", grinste er. Ohne nachzudenken sagte sie: „Außer von meiner Mutter und meinen Großmüttern noch nie." „Sind deine Eltern geschieden?", fragte Michael. „Nein, mein Vater ist gestorben", rutsche es Julia ohne nachzudenken heraus. „Oh, tut mir leid, ich wollte nicht indiskret sein. Hast du Geschwister?", fuhr er fort. „Weiß nicht." „Wie meinst du denn das?" Das Gespräch spann ungewohnte Bahnen. „Na, nicht, dass

ich wüsste, bei uns zu Hause wohnt jedenfalls kein weiteres Kind mehr." Was redete sie nur für ein wirres Zeug!
„Na, sei's drum. Entspann dich und trink!" Er sah sie streng an. Überrascht über Michaels Hilfsbereitschaft, nahm sie den Becher und trank fast gierig den ersten Schluck. Dann leerte sie das halbe Gefäß und schaute Michael stolz an, als wäre sie ein kleines Kind, das gelobt werden wollte. „Na, siehst du, geht doch! Und es wirkt, du hast wieder Farbe im Gesicht und siehst nicht mehr so aus wie ein wandelnder Geist", brachte Michael es auf den Punkt. Glücklich strahlte sie ihn an. Er war für sie das Sahnehäubchen auf der Trinkschokolade. „Danke, jetzt geht es mir wirklich besser", bestätigte sie. „Komm, damit dein Kreislauf noch mal angekurbelt wird, lass uns noch eine kleine Runde spazieren gehen! Uns bleibt nicht mehr viel Zeit", forderte er sie auf. „Warte, einen Moment noch!" Genüsslich schlürfte sie die Tasse leer. „Fertig!" Immer noch strahlend, „Es kann losgehen!" Sie standen beide auf, instinktiv nahm Michael ihre Hand, um ihr hoch zu helfen und sie anschließend erst nach einer Weile wieder loszulassen. Schweigend verließen sie über die Rückfront das Gelände.

Mit Eintritt in den Wald waren die Geräusche der spielenden Kinder von den Bäumen verschluckt worden. Der schmale Waldweg war eher ein Trampelpfad, den Generationen von Jugendherbergsgästen geschaffen hatten und dessen jahrzehntelange Nutzung, sich ungestört zurückziehen zu können, unverkennbar war: „Schau mal, hier hat jemand geraucht!" Julia zeigte Michael die Reste des Joints, der an einem Baumstumpf ausgedrückt worden war. Michael schnaubte. „Das geht ja gar nicht! Wenn jetzt ein Waldbrand angefacht worden wäre!" Er packte den Stummel in seine Hosentasche. „Ich werde zum Abendessen darauf hinweisen, oder besser noch, einen Vermerk auf die Tafel setzen. Vermutlich haben die Raucher keine Sekunde darüber nachgedacht, dass es lange nicht geregnet hat und der Wald gerade sehr trocken und daher hochgradig entflammbar ist. Sollen sie doch heimlich rauchen, darüber kann ich hinwegsehen, aber dieser Aspekt muss auf den Tisch kommen!"

„Ab sechzehn Jahren dürfen sie eh offiziell rauchen, vielleicht sollte man einfach eine Raucherecke mit Aschenbecher auf dem Hof einrichten", schlug Julia vor. „Ich glaube, das bringt es gerade insofern nicht, als die meisten noch unter sechzehn sind, ein paar wenige kurz darüber, und das zu kontrollieren, nur damit sie hier ihre Freiheit ausleben können, ich glaube, das führt nur zu Aufwand und Unmut. Sollen sie doch hier einfach heimlich auf dem Klo oder sonst wo rauchen, nur bitte nicht im Wald, das sollten wir doch noch hinbekommen. Vielleicht hilft auch die Anmahnung einer sofortigen Heimreise bei Verstoß", überlegte Michael laut. „Wenn du das offiziell auf der Tafel notierst, fangen schon die Kleinsten hier an zu rauchen, weil sie Heimweh haben", konstatierte Julia. „Du kommst auf Ideen. Man könnte meinen, du sprichst von dir selbst." Julia hielt inne, bevor sie antwortete: „Vermutlich kam die Idee daher so spontan aus mir heraus, schon möglich. Wobei ich nicht von Heimweh sprechen kann. Ich vermisse mein Zuhause nicht, weder meine Eltern noch mein Zimmer oder meiner Großmütter. Aber zuweilen schnürt es mir hier die Luft zu, so, als würde mein Brustkorb eingedrückt." Der Satz blieb im windstillen Wald stehen.

Der Trampelpfad machte einen Knick nach links. Julia atmete tief durch. Leise, als wolle sie in der Ruhe des Waldes niemanden belästigen, sprach sie einige Meter weiter: „Es ist die Atmosphäre der Jugendherberge mit ihren grauen schmucklosen Wänden, das einsame Hallen der Räume, der strenge Geruch, permanenter Durchzug, das Quietschen der Bettfedern, die unterkühlten offenen Toilettenkabinen, die dreckigen Klos mit den defekten Spülsystemen, und irgendwie ist sowieso alles kaputt hier. Nichts ist in Ordnung, im Aufenthaltsraum mal hier, mal da ein wackliger Stuhl, der aus dem Leim fällt, ein Sofa, von dem ein Fuß fehlt. Die Herberge ist verwahrlost, lieblos wie ihre Bewohner." „Wir wohnen nicht dort, an diesem tristen Ort. Wir wussten nicht, was uns hier erwarten würde, und gerade ist es eine gemeinsame Reise geworden, die uns beide durch den Wald führt. Dabei bist du in der Obhut deines Betreuers, der auf dich aufpasst", fasste Michael zusammen. „Ich kann allein auf mich aufpassen." Julias Erwiderung kam brüchig über die Lippen. Michael lachte auf, drückte sie kurz an sich und entgegnete: „Für irgendetwas wird meine Anwesenheit hier schon gut sein. Gönn mir wenigstens das Ausleben meines Beschützerinstinkts! Was jemand reinen Gewissens tut, ist immer auch für irgendetwas gut, selbst wenn es sich nicht in direkter Folge offenbart." „Hey, ich wandele mit einem Philosophen durch den Wald, die Sonne scheint, und wenn das nicht für etwas gut sein soll, dann weiß ich es auch nicht!" Jetzt lachte auch Julia. Sie gingen noch eine Weile weiter, mal schweigend, mal schwatzend. Leichten Mutes hätten sie ewig so spazieren können, bis Michael meinte, es wäre wohl vernünftiger, in rund hundert Metern, wo der Weg sich gabelte, umzukehren. Automatisch verlangsamten sie angesichts dieser Vorstellung ihr Tempo, Vernunft konnte so schwerfällig sein. Zögerlich machten sie kehrt, als sie die Weggabel erreichten. Sie behielten ihr gemäßigtes Tempo bei, das Geplauder verstummte Schritt für Schritt, bis sie, ganz still geworden, zurück zum Herbergsgelände gelangten.

Lange Schatten der späten Nachmittagssonne fielen auf den warmen Asphalt. Eine Katze hatte es sich neben dem Hintereingang gemütlich gemacht und ließ sich bei ihrer ausgiebigen Katzenwäsche nicht stören. Unschlüssig blieben sie vor dem Eingang auf dem Hof stehen. Am liebsten hätte Julia sich einfach wie die Katze abgeschleckt oder sonst irgendetwas getan, Michael zum Beispiel nach Katzenmanier gewaschen – oder was auch immer sie mit ihm getan hätte. Verlegen kam es zu einer Übersprungshandlung: Sie sprang auf und schaute unter den Tisch, an dem sie zuvor gespielt hatten: „Zu dumm, dass der rote Stein weg ist", grummelte sie unter dem Tisch hervor. Michael lachte: „Na, wenn die Katze nicht mit ihm gespielt hat, wird er schon wieder auftauchen. So oder so: Ich fordere Revanche! Aber jetzt lass uns erst einmal reingehen, gleich ist das Abendessen fertig, und weil Samstag ist, wird es im Anschluss eine Abendmesse geben. Da fällt mir ein: Den Warnhinweis gegen das Rauchen im Wald werde ich gleich auf die Informationstafel schreiben." Julia folgte ihm ins Innere. „Also, dann gehe ich jetzt ins Gemeinschaftszimmer. Wir sehen uns, ja?", nickte er ihr aufmunternd zu. „Ja, das tun wir. Mach's gut!" Sie fühlte sich, als würde Michael meilenweit entschwinden und trottete den Gang in die entgegengesetzte Richtung davon. Von dem roten Stein fehlte jede Spur.

18. KAPITEL
VOR ANBRUCH DER DUNKELHEIT

Zwar wurde es Abend, aber nicht dunkel. Es war Mittsommernacht und Vollmond, als Julia aus dem Speiseraum zurückkam. Es hatte wieder einmal graues Brot gegeben, das mehrheitlich aus Luft bestand, und im besten Fall waren die kleinen Sandkörnchen, die anstelle von Roggen verarbeitet worden waren, von der Mühle gemahlen worden. Die Teewurst schmeckte, wie Teewurst nun einmal schmeckt, und der Käse hatte den Beigeschmack seiner Verpackung aus Plastik angenommen. Als Zeichen des guten Willens hatte die Küche beides mit Essiggurken garniert, die zu früh ihr Einmachglas verlassen hatten und nun wie welkes Blattwerk am Tellerrand klebten. So boten sie keine Geschmacksalternative, sodass Julia sich mit dem Nötigsten begnügte, um nicht vollends hungrig in der Nacht wach zu werden, wie es ihr in den letzten Tagen bereits ergangen war. Ihre Kleidung saß auch nicht mehr so wie vor Ferienantritt, der Hosenboden schlackerte, die Röcke rutschten, und ihren Gürtel trug sie inzwischen ein Loch enger. Julia schlurfte zum Aufenthaltsraum, in einer Viertelstunde konnte sie zum Gottesdienst gehen, worauf sie sich tatsächlich heute freute. Zwar kamen sie während der Messe zu einer Gemeinschaft zusammen, doch jeder für sich hatte eine kontemplative Haltung eingenommen, verlor sich in der eigenen Gedankenwelt und sang mehr oder weniger inbrünstig Lieder. Das war es, was Julia am Gottesdienst gefiel. Abgesehen davon, dass es auch niemanden gab, der störte, niemanden, der sie beunruhigen konnte in dieser kurzzeitigen Gemeinschaft.

„Gottesdienst mit Livemusik: 19:30 Uhr" stand am Schwarzen Brett angeschlagen, noch über dem Verweis auf die Notwendigkeit, im Wald doch bitte nicht zu rauchen. Zur Verdeutlichung der Dringlichkeit hatte Michael den Glimmstängel an die Tafel geklebt. Zwei Mädchen mit Zöpfen lasen das Schild und streckten ihre Köpfe zueinander, beunruhigt darüber tuschelnd, dass die Tiere im Wald verbrennen könnten. Julia blieb unschlüssig neben den beiden stehen und schaute sich im Aufenthaltsraum um. Alle Sitzplätze waren belegt, und hier und da hatten sich Gruppen gebildet, die stehend die Zeit bis zum Gottesdienst totschlugen: Die Zeitspanne war zu kurz, um noch etwas mit ihr anzufangen, aber gerade lang genug, der Langeweile Zutritt zu verschaffen. Die Atmosphäre schwappte zwischen Ödness und Aggression, Jüngere zogen einander an den Haaren oder droschen mit irgendetwas Greifbarem, wie leeren Plastikflaschen, aufeinander ein. Die Älteren standen entweder Schlange beim Darts oder lümmelten sich in den Sesseln herum, lauthals lästernd, hier und da Sprüche durch den Raum schmetternd, denen je nach Laune des Sprücheklopfers ebenfalls ein fliegender Gegenstand folgte.

Vor der Dartsscheibe schmiss Herbie den Pfeil kraftvoll daneben. Michael zog den Pfeil aus der porösen Wand, stellte sich neben Herbie und zeigte ihm, wie er mit dem Pfeil umzugehen hatte. Er peilte die Zielscheibe an und verfehlte knapp den Mittelpunkt. Herbie, der mit verschränkten Armen kritisch zugeschaut hatte, nickte Michael zu, nahm den Pfeil und unternahm einen nächsten Versuch: Diesmal peilte Herbie sein Ziel ruhig an und warf, diesmal zu behutsam, denn der Pfeil hatte zwar nicht sein Ziel verfehlt, rutschte jedoch nach kurzem Aufprall auf den Boden hinunter. Wütend stampfte er auf und schlug seine Faust gegen die Wand. Michael richtete sich an Herbie, und statt kumpelhafter Gesten hob er den Pfeil mit den Worten auf: „Wenn du dich beruhigt hast, kannst du ihn wiederhaben." Dann wandte er sich an die Runde, wobei er Julia anschaute: „Ihr kommt zurecht? Ich bereite mich dann mal auf meinen Auftritt am Schlagzeug vor." Er verließ den Aufenthaltsraum in Richtung Sakristei. Ein Grund mehr für Julia, sich auf die Messe zu freuen: Ein Teil der Jugendband war mitgereist, und so würden sie heute, wenn auch nicht mit voller Besetzung, die Kirche in einen Konzertraum verwandeln, den Verstärker auf „on".

Nachdem Michael den Raum verlassen hatte, stieg der Geräuschpegel merklich an. Julia stand immer noch unschlüssig am Eingangsbereich und wusste nicht so recht, wohin mit sich, als sie von einer Papierkugel in der Größe eines Tennisballs am Kopf getroffen wurde. Sie schaute auf und konnte einem weiteren Geschoss gerade noch ausweichen. Hämisches Gelächter hallte aus einer der Sofaecken zu ihr, und sie sah, wie Vanessa Bettinas Hand steuerte, in der ein nächstes Flugobjekt auf Spur gebracht wurde. Julia lächelte Bettina zu, öffnete ihre Handflächen und nahm die Position eines Fängers ein. Zunächst passierte erst einmal gar nichts. Wie ein Standbild sah Julia Bettina, Vanessa und Nathalie auf dem Sofa sitzen. Dann krachte es laut, und alle zuckten zusammen. Jemand fluchte lauthals. Es war Herbie, der dabei war, die von der Wand gefallene Dartscheibe mit Füßen zu treten. Alle Augen waren auf Herbie gerichtet. Sie setzte ihren Weg in Richtung Kapelle fort. Sollte der Kerl ruhig die Hütte hier kurz und klein schlagen, sie würde Michael während seiner Vorbereitungen nicht davon in Kenntnis setzen, denn es würde ihn nur aus der Ruhe bringen, und Herbie war eh nicht mehr zu helfen.

Die Glocken läuteten schon, als sie um die Ecke bog. Sie sah die kleine Kapelle, die zum ursprünglichen Gutshof, der die Grundsteine der Jugendherberge bildete, gehörte. Die Kapelle thronte pittoresk in der Landschaft, zwar war sie alt, jedoch im Gegensatz zum Hauptgebäude gut instand gehalten, sodass Julia sich beim Betreten gleich wohler fühlte. Wenige kleine, hoch gelegene Fenster brachen das rosa Licht der untergehenden Sonne wie milchige Scheinwerfer durch das Gewölbe. Die Seitengänge waren schmal mit kleinen Nischen, in denen Statuen von Heiligen und verstorbenen Kirchenmännern zur Schau gestellt wurden. Die Figuren der kleinen Kapelle trugen nicht die düsteren Mienen derer, die die Schande der Welt der Menschheit vor Augen hielten, sondern die milden Gesichtszüge zeugten von der Weisheit ihrer Träger. Statt blutrünstiger Gemälde des geköpften Johannes des Täufers und des nicht minder blutenden Jesus am Kreuz, das Leid der Welt vor seinen sterbenden Augen, schmückten die Kirche pittoreske Landschaftsmotive mit

Jesus als emsigen Fischvermehrer oder munteren Wandergesellen auf dem Wasser, geradezu so, als würde er gleich ein fröhliches Liedchen pfeifen. Die Einrichter von damals schienen sich an der Natur und Jesus Wundern schlicht erfreut zu haben, stellte Julia überrascht fest. Sie war nicht die Erste, die auf den harten Bänken Platz nahm, es warteten hier und da schon ein paar Anwohner auf den Gottesdienst.

Heute vertrat Pfarrer Simmrath den ortsansässigen Pfarrer und wurde von den Einheimischen schon mit Neugier erwartet. Kritische Blicke ruhten auf den Instrumenten, die neben dem Altarbereich aufgestellt und am Verstärker angeschlossen worden waren. Insbesondere die Wucht des Schlagzeugs schien Sorgen zu bereiten.

„Wo sind denn die Gesangsbücher?", fragte eine brüchige Stimme neben Julia. Sie drehte sich zur rechten Seite. Etwa ein bis zwei Köpfe tiefer schaute eine alte Frau flehend zu ihr auf. Ihr Blick schien auszudrücken, über die Jahrzehnte in eine andauernde Bittstellung verfallen zu sein, gefangen im ewigen Jammertal. „Sie liegen vor Ihnen, direkt vor Ihnen auf dem Pult, also auf der Ablage, da!" Julia zeigte auf die Fibel, eine Abwandlung der Mundorgel, in der ausschließlich modernes christliches Liedgut veröffentlich war. „Oh, das ist aber dünn!", rief sie erschrocken „Wo sind denn all die alten Lieder und Psalmen hingekommen?", fragte die Greisin. „Das Gebets- und Gesangsbuch mit den klassischen alten Kirchenliedern wird heute ausnahmsweise gar nicht benutzt. In der Regel mischt Pfarrer Simmrath altes und neues Liedgut während seiner Messen, doch weil heute mehrheitlich Kinder und Jugendliche von der Jugendherberge hier sind, hat er wohl beschlossen, nur die neuen Büchlein auslegen zu lassen", erklärte Julia geduldig. Diese Antwort schien die Alte nicht zufriedenzustellen. „Ja, aber die alten Lieder? Wieso singen die jungen Menschen nicht die alten Lieder?", fragte sie mit wehleidigem Unterton. „Weil junge Menschen junge Lieder vorziehen." „Können sie meinetwegen, das heißt ja noch lange nicht, dass ihnen nur das vorgesetzt wird, was sie am liebsten mögen. Wenn sie nur essen, was ihnen schmeckt, bekommen sie Mangelerscheinungen und werden krank!", brüskierte sie sich weiter. „Dann gehen Sie doch zum Pfarrer und legen Beschwerde ein!", forderte Julia die alte Frau auf. „So weit kommt das noch!" So zügig ihre alten Knochen es zuließen, verließ die Greisin die Kirchenbank, und Julia glaubte für einen Moment, sie würde tatsächlich ihrem Vorschlag folgen, doch die Alte ging schnurstracks in Richtung Ausgang davon. Eine knarzige Stimme in ihrem Nacken kommentierte: „Die ist immer so, mach dir keine Gedanken, die geht auch, wenn ihr die Predigt nicht passt. Die Kirche unten im Dorf hat sie seit Kriegsende nicht mehr besucht, seit ein Pfarrer ihr dort vor vielen Jahrzehnten die Hostie verwehrt hatte, weil sie in einer unehelichen Partnerschaft lebte, nachdem ihr Mann gefallen war." Julia machte sich keine Gedanken zu Tratsch und Klatsch über Unbekannte. Sie schaute sich nicht um, sondern deutet ein Nicken an, um mitzuteilen, dass sie verstanden hatte.

Die Kapelle füllte sich, ein Raunen und Flüstern durchflutete den sakralen Raum und ließ die meditative Stille im alten Gemäuer zurück. Lebhaftes Treiben herrschte in den Bänken, nicht immer wurde aufgerückt, sodass sich die Menschen durch die Bänke quetschen, um einen der mittleren Plätze zu erreichen. Eine weitere Vorgehensweise, nicht durchrutschen zu müssen, war die Methode, aufzustehen, was dazu führte, dass einer nach dem anderen sich im Mittelgang aufreihte, um Wartende durchzulassen und sich anschließend wieder auf den äußeren Plätzen niederzulassen. Es war absehbar, dass es zu ähnlichen Tumulten bei der Verteilung der Hostien kommen würde. Julia war immer weiter ans äußere Ende der Bank durchgerutscht, fort vom Mittelgang, wo die Hostien in Empfang genommen werden konnten. Pfarrer Simmrath richtet sich immer vorne mittig aus, nie verteilte er linker oder rechter Hand des Altars den Leib Christi, so, als würde er eine Einflugschneise sicherstellen wollen. Julias Nachteil, was die Erreichbarkeit des Leibes Christis anbelangte, wurde durch den Vorteil der geradlinigen Sicht auf die Musikcombo mehr als wieder ausgeglichen. Sie schaute auf das blaumetallene Schlagzeug, das nur darauf zu warten schien, endlich von Michael zum Leben erweckt zu werden, daneben eine E-Gitarre und ein Mikrofon für die Flötistin. Der Bassist war zu Hause geblieben, sodass der Rhythmus ganz in den Händen des Schlagzeugspielers lag.

Die vorfreudige Anspannung eines nahenden Konzertes lag in der Luft, zumindest in Julias Sphäre. Sie freute sich darauf, eine Stunde lang ungestört zu sein und dabei auch noch Michaels Nähe und Performance in sich aufsaugen zu können. Die Aufregung saß in ihrem Bauch und machte sich in sanfter Taubheit ihrer Unterarme bemerkbar. Sie starrte unentwegt ohne zu Blinzeln auf das Schlagzeug und fokussierte es wie eine Zielscheibe. Der herrschende Tumult um sie herum drehte sich als wabernde Einheitsmasse um ihre Sinne und löste sich dadurch mehr und mehr auf, bis Julia nur noch das Schlagzeug in Ruhestellung registrierte. So vergingen die Minuten, bis die Band durch den Hintereingang eintrat und so dezent wie möglich Platz nahm. Die große Geste gehörte allein Pfarrer Simmrath. Die Inszenierungen seiner Selbstherrlichkeit wurden als elegante Gottesglorifizierung gedeutet, und seine modernen Gottesdienste mit Mädchen als Messdiener und neuem Liedgut, das mit verstärkten Instrumenten wie Schlagzeug und E-Gitarre die Besucher in den Bann zog, hatten sich über seinen Einzugsbereich hinaus herumgesprochen. Er galt als Dorfpfarrer, der sich der Welt öffnete, wortgewandt war und der zudem als attraktiver Mann galt, was die Medienvertreter des öffentlich-rechtlichen Fernsehens in seine Gemeinde gelockt hatte. So kam es, dass im ersten deutschen Fernsehen sein Gottesdienst live übertragen worden war, und das nicht nur einmal, sondern aufgrund stimmiger Einschaltquoten dreimal, sodass es Pfarrer Simmrath gelungen war, eine regelrechte Fangemeinde aufzubauen, die weit über seine Pfarrei hinausreichte. Er war auf den Sockel der beliebtesten Fernseh-Priester katapultiert worden, man bot ihm Moderatorentätigkeiten an, die er dankend, aber zähneknirschend ablehnte. Aus seinem Dorf kam er nie heraus. Seine Erwartungshaltung, man möge ihn aufgrund seiner Popularität in eine höhere Stellung versetzen, wie zum Prälaten zu ernennen oder als Abgeordneten in ein Bistum oder gar nach Rom zu senden, blieb vergebens. Böse Zungen könnten behaupten, sein allzu offensichtlicher Ehrgeiz stünde ihm im Wege. Julia schloss sich dieser hinter vorgehaltener Hand kursierenden Meinung an.

Anstelle von Orgelmusik wurde der Gottesdienst mit Flötentönen eröffnet, die den Pfarrer während des Einzugs aus der Sakristei begleiteten. Man erhob und bekreuzigte sich. Der Pfarrer betrat seine Bühne und gönnte seinen Gästen, die extra angereist waren, um ihn „live" zu erleben, eine andächtige Stille, um so die erwartungsfrohe Spannung seiner ersten Worte mit einer Schweigeminute zu Beginn seines Auftritts zu steigern. Mit seiner Ansprache umschloss er gleichermaßen die Kirchgänger der Gemeinde, der Jugendfahrt und der Auswärtigen: „Liebe Christen!" Auch seine Fürbitten waren allumfassend: „Wir bitten dich um eine gute Ernte und schätzen das Brot, das du uns schenkst." „Herr, erbarme dich, Christus, erbarme dich!", forderten die Kirchgänger. „Bitte schenke uns in Zeiten des Umbruchs die Kraft, die wir brauchen, um in Zeiten des Wandels deinen Weg zu gehen!" „Herr, erbarme dich, Christus, erbarme dich!" Monotonie. „Wir gedenken der Seele von David Haubenstock, der am 5. Juli im Alter von nur 14 Jahren tödlich verunglückt ist. Nimm seine Seele bei dir auf und schenke alle Kraft auf Erden seiner Mutter, Romy Schneider!" „Herr erbarme dich, Christus, erbarme dich!" Vehemenz. Das Foto des verunglückten Sohns war durch die Presse gegangen. Mit dem Bild des toten Jungens vor Augen, wie er da hing, aufgespießt von einem eisernen Gartenzaun, rief Pfarrer Simmrath seine Schäflein zum Gesang auf: «Von guten Mächten wunderbar geborgen erwarten wir getrost, was kommen mag. Gott ist mit uns am Abend und am Morgen und ganz gewiss an jedem neuen Tag.»

Zwei Messdiener erschienen, der Priester betrat die Kanzlei und las aus dem Evangelium: „Matthäus Evangelium 5,38: Ihr habt gehört, dass gesagt ist: Auge um Auge und Zahn um Zahn. 39.

Ich aber sage euch: Widersteht nicht dem Bösen, sondern jedem, der dich auf die rechte Wange schlägt, halte auch die andere hin. 40. Und dem, der dich richtet und dein Hemd nehmen will, lass auch den Mantel. 41. Und mit jedem, der dich zwingt, eine Meile zu gehen, gehe zwei mit ihm. 42. Gib dem, der dich bittet und wende dich nicht ab von dem, der von dir leihen will. 43. Ihr habt gehört, dass gesagt ist: Du sollst deinen Nächsten lieben und deinen Feind hassen. 44. Ich aber sage euch: Liebt eure Feinde, segnet die, die euch verfluchen, tut Gutes denen, die euch misshandeln und verfolgen. 45. Damit ihr Söhne eures Vaters in den Himmeln werdet, denn er lässt seine Sonne aufgehen über Böse und Gute und regnen über Gerechte und Ungerechte. 46. Denn wenn ihr die liebt, die euch lieben, welchen Lohn habt ihr? Tun nicht auch die Zöllner dasselbe? 47. Und wenn ihr nur eure Freunde grüßt, was tut ihr da Außergewöhnliches? Tun nicht auch die Heiden dasselbe? 48. Seid also vollkommen, so wie euer Vater in den Himmeln vollkommen ist."

So inbrünstig Julia sang, so unsicher waren ihre Worte während des sich anschließenden Glaubensbekenntnisses: „Ich glaube an Gott, den Vater, den Allmächtigen, den Schöpfer des Himmels und der Erde, und an Jesus Christus, seinen eingeborenen Sohn, unsern Herrn, empfangen durch den Heiligen Geist, geboren aus der Jungfrau Maria, gelitten unter Pontius Pilatus, gekreuzigt, gestorben und begraben, hinabgestiegen in das Reich des Todes, am dritten Tag auferstanden von den Toten, aufgefahren in den Himmel; er sitzt zur Rechten Gottes, des allmächtigen Vaters; von dort wird er kommen zu richten die Lebenden und die Toten. Ich glaube an den Heiligen Geist, die heilige katholische Kirche, Gemeinschaft der Heiligen, Vergebung der Sünden, Auferstehung der Toten und das ewige Leben. Amen." Glaubte sie das wirklich? Das Credo war wie eine alte Leier, die Worte wie sinnfremde Töne, sie verflüchtigen sich, sobald sie ausgesprochen waren. Ebenso wenig fühlte sie sich von Pfarrer Simmraths Predigt angesprochen, in der er auf das Evangelium zurückkam: „Gott ist immer noch derselbe, heilige, gerechte Gott. Nur dass sich sein heiliger Zorn, seine Gerechtigkeit an Jesus entladen hat. Er nahm auf sich unsere Strafe, er hing für uns am Kreuz – auch für unseren Hass, für unsere Rachegefühle, für unseren Zorn. Und Jesus revolutioniert auch unsere Sicht auf unseren Nächsten. War der Nächste im Alten Testament nur der Volksgenosse, erweitert Jesus das Ganze, zum Beispiel durch das Gleichnis vom barmherzigen Samariter, auf die ganze Menschheit. Jesus fordert: Segnet, die euch verfluchen, betet für eure Feinde! Er hindert Petrus daran, den römischen Soldaten zu töten, er nimmt keine Rache an seinen Feinden für die ungerechte Behandlung. Jesus lebt einen anderen Standard vor. Und das, denke ich, ist auch der Weg für uns Christen heute: Segnet, die euch verfluchen, liebet, die euch hassen. Versucht die Menschen mit Gottes Augen zu sehen, betet für sie, anstatt auf Rache zu sinnen. Aufrichtiges Mitleid für jeden, der Jesus nicht kennt, ist besser als Tötungsgelüste. Das ist es, was wir anstreben sollten. Aber natürlich sind wir immer noch Menschen, immer noch fehlbar. Immer wieder werden wir diese Gefühle und Gedanken haben – und dann dürfen wir uns an Psalm 59 erinnern und daran, was ich in dieser Predigt gesagt habe: Das diese Gefühle in Ordnung sind und Gott uns ein Ventil gegeben hat, sie auch rauszulassen – um uns dann wieder auf Jesus auszurichten, ihm nachzufolgen und weiter zu versuchen, ihm ähnlicher zu werden! Amen!" (*)

Die letzten Worte „ihm ähnlicher zu werden" blieben Julia haften, und sie stellte sich vor, Jesus Schwester zu sein, was ihr leichtfiel. Böse Menschen kommen automatisch in die Hölle und konnten in Funktion als Schwester Jesu dorthin geschickt werden, gänzlich ohne die in der Predigt erwähnten Tötungsgelüste, lediglich, weil es eine Notwendigkeit war.

Julia kehrte dem Bösen den Rücken zu und widmete sich den guten Menschen, genauer gesagt *einem* guten Menschen: Michael. Als die Gabenzubereitung begann und Messdiener Wein und Wasser brachten, stimmten alle das Gebet «Vater unser» in Form eines Liebeslied an. Die Melodie zu singen begeisterte Julia stets auf Neue, und sie freute sich, dass Michael den Takt schlug, dezent und ohne den Rhythmus zu verlieren, füllte das Stück die Hallen aus: „Vater unser, der du bist im Himmel, der du Liebe bist, der du Liebe bist, gib uns Nahrung alle Tage, der du Liebe bist." Textsicher konnte Julia über den Rand ihres Gesangsbuches Michael anschauen und entdeckte, dass er bereits zu ihr herübersah. Sein Blick blieb zu ihr hingerichtet, es war, als musizierten sie miteinander – „der du Liebe bist". Lieben, liebhaben, Julia sang das Böse fort, für diesen Moment war alles rein und gut. Julia liebte Momentaufnahmen und konnte sich ganz in ihnen vergessen, ein Leben, Moment für Moment, hob die Zeit auf, verlangsamte sie, beinahe wie Stillstand, Schritt für Schritt ohne Schleifen, und selbst wenn sie von „aller Tage" sang, so war dieser Einzige separiert vom anderen Tag und dachte sich ohne Zeitzonen, es mochte andere, weitere Tage geben, es spielte keine Rolle, ob sie sich „gestern" oder „morgen" nannten. Julia konnte all das ausschalten, mehr noch, jemand anderen damit anstecken, wie im Schlagzeug-Gesangs-Duett nun Michael, der zusammen mit ihr, in eine Art von Trancezustand versetzt, emotionale und technische Spielfreude entwickelte, die ihn zur Perfektion führte. Berauscht fiel das Ende des Songs abrupt aus, Julia sah, wie schwer es ihm fiel, seine Schlagstöcke zur Seite zu legen. Ein Lächeln huschte über sein Gesicht, mit dem er sich wieder hinter seinem Instrument zurückzog.

Man dankte dem Herrn, die Messdiener gossen Wasser und Wein in den Kelch, und Pfarrer Simmrath vollzog die Wandlung. Er brach das Brot: „Nehmet und esset, das ist mein Leib, der für euch hingegeben wird." Er hob den Kelch: „Nehmet und trinket, das ist der Kelch des neuen und ewigen Bundes, das Blut, das für euch vergossen wird, tut dies zu meinem Gedächtnis." Dann rief er zum Gebet auf: „Geheimnis des Glaubens. Deinen Tod, oh Herr, verkünden wir, und deine Auferstehung preisen wir, bis du kommst in Herrlichkeit, in Ewigkeit. Amen." „Darum werden wir eins durch den Heiligen Geist ... durch ihn, mit ihm, in ihm ist er, Gott, der allmächtige Geist." Julia schien es etwas wirr, wie Pfarrer Simmrath die Dreifaltigkeit der Wesenseinheit von Gott Vater, Sohn Jesus und Heiliger Geist zusammenfasste. „Lasset uns beten!" Sie rasselte das Lamm Gottes hinunter, das die Sünden der Welt hinwegnehmen sollte, und letztendlich wurde die Hostie bekniet: „Herr, ich bin nicht würdig, dass du eintrittst unter mein Dach, aber sprich nur ein Wort, so wird meine Seele gesund." Immer diese Forderungen, dachte Julia, aber es konnte jetzt auch nicht schaden, sich seine Portion des Lamms Gottes auf der Zunge zergehen zu lassen, und so schloss Julia sich den zum Altar pilgernden Gläubigen an.

Auch hier schien es, als hätte so manches Schäflein Angst, keine Hostie mehr abzubekommen, und kaum jemand nahm die Möglichkeit wahr, seine Hostie beim Kirchendiener am äußeren Gang abzuholen. Im Gegensatz zu den meisten Anwesenden bestand Julia nicht darauf, sich die Oblate eigenhändig von Pfarrer Simmrath in den Mund schieben zu lassen. Stattdessen ging sie zur Verteilung zum Seitengang und kostete die Nähe zur dahinter platzierten Band aus. Kurz bevor sie an die Reihe kam, schaute sie Michael noch einmal an, schloss dann die Augen und öffnete sie wieder, als die Worte „der Leib Christi" auf sie niedergingen. Aufgrund ihrer trockenen Kehle – konnten sie nicht auch Wein dazu reichen? – hatte sie etwas Mühe, die Hostie zu schlucken, kräftiges Zubeißen und Zermalmen war weder angesehen noch half es tatsächlich, denn bei der sämigen Verfassung, in der sich der Leib Christi befand, brauchte man schlicht Geduld, Spucke ohne Geduld konnte ihn nicht zersetzen! Einmal mehr zahlte es sich aus, dass Julia sich jahrelang im zähen Umgang mit ihren Mitmenschen in Geduld geübt hatte. Nicht nur zur Einnahme der Hostie war sie eine nützliche Tugend, ohne die beim Schlucken der Hostie Brechreiz hervorgerufen werden konnte, sondern auch angesichts der prall gefüllten Kirche: Es konnte sich nur um Stunden handeln, bis auch der hinterletzte Kirchgänger seine Kommunion in Empfang genommen hatte. „Herr, schenke mir weiterhin Geduld und helfe mir dabei, die Schmerzen, die das Knien auf der Holzbank verursacht, zu ignorieren. Jetzt aber zum Wesentlichen: Mach bitte, dass Michael und ich zusammenkommen. Falls du dafür eine Gegenleistung möchtest, so lass es mich einfach wissen! Danke. Amen!" Es konnte nicht schaden, diese Botschaft zu verschicken, selbst wenn Julia überzeugt davon war, auch ohne Gottes Einmischung die Angelegenheit früher oder später selber hinzubekommen. Sie war am Ball. Eine kniende Weile später bekreuzigte sie sich und setzte sich zurück auf die Kirchenbank. Um nicht ständig Michael anzuschauen, platzierte sie ihre Blicke so, dass sie sich nur gelegentlich trafen, dafür war jeder Blick ein Treffer.

Zwischendurch schaute sie sich die Menschen an: Aufgrund seiner Popularität hatte Pfarrer Simmrath es eingerichtet, dass seine Besucher einen Querschnitt der Gesellschaft abbildeten: alte Frauen, die seit dem Kriegstod ihrer Gatten jahrzehntelang das Gotteshaus in Schwarz betraten, die Ältesten hatten bereits zwei Weltkriege miterlebt. Die wenigen Kriegsveteranen, die es noch ins Innere einer Kirche fanden, standen möglichst weit entfernt im Schutze des dunklen Eingangsbereiches, so konnten sie sich in Unsichtbarkeit wähnen und ihre Hustenanfälle in Richtung des Ausgangs verfrachten. Die nächste Generation hatte mehrheitlich ihre Kinder dabei, wobei es sich einerseits um Mütter handelte, deren Männer es vorzogen, daheim die Sportschau zu verfolgen, und andererseits gab es Väter, die ihre Kinder begleiteten, während zu Hause die Mutter das Abendessen zubereitete. Da waren die Wochenendausflügler, die Mode aus der Stadt zur Schau stellten und ihre Kinder stilecht in Kleidung für Erwachsene steckten, sodass sie wie Liliputaner aussahen. Hier und da war ein Kleinkind mitgebracht worden, meistens von sehr jungen Eltern, und wenn es Anhang eines regelrechten Familienclans war, so kümmerte sich jedes weibliche Mitglied um es, das gerade zur Stelle war. Manche anwesenden Kinder waren, wie sie selber, Teil einer Gruppe, da gab es zum Beispiel uniformierte Pfadfinder und eine offensichtliche Ansammlung zusammengewürfelter Kinder, die alle nicht stillsitzen konnten. Julia mutmaßte, es handelte sich um Heimkinder oder eine Kinderlandverschickung, ähnlich ihrer eigenen. Ob ihre Gruppe ebenso viel Unruhe verbreitete? Sie schaute sich in den nahegelegenen

Reihen um, stelle jedoch fest, dass keiner ihrer Herbergsgefährten sich in ihrer unmittelbaren Nähe befand und stellte ihr Vorhaben nach Beobachtung gruppendynamischer Prozesse ein. Es ging weiter im Programm. Der Priester säuberte die Hostienschale, und um auch ja nicht den geringsten Schluck des kostbaren, geweihten Blutes Jesu zu verschwenden, führte er ein letztes Mal den Kelch an seine Lippen und wusch ihn anschließend geflissentlich aus. Weil Pfarrer Simmrath als Gast in einer Pfarrei agierte, hatte er ein ortsansässiges Gemeindemitglied zum Vortrag der Fürbitten auserkoren, sodass heute weder sie selber noch andere Ministranten zum Einsatz kamen: „Morgen um drei Uhr wird unser jüngstes Gemeindemitglied Sonja Wirtz getauft. Gott, bitte beschütze Sonja jeden Schritt ihres Lebens und lasse sie und uns all deine Zuneigung deutlich spüren. Vater im Himmel, wir bitten dich, erhöre uns." Die Gemeinde war aufgestanden. Sie flehten und vielmehr forderten „Christus erhöre uns!" Der Vorbeter fuhr fort: „Gott, bitte lass' uns Erwachsene ein Beispiel an den kleinen Kindern nehmen und schenke uns deren Offenheit und Vertrauen. Vater im Himmel, wir bitten dich, erhöre uns." „Christus erhöre uns!" Und weiter ging es mit „Gott, schenke uns Menschen, die das Leben bereichern und froh machen. Vater im Himmel, wir bitten dich, erhöre uns." Julia stieß zur Monotonie des Gebets dazu: „Christus, erhöre uns", nuschelte sie. „Gott, bitte schenke unseren Verstorbenen einen Platz in deinem Schoß. Vater im Himmel, wir bitten dich, erhöre uns." Da waren sie wieder, diese Verstorbenen, als ständige Begleiter, ewiger Kreislauf von Geburt und Tod: „Christus, erhöre uns!" Inzwischen waren es nicht nur die Kinder, die unruhig in den Bänken hin- und herrutschten. Aus allen Ecken raunte und hüstelte es sich dem Ende zu. Profi-Pfarrer Simmrath verabschiedete sich schnittig mit einem Lächeln und stimmte ein letztes, fröhliches Lied an. Julia freute sich, sie mochte den Song, und auch wenn sie selber es nicht gerne tat, so sollte es ihren Mitmenschen vergönnt sein: Allerspätestens beim dritten Einsatz des Refrains klatschten die meisten ihre Handflächen mehr oder weniger rhythmisch zusammen. Wenn schon nicht schunkeln, dann wenigstens ordentlich klatschen. Julia konzentrierte sich ganz auf den Gesang, und wenn es nach ihr ginge, würden alle acht Strophen durchgezogen, doch es wurden wie üblich drei aufgrund der Gesamtlänge des Stücks gekürzt: «Laudato si, o-mi Signore, laudato si, o-mi Signore, laudato si, o-mi Signore, laudato si, o-mi Signore.» So gerne sie das Lied auch mochte, so genervt war sie jedes Mal, wenn ihr Kopf ihr zu Beginn den Streich «Lauda Tussi» spielte, so dass der Song unumkehrbar mit Autorennen verknüpft war. Der Refrain setzte sich als Ohrwurm fest, bis sich am Ende bei Verlassen der Kirche die Laudatio „Lauda-to si" zudem noch in „Lauter Tussi!" verwandelte. Im Strom der Menge machte Julia unweit die drei Tussis Bettina, Vanessa und deren Schwester aus. Ihre melodiöse Beschwingtheit fiel ab wie ein reifer Apfel. Voller Klarheit wurde sie von einer bösen Vorahnung eingeholt, und ihr wurde schwarz vor Augen. Sie lehnte sich an das kühle Kirchengemäuer, schloss die Augen und sah nur noch Rot.

19. KAPITEL

EINSCHNEIDENDE NACHT

I.

Es war spät geworden, als der Gottesdienst vorbei war. Die Sonne hatte den höchsten Stand des Jahres erreicht und war verlässlich untergegangen. An Dunkelheit war nicht zu denken, denn der Vollmond schien hell in die wolkenlose Nacht. Jutta Kleinschmidt hoffte, dass auch ohne Dunkelheit nun endlich Ruhe einkehren würde und die kleinen Geister sich ordentlich schlafen gelegt hatten. Sie machte einen letzten Kontrollgang, indem sie an jeder Tür einmal klopfte, einen Spalt öffnete, kurz ins Innere lugte und in jedem Raum ein „Gute Nacht, schlaft schön" flüsterte. Als aus allen Räumen das erhoffte „Sie auch" zu vernehmen gewesen war, fiel die Last des Tages wie ein abgetragenes Kleidungsstück von ihr ab. Um sich von den Strapazen des lärmgeprägten Tages zu erholen, beschloss sie, in die nächtliche Stille einzutauchen und noch etwas frische Luft zu schnappen. Die Vordertür war abgeschlossen. Selbstverständlich war Jutta Kleinschmidt im Besitz des entsprechenden Haustürschlüssels, doch wollte sie kein Aufsehen erregen und verließ das Gebäude durch den Hintereingang, vorbei an der verwaisten Großküche zum Hof hinaus. Sie überquerte den Hof und strauchelte kurz, als sie um das Haus herumging, um entlang des Reisebusses zur Einfahrt zu gelangen. Dann gab sie sich einen Ruck und verließ die Anlage der Jugendherberge, schließlich war sie erwachsen, und es stand ihr frei, in ihrer Freizeit zu tun und zu lassen, was sie wollte. Die verlassene Landstraße lag ihr zu Füßen, über ihr ein Lichtermeer voller funkelnder Sterne. Sie schlug ihren Weg rechter Hand geradewegs Richtung Vollmond ein, dorthin, wo die Landstraße entlangführte, überquerte die Fahrbahn und spazierte am linken Straßenrand, wie sie es gelernt hatte: So würde sie von möglichen Autofahrern, die ihr entgegenkämen, gesehen und nicht hinterrücks von Fahrzeugen überrascht werden können. Forschen Schrittes marschierte sie über die Landstraße. Ihr kamen wilde Tiere in den Sinn. Wilde Tiere nachts im Wald, wie im Märchen lauerte im dunklen Gestrüpp Gefahr, auch das hatte sie gelernt. Schnell wischte sie den Gedanken weg, schließlich war sie nicht im Märchenwald unterwegs, wo es keine asphaltierten Straßen mit Straßenlaternen gab. Es war unglaublich hell, selbst der Mond gab sein Bestes in dieser Mittsommernacht. Neben ihr raschelte es im Gebüsch, ganz in der Nähe tönte es „Uhuuu Uhu-huhuuu", und einige Meter weiter musste ein Tümpel im Wald verborgen sein, denn ein furioses Froschkonzert störte die Nachtruhe der tagaktiven Tiere. Jutta war hin- und hergerissen, ob sie die schlafenden Tiere ebenfalls belästigen würde, wenn sie dem Quaken folgen würde, der Weiher musste ganz in der Nähe liegen. Sie blieb einen Moment unentschlossen stehen. Angewurzelt verfiel sie der Grübelei. Ihre Gedanken überschlugen sich, als entfachte der grelle Vollmond ein regelrechtes Gedankenfeuerwerk, das sich in einer Idee kristallisierte: Sie wollte als krönenden Abschluss der Reise eine Nachtwanderung mit der Gruppe organisieren.

Sofort nahm sie den praktischen Aspekt unter die Lupe: Auf der von der Pfarrei publizierten Einpackliste für die Eltern waren in jedem Fall auch Taschenlampen gelistet, sodass selbst bei abnehmendem Mond eine Tour im Dunkeln möglich sein sollte. Die Kids würden es lieben – oder ob das ganze Unterfangen doch zu riskant wäre? Gedankenversunken schreckte sie hoch, als ein großes dunkles Tier wenige Meter vor ihr die Straße überquerte. Es blieb auf der gegenüberliegenden Seite am Straßenrand hocken und starrte sie mit aufgerissenen, funkelnden Augen an. Ein Waschbär! Den würden sie während einer Nachtwanderung als Gruppe wohl schwer vor die Linse bekommen, doch der putzige Geselle überzeugte Jutta davon, dass im nächtlichen Wald keine Gefahren lauerten. Größere Bären als dieser knuffige Kerl waren gemeinhin nicht mehr heimisch. Und was konnte schon passieren, nachts im Wald? Im Gegenteil, bezüglich Verkehrssicherheit waren sie zu später Stunde auf der sicheren Seite, bisher war ihr noch kein Auto begegnet. Nachdem der Waschbär sein Interesse an ihr verloren hatte und im Unterholz verschwunden war, setzte sie beschwingt ihren Weg fort. Sie folgte noch ein paar Schritte der Landstraße, bis das Froschkonzert direkt links neben ihr aus dem Wald hinausschallte. Leichtfüßig hüpfte Jutta über den Straßengraben und stapfte durch den weichen Waldboden geradeaus los. Bloß den rechten Winkel zur Straße nicht verlieren, dann würde sie sich auch nicht verlaufen. Konzentriert blickte sie zu Boden, die Erde wurde immer weicher, bis sie Halt machte, um nicht in der Schlacke einzusinken.

Sie hob ihren Blick nach vorne, und der Anblick, der sich ihr bot, erinnerte sie an romantische Landschaftsmalerei: die Landschaft als Scherenschnitt mit Konturen in klarem Silber gezeichnet. Ein überraschend großer Weiher, in dem sich der Vollmond spiegelte, lag ihr zu Füßen. Spiegelglatt breitete er sich aus, umsäumt von hoch gewachsenen, bewegungslosen Baumgestalten, zwischen denen hier und da eine Fledermaus ihre Bahnen zog. Sie verweilte und lauschte der Musik der Frösche, die zwar wenig melodiös, doch umso rhythmischer daherkam. Nach einer unbestimmten Weile der Einkehr beschloss Jutta umzukehren. Der Abend konnte keinen schöneren Abschluss finden. Im rechten Winkel steuerte sie die Landstraße an, hüpfte über den Straßengraben, machte rechter Hand kehrt und ging zurück zur Jugendherberge. Ihr beseelter Zustand hielt nicht lange an.

Als sie um die Ecke bog, vorbei an der Rückseite der Kapelle, sah sie in der Ferne einen Mann. Er saß unweit der Einfahrt des Herbergsgeländes vor der Mauer auf einer Bank. Es führte kein Weg an ihm vorbei, außer der Toreinfahrt, ihr Heimweg. Sie näherte sich der Gestalt, schärfte ihren Blick. und noch bevor sie ihn erkannte, wurde ihr ein eindeutiges „N'Abend, Jutta, da bist du ja!" entgegengeschmettert. „Setz dich zu mir, hier, ich habe extra ein zweites Weinglas dabei." Es gab keine Ausflüchte, keine

Schleichwege mehr, die sie hätte einschlagen können. „Harry, woher wussten Sie, dass ich hier bin?" Inzwischen stand sie direkt vor ihm. „Wir sind verabredet, schon vergessen? Ich habe dich im Blick, keine Bange!" Sie hatte die Verabredung wohl vergessen oder verdrängt. Kurz beschäftigte sie sich mit „Keine Bange!" Wovor sollte sie Bange haben? Allenfalls davor, dass er sie im Blick hatte. Ihre nächtliche Ängstlichkeit war längst verflogen, geblendet von der Schönheit der Nacht. Dann hörte sie auf, zu denken. Sie ließ sich gehen, beschwingt vom Vollmond.

Er fasste nach ihrer Hand und zog sie zu sich. Mit der freien Hand klopfte er neben sich auf die Bank. Wie ein dressiertes Haustier nahm sie anstandslos Platz. „Prost, auf uns!" Harry drückte ihr ein randvolles Weinglas in die Hand. Warmer Atem schoss ihr aufdringlich entgegen. Harry schaute ihr tief in die Augen. Seine wässerigen Augen schwammen in geröteten Augenhöhlen und kullerten unkontrolliert nach unten weg. „Na, Harry, Sie haben ja ganz schön einen sitzen!", rief Jutta aus. „Du, wir waren schon beim Du!" Er ignorierte ihren Einwand und hielt ihr sein Glas entgegen. „Also dann Prost, Harry!", überwand sie sich und nahm einen großen Schluck, sodass sie sich fast verschluckte. Harry lachte: „Du kleiner Gierschlund, du, es ist noch eine ganze Flasche da." Er nahm selber einen üppigen Schluck. „Gut, dass es dir mundet!" Er strahlte sie an. Seine rotbraunen Zähne ließen unschwer erkennen, dass es sich nicht um sein erstes oder zweites Glas Wein an diesem Abend handeln konnte. „Schön, dass du da bist!", rief er überschwänglich aus. Er schien sich tatsächlich zu freuen. Jutta trank weiter Rotwein und schaute in den Himmel. „Es ist eine herrliche Nacht", stellte sie fest. „Da haben wir es mit einer Romantikerin zu tun." Er kommentierte sie ständig, von gut duftend über Gierschlund – und nun das. War sie tatsächlich romantisch veranlagt oder schlicht Naturfreund, und würde nicht jedes Lebewesen angesichts des Sternenhimmels eine Regung empfinden? Während sie ins Grübeln geriet, nahm sie unbewusst weitere Schlucke zu sich. „Und du, bist du romantisch?" „Cowboys sind per Definition romantisch!" Er nahm ihre Hand. „Schau, wir sind frei, naturverbunden, tierlieb und Familienmenschen. Wir lieben das Feuer, das wir bändigen und uns zunutze machen. Wir sitzen ums Lagerfeuer oder schmeißen den Kamin an, und wenn es nur ein Grill sein mag, so sind wir große Jungs, die auf Mädchen wie dich stehen: ehrlich, treu und nicht auf den Kopf gefallen." Da war es schon wieder. Er kommentierte sie, interessierte sich für sie, umgarnte sie, und es gefiel ihr, ungeachtet dessen, dass es ihr nicht gefallen sollte. Sie mochte ihn eigentlich nicht sonderlich, und doch schmeichelten ihr seine Komplimente.

Er hatte sich ihr zugewandt und schaute ihr tief in die Augen. Dann beugte er sich vor und küsste sie auf den Mund. Sie ließ es geschehen, erwiderte seinen Kuss automatisch. Er ließ ihre Hand los, um sie unter ihren Rock zu schieben. Sie vergaß das Küssen. Sie griff zu seiner Hand und hob sie nach oben, drapierte sie oberhalb ihres Rockes auf ihren Oberschenkel mit den Worten: „So weit sind wir noch lange nicht." „Schweig, Frau!" Die Worte verschluckend, schob er ihr seine Zunge gierig in den Rachen. Diesmal gab sie keine Erwiderung. Ungeachtet dessen rotierte seine Zunge weiter in ihrem Mund. Eine Hand hielt ihr Handgelenk fest, die andere griff schlagartig in ihren Ausschnitt und landete zielgenau mitten auf ihrem Busen. Angewidert wand sie sich ab: „Und so weit sind wir auch noch nicht!" Ihre Stimmlage kippte, sie hörte sich in brüchiger Stimmlage zetern. „Och, das sehe ich anders", schnaufte Harry. Dabei knetete er ihren Busen und zwickte sie in die Brustwarze. „Mach mal locker, das macht dich doch auch an!", bettelte er. Sie empfand seine Sehnsucht nach ihrer Brust nun nicht mehr als Kompliment. Es war erniedrigend, mehr noch für ihn als für sie selbst. Seine Fummelei wurde immer hektischer. „Kannst du mir deine Titte zeigen?" Er zögerte keinen Moment, sondern packte ihre Brust einfach über den Ausschnitt aus, warf einen Blick darauf und stürzte sich mit sabberndem Mundwinkel auf die Brustwarze. Er saugte wie wild und binnen Sekunden so fest, dass sie laut aufschrie. „Aua, was soll das?", schimpfte sie entrüstet und wollte aufstehen, was angesichts der Lage, dass Harry weder von ihrer Brustwarze abließ noch den Druck an ihrem Handgelenk gelockert hatte, ein aussichtsloses Unterfangen zu sein schien. Sobald sie sich von ihm entfernen wollte, sog er wie wild an ihrem Nippel, wobei er den Busen mit einer Hand umklammert hielt. Seine andere Hand fesselte unbarmherzig wie eine Handschelle ihr Gelenk. Er verbiss sich regelrecht in ihrer Brust, hatte sich festgesaugt und ließ nicht locker, jede ihrer Bewegungen verschärfte seinen sexuellen Anfall, bedrohlich spürte sie seine Zähne auf der angespannten Haut. Was war zu tun?

Sie konnte sich ihm nicht entziehen, doch mit ihrer linken, freien Hand konnte sie alles Mögliche anfangen. Nur was? Wenn sie ihn wegschubste, konnte es für ihren Busen gefährlich enden, ebenso, wenn sie ihn schlagen würde, geschweige denn, ihm einen Fausthieb in die Eier zu verpassen. Allerdings: Wenn sie ihm so richtig doll wehtat, würde er schreien müssen, und mit offenem Mund ließ es sich schlecht zubeißen. Oder doch? Biss er womöglich vor Schmerz so arg zu, wie er konnte? Ähnlich, wie man einem Verletzten in Not ohne Betäubungsmittel vor einer Operation einen Knebel in den Mund steckte, auf den er beißen solle, um den Schmerz fortzuleiten. Nein, ihr Busen sollte nicht als Schmerzfilter missbraucht werden! Das Risiko wollte sie nicht eingehen. Sie fasste die Entscheidung, abzuwarten. Irgendwann würde er schon von ihrer Brust genug haben.

Sie schaute auf Harrys Hinterkopf herunter, den ein Kranz aus Haaren vor der Vollglatze bewahrte, fragte sich nur, wie lange noch. Jutta versuchte, sich abzulenken und wand ihren Blick ab. Sie schaute in den Himmel. Aus den Augenwinkeln nahm sie ein Huschen wahr, sie neigte ihren Kopf zur Seite und schaute direkt auf das dunkle Gemäuer der Jugendherberge. Hinter einem Fenster im ersten Stock stand eine Gestalt und schaute zu ihr herüber. Jutta stellte ihre Augen auf Weitsicht ein und musste sich dabei sehr konzentrieren, denn trotz Vollmond nahm ihre Sehstärke nachts merklich ab. Mit Schrecken stellte sie fest, dass es Michael war, der unablässig herüberschaute. Er musste denken, sie wäre freiwillig das Lustobjekt von Busfahrer Harry, er musste die Lage verkennen, in der sie sich befand. Am liebsten würde sie ihn auf der Stelle zu sich winken, um ihm dann voller Empörung ihre Not in Nahaufnahme zu zeigen: „Komm und schau her, schau dir dieses Mistvieh an, das da an mir hängt. Mein Armgelenk muss schon ganz blau angelaufen sein und meine Titte wund, wie nach einer Geburt, nur, dass Säuglinge keine Zähne haben!" Selbst wenn sie jetzt ungeachtet aller Vorsichtsmaßnahmen Harry gegenüber tatsächlich winken würde, käme dies nicht einer Aufforderung gleich, mitzumachen? Sie schaute erneut an sich herab, die Situation war unverändert. Sie wand ihren Blick zurück zur Herberge und schaute auf die Stelle, wo eben noch Michael gestanden hatte. Nun sah ihnen niemand mehr zu. Da kam ihr ein Geistesblitz. Kurz stöhnte sie auf: „Hey, Cowboy, jetzt sind wir soweit für die zweite Runde", säuselte sie Harry ins Ohr, wobei sie ihm mit der freien Hand ihre unbenutzte Brust zuführte. Liebestoll gehorchte Harry, und in dem Moment, als er von ihrem abgegrasten Busen abließ, um sich neu zu positionieren, lockerte sich zeitgleich ihre Armfessel. Jutta nutze den Moment, um sich blitzartig zu lösen, sprang auf und rannte ein paar Meter den Hof entlang. „Äh, was soll das? Da hätte jetzt echt was draus werden können. Schlampe!"

Als sie merkte, dass er ihr nicht nachlief, verlangsamte sie ihren Schritt und ging zügig durch die Hintertür hinein. Sie ließ die Küche rechts neben sich liegen, stieg die Treppe ins Obergeschoß hoch, und vor ihrer Zimmertür im Gang traf sie auf Michael, dessen Zimmer gleich neben ihrem lag. Sie musste aufgelöst wirken. „Geht es Ihnen gut, Jutta?", fragte Michael. Nun war sie in der Zwickmühle. Würde sie ihm die Wahrheit sagen, so müsste sie Details erklären, würde sie indes bejahen, es ginge ihr gut, so bestätigte sie Michaels Bild von einer wilden Romanze mit Busfahrer Harry. „Ist schon gut. Gute Nacht!" Ohne ihn anzublicken huschte sie an ihm vorbei in ihr Zimmer und ließ die Tür laut ins Schloss fallen. Geschafft. Sie setzte sich auf das Bett und starrte für ein paar Minuten die Wand an. Wie hatte es nur so weit kommen können, dass sie überhaupt auf der Bank neben Harry Platz genommen hatte? Etwa nur, weil er ihr Ego aufgebaut hatte, angefangen damit, dass sie gut rieche? Entsetzt griff sie in die Nachttischschublade und nahm die doppelte Dosis ihrer Beruhigungsmittel ein. Die Wände waren dünn. Draußen jaulte ein Hund, und nebenan war Michael augenblicklich in einen schnarchenden Schlaf gefallen.

II.

Harry war außer sich. Fassungslos schaute er Jutta nach, bis sie in der Herberge verschwunden war. Es war ihm völlig unverständlich, wieso sie ihn hatte abblitzen lassen, mittendrin einfach dichtmachte und sich ohne Erklärung eilig abgesetzt hatte. Erst einheizen, dann links liegen lassen, das setzte ihm arg zu, mehr, als er es erwartet hatte. Es schien, als hätte die Welt sich gegen ihn verschworen, zuerst hatte der Pfarrer ihm eine Abmahnung erteilt, dann musste er sich dem Burschen Michael beugen – und nun auch noch Jutta. Irgendetwas lief grundsätzlich schief. Die Welt *hatte* sich gegen ihn verschworen. Er kippte den restlichen Wein in sich hinein, taumelte zum Bus und griff in das Handschuhfach, doch der sonst blind mit einem Griff zugängliche Schnaps war nicht dort, wo er ihn deponiert hatte. Er beugte sich vor, die Batterie der automatischen Beleuchtung des Innenraums im Ablagefach war schon lange leer, sodass er kaum einen Gegenstand erkennen konnte. Er wühlte wie wild in den Sachen herum. Es kamen längst vergessene Mitbringsel von irgendwelchen längst vergessenen Fahrten zum Vorschein, wie ein Stift mit schwimmendem Schiff im Griff oder ein Minifernseher aus Plastik mit Ansichtsfotos, doch sein Schnaps blieb verschollen. Jemand musste ihn gestohlen haben! Er schmetterte den Verschluss des Handschuhfachs zu und trat voller Wut gegen die darunterliegende Innenverkleidung des Busses. Dann setzte er sich ans Steuer und trat ebenso heftig auf das Gaspedal. Berauscht von Adrenalin, manövrierte er den Bus aus der Ausfahrt und raste in die Nacht hinein. Er war der König der Landstraße, auch wenn es weit und breit keinen Hofstaat gab.

Er folgte der Straße, so, als würde sie ihm automatisch den Weg weisen, wobei das Scheinwerferlicht entlang der Fahrbahn kratze und in bei kurvigen Serpentinen in die Ferne schweifte, in der es nichts gab, was vom Leuchten hätte erfasst werden können. Er fuhr, ohne einen Gedanken daran zu verschwenden, wohin seine Fahrt ihn führen sollte. Er konnte keinen klaren Gedanken fassen, bis er nach einer unbestimmten Weile in der Gegenrichtung am Straßenrand die zierlichen Umrisse einer Frau wahrnahm. Harry verrenkte seinen Hals und konnte gerade noch links aus dem Augenwinkel erkennen, dass es sich um eine junge Tramperin handelte. Bei dem Verkehrsaufkommen konnte sie lange warten, es sei denn, sie war klug genug, einen Stück ihres Weges, während sie auf eine Mitfahrgelegenheit wartete, zu Fuß zu laufen. Diese faulen jungen Dinger. Hatte er sie schon einmal gesehen? Dazu war der Blick, den er gerade noch erhaschen konnte, zu verwaschen gewesen, so hatte er lediglich erkennen können, dass sie aufgrund ihrer schmalen Figur, zur Schau gestellt durch Top und Minirock, vermutlich jung war. In diesem Moment wusste er, wohin der Weg ihn führte: Er würde auf der Stelle seinen Bedürfnissen nach Alkohol und Sex nachkommen. Unbefriedigt und nervös, wie er war, steuerte er zielstrebig auf „Chez Iris" zu.

Schon kurze Zeit später rauschte er fast an der Einfahrt zur Damenherberge vorbei, riss den Lenker um die Kurve und hielt mit quietschenden Reifen vor dem Etablissement. Dass sein Bus schief parkte, machte ihn zwar nervös, dennoch hechtete er über den Platz, um keine Zeit zu verlieren. Er nahm die vier Eingangsstufen mit einem Zwischenschritt, machte zwei weitere große Schritte nach rechts und stand direkt an der Theke des „Saloons". Iris höchst persönlich zwinkerte ihm mit Schleierblick zu. Er war der einzige Gast. „Whiskey mit oder ohne Eis?"

„Einen doppelten Whiskey ohne Eis." Mit einem Nicken nahm der das Glas entgegen, kippte es hastig und schaute Iris fragend an. „Mädchen mit allem, oral oder manuell?" Das klappt ja hier wie am Schnürchen! Begeistert schrie Harry geradezu: „Mit allem!" „Eine Stunde oder eine halbe Stunde?" „Eine Viertelstunde?" „Hier wird Geschlechtsverkehr im Halbstundentakt abgerechnet, wir sind ja nicht auf der Straße! Wenn du weniger brauchst, lass dir einen runterholen! Also, eine halbe Stunde ‚mit allem' macht vierzig Mark." Harry schluckte, wollte sich jedoch keine Blöße geben und schob einen Fünfziger über den Tresen. „Plus acht Mark für den doppelten Whiskey." „Stimmt so", sagte er. Iris nickte und schaute zum Ende des Tresens, wo zwei barbusige Mädchen auf Barhockern hockten. „Such dir eine aus! Und ihr beiden, stellt euch mal vor!" Die Mädels lächelten und stellten sich als Mascha und Sascha vor, wobei zwischen beiden optisch kaum unterschiedliche Merkmale auszumachen waren, abgesehen davon, dass die eine auffällig große Ballonbrüste und die andere auffällig kleine Brüste, nur bestehend aus fleischigen Brustwarzen, als Vorbau präsentierte. Beide trugen die glatten blonden Haare lang, hatten eine mittelgroße Statur mit Allerweltsgesichtern, aus denen leere Augen mit übergroßen Pupillen flackerten. Er ging einen Schritt auf die beiden zu und griff vehement mit beiden Händen zu: „Dann nehmen wir heute mal die Giganten! Kommt mit, ihr heißen Heißluftballons!" Er lachte gönnerisch über seine eigene Schlagfertigkeit, zog die Auserwählte vom Barhocker, klatschte ihr mit der flachen Hand auf den Po und schob sie vor sich her.

Sie gingen eine Treppe hinauf. Es roch nach vermodertem Teppich und Mottenkugeln, während sie den dunklen Gang entlanggingen, der zu den Zimmern führte. Auf jeder Tür war ein Namensschild in Herzform angebracht. Als sie vor einer Tür stehen blieben, bemerkte Harry beiläufig, dass er sich für Mascha entschieden hatte. Sie betraten ein kleines Zimmer, Harry sah sich um. Das Zimmer war ganz in Rot gehalten, eine rot-golden bedruckte Tapete bekleidete locker die Wände, abgesehen davon hing ein Poster an der Wand neben dem Fenster, das eine in Öl verewigte Zigeunerin zeigte. Sie trug große Gold-Kreolen, einen roten Rock mit weißer Bluse, aus deren Dekolleté dunkle Brustwarzen beim Tanzen hüpften. In der Ecke neben der Wand befand sich ein Waschbecken. Der Wasserhahn tropfte. Harry ging zum Hahn, um ihn zuzudrehen. Vergebens, der Hahn war bereits auf Anschlag. Er drehte sich zu seiner Begleiterin um: „Habt ihr kein Handtuch hier?", blökte er sie an, ungeachtet dessen, dass sie bereits nackt auf dem Bett lag, ihre Beine weit gespreizt in seine Richtung. „Rechts im Regal", stotterte sie. Harry schaute nach rechts und entdeckte neben der Tür ein spartanisches Regal, auf dem harte Handtücher ihr jahrzehntelanges Dasein fristeten. Um sie ins Waschbecken zu stopfen, sollten sie ihren Daseinszweck noch erfüllen. Harry griff in den Stapel und fühlte etwas Hartes, und ihm war augenblicklich klar, worum es sich handelte: Ein Flachmann lag wie für ihn deponiert in seiner Hand. Automatisch versenkte er die Flasche in seiner Jackentasche. Die Schlampe konnte sich an der Bar weiter besaufen, wohingegen er auf dem Trockenen saß. Ordentlich legte er seine Kleidung ab, wohl bedacht darauf, sein Diebesgut dezent zu drapieren. Er hatte dafür gesorgt, dass das Tropfen des Hahnes verstummt war und dabei unverhofft seinen alkoholischen Vorrat sicher gestellt, als er sich vor dem Bett aufbäumte. Er schien gewappnet für seine Unternehmung, auf in den Kampf! Er richtete sich auf, Brust raus, schmiss seinen Kopf in den Nacken und wollte den Angriff auf die sich ihm darbietende glatt rasierte Möse wagen. Er schaute an sich herab, dann auf Maschas Muschi und wieder an sich herunter: Dort war kein Baum eines Mannes, der wie ein wilder Löwe sein Wild erlegte, kein Mast, der dem Sturm standhielt, keine Lanze eines Lanzelots, die in alles Fleisch rammte, das sich ihm entgegenstellte. Nichts als ein lebloses Tierchen, das, anstatt sich herrschaftlich aufzubäumen, welk an ihm herabbaumelte. Das konnte nicht sein, das durfte einfach nicht sein, wie konnte so etwas passieren? Er schüttelte sein Ding, als wolle er Wasser lassen, und schaute es ungläubig an, so, als würde er eine neue Bekanntschaft machen, auf die er gerne verzichtet hätte. So nicht! Das gehörte nicht zu ihm, das war nicht seins. Er würde es verstoßen. Für immer. Die Nutte hatte er längst vergessen, als er sich umdrehte, bedächtig seine Kleidung anzog und sich der Tür zuwendete. Ein zaghaftes „Hey warte! Helfe dir auf die Sprünge!" hallte ihm nach. Er nahm es nicht mehr wahr.

Benommen verließ er das Etablissement und ging auf seinen Bus zu. Sein Gefährt würde ihn schon in die richtige Richtung bringen, darauf war Verlass. Er stieg ein, sein Fuß trat aufs Gas, und das Vehikel schlug den Weg in Richtung Herberge ein. Da war doch noch etwas am Wegesrand, ein Mädchen wartete da draußen auf ihn, er würde es mitnehmen müssen. Einen hatte er noch gut, wenn ihm auch noch nicht ganz klar war, was für einer es sein würde! Sein Drang würde ihn leiten, ebenso wie sein Bus es tat. Er ließ sich fahren, sah weder die Straße noch seine Fahrerkabine, alles was er sah, war die blanke Muschi, die ihn widerstandslos anstarrte, längst ergeben jeglichen Kampfeinsätzen trotzend. Ohne Schlacht kein Sieg, fehlende Motivation zum Aufbruch, das würde ihm nicht noch einmal passieren. Eine Muschi hatte er noch gut, es galt sie zu knacken, zu schlurfen wie eine Auster, hart auf sie einzuhacken, in ihr widerspenstiges Fleisch zu fahren. Immer in Bewegung bleiben, fahren, treten, kurven, freie Fahrt voraus! Anhalten erst dann, wenn die Anhalterin auf ihn warten würde, er nähme sie garantiert. Und sie würde auf ihn warten, er musste nur ihren Minirock hochschieben, sie würde warten und ihm die Oberhand überlassen, und mit ein wenig Gegenwehr würde er zum Gefecht übergehen, sie würden in die Schlacht ziehen und sich am Ende ihre Wunden lecken. Ihm floss Speichel aus den Mundwinkeln, er bemerkte es nicht. Nichts war von Bedeutung, bemerkt zu werden. Er bemerkte noch nicht einmal seine Erektion, die sich unter dem Lenkrad aufgerichtet hatte. Fahren, fahren, fahren, immer in Bewegung. Zick, zack, Vollgas, im Kreis, oben unten drehen, drehen, drehen, alles drehte sich um ihn, vor ihm, über ihm, unter ihm, hinter sich, er ließ es hinter sich. Die Muschi vor seinem inneren Auge war dem Anblick eines Hirsches in grellem Scheinwerferlicht gewichen. Das war das Letzte, was Harry sah, seine Augen bereits geschlossen, fiel er unaufhaltsam der Erde entgegen.

Tosend flog der Bus den Berghang hinunter, drehte sich um seine eigene Achse, rutschte, schnaubte, die Mittelverankerung ächzte und zerbrach dann ganz. Das Hinterteil kam in einer Felsspalte zur Ruhe, das Vorderteil sauste erleichtert im freien Fall weiter und hinterließ eine Schneise der Verwüstung hinter sich, bis es mit seiner Schnauze auf kalter Erde aufprallte, um sich dort behäbig auf die Seite zu rollen. Eingebettet im Urwald, kehrte Ruhe ein. Der Fuchsschwanz hatte sich von seiner Verankerung gelöst und war verschwunden, ohne Spuren zu hinterlassen. In der Ferne röhrte ein Hirsch.

III.

Die Zeit war zerronnen, als Bettina den Tag Revue passieren ließ. Letztendlich war sie froh, dass er vorübergegangen war. Michael beim Spiel mit Julia zu sehen, hatte ihr einen herben Dämpfer verpasst. Bettina hatte angenommen, über Michael ebenso hinweg zu sein wie er anscheinend über sie. Doch beim Anblick hatte sie eine unverhältnismäßige Vertrautheit unter den beiden gesehen, und das ging bei aller Toleranz eindeutig zu weit. Dass sie selbst verschmäht worden war, das war übel genug, mit einer anderen etwas anzufangen, toppte es noch, aber dass es ausgerechnet Julia sein musste, war völlig inakzeptabel. Julia hatte sie einmal beim Tanzen auf Michael aufmerksam gemacht, ohne Julia wäre sie vermutlich nie auf dieses Windei hereingefallen. Man könnte zwar meinen, Julia hätte genau einen solchen Kerl verdient, doch stattdessen hatte Julia schlicht niemanden verdient. Julia ging es einfach zu gut, daher hatte Bettina damit angefangen, alles Mögliche zu unternehmen, damit es ihr selber auf jeden Fall besser ging als Julia. Es war an der Zeit, einen Schritt weiterzugehen, damit es Julia in jedem Fall schlechter ging als ihr selbst.

Ging es ihr wirklich so schlecht?, fragte sie sich, nachdem sie die Kammer von Pfarrer Simmrath verlassen hatte und nachts heimlich durch die Flure schlich. Wieso dachte sie immer noch an Julia und Michael, nachdem sie sich eindeutig hatte anderweitig Vergnügen verschaffen können? Es gab wahrlich Vergnüglicheres als diese beiden langweiligen Trauergestalten, zum Beispiel die Lüsternheit des Pfarrers. Er war ihr geradezu hörig, ausgeliefert und machtlos gegenüber seinem Gelübde der Keuschheit, das Gott ihm abverlangte. Sie war mächtiger als Gott, und seine eigene Eitelkeit machte auch vor ihr keinen Halt. Pfauengleich plusterte Pfarrer Simmrath sich vor ihr auf, umgarnte sie, und sein gieriger Blick sagte: „Ich will dich!" Und er bekam sie, zumindest so viel, wie Bettina es zuließ, denn sie wollte immer noch eine Option offenlassen, um ihr Spiel weitertreiben zu können. Hätte sie sich ihm einmal ganz hingegeben, würde sein Interesse sinken. So war sie unentdeckt in sein Zimmer stolziert und hatte ihn am Schreibtisch sitzend vorgefunden. Unaufgefordert hatte sie sich auf seinen Schoß gesetzt und ein kindisches „Hoppe, hoppe, Reiter" zum Besten gegeben. Er stand eindeutig darauf, das konnte sie zwischen seinen Beinen fühlen, hart und von nicht allzu bedeutender Größe, schlug er ihr entgegen. Dann hatte sie ihr Programm abgezogen: Knutschen, Titten fassen lassen und ein bisschen Fummeln hier und da. Sie war wieder aufgestanden, noch einen Abschiedskuss, und stand nun im Gang des Mädchentrakts, keine Ahnung, wie spät oder früh es sein mochte. Jedenfalls wurde sie müde. Nur noch wenige Schritte, dann hatte sie ihr Zimmer erreicht und würde endlich schlafen können.

Sie stieß die Tür auf. Was sie sah, ließ sie augenblicklich hellwach werden: Julia starrte sie an, die Augen weit aufgerissen mit hypnotischem Blick, dem Bettina sich nicht entziehen konnte. Unverhohlen starrte sie zurück. Die Zeit zerrann, während

Bettina sich von Julias Blick in den Bann ziehen ließ. Sie konnte den Blick nicht deuten, es war, als würde der Blick an ihr zerren, sie zu ihm ziehen, sie hineinziehen, bis sie vollends in ihm unterging. Bettina erschauderte, sie fühlte sich mehr als unbehaglich, als hätte man ihr etwas weggeguckt, das nun tief im Grund von Julias Augen versunken war. Verstört löste sie sich und nahm zeitversetzt die Szene wahr, die sich ihr darbot: Das, was sie sich eben noch gewünscht hatte, schien in Erfüllung gegangen zu sein, denn Julia ging es eindeutig schlechter als ihr. Dazu brauchte sie selbst nicht aktiv zu werden, allein ihre Passivität angesichts dessen, was sich ihr bot, reichte aus, um dem Ganzen noch einen draufzusetzen: Der Mond leuchtete direkt durch das offene Fenster am Ende des Zimmers, unter dem Julia rücklings auf dem Boden lag, ihre Arme waren ausgebreitet, so lag sie da, wie Jesus am Kreuz. Auf einem Arm kniete Nathalie und hielt zusätzlich Handknöchel und Oberarm fest im Griff, auf dem anderen tat dies ein Mädchen, das Bettina nicht gleich erkannte. Beide wandten ihr den Rücken zu, sodass sie Bettina nicht bemerkten, ebenso wenig wie Vanessa, die mit rundem Rücken tief nach unten gebeugt zwischen Julias Beinen hockte und so die Sicht auf Julias Unterkörper verdeckte. Julias blanke Beine waren weit gespreizt, ihr Oberkörper barbusig. Das T-Shirt hastig hoch unter die Achselhöhlen geschoben, richteten sich ihre Brustwarzen der frischen Nachtluft entgegen. Sie hatten eine merkwürdige, tief dunkle Farbe, die sich weit über den Kranz ausdehnte. Woher kam diese Verfärbung?, fragte sich Bettina, als sich ihr die Antwort erschloss. „Hey, mach dich mal locker, es fehlt nicht mehr viel, und dein Bodypainting ist vollendet!" Dabei zog Vanessa ihren Arm immer wieder nach vorne und zurück. Julias Beine wollten sich zusammenziehen, die beiden Mädchen an der Front hatten sichtlich Mühe, sie zu bändigen. Julia unterdrückte jeglichen Laut, während sie Bettina mit aufgerissenen Augen anschaute. „Man, streng dich an, press mal was von deinem letzten Saft raus, wir haben unser Kunstwerk ja gleich vollendet!" Bettina stellte sich leise auf die Zehenspitzen und linste über Vanessas Schulter und konnte noch gerade zwei dunkelrote Linien ausmachen, die von den Brüsten abwärts führten: „Na gut, dann sollte das wohl reichen." Vanessas Arm führte gleichmäßig letzte pinselnde Bewegungen aus, bevor sie etwas in den Raum warf. Bettina sichtete das Beweisstück, das ihre Theorie bestätigte: ein benutzter Tampon.

Julia schrie nicht, denn ihren Anblick wollte sie jeder unbeteiligten Person ersparen. Wenn sie schrie, kämen bestenfalls Zimmernachbarn vorbei, die sofort die Betreuer benachrichtigen würden, und das Schlimmste, was ihr jetzt widerfahren könnte, wäre, dass Michael sie so sehen würde. Schmerzen hatte sie keine, der Tampon tat nicht weh. Es war zwar erniedrigend, doch konnte es wirklich Erniedrigung sein, die sie empfand, oder war ihr Empfinden lediglich eine Vorstellung von Erniedrigung? Denn ohne nennenswerte Zuschauer konnte sie sich nicht gegenüber sich selbst erniedrigt fühlen, zudem konnten die Beteiligten keine Erniedrigung in ihr bewirken, denn mit ihrer Aktion erniedrigten sie nur sich selber. Alles in allem war die Angelegenheit zwar unangenehm, aber halb so wild. Zu diesem Entschluss kam Julia, als sie die Sachlage überblickte. Sie sah nicht sich selbst als Opfer, sondern die Mädchen, die sie mit ihrem ersten Menstruationsblut bemalt hatten. Sie lebten ein Leben, das Julia als wesentlich gröber empfand als diesen groben Streich, und sie relativierte so die nächtliche Performance. Sie fügten ihr keine Schmerzen zu, sondern entluden an ihr den eigenen Schmerz, in dem sie gefangen waren.

Sie dachte an Jesus. Im Gegensatz zu ihm war sie kein Opferlamm. Er sog die Sünden der Menschen auf, in der Hoffnung, es helfe der Menschheit. Sie sog die Sünden der traurigen Gestalten um sich herum auf, ohne Hoffnung, es helfe ihnen. Julia glaubte nicht daran, dass den Mädchen damit geholfen war, sich an ihr abzureagieren, sie glaubte nicht einmal, dass es Hilfe für diese Geschöpfe geben würde. Freiwillig jedenfalls würde Julia sich nicht weiter mit Gestörten beschäftigen, so viel stand fest, auch nicht gegen Geld, wie Sozialarbeiter und Psychologen es taten. Sie hegte keinerlei Wunsch nach zähen Bekehrungsversuchen, die in den meisten Fällen scheiterten. Vanessa, Nathalie und das Mädchen aus dem Osten wurden von Julia als hoffnungslose Fälle diagnostiziert. Sie würden es bleiben. Mitläuferin Bettina war ein anderer Fall, hier musste Julia in den Lauf der Dinge einschreiten. Bettina ging es einfach zu gut, und sie merkte es nicht, was bedeutete, dass es ihr schlechter gehen musste, damit sie merkte, wie gut es ihr gegangen war, bevor sie zu weit ging. Und Bettina war zu weit gegangen, als sie tonlos mit kalten Augen dastand und die anderen mental ihre Arbeit machen ließ. An ihren Augen hatte Julia sie gepackt und ihre Botschaft nach Untergang platziert. Bettina musste tief fallen, damit sie an Wertschätzung gewann. Das letzte Mittel zur Selbstheilung ist es, über den Abgrund zu fallen. Die dann Überlebenden haben eine Chance auf Besserung, hier gab es noch Hoffnung, doch dazu waren radikale Maßnahmen nötig, jemand musste sterben, der Tod als Garant von Reinigung und Erneuerung.

Es war ruhig geworden. Der letzte Gedanke, den sie im Halbschlaf fasste, galt dem Tod. Im Dämmerzustand bemerkte sie im Angesicht des hellen Mondes die schattigen Umrisse der Moorleiche: „Hier bin ich. Lass uns gemeinsam gehen!" Beim Eintauchen in eine komatöse Traumwelt war Julia nicht allein, die Moorleiche klammerte sich an sie, gemeinsam betraten sie die Unterwelt: modriger Schlick, mal heiß, mal kalt, Temperaturen wie Kneippbäder, nur unberechenbar, ohne Rhythmus füllten alles aus, innen wie außen, ein Wechselbad der Zeit, Wintereinbruch, Sommerschwüle, Frühlingsfrische und Herbststürme, das Moor blubberte in seinem Element, Julia blubberte, sie war die Moorleiche im Moor, wo es graubraune Schätze aus Gold und Bronze gab, Ketten, Kelche, Schmuck, Bernstein, Gefäße aus Keramik und Holz, Tröge, Äxte, Pfähle, Pflüge, Räder sowie Beile und Meißel aus Stein. Ihre Nutzer waren skelettiert, doch hüteten sie ihr Hab und Gut ebenso wie ihre skelettierten Haustiere, sie konnten nicht loslassen und nahmen Julia mitten unter sich auf. Gastfreundschaft und die Neugier an Fremden waren ihnen geblieben. Aber auch Neid und Habgier blieben haften am betonfarbenen Schlick, eingemeißelt für die Ewigkeit. Hier starb man nicht, man verweilte ohne Unterlass. Ein Pfeil traf Julia in der Brust, sie zog den Pfeil heraus, es war ein Dartpfeil. Aus ihrer Wunde schwappte ein Schwall voller Blut, sie leerte sich förmlich aus, sodass sich die Schlicke rot färbte, und der sämig rote Brei waberte im Rhythmus der Gezeiten, zuerst die Flut, dann Ebbe, alle Gegenstände waren weggespült, es tat sich ein weißer weiter Sandstrand auf, einzig die Tatsache, dass auch er rotgetränkt war, erinnerte an ihr Schicksal. Wo war sie gerade? Sie jagte den Wellen hinterher, stürzte sich in die Fluten, wurde vom Sog erfasst und atmete gleichzeitig Schlick, Meereswasser und Luft ein. Ein zeitgleiches Dasein war möglich. Sie tauchte nach Schätzen Schiffbrüchiger, goldenen Münzen, Kruzifixen, Steinmasken und Figuren, sie tauchte durch den Pfeiler der Macht, viereckig aus Stein tat er sich hervor, beleuchtet ohne Lichtquelle, fand sie ihren Weg durch die strenge Symmetrie. Wieder und wieder geboren. Stark. Konzentriert. Zeitlos. Überall. Formlos. Transparent, eins geworden mit der Materie. Sie war die Materie, die mächtige Flut, tosende Wellen, die Gezeiten waren die ihren, die See sie selbst. Rote See, Schlacke am Grund. Sie zog, sog, sabberte, bäumte sich auf, Schaumkronen, Gischt, war Wasserstrudel und fasste, was sie zu fassen bekam, sie fasste gierig nach einem Bein und nahm es mit sich hinab in die Tiefsee. Und weiter dahin, von wo aus sie nur der Tagesanbruch zurückholen konnte. Dann würde es eine neue Leiche geben. Die Moorleiche war nicht mehr allein, vereint mit der Meerleiche im Jenseits.

20. KAPITEL
EIN LETZTER TAG

Oh black Betty Bam-BA-lam Oho Black Betty Bam-BA-lam Black Betty had a child, that damn thing got wild Bam-BA-lam... Da war sie wieder, Ram Jams Hymne, die Michael dazu auserkoren hatte, lauthals den Tag zu begrüßen. Black Betty rauschte mit ohrenbetäubender Geschwindigkeit über die Flure, hämmerte durch geschlossene Türen und fand so ihren Weg in jedes warme Bett. Sie schaffte sich Gehör und riss selbst diejenigen aus dem Schlaf, die die Nacht zum Tage gemacht hatten und nun bleigliedrig ihren Ohren nicht trauen wollten. Darunter auch Julia, Black Betty brannte sich in ihr Hirn und gönnte ihr nicht die Zeit eines langsamen Eintritts in den Herbergsalltag. Sie wurde geradezu von Black Betty aus dem Bett geschubst. Benommen fühlte sie, wie etwas Warmes, Feuchtes zwischen ihren Schenkeln herablief. Sie schaute nach und sah, dass ein Rinnsal dunklen Blutes sich langsam an ihren Beinen herabschlängelte. Sie erschrak nicht mehr. Das Rot war gebannt, gebündelt im roten Stein. Vier gewinnt! Sie erinnerte sich an den vermissten roten Spielstein, ihn bei ihrem nächtlichen Tauchgang gesehen zu haben, wie er dalag, eingequetscht zwischen einer verschlammten Felsspalte, von Algen bedeckt. Sie stand auf, wischte sich mit einem Taschentuch das Blut von ihrem Oberschenkel ab, kramte eine frische Unterhose hervor, die sie mit einer Damenbinde bestückte, und zog sich an. Sie verließ das Zimmer und ging durch den Gang vorbei an der Küche zur Hintertür hinaus. Klare frische Luft schlug ihr entgegen, weckte ihre Lebensgeister und bestätigte ihr, dass sie lebendig und erstaunlich munter einem neuen Tag entgegenging.

Zielstrebig schritt sie über den Hof, zunächst in Richtung der Sitzecke, wo sie gestern mit Michael gespielt hatte, und bog wenige Meter zuvor nach links ab in Richtung Wiese, die dem Wald vorgelagert war. Vor der Wiese bückte sie sich und zog den vermissten roten Stein aus einer Fuge im Straßenpflaster hervor, über die das nachlässig gemähte Gras gewachsen war. Sie steckte den Stein in ihre Hosentasche, machte kehrt und warf auf dem Rückweg einen Blick durch den Spalt der angelehnten Tür, die zur Herbergsküche führte. Als sie Michael in der Küche sah, fühlte es sich so an, als hätten sie sich erwartet. Keiner von ihnen war überrascht, den anderen zu früher Stunde hier anzutreffen. „Guten Morgen!", rief er. „Bam-BA-lam!" Julia zeigte ihm den Stein. „Well' she's shakin' that thing, Bam-BA-lam, Boy she makes me sing!", ergänzte Michael kraftvoll und strahlte sie an. „Na, du bist ja munter!", begrüßte Julia ihn. „Revanche?", schlug sie vor. „Erst einmal brühe ich uns eine Kanne starken Kaffee. Weil es hier nur Muckefuck gibt, habe ich mir eigenen Bohnenkaffee besorgt." „Was ist denn Muckefuck?", fragte Julia. „Kein Bohnenkaffee, sondern irgendein Kaffeeersatz ohne Koffein und ohne Geschmack. Hast du ihn hier noch nicht probiert?" „Nein, ich bin keine Kaffeetrinkerin, sondern mag lieber grünen Tee. Aber auch den haben sie hier nicht, wenn man Glück hat, gibt es schwarzen Tee und ansonsten diese fade Hagebutteninfusion. Dann weiche ich auf Kakao aus, der schmeckt wenigstens leidlich, und bestenfalls verpasst dir der minimale Schokoladenanteil mit H-Milch zumindest eine Vorstellung von Energieschub." „Meinen Kaffee musst du probieren! Ich bereite dir etwas mehr als die Hälfte deiner Tasse mit Kaffee vor, rühre ein wenig Zucker hinein und fülle den Becher mit warmer Milch auf, klingt gut?" „Einverstanden!"

Julia schwang sich auf die robuste Küchenablage hoch, ließ die Beine baumeln und schaute Michael bei der Zubereitung zu. „Und, hast du gut geschlafen?", fragte sie ihn. „Absolut! Ich bin schon gegen halb neun wie ein Stein ins Bett gefallen und habe durchgeschlafen bis gerade eben. Nun fühle ich mich wie ein Bär, der zu spät im Hochsommer aus seinem Winterschlaf erwacht ist: einerseits voller Energie, andererseits benebelt von Zeit und Raum, noch nicht ganz angekommen. Und du?" „Nicht wirklich, der Vollmond, weißt du, schien hell. Aber auch wenn ich kaum geschlafen habe, so brachte er mir Träume und somit auch unseren verloren geglaubten Spielstein zurück." „Wo hast du ihn gefunden?", hakte Michael nach. „Kurz vor der Wiese am Waldrand, dort, wo der Teerbelag aufhört, hatte er sich in einer Fuge versteckt, die mit Gras überwuchert ist." „Wie? Hast du dich im Schein des Vollmonds nachts auf die Suche gemacht, weil du nicht schlafen konntest?" Julia zögerte kurz. „Natürlich nicht. Das meinte ich gerade, ich habe den Stein im Schlaf gesehen, ich weiß zwar nicht, wo genau ich gewesen bin, denn auf dem Hof hier draußen vor der Herberge sicherlich nicht, aber in meiner Traumwelt sah ich den Stein in einer Fuge vor einer Algenwiese, mit stumpfgrünen Algen bedeckt, die sich im Wind, in dem Fall eher den Wellen, wiegten, sodass sie den Blick auf den roten Stein freigaben. Gleich nach dem Aufstehen war der Fundort keine Frage mehr – et voilà!" Sie warf den Stein in die Luft, fing ihn mit der rechten Hand und legte ihn dann auf ihren linken Handrücken. Sie hob die rechte Hand hoch: „Kopf!" Dann kicherte sie. „Na, sehen eh gleich aus, beide Seiten." Jetzt fühlte sie sich kindisch, es musste wohl an ihrer Übernächtigung liegen. Etwas verlegen fragte sie Michael, ob er später beim Spielen den ersten Stein werfen wolle, im Sinne der Revanche wolle sie dem Verlierer den Vortritt überlassen. Er entgegnete gespielt brüskiert, dass er ihr stets gerne den Vortritt überlassen wolle, ganz gentlemanlike, und reichte ihr eine dampfende Tasse Milchkaffee. Irgendwie fühlte sie sich immer noch verlegen, geradezu schüchtern pustete Julia auf den Milchkaffee, um ihn abzukühlen, und mit blasenden Lippen blieb ihr schließlich auch keine Chance, etwas sagen zu können. Vertieft in die Aufklärung nach der Frage, woher ihre plötzliche Scheu kam, bemerkte sie nicht, wie sich der anfängliche Wind, den sie zwischen ihren Zähnen hindurchpfiff, zu einem Sturm steigerte, der hohe Wellen schlug, bis die Schaumkrone ihres Milchkaffees an ihre Nasenspitze klatschte.

Ausgerechnet in diesem Moment drehte Michael sich um, seinen in der Zwischenzeit zubereiteten eigenen Kaffee in den Händen haltend. Er schaute sie an, als sähe er sie zum ersten Mal, so, wie sie dasaß, die Beine baumelnd, mit großen Augen und weißer Nasenspitze. Wie hypnotisiert kam er auf sie zu, beugte sich leicht zu ihr herunter, und ohne Vorankündigung schleckte er den Schaum mit seiner Zunge ab. Er lachte: „Das mit dem Trinken üben wir aber noch mal! Und wenn's dir schmeckt, kommt als nächster Schritt die Zubereitung!" Völlig verdutzt stellte Julia fest: „Du hast mir gerade die Nasenspitze abgeleckt." „Das kann ich jetzt nicht leugnen." Ein paar Schlucke später merkte Julia, dass sie sich so munter wie schon lange nicht mehr fühlte: „Wow, es wird wohl am Kaffee liegen, dass ich Bäume ausreißen könnte!" „Ja, es scheint, als tue er seine Wirkung, aber der Kaffee soll ja nicht bloß Medizin sein, sondern auch schmecken, tut er das denn auch?", fragte Michael mit ernster Miene. „Absolut! Jetzt wäre wohl der beste Zeitpunkt, um mit dem Spiel anzufangen, oder wirkt der Kaffee bei dir noch nicht?", fragte Julia voll innerer Unruhe. „Schon, und bis du das Spiel aus dem Gemeinschaftsraum geholt hast, habe ich ihn auch ausgetrunken", schlussfolgerte Michael. „Super!" Julia ließ sich von der hohen Küchenablage fallen. Michael machte keine Anstalten, einen Schritt zur Seite zu gehen, sodass sie ihm beinahe auf die Füße gesprungen wäre. „Du darfst erst vorbei, wenn du Wegzoll gezahlt hast!" Dicht standen sie beieinander. Julia spürte eine starke Anziehungskraft, so, als würden irgendwelche Teilchen aus ihren Körpern ausgeschüttet werden und zwischen ihnen hin- und herhüpfen und „kommt schon, kommt rüber zueinander!" rufen.

In dem Moment hörte sie ein lautes Räuspern, das eindeutig nicht von imaginären Teilchen hervorgerufen wurde. Sie zuckte zusammen. „Da komme ich ja gerade zur rechten Zeit an den rechten Ort!", hörte sie Pfarrer Simmraths Stimme durch den Raum schallen. Er kam geradewegs durch die Küchentür auf sie zugeeilt. Julia stellte fest, dass er nicht sonderlich beeindruckt darüber zu sein schien, sie beide hier zusammen anzutreffen. Er musste andere Sorgen haben. „Michael, dich habe ich gesucht. Eigentlich müssten wir das zuvor noch mit Jutta besprechen, doch ihr

Zimmer ist abgeschlossen, und mein Klopfen hat keine Wirkung gezeigt. Und da es eilt, wie auch immer. Nun, da Julia ebenfalls hier ist, können wir das Thema auch gemeinsam zunächst ohne Jutta besprechen." Er schob eine bedeutungsvolle Pause ein und holte tief Luft, bevor er zum Sprechen ansetzte: „Ihr müsst jetzt stark sein. Seid gefasst auf die schlechte Nachricht, die ich euch verkünde, mir wurde sie eben von deiner Mutter übermittelt." Dabei schaute er Julia ernst an. „Meine Mutter ist meilenweit entfernt auf einem anderen Kontinent, ich hoffe, es geht ihr gut!", platzte es aus Julia heraus. „Deiner Mutter geht es soweit gut, sie war lediglich sehr aufgelöst am Telefon, weil sie wohl als erste Reaktion auf den Schicksalsschlag in ihren Ferien zum nächsten Telefon gelaufen sein muss, dann im Pfarrheim angerufen hat, wo man ihr die Nummer von hier weitergegeben hat. Gerade eben wurde ich durch den Hausmeister eindringlich gebeten, sie umgehend in ihrem Hotel in Ceylon zurückzurufen." Er stockte. Julia unterdrückte den Hinweis, es doch jetzt nicht so spannend zu machen und auf den Punkt zu kommen. Als auch die nächsten Sekunden Stille herrschte, fragte sie zögerlich: „Und? Was ist in Sri Lanka passiert?" Pfarrer Simmrath nahm den Faden wieder auf: „Und tatsächlich habe ich sie sofort erreicht. Sie hat mir berichtet, dass es gerade ein Unglück gegeben hat." Das überraschte Julia nicht, im Gegenteil, sie rechnete geradezu damit, dass etwas passiert sein müsste, was unwiederbringliche Auswirkungen haben würde. Nach einer weiteren, bedeutsamen Pause fuhr Pfarrer Simmrath fort: „Bettinas Vater ist verunglückt. Sie hatten wohl gefeiert und sind nachts an den Strand gegangen. Er wollte von einer Klippe ins Meer springen, ist dabei abgerutscht und ungünstig auf dem Felsen aufgeprallt, bevor er von dort aus in die Fluten abrutschte. Sein Körper konnte geborgen werden. Man hat versucht, ihn wiederzubeleben. Erfolglos. Vermutlich war er nicht gleich tot, denn beim Versuch, ihn wiederzubeleben, schien es, als hätte er Wasser in der Lunge gehabt. Genaueres wird noch untersucht." Übermut tut selten gut. Julia rügte sich augenblicklich für diesen dummen Spruch, der ihr ungewollt durch den Kopf schoss. Abgesehen davon lag nun alles klar vor ihrem inneren Auge, von der einsamen Moorleiche aus der Tiefe, die nun nicht mehr allein war, vereint mit der Meerleiche, bis zu Bettinas unabdingbarem Lebenseinschnitt. Was ihr zuvor wie Teile eines Puzzles vorgekommen war, erschloss sich angesichts des Todesfalls als Gesamtbild.

Der Pfarrer wandte sich zunächst an Michael und anschließend an Julia: „Ja, also, dich kann ich hier nicht entbehren, im Gegenteil, wir brauchen hier jetzt alle Mitarbeiter, um den Kindern Kraft zu geben, dieses schreckliche Ereignis zu verkraften. Aber du bist doch zusammen mit Bettina angereist, so könntet ihr auch gemeinsam abreisen, ich möchte sie ungern allein ziehen lassen, jemand sollte unterwegs auf sie aufpassen. Also, wenn es dir recht ist, so setzen wir euch zusammen in die nächste Bahn zurück nach Hause. Mit deiner Mutter ist abgesprochen, dass Bettina von ihrer Tante in Empfang genommen wird, ich gebe ihr noch Bescheid, dass du dabei sein wirst. In Ordnung?", fragte er sporadisch. „Sobald die Formalitäten erledigt sind, steigt deine Familie zusammen mit Bettinas Mutter in den nächsten Flieger, zurück in die Heimat."

So schnell nach Hause! Ihr Wunsch, hier wegzukommen, ging in Erfüllung, doch zu welchem Preis? Sie schaute Michael an, alles hatte gerade erst begonnen. „Haben Sie schon mit Bettina gesprochen?", fragte sie Pfarrer Simmrath. „Nein." Er wandte sich an Michael und beachtete sie nicht weiter. „Ich wollte mich zunächst mit dir und Jutta absprechen, also, dass wir so vorgehen und die Kleine nach Hause schicken. Sie braucht jetzt eine andere Art von Betreuung, als wir sie ihr hier bieten können." „Das sehe ich ebenso", bestätigte Michael. „Gut, mal schauen, ob Jutta inzwischen ansprechbar ist. Sie sollte inzwischen erwacht sein, ansonsten werde ich sie wecken, denn es scheint mir wichtig, dass sie als weibliche Vertrauensperson dabei ist, wenn Bettina die Nachricht in Empfang nimmt. Anschließend werden wir eine Sonderversammlung einberufen, zu der wir die Kinder informieren. Kläre du bitte als Erstes die Bahnverbindungen ab und finde für die beiden Mädchen eine Fahrmöglichkeit zum Bahnhof, es muss ja nicht gleich der ganze Gruppenbus sein, vielleicht findet sich hier eine gute Seele, die sich bereit erklärt, die beiden zu bringen, zum Beispiel der Herbergsvater." „Entschuldigung, aber gibt es hier einen Herbergsvater?", unterbrach ihn Michael irritiert. „Na, irgendjemanden wird es hier schon geben, einen Nachtportier, einen Hausmeister oder eine Köchin, wen auch immer." Dann wandte Pfarrer Simmrath ihnen den Rücken zu und verließ den Raum so unverhofft, wie er ihn betreten hatte.

Als seine Schritte verhallt waren, ergriff Michael das Wort: „Damit haben wir jetzt nicht gerechnet." Aus seiner Stimme sprach Enttäuschung. „Nein, ich denke nicht, dass ich jetzt das Vier-Gewinnt-Spiel hole", schlussfolgerte Julia zögerlich. „Nein, ich denke auch nicht", stimmte Michael ihr zu. „Ich werde mich nun um deine …" Er räusperte sich. „… eure Abfahrt kümmern, so schnell kann es gehen." Julia meinte, einen tonlosen Seufzer vernommen zu haben. Sie selber war ebenfalls betrübt. Sie hatte den Tiefpunkt ihrer Reise noch nicht ganz hinter sich gelassen, doch bereits begonnen, sich darüber zu freuen, die restliche Zeit täglich in Michaels Nähe zu sein, mehr noch, schien es doch tatsächlich so, als wären sie sich nicht nur räumlich nahegekommen, da wurden sie während der Vertiefung ihrer zarten Bande jäh unterbrochen. Dass die Stimmung bedrückt war, lag nicht am tragischen Grund der Unterbrechung. Als Julia das erkannt hatte, merkte sie, dass es sich zwar um einen Umbruch, nicht jedoch um einen Bruch handelte und fasste sich ein Herz: „Michael, ich meine, wir sind nur unterbrochen worden. Nichts weiter. Wenn du das auch denkst, und du hast ja hier noch etwas Zeit darüber nachzudenken, dann kannst du mich gleich im Anschluss an die Sommerferien zur Revanche auffordern!" Während sie ihre Worte aussprach, stieg ihr Selbstbewusstsein mit jedem Wort, sodass sie ihn am Ende mit entspannten Gesichtszügen und klaren Blickes anschaute. Sie hatte etwas in ihm ausgelöst. Er schien wie getröstet, beugte sich zu ihr hinunter, steuerte ihren Mund an, bog kurzerhand ab und gab ihr einen Kuss auf die Wange: „Einen Schmatz für den Schatz! So machen wir's!" Es gab mehr als nur einen Schmatz, es gab bereits ein „wir", stellte Julia erfreut fest. „Also, wir sehen uns! Ich muss dann mal los." Michaels Verantwortungsgefühl angesichts seiner Aufgabe war geweckt, und wenn auch zunächst etwas zögerlich, so löste er sich voller Tatendrang von Julia und verließ die Küche.

Da stand sie nun, allein, und wusste nicht so recht, wohin sie sich begeben sollte. Es war unwahrscheinlich, dass Bettina schon über den Tod ihres Vaters informiert worden war, somit konnte sie schlecht zurück ins Zimmer gehen und einfach ihren Koffer packen. Dann würde sie sich vor ihren Zimmergenossinnen rechtfertigen müssen. Man könnte ihr unterstellen, sie hätte die Vorkommnisse der Nacht gemeldet, dass sie gepetzt hätte und daher aus dem Zimmer ausziehen würde oder gleich ganz von der Reise freigestellt worden wäre. Es würde laut werden, ein Tumult konnte entstehen. Vielleicht wäre es eine gute Gelegenheit, dass genau das passierte, wenn der Pfarrer das Zimmer betreten würde. Julia verwarf den Gedanken wieder, denn die Unglücksmeldung würde alle gefallenen Wortlawinen überrollte. Sie entschied, zwar zurück in ihr Zimmer zu gehen, jedoch mit dem Packen abzuwarten. Auf dem Weg sah sie, dass die Tür zu Frau Kleinschmidts Zimmer offenstand. Pfarrer Simmrath unterhielt sich gerade mit Jutta Kleinschmidt, die aufschaute, Julia sah und sie hereinbat: „Julia, du bist bereits informiert. Ich gehe davon aus, dass Michael sich gerade um eure Rückreise kümmert, jetzt bleibt es an uns, Bettina die Unglücksnachricht zu übermitteln. Der Herr Pfarrer und ich wollten gerade rübergehen, es kann nicht schaden, wenn du auch dabei bist. Du brauchst nichts zu sagen, nur für den Fall, dass Bettina eine Freundin braucht ..."
„Natürlich." Julia nickte, woraufhin sie aufbrachen.

Sie klopften an die Tür, nach einem verzögerten „Herein" betraten sie das Zimmer und fanden Bettina allein vor. Die beiden Erwachsenen gingen einen Schritt auf Bettina zu, der Pfarrer fasste ihr auf die Schulter und drückte sie sachte herunter: „Setz dich, du musst jetzt sehr stark sein." Ruhig begann Pfarrer Simmrath zu erzählen, was sich in Sri Lanka zugetragen hatte. Bettina schaute Julia unentwegt an, während sie vom Tod ihres Vaters erfuhr. Julia erwiderte den Blick, tonlos und leer. Der Pfarrer vermied es, Bettina direkt mit Einzelheiten zu konfrontieren. Er verpackte die Meldung diesmal in vermeintlichen Gottesgewändern. Der Vater wäre unerwartet von uns gegangen. Beim Schwimmen nicht zurückgekommen. Was das denn heißen solle, wollte Bettina wissen, ob er möglicherweise noch zurückkommen würde. Er wäre schon zurück an den Strand gekommen, doch seine Seele hätte kurz darauf die Erde verlassen. Ihre Mutter würde nun die Formalitäten vor Ort regeln, um seinen Leichnam in die Heimat zu überführen, sagte er abschließend. Der Vater als Leichnam. Es kamen keine weiteren Fragen auf. „Ruhe dein Vater in Frieden."

Nach dem Frühstück wurde Julia erneut mit der Verkündung der Nachricht konfrontiert, als der Pfarrer sein Wort an seine Herde richtete. Bettina war unter der Obhut von Jutta Kleinschmidt im Zimmer geblieben. Die Stimme des Pfarrers war inzwischen gefestigt, seine Worte flossen zielstrebig, aber auch wohl bedacht in die Menge. Alle müssten jetzt sehr stark sein, es hätte einen Trauerfall gegeben. Er wirkte fast erleichtert, als er abschließend Bettinas Abreise verkündete, ganz so, als wäre eine Last von ihm gefallen. Bettina war von Lolita zum Opfer geworden, und mit jedem Anblick kam nun zusammen mit der Begierde auch die Tragödie hoch. Tröstende Worte findend, stieß er sie gleichsam von sich weg.

Die Worte fanden Gehör bei einigen wenigen, die betroffen im Raum standen und tatsächlich Mitleid empfanden. Die meisten Reaktionen schwankten zwischen Sensationslust und Neugier, so sehr, dass man sich nach den genauen Umständen des Todes erkundigte und Rückfragen zum Todeszeitpunkt und Ort gestellt wurden. Bereitwillig antwortete Pfarrer Simmrath auf alle Fragen, auch auf diejenigen, deren Antwort er nicht kannte, verstand er es doch, voller Geschick und Geduld auf seine Zuhörer einzugehen. Das Publikum schluchzte, kleine Ausrufe, betretenes Schweigen. „Es war schon dunkel, als Bettinas Vater an den Strand ging. In den Tropen bricht die Dunkelheit früh ein, es muss daher nicht späte Nacht gewesen sein, als er ein Bad nehmen wollte. Ob er ein guter Schwimmer war, das spielt insofern keine Rolle, als er ungünstig beim Kopfsprung von einer Klippe aufgeprallt ist. In der Regel sind die Strände gesäumt von kleineren Felsvorsprüngen, wäre er einfach vom flachen Sandstrand aus ins Wasser zum Schwimmen gegangen, so wäre das Unglück wohl nicht passiert. Er schien voller Lebensfreude, geradezu übermütig waren seine letzten Minuten."

Voll Übermut in den Tod. Während Julia zum dritten Mal die Todesmeldung vernahm, verlor sie den Faden, verlor sie sich in den Schilderungen. Sie hatte Bettinas Vater vor Augen, sein Bild als Leiche des Nachts im Meer treibend. Sie hatte es heraufbeschworen, und nun, angesichts der Vielzahl von Aspekten, die mit seinem Tod einhergingen, fühlte sie sich überfordert. Ebenso wie es die im Glaskasten einer Kirche ruhende, zur Schau gestellte Leiche gab, die dennoch rastlos war, so gab es unvorhersehbare Leichen, denen ihr Weg leichtfiel. Die neue Leiche wies der alten Moorleiche den Weg aus ihrer Rastlosigkeit, untertauchen bedeutete auftauchen. Nicht alle Leichen sind schlechte Leichen. Gute Leichen wie diejenigen, die anderen Leichen Gesellschaft leisten und sie begleiten, diejenigen, die merken, wo sie sind und dass sie dort am besten aufgehoben sind, diejenigen, die bereits da waren und da sein werden, wie Partikel, die niemals mehr oder weniger werden, von welcher Warte man sie auch betrachtete, die Einmischung und gleichsam Auflösung als Zustand bewahrten, die Schmerzfreien, sie alle waren um Julia herum, sie alle waren da, eine Vielzahl, so groß wie ein Ganzes.

Orientierungslosigkeit machte sich breit und verursachte Julia Schwindel. Die Vorstellung, dass sie niemals alle Perspektiven würde einnehmen können, versetzte sie in Panik: Ihr Ich löste sich Stück für Stück auf, wie ein Splitterbild unzähliger Perspektiven eines Spiegelkabinetts. Ein monströses Abbild von Leben voll

Desaster, Destrudo und Libido schlug ihr wie eine Faust in den Magen, das einzige Körperteil, mit dem sie noch in Verbindung stand. Sie war überrascht worden, von den Grausamkeiten und Abgründen, denen sie nun nach den Vorkommnissen der Nacht nicht mehr ausweichen konnte. Jetzt lag sie vor ihr, offenkundig und hart, die Nacht der Anstrengung mit all ihrem Blut, und bei der Vorstellung, dass ihr Leben, das Überleben, erst begonnen hatte, ermüdete Julia auf der Stelle und fiel augenblicklich in sich zusammen. Ein dumpfer Aufprall. Ohnmacht. Dagegen bin ich machtlos. Sie fand sich in weiter Ferne wieder, ergraut. Alt und grau und allein. Sie war glücklich, alt und grau und allein. All die Lebensabschnittsbegleitungen mit ihren Widersprüchen, dem Für und Wider der Charaktere, mit denen Julia sich zeitlebens auseinandergesetzt hatte, waren fort oder tot. Ohne Für und Wider waren alle hinweg, was blieb, war die Ruhe von unvergänglicher Einsamkeit. Unvergänglichkeit, das Gegenteil von Leben. Watsch! Eine kräftige Ohrfeige holte Julia zurück.

Es war nicht ihr erster Ohnmachtsanfall und würde nicht ihr letzter sein. „Ich bin auf den Kopf gefallen", sprach sie benommen. Die Zweideutigkeit ihrer Aussage rief Lachen hervor, wohl eher erleichtertes Gelächter, bemerkte sie leicht überrascht. Als sie ihre Augen öffnete, sah sie eine Menschentraube auf sich herabblicken. Jemand löste sich, und sie erkannte Michael. Behutsam drapierte er sie so, dass ihre Beine nach oben zur Decke gerichtet an der Wand lehnten, damit das Blut in ihren Kopf gelenkt werden und so ihr Kreislauf wieder in Schwung kommen konnte. Wie ein Gehängter, den Kopf nach unten, brachte sie eine 180-Wende in die Gegenwart zurück. Sie schaute auf einen Kreis von Gesichtern über sich. Eines davon gehörte Michael: „Tut mir leid, das mit der Ohrfeige, war aber nötig." „Manchmal sind radikale Maßnahmen nötig." Julia lächelte. Die Gesichter lächelten zurück.

21. KAPITEL
TOTEM

Jemand vom Hausdienst hatte sich bereit erklärt, Julia und Bettina zum Bahnhof zu chauffieren, zu dem einzigen Zug, der sie an jenem Sonntag nach Hause bringen konnte. Nach ihrer Ankunft würden sie von Bettinas Tante in Empfang genommen werden. Die schweigende Zugfahrt nahm ihren Ausgangspunkt an einem verlassenen Bahnhof, der außerhalb des Dorfkerns lag. Die geräumige, leer gefegte Bahnhofshalle mit Fensterrahmen aus dunklem Holz war Relikt vergangener Zeiten, als die Bahn noch nicht vom Autoverkehr überrollt worden war. Jeder Haushalt verfügte inzwischen über einen Kleinwagen, der Trend ging zum Zweitwagen. In der Halle gab es rundum sechs Schalter. Alle waren geschlossen, der Ticketautomat defekt. So waren sie ohne Billets in den Zug gestiegen. Ebenso wie am Bahnhof waren sie im Waggon die einzigen Personen, bis auf den Schaffner, der im Anschluss an ihr Einsteigen kam, um die Tickets zu kontrollieren. Fahrscheine konnten problemlos nachgelöst werden. Die Worte des Schaffners waren die Einzigen, die während der gesamten Bahnfahrt fielen.

Nach einer Weile wurde es feucht unter ihr. Es war so heiß im Waggon, dass ihr der Schweiß ausbrach. Schweißtropfen sammelten sich zwischen ihren blanken Beinen und trieften von den Oberschenkeln auf den dunkelgrünen Kunstledersitz, wodurch sie merkte, dass dieser von einem Film feinster Schmutzpartikel überzogen war, der sich nun, vermischt mit ihrem Schweiß, in eine klebrige Brühe verwandelte. Die Luft stand im Raum. Mit Eintreffen von Atemnot schob Julia das Schiebefenster schwungvoll bis zum Anschlag auf, der nach der Hälfte der Fensterfront erreicht war. Ein halbes Fenster ohne Glas sollte ausreichen, um sich Abkühlung zu verschaffen. Julia saß in Fahrtrichtung am Fenster, Bettina gegenüber am Gang. Bettina registrierte weder den Wind noch den zugebundenen Vorhang zu ihrer Rechten, der es gerade so schaffte, nicht aus seiner Haltung zu flattern. Sie schien nicht einmal wahrzunehmen, dass sie gegen die Fahrtrichtung fuhr, was sie üblicherweise vermied. Julia schaute Bettina kurz an, um möglicherweise auf eine Reaktion einzugehen, doch wandte sie sich angesichts der blassen, entrückten Gestalt gleich wieder ab. Es spielte keine Rolle, dass man bei offenem Fenster sein eigenes Wort kaum verstand, weil es niemanden gab, der offene Worte auszutauschen gedachte. Der Vorhang zu Julias Linken flatterte an der Außenwand des Waggons im Fahrtwind entlang und gab freie Sicht auf die Landschaft. Es flirrte draußen, so heiß war es geworden am Nachmittag. Als der Zug entschleunigte, zog ein beißender Geruch von Gummi und Eisen herein. Nach einer Kurve stachen sie abwärts in ein Tal, Schieferfelsen waren zum Greifen nah, und ein abgeknickter Ast kratze am Waggon entlang. Zusammen mit der kühlenden Waldluft kam etwas zum Fenster hineingeweht und landete auf Julias Schoß. Julia hielt das weiche Etwas fest, und noch bevor sie es genau betrachtet hatte, fühlte sie, dass sie einen Fuchs streichelte, das, was von ihm übrig geblieben war: der Fuchsschwanz.

Während sie das samtige Fell streichelte, schloss sie die Augen. Sie sah den Fuchs, wie sie ihn im Wald getroffen hatte, ihm Geschichten einer Füchsin im Frühling und einer Elfe im Sommer erzählt hatte. Inzwischen sah sie ihn nicht mehr ausgemergelt, sondern in all seiner Pracht mit glänzendem Fell und leuchtenden Augen seines Weges ziehen. Er zog sie in seinen Bann, hinter sich her, und sie folgte ihm bedingungslos, seinen strengen Geruch von Wildheit in der Nase. Nach einer unbestimmten Weile wurde die Vegetation dichter, und es ging steil bergab. Mühelos hüpfte Julia den Berghang hinunter und nutzte hin und wieder Schieferfelsen als Rutschbahn, bis ihr geschmeidiger Führer links abbog, vor einem umgeknickten Baum stehen blieb und sich zu ihr umschaute. Sie ging ein paar Schritte nach vorne auf ihn zu, er blieb ohne Scheu stehen, als sie neben ihn trat, und gemeinsam betrachteten sie das Bild, das ihnen unterhalb der Baumstumpfs geboten wurde. Sie blickten ins Innere des Busses, sahen den halben vorderen Teil in Seitenlage vor sich ruhen. Er gab keinen Laut von sich, nichts außer dem Zwitschern der Vögel war zu hören, nichts störte die Waldesruh. Totenstille machte sie auf die Silhouette des am Boden liegenden leblosen Körpers aufmerksam.

Julia öffnete die Augen. Fortwährend das samtige Fell streichelnd, schaute sie aus dem Fenster. Sie sah die hügelige Landschaft vorüberziehen. Weizenfelder, die in voller Ähre standen, Weinreben, an denen winzige Trauben hingen, hier und da Haine und Wiesen, sie wechselten sich ab mit zerstückelten Ortschaften, zerteilt durch die Bahngleise, die zeitweise so nah entlang der Häuser führten, dass ihr Blick zwangsläufig hinein in die Wohnstuben auf Inventar und Mensch fiel. Frauen wirbelten bei aufgerissenem Küchenfenster umeinander, Bratenausdünstungen zogen ins Abteil, gestriegelte Familien beim Sonntagsessen, die Zigarette danach aus dem Fenster qualmend oder sie, der glühenden Mittagshitze standhaltend, auf dem Balkon inhalierend. Die Jüngsten mit kleinen angebundenen Hütchen im aufblasbaren Planschbecken sich selbst überlassend, Alte im Ohrensessel ihr Nickerchen haltend, unbemerkt. Das Leben in Stuben rauschte an Julia vorbei. Sie erhob sich und begab sich für eine Weile lang in den Gang, wo die Aussicht auf der anderen Seite Momentaufnahmen des Rheins preisgab. Breit schlängelte sich der Fluss zwischen schmalen Straßen, Häusern und Weinbergen durch, zwei kleine Inseln zerteilten seinen Lauf, eine alte Fähre überquerte souverän die Strömung, Ausflugsschiffe schwappten feuchtfröhlich über das Wasser, hier und da schmetterte Blasmusik bis ans Ufer, über dem majestätische Burgen thronten. Die Landschaft wurde flacher, je näher sie ihrem Ziel kamen. Als sie es erreicht hatten, warf die Sonne lange Schatten über den Bahnsteig. Dort wurden sie von Bettinas Tante begrüßt. Sie schloss Bettina in die Arme und sagte: „Alles wird gut." Dann sah sie zu Julia: „Du musst Julia sein.

Du kannst mich Susanne nennen." „Guten Tag, Susanne, könnte ich etwas Kleingeld haben? Ich müsste kurz telefonieren." Als Julia nachschob, es handele sich um einen wichtigen Anruf, zog Susanne ihre Geldbörse aus der Tasche und überreichte sie Julia mit dem Hinweis, sich so viele Münzen zu nehmen, wie es nötig wäre. Julia bedankte sich und machte sich auf den Weg in die kühle Bahnhofshalle. Sie atmete tief durch. Zielstrebig entschied sie sich für die offene Telefonzelle und wählte „110". In einer Hand den Hörer, in der anderen den Fuchsschwanz, sprach sie in die Muschel: „Ein Bus ist verunglückt." „Gibt es Verletzte?" „Nein, nur einen Toten."